1967

Un viol sans importance, roman, Sillery, Septentrion, 1998

La Souris et le Rat, roman, Gatineau, Vents d'Ouest, 2004

Un pays pour un autre, roman, Sillery, Septentrion, 2005, republié sous le titre *Un homme sans allégeance*, Hurtubise, 2012

L'été de 1939, avant l'orage, roman, Montréal, Hurtubise HMH, 2006, format compact, 2008

La Rose et l'Irlande, roman, Montréal, Hurtubise HMH, 2007

Haute-Ville, Basse-Ville, roman, Montréal, Hurtubise HMH, 2009, format compact, 2012 (réédition de *Un viol sans importance*)

SAGA LE CLAN PICARD

Les Portes de Québec, tome 1, *Faubourg Saint-Roch*, roman, Montréal, Hurtubise HMH, 2007, format compact, 2011

Les Portes de Québec, tome 2, *La Belle Époque*, roman, Montréal, Hurtubise HMH, 2008, format compact, 2011

Les Portes de Québec, tome 3, *Le prix du sang*, roman, Montréal, Hurtubise HMH, 2008, format compact, 2011

Les Portes de Québec, tome 4, *La mort bleue*, roman, Montréal, Hurtubise HMH, 2009, format compact, 2011

Les Folles Années, tome 1, *Les héritiers*, roman, Montréal, Hurtubise, 2010, format compact, 2011

Les Folles Années, tome 2, *Mathieu et l'affaire Aurore*, roman, Montréal, Hurtubise, 2010, format compact, 2011

Les Folles Années, tome 3, *Thalie et les âmes d'élite*, roman, Montréal, Hurtubise, 2011, format compact, 2011

Les Folles Années, tome 4, *Eugénie et l'enfant retrouvé*, roman, Montréal, Hurtubise, 2011, format compact, 2011

Les Années de plomb, tome 1, *La déchéance d'Édouard*, Montréal, Hurtubise, 2013

Les Années de plomb, tome 2, *Jour de colère*, Montréal, Hurtubise, 2014

Les Années de plomb, tome 3, *Le choix de Thalie*, Montréal, Hurtubise, 2014

Les Années de plomb, tome 4, *Amours de guerre*, Montréal, Hurtubise, 2014

SAGA FÉLICITÉ

Félicité, tome 1, *Le pasteur et la brebis*, roman, Montréal, Hurtubise, 2011, format compact, 2014

Félicité, tome 2, *La grande ville*, roman, Montréal, Hurtubise, 2012, format compact, 2014

Félicité, tome 3, *Le salaire du péché*, roman, Montréal, Hurtubise, 2012, format compact, 2014

Félicité, tome 4, *Une vie nouvelle*, Montréal, Hurtubise, 2013, format compact, 2014

SAGA 1967

1967, tome 1, *L'âme sœur*, Montréal, Hurtubise, 2015

1967, tome 2, *Une ingénue à l'Expo*, Montréal, Hurtubise, 2015

Jean-Pierre Charland

1967

tome 3

L'impatience

Roman historique

Hurtubise

Catalogage avant publication de Bibliothèque et Archives nationales du Québec et Bibliothèque et Archives Canada

Charland, Jean-Pierre, 1954-

 1967 : roman historique

 Sommaire : t. 3. L'impatience.

 ISBN 978-2-89723-695-3 (vol. 3)

 I. Charland, Jean-Pierre, 1954- . Impatience. II. Titre.

PS8555.H415M54 2015 C843'.54 C2014-942724-7
PS9555.H415M54 2015

Les Éditions Hurtubise bénéficient du soutien financier du gouvernement du Québec par l'entremise du programme de crédit d'impôt pour l'édition de livres et de la Société de développement des entreprises culturelles du Québec (SODEC). L'éditeur remercie également le Conseil des arts du Canada de l'aide accordée à son programme de publication.

Financé par le gouvernement du Canada
Funded by the Government of Canada | Canadä

Conception graphique : René St-Amand
Illustration de la couverture : Alain Massicotte
Maquette intérieure et mise en pages : Folio infographie

Copyright © 2015 Éditions Hurtubise inc.

ISBN : 978-2-89723-695-3 (version imprimée)
ISBN : 978-2-89723-697-7 (version numérique PDF)
ISBN : 978-2-89723-696-0 (version numérique ePub)

Dépôt légal : 4e trimestre 2015

Bibliothèque et Archives nationales du Québec
Bibliothèque et Archives Canada

Diffusion-distribution au Canada :
Distribution HMH
1815, avenue De Lorimier
Montréal (Québec) H2K 3W6
www.distributionhmh.com

Diffusion-distribution en France :
Librairie du Québec / DNM
30, rue Gay-Lussac
75005 Paris
www.librairieduquebec.fr

Imprimé au Canada
www.editionshurtubise.com

Avant-propos

Y a mis des bombes quand y a perdu ses élections
Le blues d'la métropole – Beau Dommage

1967, l'année de Terre des Hommes, est aussi celle du fameux « Vive le Québec libre » du général de Gaulle. Peu après, René Lévesque s'engage dans la création d'un nouveau parti politique.

C'est l'époque où les chansonniers célèbrent le pays sur tous les tons. J'évoque plusieurs chansons dans ce roman. Vous pouvez les écouter au gré de la lecture (on les trouve sur Internet, légalement), pour remonter plus facilement dans le temps et renouer avec les émotions de cette année mouvementée.

Jean-Pierre Charland

Les personnages

Brousseau, Pierre : Ami de Clément Marcoux. Il s'inscrit au Barreau après des études de droit à l'Université de Montréal.

Cossette, Martine : Enseignante de français au cégep Édouard-Montpetit.

Gladu, Roméo : Sergent au Service de police de Montréal, il est fiancé à Mary Tanguay, belle-sœur de Maurice Berger.

Marcoux, Clément : Étudiant à la maîtrise ès science politique à l'Université de Montréal, il milite pour le Rassemblement pour l'indépendance nationale (RIN).

Niquet, Louise : Étudiante en dernière année de science politique à l'Université de Montréal, elle fréquente Pierre Brousseau et est une amie de Clément Marcoux.

Tanguay, Mary (née Johnson) : Née en 1927, elle est la sœur d'Ann, l'épouse décédée de Maurice Berger. Le nom de Tanguay lui vient de son premier époux, policier à Montréal, décédé également. En 1967, elle est courtisée par Roméo Gladu.

Tanguay, Nicole : Fille de Mary Tanguay. Née en 1947, elle travaille comme hôtesse au club Playboy.

Trottier, Émile : Né en 1922, il a été frère de l'instruction chrétienne jusqu'en 1965. Ayant quitté la congrégation, il épouse Jeanne (née Poitras).

Trottier, Jeanne (née Poitras) : Veuve, elle épouse Émile Trottier en 1966.

Les personnages historiques

Bourgault, Pierre (1934-2003) : Orateur remarquable, il milite pour l'indépendance du Québec à compter de 1960. Il devient le président du Rassemblement pour l'indépendance du Québec (RIN) en 1964. Le parti est dissous en 1968 et la plupart de ses membres rejoignent le Parti québécois.

Doré, Jean (1944-2015): Étudiant en droit, il est élu président de l'Association générale des étudiants de l'Université de Montréal en 1967. Il devient attaché de presse de René Lévesque en 1970. Il sera maire de Montréal de 1986 à 1994.

Grégoire, Gilles (1926-2006): Député créditiste au parlement fédéral de 1963 à 1966, il devient le président du Ralliement national cette année-là. Cofondateur du Parti québécois avec René Lévesque, il sera député de ce parti de 1976 à 1985.

Johnson, Daniel (1915-1968): Avocat, il est élu député de l'Union nationale en 1946. Ministre en 1958, élu chef du parti en 1961, il remporte l'élection de 1966. Il réclame plus d'autonomie pour le Québec.

Lesage, Jean (1912-1980): Avocat, député libéral au gouvernement fédéral de 1945 à 1958, il démissionne pour devenir le chef du Parti libéral du Québec. Élu premier ministre en 1960, il est défait en 1966. Il demeure chef de l'opposition jusqu'en 1969.

Lévesque, René (1922-1987): Journaliste, député et ministre au sein du Parti libéral de 1960 à 1966, il quitte cette organisation en 1967 après le rejet lors d'un congrès de son projet de souveraineté pour le Québec. Il crée alors le Mouvement Souveraineté-Association, puis le Parti québécois en 1968.

Chapitre 1

Au début de l'été 1967, Marie-Andrée Berger refusait d'effectuer le trajet entre Montréal et Saint-Hyacinthe afin de rendre visite à Jeannot Léveillé. N'ayant qu'un seul jour de congé par semaine, elle n'avait guère envie d'en passer la majeure partie en autobus. Cependant, en ce 6 août, elle faisait finalement la preuve que ce n'était pas si difficile : partie de la grande ville à huit heures du matin, la jeune fille se trouvait à l'œuvre rue Couillard un peu après neuf heures.

Elle n'avait pas hésité à se livrer à cette expédition afin d'aider son père. Maintenant, Marie-Andrée se tenait au milieu de sa chambre de petite fille, des larmes à la commissure des yeux. Après trois heures d'efforts, les dix-sept premières années de sa vie tenaient dans quatre boîtes de carton, même pas grosses.

— Ça ne pèse pas très lourd, remarqua-t-elle.

Maurice, son père, passa son bras autour de ses épaules pour la rapprocher de lui.

— Nous aurions pu tout emporter avec nous. L'espace ne manquera pas, là-bas. Tu as mis la plus grande part de tes possessions près de la rue, à l'intention de la société Saint-Vincent de Paul.

— Honnêtement, je ne pense pas porter de nouveau ma robe de première communion, ni rejouer avec mes poupées de papier.

À en juger par son ton, elle le regrettait un peu.

Justine entra dans la pièce. Tout en jetant au père et à sa fille un regard chargé de connivence, elle prit une boîte pour la sortir de la chambre. Marie-Andrée voyait pour la première fois sa tante affublée d'autre chose que de son costume de religieuse. L'effet lui paraissait tellement étrange ! En plus, elle portait un jeans et un t-shirt, pas une robe conservatrice.

— Sans jouer avec tes poupées, commenta son père, je comprendrais que tu veuilles garder des souvenirs.

— Je le savais, remarqua-t-elle d'un ton caustique, tu es plus romantique que moi.

Afin de couper court à cette conversation, elle se chargea d'un carton pour le porter dans le camion stationné devant la porte de la maison. Son père fit la même chose en laissant échapper un soupir. Lui aussi sentait la mélancolie lui nouer la gorge. Il avait connu un bonheur tranquille dans cette petite demeure. Du temps de sa femme, bien sûr, mais aussi au cours des quatre dernières années, pendant lesquelles sa fille et lui avaient tenté de retrouver leur équilibre après une perte si cruelle.

Dehors, deux hommes se chargeaient de mettre les meubles dans le camion, tout en jetant des regards un peu méprisants à cet enseignant trop chétif – ou paresseux ? – pour s'être débrouillé avec un ou deux gars, des amis ou des parents, et un véhicule de location. Ses mains trop blanches et l'abondance de livres le rendaient suspect à leurs yeux.

Plus que le dédain des tâches manuelles, la situation trahissait surtout l'isolement de Maurice. Son seul ami, Émile Trottier, vivait des émotions difficiles à cause de la naissance trop longtemps attendue de son premier enfant. Pourtant, cela ne l'empêchait pas d'aller tous les jours assister à ses cours à l'Université de Montréal. Quant à son frère Adrien, curé de la paroisse Saint-Joseph, le salut des âmes lui étant confiées comptait plus à ses yeux que le déménagement de son aîné.

Le professeur déposa sa boîte dans le camion, puis aperçut du coin de l'œil son voisin immédiat, qui traversait sa pelouse en diagonale pour venir vers lui.

— Alors, Berger, on s'en va ?

Que le bonhomme s'adresse à lui à la troisième personne lui parut ridicule.

— Si ce n'était pas un déménagement, on parierait sur quoi ? Le changement de tous mes vieux meubles ?

Le voisin resta un moment interdit devant cet accueil peu amène. Maurice n'avait jamais fait d'effort particulier pour entretenir de bonnes relations avec les résidents de son bout de rue ; ses habitudes ne changeraient pas ce jour-là.

— La maison n'est pas restée longtemps sur le marché, fit son interlocuteur, cette fois plus circonspect.

— D'un côté, il y a de nombreux jeunes couples qui commencent la vie commune. De l'autre, j'ai fixé un prix pour vendre, pas pour rester collé avec jusqu'aux fêtes.

Maurice ne voulait pas conduire deux heures tous les jours pour aller travailler. Déjà, cela aurait été épuisant en soi. Et puis, commencer un nouvel emploi exigerait certainement de redoubler d'efforts. Impossible de perdre son temps sur les routes.

— Là, tu vas enseigner dans la nouvelle école… j'sais pas trop comment ça s'appelle, à Longueuil.

Comment diable savait-il cela ? Maurice avait parlé de sa nouvelle occupation à son agent d'immeuble au moment de mettre en vente, puis à son banquier pour changer son compte de succursale. Les derniers mis au courant étaient les déménageurs, aujourd'hui. Si cette information avait déjà voyagé jusqu'à ce voisin, quels autres renseignements sur sa vie privée s'échangeait-on dans cette rue ?

Cela seulement suffisait à lui donner envie de se retrouver ailleurs.

— Il s'agit d'un collège d'enseignement général et professionnel.

— Ouais, c'est ça ! Alors, bonne chance, Berger.

La main tendue prit Maurice par surprise. Il l'accepta en bredouillant un « merci » sans émotion. Le bonhomme retournait vers son terrain quand Justine déposa la dernière boîte dans le camion. Le conducteur vint vers Maurice :

— Bin, si c'est toute, nous aut' on va manger dans le coin. Là, on s'en va bin sur la rue Saint-Laurent, à Longueuil ?

— Oui, au coin de la rue Grant. Un duplex jumelé, en brique, avec des galeries en bois.

La répétition de ces informations devait les aider à se repérer.

— OK, boss, on s'ra là vers deux heures.

Ainsi, ils profiteraient d'une heure pour dîner à Saint-Hyacinthe, et d'une autre pour effectuer le trajet. Maurice se tourna vers ses compagnes :

— Alors, les filles, si vous êtes prêtes, nous partons.

Marie-Andrée restait plantée sur le trottoir, le regard fixé sur la demeure de son enfance.

— Si tu veux encore en faire le tour, proposa son père en s'approchant, je t'attends.

Elle fit non de la tête. Ce n'était plus qu'une coquille vide, inutile de s'y accrocher. Tout en s'essuyant les yeux, la jeune fille se dirigea vers la Volkswagen pour se glisser sur la banquette arrière. Justine se sentit mal à l'aise d'occuper la place de sa nièce, à l'avant. Elle se faisait l'impression de la chasser.

Maurice démarra sans dire un mot. Le trajet permettrait à chacun de reprendre sa contenance.

Finalement, une heure à peine avait suffi pour que Marie-Andrée retrouve son sourire. Son père ne s'arrêta pas avant d'avoir atteint le chemin Chambly, à Longueuil. Un casse-croûte leur procura assez de hot-dogs, de frites et de Coke pour se sustenter jusqu'au souper. Cela ne ressemblait en rien à de la grande cuisine, mais la première paie de Maurice, au cégep, n'arriverait pas avant la mi-septembre.

— Tu n'as pas eu envie d'acheter le duplex où tu habiteras ? lui demanda Marie-Andrée.

— Non. Je ne veux pas m'engager jusqu'au cou avant de savoir comment ça se passera au collège. J'ai loué, avec une option d'achat.

Elle s'essuya la bouche avec une serviette en papier, porta le goulot de sa bouteille à ses lèvres, puis s'enquit encore :

— Que veux-tu dire ?

— Le vieux propriétaire est allé s'installer chez l'une de ses filles. Je vais lui payer un loyer pendant l'année à venir, puis si j'achète, cet argent servira de premier paiement sur le bloc. Comme ça, je ne serai pas tenté de dépenser tout l'argent reçu à la vente de la maison sur une rutilante Corvette.

L'image de son père dans une voiture de ce genre fit sourire la jeune fille. S'il devait un jour se livrer à une folle dépense dans ce domaine, ce serait pour acheter une Citroën DS. Une façon d'évoquer à la fois sa réussite et son amour de la culture française.

— La rentrée t'inquiète vraiment ?

L'appréhension de son père la touchait. Il n'y avait pas si longtemps, elle le croyait bardé de certitudes, maîtrisant parfaitement sa vie.

— Personne ne sait à quoi ressemblera le programme, nous devrons improviser. Puis tu le sais bien, avec mon petit cours classique, je crains de ne pas être à la hauteur.

Pourtant, l'homme avait rompu tous les ponts avec l'école secondaire Saint-Joseph, aucun retour en arrière ne serait possible. La pensée que la croissance des effectifs scolaires exigeait un personnel de plus en plus nombreux le rassurait. Au pire, s'il échouait au cégep, ce serait pour entamer en 1968 une tournée des commissions scolaires afin de reprendre du service au secondaire.

— Je suis certaine que tout ira pour le mieux, l'assura Marie-Andrée.

Que la fille réconforte le père fit sourire tante Justine. La bonne entente entre ces deux-là l'émouvait, tout en lui rappelant combien ses vingt-deux ans chez les religieuses hospitalières la laissaient isolée. L'amour de Dieu ne l'avait pas rassasiée, l'amour humain lui paraissait bien mystérieux. Une maturité de petite fille dans un corps de femme.

Surtout, elle se faisait l'impression d'être de trop dans cette relation familiale là. Son malaise était tel qu'elle sentit la nécessité de répéter une nouvelle fois :

— Tu sais, ma belle, je peux me trouver un endroit où loger, pour te laisser reprendre ta chambre chez ton père.

Comme sa nièce ne parut pas comprendre, elle précisa :

— De Longueuil jusqu'à l'école normale Jacques-Cartier, cela donne tout au plus un trajet d'une heure en autobus et en métro. Tu n'aimerais pas mieux récupérer ta place ?

La jeune fille échangea un regard inquiet avec son père. Ses projets d'indépendance risquaient d'être remis en cause par le changement d'emploi de ce dernier.

— Nous nous sommes entendus, précisa Maurice à l'intention de sa sœur. Marie-Andrée préfère la grande ville, et je respecte ça. Alors sa chambre demeure à ta disposition. En réalité, tu me dépannes. L'argent que tu me donneras en guise de pension me remboursera ce que je paie à sa marraine.

Depuis quelques jours, l'homme hébergeait sa cadette pour l'amour du bon Dieu, mais il était entendu que la situation changerait dès que l'ancienne religieuse toucherait son premier salaire. Marie-Andrée le savait bien.

— Ma tante, avez-vous trouvé un endroit où travailler ?

— J'ai parlé au directeur de l'hôpital Saint-Luc, je vais le rencontrer demain. Avec mon expérience, je devrais me caser sans mal. Si ça ne marche pas à cet endroit, j'essaierai du côté de Notre-Dame.

— Ce sont les établissements les plus accessibles en métro depuis Longueuil, rétorqua la jeune fille avec un sourire en coin.

En même temps, elle regardait son père à la dérobée. Celui-ci paraissait s'adapter facilement à cette nouvelle cohabitation. Pourtant, elle lui coûterait son intimité. Au cours des semaines précédentes, il avait bien profité du relâchement des mœurs de l'été de l'amour pour effectuer un certain rattrapage amoureux. Avec ce témoin dans la maison, ses aventures devraient se faire plus discrètes à l'avenir.

Les pensées de Maurice suivaient exactement le même chemin. Aussi longtemps que son sexe lui avait donné l'impression d'être traversé par une aiguille à chaque miction, vivre en compagnie d'une ancienne religieuse hospitalière ne l'avait pas dérangé. La douleur avait suffi à lui donner envie de faire vœu de chasteté. Son retour à la santé restaurait ses appétits.

Cependant, désormais le port du condom s'imposerait. Cette nouvelle résolution demeurait bien théorique. Pour le moment, personne ne lui permettrait d'en éprouver le sérieux, et cela ne changerait pas à court terme. L'angoisse de commencer un nouvel emploi occupait tout son esprit, au point de le détourner de la recherche de l'âme sœur. Et puis des ébats avec Justine dans la chambre voisine ne le tentaient pas.

— Bon, dit-il en se levant, maintenant nous devons aller à l'appartement, sinon mes meubles se retrouveront sur le trottoir.

De toute façon, le confort des chaises de plastique du restaurant laissait à désirer, et manger d'autres hot-dogs ne séduisait personne.

Pour l'année à venir, Maurice Berger habiterait rue Saint-Laurent. Deux maisons contiguës, construites en brique et vieilles de trente ou quarante ans, comptaient deux logements chacune. Au rez-de-chaussée, trois marches donnaient accès à une grande galerie. Juste au-dessus, un balcon de même dimension permettait aux locataires de l'étage de prendre l'air.

Depuis le trottoir, l'homme contempla sa nouvelle demeure avec un peu de trac. La bâtisse lui paraissait plus vieille, la peinture de la porte d'entrée plus écaillée qu'à sa dernière visite.

— Tu connais la personne qui loge en haut? demanda Marie-Andrée.

— Un couple sans enfant, dans la cinquantaine.

L'idée que quelqu'un lui marcherait au-dessus de la tête l'inquiétait aussi. Ce serait une toute nouvelle expérience. Au moins, les bruits de cavalcade de marmots lui seraient épargnés.

— Le camion ne devait pas arriver à deux heures ? demanda Justine en venant les rejoindre.

— Espérons juste que ces gars ne sont pas partis vendre mes meubles à un regrattier… Nous pouvons nous asseoir sur les marches de l'escalier, en attendant.

Heureusement, le beau temps se maintenait depuis le début de l'été, au point où les agriculteurs faisaient entendre leur rengaine sur la température. Pour eux, les jours se partageaient entre les trop secs et les trop pluvieux.

De son point de vue, le trio des Berger pouvait admirer le chantier dans le petit parc juste en face.

— Ce sera une maison de la culture, répondit Maurice à une question muette de sa fille. Entre autres choses, on y trouvera une bibliothèque.

— Tu en deviendras le meilleur client.

En effet, sa soif de nouvelles lectures pourrait s'y étancher.

La conversation porta bientôt sur l'emploi de Marie-Andrée, au restaurant St-Hubert de Terre des Hommes.

— Ton patron n'a pas protesté à ta demande de prendre un congé aujourd'hui ?

— Le pauvre a levé les yeux au ciel en laissant échapper un long soupir, comme si j'allais ruiner son commerce, puis il a demandé à une fille de rentrer aujourd'hui, et moi je travaillerai mercredi prochain.

Sa petite jupe noire, plutôt courte, demeurait le meilleur argument quand elle demandait une faveur. Elle jouait de ses jolies jambes avec un sentiment mitigé : user de ses charmes pour obtenir de petits avantages lui semblait bien immoral.

— Ton travail doit être difficile, commenta Justine.

— Ma tante, on se fait à tout. Quand je termine à neuf heures du soir, je me sens maintenant en assez bonne forme pour aller danser à la discothèque de La Ronde. Au début, j'avais trop mal aux jambes pour retarder le moment de me coucher.

Un pli se forma au milieu du front de son père. À cet endroit, des jeunes passaient la moitié de leurs nuits à sautiller au son de la musique rock. La consommation de drogue les conduisait à tous les excès, selon les journaux et la télévision. Puis ses propres turpitudes des dernières semaines le ramenèrent à plus de modestie. Finalement, entre le père et la fille, la seconde faisait plus sage, plus raisonnable.

— Le pire, continua Marie-Andrée, c'est l'odeur. J'ai l'impression d'empester le poulet. Même si je me laisse tremper des heures dans la baignoire de ma marraine, elle ne disparaît pas.

— … Je ne sens rien, la rassura l'ancienne religieuse.

Cela ressemblait à un mensonge pieux. Heureusement, le bruit d'un moteur au coin de la rue lui évita de s'attarder sur le sujet. Le camion arrivait enfin. Le véhicule fut obligé de reculer jusqu'au bord de la galerie, ce qui bloqua pratiquement la circulation dans la rue. Quand le chauffeur en descendit, Maurice détecta une odeur de bière dans son haleine.

— C't'un beau coin, admira le déménageur en regardant derrière lui.

Le petit parc Isidore-Hurteau produisait le même effet sur lui aussi. Maurice avait loué à cet endroit à cause de ce carré de verdure.

Comme le professeur ne réagissait pas, il enchaîna :

— Bon, bin on va débarquer tout ça.

Avec son collègue, l'homme se mit au travail pour monter les meubles dans l'appartement. Le professeur et ses compagnes se chargèrent des boîtes au contenu fragile. Marie-Andrée s'occupa de ranger la vaisselle. Déjà, elle avait souligné la beauté des dessins colorés aux sujets vieillots sur les vitres de la façade et de la porte. Dans le couloir, les boiseries de chêne donnaient au logement un charme suranné. Dans la cuisine, le comptoir et les armoires dataient au moins de la dernière guerre. De l'Arborite sur le comptoir et une couche de peinture au fini émail d'un jaune criard mettraient la pièce au goût du jour.

— Voilà un bel endroit, commenta-t-elle en posant une boîte.

— Oui, approuva sa tante. Dans ces vieux logements, des gens ont élevé des familles de dix enfants.

— Dans ce cas, ce sera parfait pour deux.

En réalité, l'endroit logerait éventuellement une seule personne, à moins que Justine n'en fasse son domicile permanent. Mais elle n'osait pas formuler des projets à long terme.

Sur la façade de la maison, d'un côté se trouvait une pièce double. Le salon occuperait la partie donnant sur la rue, un bureau l'espace en retrait. À droite du couloir, une chambre accueillerait le maître de la maison, une autre pièce servirait de salle à manger. Celle-ci constituait un prolongement de la cuisine. Une seconde chambre donnait sur une cour arrière aux allures de terrain vague.

Après une heure, Maurice sortit de sa poche de quoi payer les déménageurs. Après qu'ils furent partis, l'installation occupa le trio jusqu'à la fin de l'après-midi. Le locataire en aurait pour deux semaines à chercher ses affaires et à les replacer avant de s'habituer à ces lieux. À la fin, tous les trois s'affalèrent sur le canapé et le fauteuil du salon. Maurice tenait une Labatt à la main, les deux femmes en partageaient une autre.

— Je n'en prendrai pas l'habitude, commenta Justine en esquissant une grimace.

À près de quarante ans, elle faisait l'apprentissage de la bière. Après un effort soutenu, les religieuses se reposaient plus volontiers avec à la main un chapelet plutôt qu'une boisson alcoolisée.

— On s'y fait, commenta Marie-Andrée. Maintenant, je mets à peu près trois heures à en vider une.

Jusqu'au souper, la conversation porta sur les nouveaux locaux. Les boiseries, les planchers de chêne avaient une belle allure. Les meubles plutôt modernes cadraient mal avec ces lieux, mais l'enseignant n'aurait pas les moyens de les changer avant une petite éternité.

Une semaine après son emménagement à Longueuil, Maurice se rendit pour la première fois au cégep de Ville-Jacques-Cartier. Tout le monde parlait plutôt de Longueuil, et bientôt la petite localité serait annexée à sa voisine. L'établissement portait le nom d'Édouard-Montpetit, un économiste ayant déjà enseigné à l'Université de Montréal.

Depuis le trottoir, le nouveau professeur se demanda si le personnage sculpté en relief sur la façade représentait Jésus ou l'un de ses saints, François d'Assise. La congrégation des franciscains avait pris en charge le collège classique logé dans cet immeuble dans les années 1950. L'établissement était passé sous la gouverne du ministère de l'Éducation, et voilà qu'il changeait de vocation.

Avec un soupir, l'homme alla rejoindre ses collègues pour une première rencontre. Une vingtaine de personnes étaient réunies dans une salle du collège. La pièce s'avérait un peu étroite pour un achalandage pareil. Déjà, on parlait d'agrandir la bâtisse pour en doubler la clientèle.

Parmi ces enseignants, on comptait seulement deux femmes. Pourtant, les vieux professeurs les pensaient déjà trop nombreuses. Ils s'accrochaient à l'idée que des hommes devaient enseigner à de grands adolescents. Ceux-ci se montraient déjà enclins à rêvasser au lieu de s'intéresser aux cours; leur montrer un bout de jambe les rendrait intenables.

Encore en 1967, les écoles secondaires ne mélangeaient pas les genres. Les écoles primaires non plus. Toutefois, ces nouveaux collèges participaient à l'enseignement supérieur : la clientèle tout comme le personnel enseignant seraient mixtes. Ce serait une nouveauté pour Maurice et ses collègues, mais aussi pour les étudiants. Les incidences morales de cette nouvelle réalité alimentaient de longs débats dans les médias.

Dès le premier contact, l'ancien professeur de l'école Saint-Joseph montra l'étendue de sa timidité. Quand le directeur, le père Benoît, demanda à chacun de se présenter, un jeune Pouliot dit son nom et évoqua ses études à l'Université de Montréal : « Une licence de chimie, et bientôt j'aurai terminé ma maîtrise. » C'étaient six années de formation de plus que Maurice.

Puis une jeune femme prit la parole :

— Je me nomme Martine Cossette. J'ai obtenu ma licence et ma maîtrise en littérature à l'Université de Montréal.

L'encre de son diplôme ne devait pas être encore sèche, à en juger par son air juvénile. Spontanément, les plus jeunes, donc les plus instruits, avaient occupé des chaises placées du même côté de la table. Cette moitié de l'équipe professorale n'avait pas trente ans, sans doute pas même vingt-huit. L'autre jeune femme prit la parole tout de suite après, pour mentionner une licence déjà acquise et un mémoire de maîtrise à déposer «avant Noël».

Quand ce fut son tour de parler, Maurice ne dit que son nom, sans ajouter d'autre détail. Parmi les gens de sa génération, la plupart adoptèrent la même attitude. Certains mettaient tout de même en avant deux ou trois décennies d'expérience. Dans leur cas, une fois sur deux, quelque chose dans le ton et dans le maintien trahissait le prêtre ou le religieux. Une appartenance discrète pour les uns – c'est-à-dire en vêtements de ville, avec juste un petit crucifix au revers de la veste. Les autres avaient défroqué.

— Bon, enchaîna le père Benoît après ce tour de table, nous attendons un millier d'étudiants dans trois semaines. Nous avons donc vingt et un jours pour décider du programme. Pour l'instant, le ministère de l'Éducation ne nous a fourni que des titres de cours. Pendant les jours à venir, nous nous réunirons par secteur afin d'établir les contenus, puis chacun d'entre vous se préparera à la rentrée.

Par «réunion par secteur», le directeur voulait dire que les enseignants de sciences travailleraient ensemble. Ce serait aussi le cas pour ceux de français, de sciences humaines et de mathématique. Pour certains cours, la concertation se ferait à deux, pour d'autres, à six. Toutefois, lors de ce premier jour, les discussions porteraient sur les conditions de travail, les règles de l'établissement et d'autres sujets administratifs.

Chapitre 2

Dans un petit appartement du quartier ouvrier de Saint-Hyacinthe, Jeanne Trottier entendait la musique marquant le début de l'émission *La boîte à surprise*. Sa mère pestait bien un peu contre son entêtement à laisser le téléviseur allumé, même quand personne n'occupait le salon. Cette habitude tenait à sa difficulté de rester seule. Ce bruit familier réduisait son anxiété.

La femme enceinte demeurait étendue dans son lit, portant toujours sa robe de nuit même en fin d'après-midi. Dans son état, se déplacer dans la maison s'avérait difficile, et les positions debout ou assise cruellement inconfortables. Être couchée ne valait pas beaucoup mieux. Il lui fallait se contenter de la posture la moins éprouvante. Au moment où la voix de Naphtaline, un personnage de la série *Marie Quat'Poches*, parvenait jusqu'à ses oreilles, un liquide chaud lui mouilla l'entrejambe.

— Maman ! Maman, viens vite !

Comme la vieille femme ne se manifesta pas tout de suite, elle éleva la voix pour répéter son appel. À la fin, le « Maman ! » prit l'allure d'une plainte excédée. Puis, sa mère arriva enfin.

— Les eaux ! Appelle l'ambulance.

— Et l'autre qui est encore à Montréal !

Celle-là ne portait pas Émile Trottier dans son cœur. Depuis deux semaines qu'elle logeait chez sa fille afin de prendre soin d'elle, en son absence, son gendre s'était vu chargé de tous les péchés d'Israël.

— Même s'il était là, penses-tu qu'il pourrait me porter dans l'escalier ?

L'impatience dans le ton agit comme un rappel à l'ordre.

— J'y vais tout de suite.

Quand elle se fut esquivée, Jeanne tenta de se tirer du lit. Elle dut déplacer ses jambes pour les laisser pendre au bord, puis se redresser avec ses bras. Elle en était là quand sa mère revint.

— Ils vont arriver d'ici cinq minutes.

— Là, je me sens comme une souillon. Aide-moi à mettre une jaquette propre.

— Tu me fais marcher !

Le froncement de sourcils la convainquit de se taire et de passer à l'action. Ce fut donc drapée d'un vêtement frais lavé que les ambulanciers la trouvèrent, debout dans l'entrée. Même bien sanglée sur la civière, elle trouva la descente de l'escalier très raide sinon périlleuse, à tout le moins effrayante.

Émile avait trouvé son appartement désert en revenant de l'Université de Montréal. Un peu passé sept heures, l'homme entra dans l'Hôtel-Dieu. Il s'adressa à la jeune fille de faction près de l'entrée pour connaître le numéro de la chambre de sa femme.

Jeanne était installée dans une pièce déjà occupée par trois autres patientes. Une infirmière avait eu la délicatesse de tirer le rideau pour préserver son intimité. Il la découvrit pâle, le visage en sueur, crispé par la douleur.

— Vous voilà enfin ! l'accueillit la belle-mère.

Elle s'éloigna tout de même du lit pour lui laisser la place. Il saisit la main de son épouse, la trouva moite.

— Te voilà enfin ! murmura-t-elle.

La remarque, quoique identique à celle de la belle-mère, signifiait tout autre chose. Tout était dans le ton. Elle ajouta :

— Je suis heureuse de te voir.

— Je suis venu aussi vite que possible.

— … Je sais, je sais. Tout de suite après ton cours.

C'était une façon de souligner qu'elle venait en second. Puis le visage se contracta de nouveau, une plainte s'éleva, suivie d'un juron.

— Où est le médecin ? Pourquoi te laisse-t-on souffrir de cette façon ? s'impatienta Émile.

La réponse vint de madame Poitras, maintenant assise sur la chaise placée près de la tête du lit.

— Vous savez certainement que le travail doit suivre son cours.

Le « travail », c'est-à-dire les contractions et la dilatation du col de l'utérus. Le professeur se souvint de ses lectures. Lors d'une première naissance, le processus s'étalait sur une douzaine d'heures, la moitié moins pour les suivantes. Dans le cas d'un second enfant venant au monde plus de vingt ans après le premier, sans doute fallait-il compter sur une longue période de souffrance.

Les yeux dans ceux de sa femme, Émile demanda :

— Crois-tu qu'il peut te donner quelque chose pour t'aider ? Je saurais bien trouver Marois dans les couloirs de l'hôpital.

Il faisait référence au médecin traitant de son épouse.

— Je suppose qu'il le fera, si possible.

La main de Jeanne serra la sienne avec force, une plainte sourde lui échappa. L'enseignant lui essuya le front, découragé par sa propre impuissance, alors que la belle-mère décidait de partir à la recherche du praticien.

Le mardi 15 août, les professeurs de cégep commencèrent la planification proprement dite de l'année scolaire à venir. Le plus âgé des membres de la section de français se donna d'autant plus facilement le rôle de responsable qu'il avait enseigné à l'externat classique de Ville-Jacques-Cartier depuis le moment de sa création, dans les années 1950. Que l'établissement ait été transformé en cégep quelques semaines plus tôt ne réduisait en rien son désir d'en imposer.

— Bon, débuta-t-il, maintenant nous devons décider des contenus d'enseignement. Je veux bien m'occuper du cours sur l'essai littéraire.

Le projet éducatif de l'ordre collégial prévoyait quatre cours obligatoires de français : deux sur la littérature, un sur la linguistique et un autre sur l'essai. Le doyen continua tout en fixant la plus jeune de ses collègues, Martine Cossette, avec dans le regard quelque chose comme une injonction.

— Cependant, la linguistique ne me dit rien.

La jeune femme baissa les yeux en acceptant :

— … Je veux bien le prendre, j'ai eu quelques cours sur le sujet à l'université.

Tout de même, elle trouvait le moyen de rappeler qu'au sein de ce petit groupe, elle possédait la meilleure formation générale.

Une fois que fut réglé le sort des deux cours les moins intéressants de la grille, la discussion porta sur la littérature, le seul domaine pour lequel les quatre enseignants préten-daient posséder une certaine qualification.

Le fait de n'avoir aucune véritable spécialisation procurait un avantage à Maurice. Dès le jour de la signature de son contrat d'embauche, le directeur lui avait offert le choix entre le français et la philosophie. Comme saint Thomas ne comptait pas parmi ses relations assidues, et que pendant les vingt-cinq dernières années, la lecture de romans avait représenté son loisir principal, il enseignerait la littérature.

Que le nouveau venu ait eu la liberté de choisir ne faisait pas réellement plaisir à ses collègues les plus âgés. Le petit chef de section autoproclamé entendait bien lui demander des comptes :

— Quels auteurs proposerez-vous aux étudiants ?

Maurice pouvait passer pour totalement demeuré en bafouillant « je ne sais trop », comme il l'avait fait depuis la veille, ou prendre le risque de montrer une certaine autonomie de pensée.

— J'ai appris que le docteur Jacques Ferron avait son domicile et son bureau juste de l'autre côté du chemin Chambly. Les jeunes apprécieront sans doute d'entendre parler d'un auteur qui est aussi leur voisin. Ses livres représenteront une jolie chronique de l'histoire du Québec, pour eux.

L'autre écarquilla les yeux, surpris. Quand, trois ans plus tôt, il confessait ses semblables à titre de franciscain, il devait présenter le même visage devant l'étalage des fautes les plus scabreuses.

— Voyons, vous n'y pensez pas ! Ce n'est pas un écrivain, ça…

Piqué au vif par le ton cassant de son interlocuteur, Maurice s'entêta :

— Puis, impossible d'ignorer Réjean Ducharme. Il publie chef-d'œuvre après chef-d'œuvre. Hubert Aquin fera aussi partie de ma liste.

— Ici au Québec, deux ou trois personnes publient des livres, mais ça ne compte pas dans la vraie littérature.

Le ton contenait beaucoup de mépris à l'égard de ce béotien féru des œuvres québécoises. Martine Cossette devait partager les mêmes goûts que son nouveau collègue.

— Monsieur, je suis totalement d'accord avec… Maurice. Aucun de nos étudiants ne connaît la France, comment voulez-vous les intéresser à des œuvres qui ne parlent jamais d'eux ? J'ajouterais juste un auteur féminin ou deux.

Se retrouver avec une avocate enthousiaste troubla l'ancien enseignant du secondaire.

— Comme Marie-Claire Blais et Anne Hébert, proposa-t-il.

Cela lui valut un sourire franc de sa voisine.

— Elles viennent aussi en tête de ma liste.

Après cela, le franciscain défroqué parut accepter de voir le classique Jean Racine laissé de côté.

À l'heure du dîner, les deux anciens de l'externat firent mine d'avoir un rendez-vous important. Maurice se découvrait dans une situation inédite. À Saint-Hyacinthe, deux jeunes collègues l'exaspéraient. À Longueuil, cette jeune femme et lui incarnaient les idées nouvelles et bousculaient les anciens.

«Douze heures de travail dans le cas des primipares, la moitié pour les multipares.» Le futur père inquiet avait passé toute la nuit sur la chaise placée près du lit de sa femme, alors que la belle-mère était retournée à l'appartement afin de se reposer. Son absence rendait l'atmosphère un peu plus légère. Toutefois, la douleur épuisait la parturiente, son visage devenait plus livide au fil des heures, ses forces l'abandonnaient.

Heureusement, tôt le matin, le docteur Marois passa par la chambre, se pencha un long moment sur sa patiente.

— Je vais vous injecter de l'ocytocine afin de hâter un peu les choses.

— De l'… commença Émile.

— L'ocytocine, pour accélérer le processus.

Comme si la répétition des mots les rendait plus explicites !

Quelques minutes après, une infirmière se présenta armée d'une seringue. L'époux eut l'impression que la douleur monta d'un cran tout de suite après, mais dans l'heure suivante, Jeanne fut transportée dans la salle d'accouchement. Il se retrouva sur une chaise dans une salle d'attente après avoir informé, par téléphone, sa belle-mère du changement. Une demi-heure plus tard, elle était de retour à l'hôpital. Sa présence muette ne soulagea en rien la nervosité d'Émile.

Passé midi, le médecin vint les rejoindre, un sourire contraint sur les lèvres. Tous deux se levèrent, anxieux.

— Comment va Jeanne ? demanda Émile.

— … Bien, bien. Cependant, vous la trouverez très fatiguée, après le long travail.

La précaution de les avertir laissait présager un spectacle navrant. L'inquiétude sur le visage, ils se dirigèrent vers la chambre. Jeanne les accueillit avec un sourire fugace. Les draps un peu verdâtres accentuaient davantage la pâleur du visage. Émile prit sa main gauche pour la porter à ses lèvres, et ensuite la tenir dans les siennes.

— Tu vas bien ?

La question était plutôt absurde dans les circonstances, aussi son épouse ne répondit pas. À la place, elle prononça dans un souffle :

— Notre petite fille ? Tu as vu notre petite fille ?

Comme dans un scénario bien préparé, une infirmière entra dans la chambre avec un poupon dans les bras, pour le poser tout près de la mère. Un petit être tout chiffonné, avec des cheveux bruns collés sur le crâne.

— Comme elle est belle !

Le nouveau père prononçait les mots convenus, même si son rejeton à la peau flétrie, aux paupières enflées, ne répondait pas aux canons habituels de la beauté. Au mieux, il s'agissait d'une promesse. Jeanne défit les boutons de sa jaquette pour se dégager un sein et placer le mamelon près de la petite bouche.

— Voyons, Jeanne, pas devant lui !

La remarque de madame Poitras passa totalement ina-perçue. Émile tendit la main pour replacer les cheveux collés par la sueur sur le front de sa compagne, puis esquisser une caresse. Elle ne réagit pas, ses yeux se refermèrent. L'épuisement prenait le dessus.

Demeurés seuls dans la classe qui avait abrité leur réu-nion de ce deuxième jour de planification, Maurice et Martine Cossette échangèrent un regard amusé.

— Monsieur Berger, je suis contente de découvrir un allié, dit-elle. Autrement les deux autres nous condam-neraient à vendre les humanités classiques de nos grands-parents sous le déguisement d'un cours collégial moderne.

Qu'elle parle d'eux en disant « nous » fit plaisir à Maurice.

— Pourtant, vous êtes aussi une diplômée du classique.

— Justement, je pense que le Québec a reçu une dose suffisante de grec et de latin… ou de poètes des siècles derniers qui écrivaient en alexandrins.

— Je ne suis pas non plus un fan de *La Légende des siècles*, mais d'autres textes me plaisent beaucoup.

Il esquissa un demi-sourire narquois. Son interlocutrice laissa fuser un rire bref. Elle lui rappelait Marie-Andrée. Le même regard vif, la même faculté de s'amuser franchement d'une situation ridicule. L'homme n'y résista plus :

— Si vous n'avez rien de prévu, nous pourrions aller manger dans un café de la rue Saint-Charles.

« Là, tu ne vas pas t'embarquer dans une nouvelle histoire impossible, se morigéna-t-il. Celle-là pourrait vraiment être ta fille. » Cette petite blonde portait les cheveux courts, dégageant ses oreilles et sa nuque. Son chemisier blanc à manches courtes laissait voir son soutien-gorge en transparence. La parure ne soutenait pas grand-chose, son rôle était surtout décoratif. Sa jupe noire s'arrêtait à trois bons pouces au-dessus du genou. Impossible de porter plus court pour sa première semaine de travail sans risquer d'entendre les reproches du patron. Pour aller dans une discothèque, jusqu'où poussait-elle l'audace ?

— Je veux bien. Je ne connais pas vraiment Longueuil, je viens de Montréal. Ce sera une occasion pour moi de me familiariser avec les lieux.

— De mon côté, j'y habite seulement depuis une semaine, mais je veux bien partager mes connaissances nouvelles. Cependant, pourriez-vous laisser tomber le "monsieur Berger" et le "vous" ? Vous me donnez l'impression d'être un grand-père.

— Ah ! Je peux bien utiliser le prénom d'un homme qui ouvre la bouche devant moi pour la première fois et propose de mettre Ferron, Aquin et Ducharme au programme.

Ces mots s'accompagnaient d'un sourire enjoué.

La jeune femme se leva ensuite pour se diriger vers la porte, son collègue sur les talons. Il apprécia les jambes nues, le pas dansant.

— Allons-nous marcher jusque-là ? voulut-elle savoir.

— Non, ce serait nous exposer à être en retard à la session de travail de cet après-midi. Je ne voudrais pas que nos collègues nous prennent en défaut. Ma voiture est garée juste à côté.

Une porte donnait directement sur le stationnement. Ils s'y rendirent, et Maurice ouvrit la portière pour sa compagne, puis alla prendre la place du conducteur. Une grande église se dressait au coin du chemin Chambly et de la rue Saint-Charles. Plusieurs commerces bordaient cette dernière artère, dont quelques cafés ou restaurants. Maurice jeta son dévolu sur un établissement plutôt modeste. Une table était libre le long d'un mur. Il choisit de se mettre dos à la vitrine, pour laisser la meilleure vue à Martine. Le menu offrait des hamburgers, ce fut leur choix à tous les deux.

— Ça te convient, comme endroit? Nous aurions pu aller un peu plus loin. Il y a quelque chose de plus chic tout près du centre d'achat.

— C'est parfait. D'ici ma première paie, je néglige les établissements ayant plus d'une demi-étoile dans les guides.

— Si tu veux, je peux…

Maurice n'eut pas le temps de dire «payer pour toi».

— Pas question que mes collègues m'offrent à dîner.

La jeune femme gardait son sourire, ce qui ne réduisait en rien sa résolution de repousser une insistance déplacée. Mine de rien, elle venait de tracer une ligne claire: la bonne entente avec ses collègues masculins permettait des relations cordiales, mais pas de flirt.

— Oh! Je ne pensais pas à mal. Je me serais attendu à ce que tu paies la fois suivante.

Elle lui adressa un sourire complice, puis déclara:

— Ce ne sera pas nécessaire. Présentement, mon père veut bien m'avancer un peu d'argent, tellement il est fier de me voir dans cet emploi.

La serveuse venait déjà leur porter leurs assiettes. Tous les clients devaient retourner au travail au plus tard à treize heures trente, le service ne lambinait pas.

— Comme ça, tu es un lecteur fidèle de Ducharme.

Ce tutoiement et ce ton amusé permettaient presque à Maurice de s'imaginer qu'il avait l'âge de son interlocutrice. Il en venait à se sentir dans le vent.

— Me voilà seul depuis juin. Personne ne vient me distraire de la littérature. Les vacances d'été permettent de se tenir à jour sur toutes les dernières publications.

— … Tu as perdu quelqu'un ?

— Oui, mais pas comme tu le penses. Je suis veuf depuis quelques années, et ma grande fille s'est envolée de la maison.

Cette incursion dans sa vie privée s'accompagna d'un sourire gêné. La suite de la conversation ne concerna que les derniers livres lus. Une heure plus tard, l'enseignant réglait son addition, sa compagne, la sienne.

— Alors, sommes-nous prêts à retourner planifier la prochaine année, Martine ?

— Je maîtrise mal mon impatience.

Dorénavant, tous les deux feraient front commun. Ainsi ils pourraient imposer leurs vues, au moins en partie.

Maurice Berger entra dans son nouveau logis autour de quatre heures, après un après-midi passé à préparer la rentrée de l'automne 1967. Sa collaboration avec Martine Cossette promettait d'être agréable, et les rapports avec les deux autres collègues demeureraient polis, tout au plus. Bien que modérément excitante, la situation présente lui semblait représenter une nette amélioration comparée à celle de l'école Saint-Joseph.

Il avait à peine posé son porte-documents dans son bureau que la sonnerie du téléphone retentit. Sa première pensée alla tout de suite vers Marie-Andrée. Sauf son patron, qui d'autre pouvait le contacter à cet endroit ? Aussi, la voix masculine le prit au dépourvu.

— Maurice, il faut que tu viennes fêter ça !

Le professeur mit un moment avant de reconnaître son ami.

— Fêter quoi ?

— La naissance de la plus belle petite fille du monde ! Viens boire un cognac et fumer un gros cigare.

Après sa journée de travail et devant celle à venir, Maurice eut une petite hésitation, puis lui répondit :

— Je monte dans ma voiture dans cinq minutes. En ce moment, tu es chez toi ?

— … Non, à l'hôpital.

Le ton contenait une angoisse bien nette.

— Je serai là dans une heure.

Après encore quelques mots, les deux hommes raccrochèrent.

Les amis se tenaient épaule contre épaule devant une grande vitre. Près d'eux, d'autres parents, ou grands-parents, s'extasiaient devant leur progéniture. Même si les Québécoises s'enthousiasmaient pour la pilule contraceptive, des enfants naissaient toujours en grand nombre dans la province.

— Ne la trouves-tu pas belle ?

— Pour toi, c'est certainement une merveille. Cependant, même si nous pouvons bien admettre que cette jeune personne deviendra belle un jour, comme sa mère, pour l'instant…

— Elle ressemble à une petite vieille en format réduit, je sais.

Même s'il en convenait, le visage d'Émile demeurait rempli d'admiration. Ce moment de bonheur fut interrompu par une toux derrière lui. Il se retourna pour voir le docteur Marois et en fut aussitôt tétanisé. Le médecin avait quelque chose de funèbre dans le regard.

— Monsieur Trottier, je suis désolé de vous dire que votre femme se porte très mal. Nous avons téléphoné chez vous à deux reprises avant de songer que vous deviez être toujours ici.

L'erreur se comprenait d'autant mieux que l'homme se trouvait dans l'enceinte de l'hôpital depuis maintenant plus de vingt-deux heures. Comme il gardait le silence, le médecin précisa :

— Une complication inattendue. Cela arrive parfois…

— Une complication…

— Un choc septique… Une infection du sang causée par des bactéries… Souvent un staphylocoque.

Les mots n'avaient aucun sens pour le mari, maintenant hébété de douleur. Des mots compliqués, dont le sens général n'échappait à personne : « C'est très grave, mortel sans doute. »

— Vous feriez mieux de venir avec moi.

Déjà le praticien quittait la pouponnière. Émile resta figé jusqu'à l'instant où Maurice passa son bras autour de ses épaules.

Dans la chambre, un rideau cachait de nouveau le lit du fond, à droite. Les trois autres patientes, des parturientes ou de nouvelles accouchées, leur présentèrent des regards effarés, ceux de personnes venues pour donner la vie et qui tout à coup voyaient la mort rôder parmi elles.

Chapitre 3

Le mardi soir, Marie-Andrée se permettait de veiller un peu plus tard, puisque le lendemain elle avait congé. Cela lui valait de se rendre avec Clément dans des lieux publics aux trois quarts vides en milieu de semaine. Comme souvent, Pierre Brousseau et Louise Niquet les accompagnaient. Le café Le Cochon borgne se dressait au coin des rues Sainte-Catherine et Saint-Denis. L'affiche présentait un dessin assez évocateur de l'animal.

— J'ai hâte que le mois de septembre arrive, disait Clément Marcoux. Nous pourrons sortir le vendredi ou le samedi, comme tout le monde.

Chaque fois que son ami évoquait ainsi les contraintes de son emploi, Marie-Andrée se sentait gênée de devoir gagner sa vie. Clément pouvait prendre tout un été à travailler sur son mémoire de maîtrise en dilettante, passant le plus clair de son temps à visiter l'Expo ou à militer pour le RIN. Non seulement jouait-elle la rabat-joie les jours habituels de sortie, mais elle se demandait souvent si les autres la considéraient comme l'une des leurs.

Ce sentiment s'insinuait surtout au moment où l'étudiant en science politique et son meilleur ami se perdaient dans de longues conversations sur des sujets d'actualité. Assis à une petite table dans un coin du café, Brousseau racontait avec enthousiasme :

— Tu te rends compte, Aquin a été le président des Jeunesses libérales, puis du Parti libéral du Québec. Et là, il s'agit du premier député indépendantiste à l'Assemblée.

Afin de participer un peu à la conversation, Marie-Andrée risqua :

— L'écrivain ?

— Non, intervint Clément, François Aquin, le député qui siégeait avec les libéraux.

Son ton impatient, comme si elle avait été une enfant lente d'esprit, la convainquit de rester désormais coite. Dans ce café, les deux jeunes filles échappaient au moins à l'habituel verre de bière pour choisir plutôt un vin blanc. Marie-Andrée n'était pas certaine d'apprécier cette boisson plus que l'autre, mais la gêne l'empêchait de commander une boisson gazeuse.

L'étudiant en science politique enchaîna :

— Je le disais, aussi, que la déclaration du général de Gaulle ferait avancer la cause d'au moins dix ans.

Le « Vive le Québec libre » du président français continuait d'agiter la communauté politique canadienne d'un océan à l'autre.

— Juste un seul député, cela ne changera pas grand-chose, affirma Pierre Brousseau.

— Mais il y en aura d'autres. René Lévesque est en train de concocter une nouvelle plate-forme politique pour la province de Québec.

Louise Niquet regarda Marie-Andrée, assise à sa droite, en levant les yeux vers le plafond, avec l'air de dire : « Avec des *chums* pareils, nous pourrions tout aussi bien sortir seules. » Marie-Andrée comprit le message et lui adressa un sourire de connivence. Un homme plutôt enrobé, âgé de trente ans, venait d'entrer dans la salle enfumée pour se diriger vers une petite estrade.

— Je connais ce gars. Il passe parfois à la télé, n'est-ce pas ? demanda Louise.

— C'est Marc Gélinas, le chanteur. Il a aussi composé plusieurs textes pour d'autres artistes, mais tout le monde le connaît surtout pour la chanson *Emmène-nous à La Ronde…*

Marie-Andrée chanta les deux premières lignes très doucement. Clément Marcoux entendit tout de même. Sous son regard, elle sentit la chaleur lui monter aux joues, comme s'il lui adressait un reproche. Son compagnon regardait de haut les artistes « commerciaux », et les fans de ceux-ci. Son froncement de sourcils la blessa.

— Nous pensons monter sur l'estrade et la chanter pour tout ce monde, ricana Louise Niquet, moqueuse. Cela trompera un peu notre ennui. Ou alors nous irons nous asseoir avec les deux gars là-bas.

Des yeux, elle désignait des garçons barbus avec des cheveux touchant les épaules. Les hippies de San Francisco avaient des émules jusque dans la Belle Province. Les deux garçons se le tinrent pour dit, et pendant quelques minutes, ils acceptèrent d'accorder un peu d'attention à leurs cavalières. L'indépendance du Québec ne serait sans doute pas trop retardée s'ils se permettaient de penser à autre chose pendant un moment.

Maurice contemplait Jeanne pour la première fois depuis un mois. La transformation le surprit. Sous la couverture, le ventre demeurait gonflé. Le visage livide était à peine reconnaissable. Une aiguille était fichée dans chaque bras, reliée par un tube à des sacs de plastique accrochés à une potence.

— Nous lui faisons une transfusion afin de faire monter la pression sanguine. De l'autre côté, ce sont des antibiotiques.

Le médecin tenait à leur signifier qu'il faisait tout en son pouvoir pour la tirer d'affaire.

— Mettre enceinte une femme de cet âge, c'est criminel.

La voix tranchante de la belle-mère venait de l'autre côté du lit. La vieille incarnait la haine à l'état pur.

— Madame, répliqua le docteur Marois, les bactéries ne font aucune distinction d'âge. Des enfants et des vieillards sont touchés.

Si la remontrance fit taire la mégère, toute son attitude trahissait son scepticisme. À ses yeux, un défroqué pris par le démon du midi avait causé ce grand malheur. Émile prit la main de la malade, se pencha pour murmurer à son oreille :

— Je suis là, Jeanne. Je ne te quitterai pas une seule seconde...

Inutile de préciser «jusqu'à ton départ». Maurice ne doutait pas de l'issue fatale. Cette femme présentait la même lividité qu'Ann sur la civière de la morgue, un peu plus de quatre ans auparavant.

Le souvenir de leur dernière rencontre lui revint avec une netteté absolue. Le ventre à l'allure d'un globe terrestre, les chevilles tout enflées. Surtout, la colère contre son époux inscrit à des cours à l'Université de Montréal au lieu de se tenir à ses côtés, ses avances maladroites, et surtout totalement déplacées.

Maurice se sentait affreusement mal à l'aise à cause du désir ressenti pour elle pendant plusieurs semaines. À chacune de leurs rencontres, il l'avait détaillée des yeux, au point d'indisposer son seul ami. Dans cette chambre, un grand sentiment de culpabilité le tenaillait.

Les deux jeunes hommes avaient compris : l'évocation des raisons ayant incité un député libéral à siéger dorénavant comme indépendant, et indépendantiste de surcroît, n'avait pas l'heur de plaire à leurs compagnes. Autant s'intéresser à l'endroit où ils se trouvaient. Le Cochon borgne possédait un caractère bien exotique, avec sa clientèle disparate. Même les personnes s'occupant de l'administration de l'établissement formaient une curieuse équipe.

Toutefois, le naturel revint bien vite.

— La police doit bien avoir un informateur dans la place, remarqua Pierre Brousseau.

De nouveau, Marie-Andrée soumit la clientèle à un examen attentif. L'idée que la police poste des espions dans certains milieux lui semblait bien exagérée. Que craignait-on ? Dans son esprit, un café rassemblant des étudiants aux vestes de velours ou de tweed usées ne méritait pas tant d'attention.

— Que veux-tu dire ? s'enquit-elle.

— Le gérant a déjà fréquenté les poseurs de bombes, nos vaillants constables municipaux pourraient soupçonner que ses amis du FLQ aiment venir ici discuter du bon vieux temps.

Le chanteur Marc Gélinas s'affairait maintenant du côté du bar. Que l'auteur d'une ritournelle destinée à attirer les gens à La Ronde et d'une autre faisant la promotion des Expos puisse flirter avec la révolution la laissait sceptique.

Brousseau suivit son regard, puis déclara, sarcastique :

— Non, pas lui. Ils sont deux à s'occuper de ce café. L'autre a purgé une peine de prison.

Dans son esprit de couventine alimenté par des médias donnant volontiers dans le sensationnalisme, les terroristes devaient présenter des mines terribles, avec de la bave aux lèvres et de la folie dans les yeux. Ces deux hommes lui semblaient plutôt inoffensifs, et les clients présents encore plus.

— À vous entendre, Clément et toi, tous les gens de moins de trente ans sont des révolutionnaires, remarqua Marie-Andrée, tout comme une bonne partie des plus âgés.

— Pas tous, la contredit son cavalier, mais dans les endroits que nous fréquentons, la police pourrait sans doute en dénicher un, deux, ou plus encore.

La voix contenait une pointe d'ironie. Comme pour l'appuyer, Pierre Brousseau émit un ricanement. Marie-Andrée allait demander plus de précisions quand une certaine agitation attira son attention du côté de la petite scène. Un grand gaillard y plaçait un tabouret. Dans son autre main, il tenait une guitare.

Les jeunes filles assises à proximité de la scène tapèrent des mains avec enthousiasme. Marie-Andrée regarda Louise Niquet à la dérobée. Comme celle-ci ne bougeait pas, elle se retint d'exprimer aussi son plaisir de voir cet artiste. Tout de même, elle formula avec entrain :

— Claude Gauthier est vraiment un bel homme. Plus beau qu'à la télé.

— Il paraît que la caméra enlève six pouces et ajoute trente livres à tout le monde, l'informa sa voisine. En personne, on dirait un géant des bois.

Formulée de cette façon, l'appréciation n'aurait peut-être pas fait plaisir au principal intéressé. Plus exactement, la carrure de Gauthier rappelait celle d'un bûcheron, et ses traits virils évoquaient un artiste un peu bohème. Une fois en place, il commença :

Si la ville que je veux belle comme une femme
Si la ville a tes cheveux, tes yeux, tes lèvres...

Le «Oh! Geneviève» fit souhaiter à toutes les jeunes femmes d'entendre un autre prénom, le leur.

Il s'agit de la chanson thème du film *Entre la mer et l'eau douce*, lui signala Louise Niquet à voix basse. L'as-tu vu?

Marie-Andrée répondit d'un mouvement de la tête de droite à gauche.

— Le ciné-club de l'Université de Montréal le présentera certainement cet automne, prédit Clément. Nous irons ensemble.

Les productions de l'Office national du film ne connaissaient pas une longue carrière dans les salles commerciales, mais les institutions d'enseignement leur faisaient un bon accueil. Claude Gauthier continua son tour de chant, imposant le silence aux spectateurs, même ceux entichés de politique. Il termina avec *Le grand six pieds*, dans sa version la plus récente, comme en témoignait le refrain:

> *Je suis de nationalité québécoise française*
> *Et ces billots j'les ai coupés…*

Au moment de sa création, il avait écrit «canadienne-française», mais cette désignation collective paraissait bien démodée en 1967.

Jeanne ne pouvait être plus pâle. Quand elle mourut, le visage ne changea pas vraiment de couleur. Les muscles de la mâchoire se relâchèrent. La bouche entrouverte, les traits inanimés effaçaient tout son charme.

— Ça, c'est ta faute, ragea madame Poitras, la mère.

— Madame, taisez-vous, rétorqua Maurice sur le même ton. Votre attitude est monstrueuse.

Pendant un moment, la femme fixa sur lui un regard dur, puis, à la fin, elle baissa la tête. Depuis son arrivée dans la chambre, Émile n'avait pas lâché la main de sa compagne, ni cessé de lui parler à l'oreille. Longtemps après son dernier souffle, il demeura prostré sur le lit. Ce fut une infirmière qui lui enjoignit de se déplacer quand elle vint placer un drap sur le visage de la morte. Maurice lui mit la main sur l'épaule :

— Viens avec moi. Sortons d'ici.

— Je ne veux pas la laisser seule.

Que répondre à cela ? « Elle est partie » ? La pression de sa main se fit plus forte sur l'épaule, assez pour forcer Émile à se lever et à sortir de la chambre. À un bout du couloir, Maurice l'incita à s'asseoir, puis chercha une personne capable de l'informer sur la procédure à suivre pour faire prendre le corps par un entrepreneur de pompes funèbres le lendemain matin. Avoir vécu la mort de sa femme en 1963 lui conférait une certaine expérience en ce domaine.

Au moment de retrouver son ami, celui-ci dit :

— Je veux retourner la voir.

Maurice comprit tout de suite et il l'accompagna à la pouponnière. Deux infirmières se penchaient sur la petite fille. Dans tout l'hôpital, chacun savait que cette enfant était déjà orpheline, le jour même de sa naissance. L'événement, rare dans les années 1960, créait toute une commotion. Aussi, mû par la commisération, tout le personnel féminin redoublait d'attentions à l'égard du poupon.

Après avoir permis à son ami de contempler longuement sa fille, le professeur proposa, en l'entraînant dans son sillage :

— Nous allons prendre mon auto.

— Je vais l'appeler Jeanne, murmura Émile en se laissant emmener.

« À peine née, la voilà investie de la mission de remplacer sa mère décédée », songea Maurice. Quelque chose lui disait qu'il s'agirait d'un fardeau pour la petite, mais le cœur lui manquait pour chapitrer son compagnon à ce sujet. Ce ne fut qu'au moment d'atteindre le stationnement que Maurice remarqua :

— Et ta belle-mère ?

— Qu'elle aille au diable.

Ces deux-là ne se consoleraient jamais mutuellement.

Depuis les ébats dans le confort de la chambre à coucher de son jeune amant, Marie-Andrée trouvait la banquette de la petite Austin bien spartiate. Pourtant, sur un matelas moelleux, son cavalier s'était répandu dans un condom en la laissant loin derrière lui. Peut-être à cause de la posture limitant les mouvements, de sa main certainement moins accueillante qu'un vagin, l'éjaculation venait plus lentement. Malgré le malaise de la jeune fille, les minutes supplémentaires lui permettaient d'atteindre l'orgasme dans un hoquet.

Ou peut-être son excitation montait-elle d'un cran à cause de la menace constante d'une intervention de la police. Dans son pire fantasme, le prétendant de Mary Tanguay, l'ineffable Roméo Gladu, policier à la Ville de Montréal, frappait à la vitre de la voiture, la découvrait dans une situation compromettante et la conduisait au poste de police. Sa honte serait alors totale.

Une fois tous les deux de nouveau calmes et les vêtements remis en ordre, d'autres préoccupations revenaient à leur esprit.

— Tout à l'heure, au café, tu parlais du FLQ, de la surveillance de la police. Connais-tu ces révolutionnaires ?

Clément Marcoux demeura un long moment silencieux avant de répondre :

— Si je me fie aux personnes déjà arrêtées, j'en connais certainement, car elles militaient toutes dans des mouvements nationalistes. Comme je fréquente ces milieux, j'en croise chaque semaine.

Vague à souhait, la réponse pouvait tout laisser imaginer.

— Tu en connais ? Je veux dire, connaître vraiment.

Cette fois, Clément ne pouvait se dérober tout à fait.

— Le Front de libération du Québec est constitué de cellules indépendantes les unes des autres, composées de trois ou quatre personnes, pas plus d'une demi-douzaine. Elles n'ont pas de contacts entre elles. Aucun des membres ne se vante d'en faire partie. Chaque cellule cherche les moyens de faire avancer la cause tout en demeurant discrète.

— Comme faire sauter une statue, une boîte postale ou les bureaux d'une usine…

— Tu veux dire, les statues à la gloire de ceux qui ont conquis et occupé le Québec depuis deux siècles, les boîtes ou les bureaux de poste parce que ce sont les signes les plus visibles et les plus répandus de la mainmise fédérale sur notre pays, les usines appartenant aux Américains qui nous exploitent, et dirigées par les Canadiens anglais qui sont à leur service.

Marie-Andrée comprenait bien les mots prononcés, sans pouvoir vraiment leur donner un sens. Immédiatement lui revint le souvenir des sermons dominicaux. La même expression d'une certitude absolue, la même intransigeance pour les sceptiques. Des prônes qui signifiaient certainement quelque chose pour une population de convertis, tout en demeurant du chinois – plus exactement du latin – pour les autres. Ou peut-être personne n'arrivait-il à saisir vraiment le message, et donc chacun en composait un à sa guise.

Une chose demeurait certaine : la jeune femme ne comptait pas parmi les initiés.

— Tu crois vraiment que ces bombes changeront quelque chose ?

— Cela fait du bruit, comme un réveille-matin. Il y a dix ans, personne ne parlait de l'indépendance du Québec. Maintenant, tous les jeunes en sont devenus des partisans, et des politiciens respectables montent dans le train en marche.

Il parlait de François Aquin, bien sûr. Et d'autres aussi, peut-être. Depuis quelques semaines, les journaux mentionnaient les efforts de René Lévesque pour formuler une nouvelle plate-forme constitutionnelle pour le Parti libéral du Québec. De ce côté-là aussi, le mot « séparatiste » captait l'attention de certains.

— Si les cellules du FLQ n'ont pas de contacts entre elles, chacune fait n'importe quoi.

— Pas tout à fait. Il y a les mouvements de libération des autres pays pour servir d'inspiration, offrir un mode d'emploi en quelque sorte, puis les livres de quelques théoriciens.

L'Algérie et Cuba étaient les modèles les plus souvent évoqués. Marie-Andrée croyait voir devant elle le professeur de science politique Clément Marcoux, plus vieux de quelques années, embauché dans la « seconde » université française de Montréal. Un ton plus bas, comme s'il s'agissait là du plus grand secret, il ajouta :

— Il y a aussi un journal clandestin, *La Cognée*.

Juste à ce moment, quelqu'un frappa contre la vitre de la voiture, côté conducteur. Marie-Andrée laissa échapper un cri aigu, son compagnon sursauta. L'instant d'après, il descendait sa vitre.

— Qu'esse vous faites là, vous aut' ?

— … Nous discutons de politique.

Quoique franche, la réponse amena le constable à froncer les sourcils. Pourtant, la jeune fille à la mine sérieuse s'appuyait contre la portière opposée à celle du garçon. Quant à ce dernier, son air d'intellectuel ne portait pas à le soupçonner de faire des galipettes au flanc du mont Royal.

— Bin, allez discuter politique ailleurs. Pis la p'tite fille, là, y est l'heure qu'a se couche.

À la fois policier et père attentif. On en voyait parfois.

— Vous avez raison, monsieur l'agent, acquiesça Marie-Andrée. Je travaille demain.

Fausse, puisque ce serait son jour de congé, l'affirmation visait à lui donner l'auréole de la fille sage. Le policier les laissa pour aller réprimer les pulsions sexuelles d'autres jeunes gens. Clément démarra sans demander son reste. En s'engageant dans l'avenue du Mont-Royal, il remarqua :

— Nous devrons nous trouver un endroit plus discret, sinon nous nous ferons surprendre tôt ou tard.

Une fois le silence rompu, sa compagne osa revenir au sujet précédent.

— Toi, tu ne fais pas partie du FLQ… ou de l'un de ces groupes révolutionnaires ?

Le silence dura juste un moment.

— Voyons, que vas-tu penser ! Je suis le fils d'un médecin d'Outremont, j'ai tout du rat de bibliothèque avec mes petits bras sans muscles et mes lunettes de plastique. Tu le sais bien, je n'ai pas les épaules de Claude Gauthier.

Comme ça, son regard admiratif sur le chanteur, plus tôt dans la soirée, avait piqué la jalousie de son compagnon… Cette pensée lui tira un sourire satisfait.

Quand Maurice gara sa Volkswagen en face de l'appartement de son ami, il vit un taxi dans l'entrée, et une vieille femme dans l'escalier, une petite valise à la main. La belle-mère avait profité de leur arrêt à la pouponnière pour s'esquiver et venir chercher ses affaires.

— Attendons pour descendre, le pria Émile.

Il ne souhaitait pas non plus vivre une confrontation entre eux. Quand la voiture disparut à l'intersection suivante, les deux hommes gagnèrent l'appartement. Maurice le trouva terriblement vide.

— Si tu me dis où tu caches ton cognac, je te verserai un verre.

— … Dans le garde-manger, répondit son ami.

Une minute plus tard, le professeur revenait avec un verre pour chacun. Le nouveau veuf éploré en but la moitié d'un coup, toussota un peu, puis avala le reste. Heureusement, Maurice avait pris la précaution d'apporter la bouteille. Une heure plus tard, Émile présentait des yeux vitreux et une propension à livrer ses pensées les plus intimes.

— J'aurais bien dû m'en douter… Dieu a eu sa vengeance, et de la pire façon. C'est comme si je l'avais tuée moi-même. Elle avait bien raison : mettre enceinte une femme de cet âge, c'était la condamner à mort.

L'homme faisait allusion à l'accusation formulée par madame Poitras plus tôt dans la soirée.

— Ne dis pas ça. Tu sais bien que ça n'est pas vrai. Personne ne peut être tenu responsable d'une infection… même pas les personnes chargées de faire le ménage à l'hôpital, je suppose.

— J'ai trahi mon engagement religieux. Il a pris sa revanche.

Au cours de la dernière année, Émile Trottier avait affiché son athéisme. Les derniers événements l'amenaient à renouer avec sa foi en Dieu. Pas en un Dieu infiniment bon, mais en un Dieu vengeur, capable d'employer la façon la plus cruelle de punir quelqu'un : tuer son être cher.

— Des gens meurent tous les jours, cela n'a rien à voir avec Dieu.

— J'ai trahi mon vœu de chasteté.

Maurice secoua la tête, découragé par le spectacle de cette misère et par l'expression de cette idée fixe. En regardant son ami dans les yeux, il demanda :

— Alors, quel était mon crime ?

Émile écarquilla les yeux, sans comprendre.

— Ma femme a été tuée par un chauffard. Je suppose qu'il s'agissait aussi d'une punition pour mes fautes.

Le veuf éploré le regarda longuement, puis finit par baisser la tête. Si sa souffrance le conduisait à l'autoflagellation, appliquer la même logique à son ami lui semblait horrible.

— Je suis en train de devenir fou, je pense. Ne fais pas attention à moi, je dis des bêtises.

— Tu viens de perdre ta femme. Il n'y a pas de bonne façon de réagir.

— Oh oui, il y en a une ! J'aimerais m'endormir pour de bon. Me réveiller dans une autre vie, ou dans une autre dimension.

Voilà que les émissions de télé donnant dans le fantastique envahissaient l'esprit des désespérés. Parler d'une autre dimension, pour évoquer la mort, rassurait plus que l'image d'un trou creusé dans la terre froide.

Maurice connaissait très bien ce désir d'en finir ; il se souvenait aussi de l'argument lui ayant permis de surmonter sa propre souffrance.

— Ta fille vient de perdre sa mère. Penses-tu vraiment que perdre aussi son père lui sera d'un quelconque réconfort ?

Quatre ans plus tôt, cette pensée l'avait tenu en vie, lit-téralement. Toutefois, Marie-Andrée avait treize ans alors, pas moins d'une journée. Le nouveau-né ne garderait aucun souvenir de sa perte. Émile ne se laisserait pas convaincre aussi facilement.

— Une bonne famille pourra s'en occuper.

Le visiteur préféra se taire, Émile trouverait une réponse à opposer à chacun de ses arguments. L'alcool aidant, bientôt le veuf accablé s'affala sur lui-même dans son fauteuil, sa respiration se fit plus profonde et régulière. Son sommeil s'avéra toutefois agité. Maurice le regarda longuement, puis il alla s'étendre sur le canapé. Se coucher dans la chambre l'aurait trop effrayé : le fantôme de Jeanne devait la hanter. Dans son esprit, il la revoyait le jour où il l'avait aidée à s'aliter. Le désir qu'il avait éprouvé à ce moment lui faisait honte maintenant.

Chapitre 4

Le canapé du salon d'Émile Trottier se révéla extrêmement inconfortable. À cinq heures du matin, Maurice ouvrit les yeux, surpris de se trouver là. Il lui fallut une ou deux minutes pour se souvenir des événements de la veille, puis il se sentit profondément déprimé. Émile dormait dans son fauteuil, écrasé sur lui-même. Seule une solide dose de cognac lui avait permis de sombrer dans le sommeil.

Sans faire de bruit, Maurice se rendit dans la salle de bain. Il chercha un rasoir afin de faire disparaître l'ombre noire sur ses joues. Son ami lui pardonnerait certainement de lui avoir emprunté un instrument aussi personnel. Avant de sortir, il s'assura de jeter toutes les lames dans la cuvette et de tirer la chasse. Trottier avait exprimé la veille des envies de suicide, mieux valait lui enlever tout moyen de passer à l'acte.

Il revint ensuite dans le salon pour s'assurer que son compagnon dormait toujours, puis s'occupa de préparer du café. L'odeur valait bien la sonnerie d'un réveille-matin. Bientôt, Émile apparut dans l'entrée de la cuisine.

— Dis-moi que tout ça est un cauchemar.

Son désespoir était palpable. Au lieu de lui répondre, Maurice posa une tasse sur la table, devant sa place habituelle. Émile s'assit, avala une première gorgée.

— Ma tête va éclater.

La douleur attribuable à l'alcool avalé la veille malgré un estomac vide chasserait peut-être l'autre, plus insidieuse, agissant comme un acide sur l'âme.

— Je vais te préparer à déjeuner. Un repas te fera du bien.

Le professeur sortit des œufs du frigidaire et une poêle du tiroir sous la cuisinière électrique.

— Ça prendra quelques minutes. Pourquoi ne pas aller sous la douche et te changer ?

Son ami lui jeta un regard hésitant.

— Tu te sentiras mieux ensuite. Ce matin, tu devras prendre un certain nombre de décisions.

— … Je ne pourrai pas.

— Je serai avec toi.

Émile hocha la tête, puis obtempéra. Quand il entendit le bruit de l'eau, Maurice se rendit dans le salon afin de téléphoner. Son premier appel fut pour Justine. La veille, il lui avait laissé un message collé à la porte du frigidaire annonçant la naissance d'un enfant. Quand elle apprit la mort de la mère, tout de suite elle offrit :

— Je peux me rendre à Saint-Hyacinthe, si tu crois que je pourrais aider.

Devant le silence de son frère, elle insista :

— Ton ami n'est certainement pas en mesure de s'occuper d'un poupon.

— … En fait, je ne crois pas qu'il puisse s'occuper de lui-même en ce moment. Tu as raison. Viens en autobus ici. Nous laisserons la porte déverrouillée. Fais comme chez toi en attendant notre retour.

Il lui donna aussitôt l'adresse d'Émile.

Cette aide enlevait un poids des épaules du bon samaritain. Après des années à travailler comme infirmière, sa sœur saurait comment prendre soin du père et de la petite fille. Après avoir raccroché, il consulta sa montre, puis composa un second numéro. La secrétaire du directeur du cégep ne se trouvait pas encore au travail, mais le père Benoît répondit après la huitième sonnerie. Son «oui» témoignait de son impatience.

— Mon père, c'est Maurice Berger. Je suis désolé de vous déranger de si bon matin. Je devine que la préparation de la nouvelle année ne vous laisse aucune minute de répit.

— Je ferais mieux de coucher ici, puisque je pars après le coucher du soleil et que j'arrive avant son lever.

En août, cela signifiait plus de seize heures de travail. Le directeur enchaîna, maintenant plus amène :

— Vous ne me téléphonez certainement pas pour me plaindre au sujet de la lourdeur de ma tâche.

— Non… Je voulais vous demander la permission de m'absenter quelques jours. La femme de mon meilleur ami vient de mourir en couches.

Comme le religieux demeurait silencieux, Maurice insista :

— Il s'agit d'Émile Trottier. Il vous a envoyé une recommandation, je pense, quand j'ai posé ma candidature.

Ces mots donnèrent une certaine réalité à l'existence de cet ami et à son drame. Le franciscain laissa libre cours à sa compassion.

— Oui, bien sûr. Assurez-vous toutefois de vous préparer pour la rentrée.

— Croyez-moi, je ferai tout pour présenter la meilleure figure en septembre. Je tiens à cette nouvelle carrière.

Un instant plus tard, Maurice trouvait le rond de la cuisinière d'un beau rouge. Préparer des œufs ne prit guère de temps. Il prépara aussi des rôties. Quand son ami revint dans la cuisine, lavé et avec des vêtements propres sur le dos, son repas l'attendait sur la table.

— Je me demande à quoi tout cela sert. Je ferais mieux de disparaître.

Cette façon allusive d'évoquer de nouveau sa propre mort ne permettait pas de craindre qu'il ne se précipite vers le tiroir où étaient rangés ses couteaux les plus tranchants. Inutile de le traîner de force à l'hôpital psychiatrique Saint-Jean-de-Dieu. Maurice entendit plutôt le détourner de ce projet.

— Dans quelques minutes, tu pourras expliquer ça à une petite fille née hier.

La remarque porta. Des larmes coulèrent sur les joues d'Émile, des sanglots secouèrent ses épaules. Comme aucune parole ne pouvait le rasséréner, Maurice préféra rester silencieux.

Quand les deux hommes quittèrent l'appartement, Maurice décida de se rendre directement à l'hôpital. Personne ne pourrait mieux enraciner son ami dans la vie que cette enfant née la veille. Quand les employés de la pouponnière les reconnurent derrière la grande vitre, un petit conciliabule eut lieu, puis une employée de vingt ans vint les rejoindre avec le poupon.

— Monsieur Trottier, prenez-la dans vos bras.

Il eut un mouvement de recul de tout son corps, comme s'il entendait prendre la fuite. La jeune femme lui tendit tout de même le nouveau-né, il n'eut d'autre choix que de l'accepter. Un long moment, les yeux dans les siens, il tint une conversation muette, des larmes coulant sur ses joues. Maurice conclut de cette réaction qu'il ne servait plus à rien de mettre les lames hors de sa portée.

Après un moment, l'infirmière tendit les bras pour reprendre le bébé et le ramener dans son lit minuscule, de l'autre côté de la paroi de verre.

— Tu sais, intervint Maurice après quelques instants, nous devons nous occuper d'organiser les funérailles.

D'abord, Émile ne réagit pas. Son ami allait répéter ces mots quand il consentit enfin :

— Tu as raison, nous ne pouvons la laisser là… mais je ne sais pas quoi faire.

— Moi, je sais. Viens.

Tout naturellement, Maurice emmena Émile chez l'entrepreneur de pompes funèbres s'étant chargé de la dépouille d'Ann quatre ans plus tôt. Dans une ville de la taille de Saint-Hyacinthe, aucun décès ne passait inaperçu.

Le vendeur d'embaumements et de cercueils s'attendait à voir se manifester le veuf malheureux. Une fois dans son petit bureau avec le client, il commença :

— Quand entendez-vous tenir les funérailles ?

Émile se tourna à demi vers son compagnon, les yeux vides.

— Vendredi prochain.

— Je n'ai parlé à aucun curé.

— Tu habites la paroisse de mon frère, nous passerons le voir tout à l'heure.

L'enseignant habitait effectivement dans la paroisse Saint-Jacques, ce qui faciliterait le règlement des détails de la cérémonie.

— Nous prendrons le corps dans quelques minutes, déclara l'homme. L'exposition pourra commencer ce soir, un peu après souper.

— Je n'ai aucune famille, ces simagrées ne serviront à rien, remarqua le veuf.

— Mais de son côté, Jeanne a des parents.

La veille, Maurice avait pu apprécier la présence très abrasive de la belle-mère. Un beau-père et des frères et sœurs devaient entourer cette mégère. Émile le détrompa :

— Elle était très seule aussi.

Après un moment de réflexion, il continua :

— En plus de ses parents, je connais quelques cousins et cousines, et des amies.

L'énumération le convainquit de la nécessité de sacrifier au moins un peu à la tradition, même si son premier désir aurait été de laisser le corps de son amoureuse intact. Le processus d'embaumement ressemblait tellement à un outrage.

— Nous pourrions nous limiter à une seule journée, jeudi, proposa l'entrepreneur de pompes funèbres devant l'hésitation perceptible de son interlocuteur.

On était mercredi matin. Si des parents lointains voulaient lui rendre une dernière visite, ils auraient le temps de faire le trajet. Émile donna son assentiment d'un signe de la tête.

— Maintenant, venez à côté pour choisir un cercueil, l'invita le commerçant en se levant.

— Je ne pourrai pas, refusa le veuf en pâlissant.

— Reste ici, je vais m'en occuper.

Maurice assumait sans fléchir le rôle de meilleur ami. Pourtant, il lui en coûtait de se replonger dans ses états d'âme de 1963. Il reconnut la bière achetée pour Ann, lors de son précédent passage dans ce commerce. Il choisit le même modèle pour Jeanne.

Une fois ces formalités réglées, les deux hommes prirent le chemin du presbytère de la paroisse Saint-Jacques. Lorsque la ménagère vint ouvrir à Maurice, elle s'exclama :

— Monsieur Maurice, je ne savais pas que monsieur le curé vous attendait.

— Il ne m'attend pas. Nous venons pour organiser des funérailles.

Au même moment, la domestique aperçut le visage ravagé d'Émile Trottier. Elle les conduisit dans le bureau du prêtre. Quand celui-ci arriva, il affichait une mine de circonstance.

— Je vous exprime toute ma sympathie, monsieur…

— Émile Trottier.

— Mes condoléances, monsieur Trottier.

L'ecclésiastique se tourna à demi pour tendre la main à son frère.

— Bonjour, Maurice. Comment vas-tu?

Dans les circonstances, répondre «très bien» aurait été totalement déplacé.

— Ça va. Je commence un nouvel emploi. Cela comporte quelques défis.

Ces mots mirent fin aux retrouvailles familiales. Adrien Berger leur désigna des chaises, il occupa la sienne.

— Alors, monsieur Trottier, nous devons organiser les funérailles de…

— Mon épouse… Elle est morte hier.

Dire cela à haute voix, c'était s'empêcher désormais de nier la réalité.

— Vous avez prévu un moment pour la cérémonie?

— Vendredi, en matinée.

Le veuf acceptait ainsi le jour proposé par son ami. Puis les deux hommes s'entendirent sur les détails du service funèbre, et sur son prix. Pendant ce temps, Maurice examinait ces lieux familiers. Sa dernière visite datait de quelques semaines. À ce moment, Justine portait encore son costume de nonne. Depuis sa petite rébellion contre la tyrannie maternelle, les relations familiales étaient à reconstruire. Il n'avait fait aucun geste en ce sens.

Quand les derniers détails furent réglés, il se leva pour donner le signal du départ.

— Nous devons retourner à l'appartement. Je suppose que Justine doit déjà nous y attendre.

Le prêtre profita du commentaire pour dire:

— Elle s'est installée chez toi, à Longueuil, n'est-ce pas?

Si Maurice n'avait pas donné de ses nouvelles à son frère, sa cadette se montrait plus attentionnée. Adrien connaissait un peu les va-et-vient de sa sœur.

— Oui. L'absence de Marie-Andrée me permet de mettre une chambre à sa disposition.

— Elle n'a pas envie de reprendre son travail à l'Hôtel-Dieu de Saint-Hyacinthe ?

Très souvent, après avoir abandonné la vie religieuse, les gens continuaient d'occuper leur emploi. Un seul changement radical dans leur existence suffisait.

— Je suppose que son désir de connaître un nouvel environnement était plus fort que son besoin de sécurité.

Maurice faisait allusion aux confidences de son frère, formulées l'été précédent. L'ecclésiastique craignait de ne pouvoir assurer sa propre subsistance s'il quittait les rangs de l'Église. Il accusa le coup à ce rappel de sa couardise.

Le professeur continua :

— Elle souhaite se faire embaucher à Saint-Luc ou à Notre-Dame.

Afin de se soustraire à une conversation familiale ne le concernant pas, Émile Trottier sortit sur la grande galerie du presbytère. Quand son ami vint le retrouver, il demanda :

— Justine doit nous rejoindre ?

— À ton appartement. J'ai pensé qu'elle pourrait s'occuper de ta fille, les premiers jours.

« Et de toi aussi », songea Maurice. En tant qu'infirmière, elle avait dû être en contact avec tout un contingent de personnes victimes d'une perte cruelle. Devant la mine surprise de son ami, il précisa :

— Ni toi ni moi ne savons comment prendre soin d'un nouveau-né, et à l'hôpital, ils doivent déjà avoir hâte de donner son berceau à un autre bébé.

Émile Trottier devait se rendre à l'évidence, cette enfant était la sienne. On la lui mettrait de nouveau dans les bras, avec des souhaits de bonne chance. Pareille situation le laissait désemparé.

Comme prévu, ils trouvèrent Justine assise dans le salon de l'appartement. Elle alla directement vers Émile Trottier pour prendre ses deux mains dans les siennes et dire :

— Je compatis de tout cœur avec toi.

Le tutoiement visait à établir un contact personnel. Puis, elle allongea le cou pour l'embrasser sur la joue. Le veuf murmura un merci embarrassé.

— Maintenant, le mieux serait de passer à l'hôpital, suggéra-t-elle. Il y a une enfant avec qui tu dois faire connaissance.

— … D'accord. Attendez-moi un instant.

Émile disparut dans la salle de bain. Justine consulta son frère du regard.

— Hier, murmura celui-ci, il parlait de suicide. Ce matin, cela semblait être passé.

— Il faudra lui faire rencontrer un médecin, pour obtenir une prescription de calmants.

Maurice hocha la tête pour donner son assentiment, sans toutefois savoir comment convaincre son ami de consulter un professionnel dans ce but.

Quelques minutes plus tard, le trio entrait à l'Hôtel-Dieu. Dès le hall, d'anciennes collègues vinrent à la rencontre de Justine afin de lui demander de ses nouvelles. Certaines la regardaient de façon inamicale, des religieuses susceptibles de lui reprocher sa désertion ou de la jalouser pour avoir eu le courage de changer le cours de sa vie.

Pendant un moment, Justine bavarda avec la préposée à l'accueil, puis elle fit quelques appels avec le téléphone de celle-ci. Quand elle revint vers les deux hommes, ce fut pour leur annoncer une étrange nouvelle :

— Il y a une madame Poitras là-haut qui réclame le droit de partir avec l'enfant.

— Ma belle-mère. Elle ne peut pas faire ça, n'est-ce pas ?

Émile parlait d'une voix incertaine. Justine le prit par le bras pour le guider dans les couloirs de l'hôpital. Avant même d'entrer dans la pouponnière, ils entendirent une voix revêche :

— Voyons, je suis sa grand-mère, je peux certainement l'emmener avec moi !

— Son père est passé la voir ce matin, il ne nous a rien dit à cet égard.

Justine alla directement vers la vieille dame :

— Madame, la seule personne autorisée à partir avec cette enfant est son père.

— Jamais cet homme ne saura s'occuper d'un bébé, c'est un religieux défroqué.

La précision n'allait certainement pas lui gagner la sympathie de l'ancienne sœur hospitalière. Heureusement, Justine avait mis une jupe très sage ce matin, avec un ourlet à la hauteur des genoux, et non un jeans.

— N'insistez pas, madame. Monsieur Trottier partira avec sa fille.

Tout de suite, elle passa de l'autre côté de la grande fenêtre. Maurice et Émile la virent discuter avec les employées, puis aider celles-ci à préparer le bébé pour son départ.

— Vous n'allez pas faire ça ! protestait encore madame Poitras. Déjà, vos mauvais soins ont tué ma fille !

Trottier parvint à grand-peine à contenir sa colère. Ce ne fut que lorsque Justine vint lui remettre un poupon soigneusement enveloppé dans une couverture que la grand-mère renonça à son projet pour s'enfuir, littéralement.

J'ai de quoi la faire manger aujourd'hui et la changer, indiqua l'ancienne religieuse en montrant le sac de tissu qu'on lui avait donné, mais nous devrons passer à la pharmacie en sortant d'ici.

Le père paraissait terriblement embarrassé par son fardeau. Il lui faudrait du temps pour s'habituer à manipuler un être aussi fragile.

— Tout à l'heure, j'ai demandé qu'un médecin de garde vous dise un mot, continua Justine.

Elle prenait spontanément la direction des opérations, et les hommes paraissaient heureux de s'en remettre à quelqu'un. Ils la suivirent jusqu'à la section des urgences, où elle discuta avec des infirmières avant de leur désigner la salle d'attente. Dix minutes plus tard, une garde-malade vint chercher «monsieur Trottier». Celui-ci jeta un coup d'œil à sa voisine, surpris.

— Allez-y. Je vous assure qu'un médecin saura vous aider.

Quand le petit groupe remonta dans la Volkswagen, Émile était muni d'une ordonnance «afin de dormir un peu». Plus exactement, un calmant avait été prescrit à l'intention d'un homme ayant évoqué le désir d'en finir. Bien sûr, avec son bébé dans les bras, il ne pouvait renouer avec des discours de ce genre. Grâce au rétroviseur, Maurice put observer son collègue déjà plus calme assis à l'arrière, puis il adressa un sourire de connivence à sa sœur installée dans le siège du passager. Elle le lui rendit.

Juste en ayant placé un nouveau-né dans les bras du père, l'infirmière avait permis à l'ancien religieux de s'investir dans une nouvelle existence.

※

Même si Émile paraissait triste comme les pierres, il accepta d'apprendre comment nourrir et changer sa fille. Son silence, dans ces moments, avait quelque chose de troublant. Aucun mot tendre, aucun gazouillis. Âgé de vingt-quatre heures, qu'est-ce qu'un enfant retiendrait d'une telle froideur pendant ses premiers jours de vie ?

Après le dîner, Justine lui suggéra :

— Tu devrais aller dormir un peu. C'est encore la meilleure façon de traverser cette épreuve.

— La traverser ? Pourquoi ? Ma vie est terminée.

Depuis une heure, l'homme éprouvé renouait avec son insupportable mélancolie.

— Mais la sienne commence. Alors, si ce n'est pas pour toi, fais-le pour elle.

La répartie le troubla. Justine vint prendre l'enfant dans ses bras. Il ne bougea pas. Devant son regard interrogateur, il expliqua :

— Je ne veux pas retourner dans la chambre. Il y a trop de souvenirs, puis son odeur sur l'oreiller…

La veille, seul le cognac lui avait permis de tolérer la présence du fantôme de sa femme. Après une pause, il poursuivit :

— En réalité, c'est pareil dans tout l'appartement.

La femme consulta son frère du regard. Celui-ci comprit finalement le message muet.

— Viens chez moi.

Émile hésita.

— Mon appartement est assez grand pour vous accueillir tous les deux.

Maurice évoquait une nouvelle famille, composée d'un homme et de son enfant. L'ancien religieux demeurait incertain. Son envie de fuir sa maison était profonde, mais son orgueil aussi. Devenir dépendant d'un autre ne lui disait rien. À la fin, la perspective de se retrouver seul lui parut insupportable. La souffrance minait sa dignité.

— Avec Jeanne, nous avions acheté un petit lit et tout le nécessaire quand on attend un bébé.

— Ça ne rentrera pas dans la Volks, mais nous pourrions prendre ta grosse américaine. Je récupérerai ma voiture quand nous reviendrons, jeudi.

— Jeudi ?

— Je t'accompagnerai au salon funéraire.

— Ce ne sera pas nécessaire.

Justine écoutait l'échange, touchée par la gentillesse de son frère. Ce dernier insista :

— Il y a quatre ans, j'aurais aimé avoir un ami. Confie ton bébé à ma sœur, puis viens m'aider à mettre vos affaires dans ta voiture.

Les larmes aux yeux, le veuf obtempéra. Trente minutes plus tard, tous montaient dans la vieille Chevrolet.

Jusque-là, Maurice Berger avait imaginé que son nouvel appartement abriterait tout au plus deux personnes, chacune ayant sa chambre. La seconde reviendrait à Marie-Andrée, ou encore à Justine en l'absence de sa fille. Il se refusait à songer qu'un jour, une nouvelle compagne viendrait vivre chez lui. Après sa pitoyable aventure avec Diane Lespérance, un pareil avenir lui semblait improbable.

Quand il stationna la vieille automobile sur le côté du duplex, l'ancienne religieuse descendit la première pour venir prendre le bébé des mains de Trottier, tout en lui rappelant de rentrer le matériel apporté de Saint-Hyacinthe et celui acheté dans une pharmacie chemin faisant.

Le petit lit dans les bras, Émile se planta sur le trottoir pour examiner la demeure de son ami.

— Vraiment, c'est très bien.

— Oui, j'ai eu de la chance.

Tout en emportant les objets nécessaires aux soins d'un poupon, Maurice lui expliqua la nature de son entente avec le propriétaire. Une fois dans l'appartement, l'invité constata qu'il n'y avait que deux chambres.

— Là, je me sens de trop.

— Vous pourrez vous installer dans ma chambre, proposa Justine. Je coucherai sur le canapé.

— Jamais je n'accepterai de vous imposer cela.

Maintenant, trois réfugiés logeraient sous ce toit. Depuis leur départ de Saint-Hyacinthe, Maurice avait eu le temps de penser aux aménagements.

— Justine, je pense que le mieux serait que tu gardes la chambre. Accepteras-tu que l'on mette le berceau près de toi?

Avant qu'Émile ne se sente à l'aise pour procurer des soins à un nouveau-né, mieux valait laisser cette responsabilité à une infirmière. Celle-ci donna tout de suite son accord.

— Quant à toi, ce soir, tu te contenteras du canapé. Demain, nous aurons toute la journée pour trouver un lit pliant et le mettre dans mon bureau. Ce sera un peu juste, mais ça ira.

Dans l'esprit de Maurice, l'arrangement demeurerait temporaire, les choses rentreraient bientôt dans l'ordre. De son côté, après avoir pris un calmant, Émile Trottier fut plus apte à mettre de côté sa fierté. Puis, de toute façon, pouvait-il faire autrement?

Depuis le lundi de la semaine précédente, Maurice avait discuté à deux reprises avec sa fille. Ce soir-là, en fin de soirée, il s'installa dans son bureau, la porte fermée, pour lui parler de nouveau. Désormais, la surpopulation de l'appartement rendrait ce moment d'intimité moins accessible : quelqu'un coucherait dans cette pièce.

— Qu'as-tu fait de ta journée de congé ?

— Pas grand-chose. Traîner dans les magasins pour regarder.

La question répétée des vendeuses « Puis-je vous aider ? » recevait toujours la même réponse : « Je regarde. » Cet aveu implicite de la modestie de ses moyens la gênait. Clément Marcoux avait plaidé l'obligation de travailler sur son mémoire de maîtrise pour refuser de la voir.

— Mais hier soir, je suis allée entendre Claude Gauthier dans un café. Quelle belle voix !

Mentalement, elle disait plutôt : « Quel bel homme. »

Son père la ramena vite vers une réalité immensément plus cruelle.

— J'ai une mauvaise nouvelle. La femme d'Émile Trottier est décédée hier, après son accouchement.

À l'autre bout du fil, il y eut un long silence. Marie-Andrée avait rencontré cette femme une seule fois, plusieurs semaines plus tôt. Le décès de cette presque inconnue la touchait pourtant profondément.

— Et son enfant ?

— Sa petite fille est bien vivante. Comme Émile est totalement détruit, je l'ai invité à venir s'installer ici, le temps qu'il retrouve un certain équilibre.

— Tu as bien fait. Je te reconnais là.

Cette appréciation de sa générosité lui fit chaud au cœur. Il tenait à faire sur elle la meilleure impression.

— Puis, au-delà de son état dépressif, Émile n'a aucune notion des soins à procurer à un bébé. Justine doit lui montrer comment le changer, lui donner le biberon. Vingt-cinq ans chez les Frères de l'instruction chrétienne ne préparent pas à la paternité.

— Tu ne savais pas faire mieux.

Maurice devinait son petit sourire moqueur. La jeune fille croyait posséder ces compétences du simple fait de son sexe, et elle considérait qu'un homme avait peu de chances de les acquérir.

— Mais j'ai appris. Demain, je partirai avec lui vers midi pour l'inévitable corvée du salon funéraire.

Il y eut un instant de silence. Tous les deux se souvenaient de ces journées atroces à attendre à côté d'un cadavre, pour recevoir et serrer la main de cent cinquante personnes peut-être, pour la plupart de simples curieux.

— Quand les funérailles auront-elles lieu ?

— Vendredi en matinée. Adrien présidera la cérémonie.

— Je ne sais pas si mon patron va me donner congé, surtout que je me suis absentée lundi de la semaine dernière…

Sa présence lui paraissait aller de soi, puisqu'il s'agissait de l'épouse du seul ami de son père. Pourtant, ce dernier la découragea.

— Tu sais, ce n'est pas nécessaire. Je l'assurerai de ta sympathie. Puis tu pourras le lui répéter de vive voix la semaine prochaine.

Cette façon de présenter les choses ressemblait à une injonction pour le mercredi à venir : son père entendait la voir ce jour-là. Après quelques mots, Maurice mit fin à la conversation.

Chapitre 5

Le jeudi 17 août, tôt le matin, Maurice et Émile commencèrent par dénicher un lit pliant, puis ils refirent le trajet vers Saint-Hyacinthe. Au salon funéraire, le veuf affligé se retrouva devant sa belle-mère. Elle se trouvait flanquée du fils de Jeanne, Hubert, issu d'un premier mariage. Élève officier au Collège militaire royal de Saint-Jean, son uniforme rouge et son petit calot rond lui donnaient l'air d'un soldat de pacotille. D'un autre côté, son visage torturé faisait craindre qu'il ne veuille s'en prendre au second époux. L'échange de regards contenait un défi. Maurice s'en voulut de n'être pas arrivé le premier. Les parents de la morte se tenaient à côté du cercueil, comme s'ils en étaient les propriétaires.

— Où avez-vous laissé ma petite-fille ? cracha le dragon.

À son ton, un témoin aurait pu croire qu'elle soupçonnait son gendre de kidnapping.

— Une infirmière s'en occupe à la maison. Je ne pense pas que sa place soit ici.

— Elle aurait pu voir sa mère une dernière fois.

Émile serra les mâchoires à s'en faire mal. Pour éviter des échanges disgracieux, Maurice intervint :

— Sa mère n'est plus là. Infliger une atmosphère aussi lugubre à une enfant de deux jours serait cruel.

Jusqu'à la fin de la soirée, ces deux-là ne s'adresseraient plus la parole. La paix fragile entre eux tenait à cette précaution. Pourtant, tôt ou tard, Émile devrait convenir d'un moyen de maintenir la communication entre la petite Jeanne et ses grands-parents, et cela, au-delà de la cérémonie du baptême qui ne saurait tarder.

Quant au demi-frère, rien ne laissait présumer qu'il entendait garder le moindre contact avec le nouveau-né.

Maurice alla se placer devant le cercueil, sacrifiant au rituel habituel. À genoux sur le prie-Dieu, les mains jointes, il regarda longuement le visage de la dépouille. Un épais maquillage cachait – pas très bien, en réalité – le masque de la mort. Vivante, le sourire spontané, les yeux rieurs, la mobilité des traits avaient rendu cette femme désirable. Maintenant immobile, le teint un peu grisâtre, la peau tendue sur les bourres de coton dans ses joues, elle offrait un spectacle navrant.

Trois mois plus tôt, combien il l'avait désirée ! Des pensées aussi éculées que « Nous sommes peu de chose devant la volonté de Dieu » lui traversèrent l'esprit. Une autre s'incrusta : la vie durait peu, elle pouvait se terminer de la façon la plus inattendue. En gaspiller un seul jour était un crime.

Avec cette conviction nouvelle, Maurice alla se cacher dans un coin du salon funéraire. De temps en temps, il allait s'assurer qu'Émile tenait le coup. À peu près personne ne vint, et pour la plupart, il s'agissait de connaissances de Jeanne Poitras. Il crut même reconnaître Ginette, sa *blind date* si décevante du printemps précédent. En la voyant, il jugea le moment propice pour se rendre aux toilettes.

Cette visiteuse fit bifurquer ses réflexions vers Diane Lespérance. Le café de la gare routière ne se situait pas très loin – en réalité, à Saint-Hyacinthe, on pouvait se rendre à pied partout. Un long moment, il s'imagina entrer dans le petit restaurant, marcher jusqu'au comptoir et déclarer : «Je te demande pardon, je me suis comporté comme un salaud. » Puis proposer à Diane de reprendre leur relation comme si de rien n'était. La honte de sa conduite avec elle le retint.

Un peu après sept heures, le frère Pacôme vint se placer devant le cercueil pour se recueillir. L'année précédente, le religieux était l'employeur de Maurice. «Il doit se demander si le désir d'une femme valait de mettre fin à une vie religieuse et de perdre la certitude du salut éternel », songea ce dernier. Puis il se dit que ce pouvait être tout le contraire : le frère éprouvait peut-être un grand vertige devant le constat d'une existence privée de tout véritable amour. Impossible de lire ses pensées sur son visage.

Ignorer son ancien patron ne se faisait pas. Le professeur s'approcha donc, la main tendue.

— Mon frère, j'espère que tout se passe bien pour vous, avec la rentrée prochaine.

— Dans mon cas, ça fait tellement longtemps, je suis sur le pilote automatique. La situation doit être plus difficile dans les nouveaux cégeps.

— D'un côté, nous sommes plongés jusqu'au cou dans l'improvisation. Mais la sensation d'écrire sur une page blanche a quelque chose de grisant. Nous inventons des contenus. Je prépare des cours de littérature.

La pensée de sa collaboration avec Martine Cossette suffit à lui tirer un sourire.

— Je vous remercie de m'avoir recommandé. J'avais vraiment besoin de ce changement dans ma vie.

— Ouais… Gérer tous les nouveaux employés représentera, pour moi aussi, un changement riche en défis.

L'affirmation lui parut grinçante. Le directeur changea de ton pour demander :

— Émile… Comment se porte-t-il ?

— Le premier jour, il exprimait son envie d'en finir. Maintenant, il prend du Valium, et la présence de son enfant l'aide à s'accrocher.

La médication émoussait la douleur, sans toutefois la faire disparaître. La blessure demeurait intacte.

— Pourra-t-il reprendre l'enseignement en septembre ?

— Je ne saurais vous le dire.

— Dans ton cas, tu avais manqué seulement quelques jours…

La remarque contenait une invitation explicite : « Essaie de le faire revenir le plus tôt possible. Si tu y es arrivé, lui aussi y parviendra. » Maurice n'avait aucune envie d'accepter ce rôle ingrat.

— Tous les êtres humains sont différents, et je ne pense pas que ma façon de faire face était la meilleure.

Le frère Pacôme esquissa une grimace, déçu. Il avait perdu un professeur expérimenté en le recommandant, et un veuvage inattendu menaçait de le priver d'un autre.

— Je tenterai de lui parler avant de partir d'ici, signala le directeur, afin d'en savoir un peu plus sur ses projets. Je dois planifier la rentrée des classes.

Le mot « projets » convenait mal dans le cas d'un homme brisé par la douleur. Le pauvre, en ce moment difficile, ne décidait absolument rien.

À neuf heures, les deux amis quittèrent le salon funéraire pour rentrer à Longueuil. Pendant la moitié du trajet, Émile demeura résolument coi. Maurice le soupçonnait de profiter de l'obscurité pour pleurer silencieusement. Puis il dit d'une voix brisée :

— Personne n'est venu, à part le patron.

Comme son compagnon ne disait rien, il continua :

— De tout le personnel de l'école Saint-Joseph, seul le frère Pacôme a daigné se présenter. Aucun autre. Personne non plus de la congrégation. Voilà ce que veut dire le mot "fraternité", dans ces organisations. Les "mon frère" par-ci et "mon frère" par-là ne contiennent pas un atome de vérité.

Évidemment, les dirigeants devaient interdire tout à fait les contacts avec un défroqué, de peur d'une contagion du désir de liberté.

— Je ne remettrai plus jamais les pieds dans cette école.

Cette démission, Émile Trottier l'avait-il déjà remise verbalement à son patron plus tôt dans la soirée ? Son ami répondit à cette question muette.

— Grâce à notre petite grève de l'hiver dernier, nous avons maintenant une assurance santé raisonnablement bonne. Je ne doute pas qu'un médecin me déclarera incapable de travailler au moins jusqu'à Noël.

Maurice pensait aussi que c'était possible. Cette confidence le rassura : si Émile avait des projets de ce genre, c'était dire son envie de vivre.

Le lendemain à huit heures trente, ils furent quatre à monter dans la vieille Chevrolet pour se rendre à Saint-Hyacinthe. Émile avait tenu à ce que sa fille dise un dernier

77

adieu à sa mère. Sa présence ne lui pèserait pas, Justine la tiendrait dans ses bras.

Au lieu d'aller au salon funéraire afin d'assister à la fermeture de la bière, le quatuor se présenta tôt à l'église. Cela lui permit de prendre place dans le premier banc, à droite de l'endroit où, un peu plus tard, on placerait le cercueil. Maurice se demandait ce qu'il faisait là. À l'arrivée des beaux-parents et du demi-frère, il comprit. Ceux-ci furent obligés de rester derrière eux. L'époux et les amis gardaient la première place dans la mise en scène de la souffrance.

Pendant toute la cérémonie, madame Poitras garda les yeux sur le bébé, et sur l'inconnue le tenant dans ses bras. Puis le cercueil fut emporté hors de la nef, et tout le monde se dirigea vers le fond de l'église pour rejoindre le cimetière. Lorsque la bière descendit dans la fosse, Émile émit un rire nerveux. Terriblement mal à l'aise, Maurice devina que son ami avait sans doute doublé sa dose de Valium afin de supporter la journée. Cette réaction augmenterait encore la haine des parents de sa femme défunte.

Enfin, avant de rentrer à Longueuil, le petit groupe s'arrêta à l'appartement de Trottier pour prendre des vêtements, de même que certains documents essentiels. Afin qu'Émile ne soit pas seul, il fut décidé qu'il ferait le trajet dans sa propre voiture, avec Justine et le bébé à ses côtés. Quant à Maurice, il récupéra avec plaisir sa Volkswagen.

Une nouvelle routine s'installa dans l'appartement de la rue Saint-Laurent. Les pleurs d'un nouveau-né faisaient remonter Maurice dans le temps, jusqu'au moment de la naissance de Marie-Andrée. Le petit lit allait d'une pièce à l'autre, pour suivre le père ou Justine. Émile la présentait déjà comme la marraine. Pour que cela devienne officiel, il faudrait planifier bientôt le baptême. L'ancien religieux pouvait bien être en chicane avec Dieu, mais sans cette formalité, une personne n'existait pas vraiment au Québec. L'infirmière se laissait gagner par ce rôle de mère suppléante, au point où elle pressentait déjà la douleur de la séparation.

Le lundi matin, Maurice s'en alla tôt au cégep afin de préparer ses cours. Il fut déçu de ne pas voir Martine Cossette sur les lieux. Le hasard de l'allocation des bureaux lui faisait partager une pièce avec ses collègues de la section français les plus âgés. La jeune femme, quant à elle, se tenait avec la seule autre enseignante féminine de l'établissement.

L'idée de partager son espace avec d'anciens franciscains ne réjouissait guère Maurice. Après avoir salué son directeur afin de rassurer celui-ci sur sa ponctualité, il chercha un endroit où travailler. La bibliothèque lui fournissait une collection assez intéressante de livres. En l'absence des étudiants, il prit ses aises sur les grandes tables.

À son retour à la maison, il découvrit Justine assise sur une chaise berçante sur la galerie, le bébé dans les bras.

— Notre invité fait un petit somme ?

— Il est plutôt allé chez le médecin. Son bureau est situé juste en face de ton cégep.

— Le docteur Ferron ?

— Possible. S'il veut profiter d'un long congé, quelqu'un doit d'abord le déclarer inapte au travail.

Son frère hocha la tête pour acquiescer. Il en coûterait trop cher à l'employeur pour qu'il se contente de la parole donnée, un praticien confirmerait l'inaptitude au travail d'Émile.

— Tu veux que je t'apporte une bière ? proposa-t-il à Justine.

Les chaudes journées d'août lui donnaient envie de se rafraîchir.

— Une sœur, boire sur la voie publique ! Tu imagines le scandale !

— Une ancienne sœur. Si tu préfères, je vais la verser dans une tasse.

— … Dans ce cas, une demie.

Trois minutes plus tard, Maurice apportait deux tasses en disant :

— Tiens la mienne, je reviens.

Il apporta une seconde chaise sur la galerie, prit sa boisson.

— Pour le nouveau professeur de cégep aussi, la consommation d'alcool est un péché.

Il exagérait, mais des années de travail dans une école catholique privée le rendaient prudent. Après une gorgée, il enchaîna :

— Manifestement, tu apprécies ton nouveau rôle.

Elle contemplait le poupon dans ses bras.

— L'expérience fait naître en moi toute une série d'émotions parfois un peu contradictoires, pas toutes agréables. Cette petite Jeanne me permet de mesurer ce que j'ai raté. Je me sens comme si vingt ans de ma vie m'avaient échappé. Émile me disait ressentir la même chose.

— Je l'ai bien entendu décrire sa situation dans les mêmes mots. Le commentaire de sa femme me semblait plutôt sage : des joies peuvent survenir tard, ou jamais.

— Il me l'a répété. Parler à quelqu'un qui est passé par là me fait du bien.

Ces deux-là s'offraient une consolation mutuelle, ayant vécu la même expérience. Il s'agissait d'une aubaine pour Justine : quelqu'un comprenait son sentiment d'avoir raté sa vie, son désarroi devant le monde d'expériences s'offrant à elle, sa honte devant le regard des autres, où elle lisait la désapprobation pour son abandon de la vie religieuse.

— Je ne l'ai pas entendu parler de nouveau de son désir de mourir, confia Maurice. Quand Jeanne est décédée, il a évoqué une malédiction divine.

— Voilà bien toute l'ironie des gens dans notre situation : d'un côté, nous en sommes venus à croire que la religion est une histoire pour les enfants, comme le père Noël. En même temps, la notion de péché demeure imprégnée en nous, tout comme celle du Dieu vengeur. Même sans avoir subi un malheur comme un décès, on a l'impression qu'un œil mauvais nous surveille sans cesse. Nous sommes tous des Caïn.

Après avoir reçu quatorze ans d'enseignement de la part de frères ou de prêtres, et subi la culture janséniste ambiante tout au long de son existence, Maurice avait la même impression. Dans son cas toutefois, l'œil lui semblait bleu et glacé, comme celui de Perpétue, sa mère.

Le bébé laissa échapper une plainte. Justine se pencha pour lui dire, avec cette voix étrange que l'on utilise seulement avec les poupons :

— N'écoute pas les horreurs que je raconte, ce n'est pas pour tes oreilles.

Puis, elle revint à la question posée par son frère :

— Émile reste profondément déprimé, mais son désir de bien s'occuper de sa fille l'amène à prendre mieux soin de lui. Voilà un scénario que tu connais, n'est-ce pas ?

L'allusion à sa relation avec Marie-Andrée le rendit nostalgique. Celle-ci pouvait rester une semaine entière sans lui donner de ses nouvelles. Maintenant qu'il ne poursuivait plus deux femmes de ses assiduités, ce long silence lui pesait.

— Depuis son arrivée dans la maison, tu ne parles plus de reprendre ton travail d'infirmière.

— Pour l'instant, je pense avoir plus urgent à faire. Tu sais qu'Émile m'a offert de me payer pour mes services ?

Quelques mois plus tôt, Émile se plaignait de la pauvreté de ses ressources. Quand Maurice rappela ce souvenir à haute voix, sa sœur expliqua :

— Comme tout nouveau parent, je suppose, il avait pris une assurance sur sa vie et celle de sa femme.

Afin d'assurer la sécurité de l'enfant, en cas de malheur. Maurice avait fait la même chose en 1950, et en 1963, le décès d'Ann l'avait enrichi. Assez pour éponger son hypothèque et quelques autres dettes.

— Je reprendrai le travail bientôt, poursuivit Justine, à l'hôpital Notre-Dame ou à Saint-Luc. Dans une semaine, Émile sera aussi compétent que moi pour prendre soin de sa fille. Comme il souhaite prendre un congé, il en aura le temps.

Une pensée inquiéta Maurice : son ami entendait-il profiter de son hospitalité jusqu'au jour où la petite demoiselle célébrerait son dix-huitième anniversaire ? Que ce soit à Noël ou seulement en septembre 1968, son retour éventuel au travail lui compliquerait la vie dans sa nouvelle situation familiale. Peut-être au point de lui donner envie de s'incruster. Après quelques jours, sa générosité de la semaine précédente se trouvait mise à mal par la relative exiguïté de son appartement.

Peu après, Émile apparut au coin de la rue Grant. Il leur adressa un salut de la main et accéléra un peu le pas pour les rejoindre. Le professeur de cégep regretta son égoïsme.

Le lendemain, mardi 22 août, peu après son arrivée au travail, Maurice entendit :

— Tu as raté quelques jours la semaine dernière. Le directeur a parlé d'un décès.

La voix venait de l'embrasure de la porte du bureau. Il leva les yeux pour découvrir Martine Cossette. Même si son short allait jusqu'à mi-cuisses, la tenue cadrait mal avec une journée de travail. Des libertés de ce genre lui vaudraient sans doute un avertissement du père Benoît.

— La femme de l'un de mes amis est morte après son accouchement.

Martine parut franchement émue.

— Quelle situation horrible ! On croit volontiers que les progrès de la médecine nous mettent à l'abri d'accidents de ce genre, mais la vie nous enseigne le contraire.

— Une infection… Mais peut-être veux-tu t'asseoir un instant ?

— Tes collègues ?

— J'ai dû leur donner le mauvais exemple, car ils ne se sont pas présentés ce matin. Ou alors ils célèbrent une fête religieuse quelconque.

La jeune femme lui adressa un sourire amusé, puis elle prit place sur la chaise placée devant son bureau.

— Vous êtes entassés les uns sur les autres, ici.

Les trois pupitres ne laissaient presque plus de place dans la pièce, sans compter l'absence totale de discrétion. Aucun étudiant ne voudrait venir discuter de ses résultats scolaires dans un pareil contexte.

— Avec un peu de chance, nos cours seront sur des plages horaires différentes. Nous ne serons jamais tous ensemble ici.

— Je te le souhaite. Nous ne sommes que deux dans mon bureau.

— Je sais, avec l'autre jeune femme.

— Le directeur a probablement voulu m'épargner les attentions déplacées de ces messieurs.

Le sourire de Martine, un peu moqueur, embarrassa Maurice. Sans doute le rangeait-elle parmi les vieux messieurs victimes du démon du midi. Que répondre à cela ? Évidemment, la présence d'une si charmante fille à quelques pieds de lui l'aurait détourné de son travail. Le léger chemisier rose révélait toute sa gracilité.

Son silence amena son interlocutrice à changer totalement de sujet.

— Comment se porte-t-il ?

Elle faisait allusion au veuf éploré, son collègue le comprit bien.

— Pendant les premières heures, j'ai jeté toutes les lames de rasoir présentes dans son appartement. Maintenant, il va mieux.

Comme elle gardait ses yeux bleus fixés sur lui, il précisa :

— Afin de ne pas le laisser seul, je l'ai invité à venir habiter chez moi, avec son nouveau-né.

Martine hocha la tête, d'un air entendu. Un moment, Maurice eut envie de lui demander de formuler sa pensée à haute voix. Elle ne lui en laissa pas le temps :

— Même si je ne le connais pas, je suis de tout cœur avec lui. Maintenant, je te laisse travailler.

Puis, elle se leva en lui souhaitant une bonne journée. Un bref instant, il fut sur le point de demander : «À midi, que dirais-tu d'aller luncher avec moi ? » Puis l'allusion aux attentions déplacées l'amena à se retenir.

— Bonne journée aussi.

Déjà, elle se dirigeait vers la porte. Le regard de Maurice s'attarda un moment sur les cuisses à demi révélées, sur les fesses bien découpées par le short. Le père Benoît avait bien raison d'épargner à l'enseignante la proximité de ses collègues d'un certain âge.

En fin d'après-midi, ils se croisèrent dans le couloir, chacun tenant à la main son porte-documents. Sans autre préambule, elle lui demanda :

— Penses-tu être prêt dans une dizaine de jours ?

Le mois de septembre semblait venir bien vite, il y avait de quoi angoisser une néophyte.

— On a toujours l'impression qu'on n'y arrivera pas. Finalement, une fois les élèves devant nous, on se débrouille.

— Il me semble que j'ai de quoi les entretenir pendant deux semaines, pas pendant quatre mois. Quelle idée folle de mettre un cours de linguistique au programme ! Les jeunes me diront que cela ne sert à rien, et je ne saurai pas quoi leur répondre.

Maurice jugea à propos de ne pas partager son opinion personnelle sur le sujet : évidemment, cela ne servirait à rien. À la place, il y alla d'une généralité :

— À part un cours de conduite automobile, rien de ce que nous avons à proposer ne leur semblera utile. Tu sais, la littérature ne leur paraîtra pas plus pertinente.

« Oui, mais au moins on peut mettre au menu des œuvres intéressantes », songea-t-elle. Mieux valait cependant ne pas s'attarder trop longtemps à ces récriminations. Machinalement, ils s'étaient engagés dans l'escalier pour se rendre à l'entrée principale.

Son collègue l'amena à un autre sujet d'insatisfaction.

— Pour rentrer chez toi, au moins tu vas dans le sens contraire du flot de passagers.

— Jusqu'à Berri-de-Montigny. Mais vers le nord, nous sommes pressés comme des sardines. C'est la même chose le matin. En fait, je gâche deux bonnes heures par jour dans les transports en commun.

Maurice avait justement quitté Saint-Hyacinthe pour s'éviter une perte de temps aussi longue. Pourtant, dans sa voiture, à écouter la radio, son sort aurait été meilleur. Dehors, ils marchèrent ensemble jusque de l'autre côté du chemin Chambly. Aucun autobus n'attendait à l'arrêt.

— Si tu veux, je te conduis jusqu'à la station de métro, proposa-t-il.

— Voyons, je ne disais pas cela dans l'espoir d'obtenir un *lift*!

— Je dois me rendre à Place Longueuil. Tu es libre de profiter de l'occasion ou pas.

Martine soupçonnait un gros mensonge, mais la perspective de réduire la durée de son trajet l'emporta.

— Tu as vraiment une âme de saint-bernard.

La remarque faisait surtout référence au fait qu'il hébergeait un ami endeuillé et son bébé. Ce geste généreux s'était imprimé dans la mémoire de la jeune femme.

— Je pourrais être comparé à un animal moins sympathique. J'habite à deux pas, nous prendrons la voiture devant la maison.

Il entendait effectuer le trajet à pied le plus souvent possible. Après tout, ce serait son seul exercice physique dans les semaines à venir.

Quelques minutes plus tard, ils arrivaient devant le duplex de la rue Saint-Laurent. Une nouvelle fois, il parla de la location avec option d'achat. Machinalement, il déverrouilla la portière de la voiture et jeta son porte-documents sur la banquette arrière au lieu de le déposer dans la maison. Il préférait ne pas avoir à expliquer à Justine qui était cette jeune femme.

— Je pense que je me trouverai des fêtes religieuses à célébrer, comme tes collègues, dit-elle.

Maurice ne comprit pas l'allusion, alors elle précisa:

— Si eux peuvent préparer leurs cours à la maison, cela vaut sans doute pour moi aussi.

Son collègue se sentit un peu déçu, puis il se morigéna pour avoir eu une pensée presque coupable. Peu après, il s'engagea dans la rue conduisant à la station de métro Longueuil. En s'arrêtant, il conseilla :

— Parles-en tout de même au père Benoît.

Comme elle haussait les sourcils, intriguée, il expliqua :

— Si tu travailles à la maison, mieux vaut qu'il le sache. Les privilèges des vieux franciscains, même défroqués, ne s'appliquent pas nécessairement à nous.

Martine approuva d'un geste de la tête, lui souhaita une bonne soirée, puis descendit. Sa petite taille et son effort pour faire de grandes enjambées faisaient onduler ses hanches d'une curieuse façon.

Chapitre 6

Comme elle l'avait promis à son père, Marie-Andrée se présenta à l'appartement en fin de matinée le mercredi suivant. Pour l'occasion, le professeur de cégep avait averti son patron qu'il poursuivrait son travail de préparation de cours à la maison. La veille, il avait recommandé à Martine Cossette d'effectuer la même démarche si elle entendait s'absenter. L'initiative prendrait des allures d'épidémie cette semaine-là, mais le père Benoît ne pouvait prétendre que le fait qu'un enseignant travaille dans son bureau le rendait plus productif.

Maurice attendait sa fille assis sur la galerie, un livre dans les mains. Il avait si hâte de la revoir. Après les bises, il s'enquit de sa situation de façon bien générale :

— Comment va la vie ?

La grande adolescente commença par laisser entendre son rire clair, puis déclara :

— Je peux vendre du poulet même en dormant. Comme Nicole rentre après la fermeture du club Playboy, j'ai droit à quatre bonnes heures de sommeil avant d'entendre son ronflement.

Quand le père avait entendu parler de l'emploi de sa nièce, son inquiétude s'était accrue. Cette brunette ris-quait d'influencer sa petite Marie-Andrée dans la mauvaise direction… Puis la conscience de ses propres fautes morales l'avait rendu plus tolérant.

— Et ? continua-t-il avec un sourire narquois.

— Et je sors avec un gentil garçon.

— Celui qui souhaite enseigner dans une université montréalaise qui n'existe pas encore, compléta Maurice en hochant la tête.

— Toutes les semaines, on lit dans les journaux des articles sur sa création.

Comment un père pouvait-il critiquer un prétendant désireux d'exercer le même métier que lui ? Tout de même, il aurait bien aimé rencontrer ce jeune homme pour se faire une opinion. Il passa son bras autour des épaules de sa fille.

— Viens dans la maison, nous passerons bientôt à table.

Une fois à l'intérieur, Marie-Andrée se tint dans l'entrée du salon, un peu intimidée.

— Monsieur Trottier, je vous offre toute ma sympathie.

L'ami de son père se leva du fauteuil et vint vers elle, son bébé dans les bras, pour l'embrasser sur la joue.

— Je te remercie, tu es gentille.

— J'aurais aimé me rendre à l'église, mais avec mon emploi…

— Je comprends très bien. Puis tu sais, des funérailles, ce n'est pas pour une jeune personne comme toi.

En réalité, la mise en scène de la mort ne convenait à aucun âge de la vie. Il en allait différemment de la naissance. Marie-Andrée en donna une parfaite illustration en tendant les mains.

— Je peux ?

Émile Trottier lui posa sa fille dans les bras en disant :

— Elle s'appelle Jeanne.

Le choix du prénom dérangea la visiteuse. Il faisait lourdement peser le souvenir de sa mère sur l'orpheline.

Avec son précieux fardeau, Marie-Andrée marcha vers la cuisine. De nouveau, la vision de Justine vêtue d'un pantalon, un jeans qui plus est, lui fit une drôle d'impression.

— Bonjour, ma tante, fit-elle en l'embrassant.

— Hello ! Je vois que tu as découvert notre petit trésor.

En entendant le déterminant possessif qu'elle venait d'employer, Maurice se troubla.

Après le dîner, le père et la fille convinrent d'aller faire des emplettes. Cela leur offrirait un moment en tête-à-tête, « comme avant ». En sortant de l'appartement, Maurice lui tendit ses clés :

— T'entraîner un peu te fera du bien, sinon tu risques de revenir à ton niveau de compétence de mai dernier.

Marie-Andrée les accepta avec une grimace. Ses semaines d'apprentissage de la conduite automobile n'avaient pas été une sinécure. En démarrant, elle cala le moteur, laissa échapper un « maudit » entre ses dents, le juron des jeunes filles sages.

— Continue dans la rue Saint-Laurent. Nous allons au nouveau centre d'achat, Place Longueuil. Il a été inauguré l'an dernier.

— Je suis passée devant en autobus, tout à l'heure. C'est bien celui qui est situé tout près de la station de métro, n'est-ce pas ?

— Oui. Tout est nouveau, dans la province. On dirait que tout le monde va au pas de course.

Pour les gens de son âge, tout progressait trop vite. En même temps, une nouvelle institution, le cégep, lui permettait de relancer son parcours professionnel. Alors, continuer de se plaindre du temps qui passe, comme si tout devait aller plus mal, devenait un peu ridicule.

Bientôt, la jeune fille stationnait la voiture près de l'établissement commercial. Il comportait une soixantaine de boutiques et magasins. Le plus important était le Miracle Mart. Afin de souligner la rentrée prochaine, son père lui offrit une jupe raisonnablement longue : montrer une trop grande partie de ses cuisses serait bien inconvenant dans une école tenue par les sœurs de la Congrégation Notre-Dame. Le chemisier assorti semblait bien pudique aussi.

Au passage, ils s'arrêtèrent pour regarder la programmation du cinéma.

— J'irai demain ou après-demain, pour laisser la petite famille en tête-à-tête.

— Veux-tu dire que tante Justine et monsieur Trottier…

— Non, non, pas vraiment. Mais tu as vu comme moi que maintenant, cette petite fille semble avoir un père et une mère.

Oui, elle avait remarqué cette curieuse situation.

— Vas-tu les héberger longtemps ?

— Dans le cas de Justine, aucune date n'a été arrêtée. Après tout, comme tu habites Montréal, j'ai une chambre de libre.

Le reproche pointait bien un peu dans la voix de Maurice. Marie-Andrée se sentit rougir. Bien sûr, son caprice coûtait cher, mais elle n'entendait pas renoncer à sa liberté.

— Je ne veux pas laisser Émile partir avant qu'il ne sache s'occuper convenablement de sa fille… Puis je ne voudrais pas le savoir seul dans son appartement de Saint-Hyacinthe. Tu comprends, son moral n'est pas au mieux.

— Quand je pense combien tous les deux formaient un couple sympathique, commenta-t-elle. La vie me paraît bien injuste.

Cette injustice, la jeune fille et son père l'avaient subie aussi.

Tu as raison. Bon, maintenant passons par le Steinberg. Je dois faire des provisions pour la maisonnée.

On entendait l'ironie dans son ton. À la longue, sa bonne action lui pesait.

En fin de soirée, Maurice avait insisté pour raccompagner sa fille chez sa marraine. «Je ne te laisserai pas traîner dans les rues à une heure pareille», avait-il affirmé. Pourtant, six soirs par semaine, elle revenait du travail en métro et à pied.

Tout de suite après leur départ, Émile était allé au lit. Les Valium l'assommaient; il se couchait tôt et se levait tard. Alors, Justine s'enferma dans sa chambre, avec Jeanne. Elle mettait le petit lit tout à côté du sien, et passait des heures à la regarder. À la moindre plainte, elle s'empressait de la prendre dans ses bras pour la tenir contre sa poitrine. Le poupon accrochait ses doigts aux boutons de sa chemise, comme attiré par ses seins.

— Oh! Ma pauvre, tu ne trouveras rien. Ce sont des excroissances inutiles. Mon ventre aussi est sec.

Tandis qu'elle prononçait ces mots, des larmes coulaient sur ses joues.

Maurice Berger habitait Longueuil depuis tout près de vingt jours. Il avait bien peu profité de son nouvel environnement. À peine avait-il rangé toutes ses affaires à la bonne place que l'arrivée d'Émile Trottier avait créé une seconde révolution dans son existence. Si sa cohabitation avec sa sœur lui avait permis d'apprendre à mieux la connaître, elle qui, après toutes ces années en congrégation, revenait parmi les siens, dans le cas de son vieil ami et de son poupon, l'addition à la maisonnée gâchait beaucoup sa tranquillité.

En allant s'asseoir dans la cuisine le matin du 26 août, il découvrit des couches mises à tremper dans son évier, et un bébé laissait entendre une plainte ininterrompue dans la pièce à côté. Vu les circonstances, il se contenterait de deux rôties et d'un café. Justine apparut bientôt après avoir récupéré la petite Jeanne dans son couffin.

— Ah ! Bonjour, Maurice. Je ne savais pas que tu étais déjà debout. Il est encore tôt.

Entre les pleurs et la porte de la salle de bain ouverte et fermée à quelques reprises, il devenait difficile de faire la grasse matinée.

— Je ne peux passer la matinée au lit. Réalises-tu que je suis allé seulement une fois à l'Expo ? J'aimerais y retourner aujourd'hui, avec toi.

Sa sœur ne répondit pas, aussi il continua :

— Nous pourrions dîner dans le restaurant où Marie-Andrée travaille. Cela lui ferait une jolie surprise.

Ce serait surtout une occasion pour lui de la revoir. Elle avait beau se trouver tout près, il ne la fréquentait pas plus qu'au moment où il habitait Saint-Hyacinthe. Sa sœur hésita un moment, puis expliqua :

— J'aimerais bien, je t'assure. Mais j'ai promis à Émile de prendre soin du bébé.

L'ancien religieux apparut dans l'entrée de la pièce en disant :

— Je pense que je viens d'entendre mon nom.

— Je disais à Maurice que j'allais prendre soin de Jeanne, aujourd'hui.

— Et je t'en serai éternellement reconnaissant.

Le regard entre eux laissait entrevoir une complicité croissante. La femme quitta les lieux avec l'enfant. Émile alla vers le comptoir en proposant :

— Si tu veux, je vais préparer du café frais. Celui-là pourrait sans doute réveiller un mort.

— Oui, ce serait une bonne idée.

Alors que son ami lui tournait le dos, Maurice demanda :

— Si ma sœur doit s'occuper de ta fille, je suppose que tu passeras une partie de la journée hors de la maison.

— Ce sera le cas. Savais-tu qu'hier, je suis allé voir le docteur Ferron ?

Émile fit volte-face, lui demanda s'il voulait des rôties, puis se mit à les préparer. Visiblement, il tentait de se rendre utile.

— Après m'avoir raconté en long et en large le contenu de son futur roman intitulé *Le ciel de Québec*, le bon médecin m'a accordé un long congé… pour me remettre de ma dépression. Le frère Pacôme sortira de ses gonds quand je lui annoncerai qu'il ne pourra pas compter sur moi en septembre.

D'un côté, Maurice se sentit inquiet pour la santé de son ami, tellement l'idée d'un diagnostic de complaisance lui paraissait improbable. De l'autre, cela laissait présager une longue cohabitation. Aussi, il demeura silencieux le temps qu'une tasse de café frais et deux rôties atterrissent devant lui. Émile se servit, puis vint s'asseoir aussi.

— Je veux te rassurer, je ne pense pas couler le reste de mes jours en ta compagnie.

Au moins, Maurice ne lança pas : «Non, non, reste le temps que tu voudras.» Cela aurait été trop hypocrite.

— Toutefois, continua le nouveau veuf, comme je ne sais pas encore ce que sera ma vie… Cela tient à la lenteur de ma compagnie d'assurance à se manifester. Il paraît que tout le monde est en vacances, au mois d'août. Il faudrait écrire cela dans tous les contrats : « Ne mourez pas avant septembre. »

— Tu parles de l'assurance-vie de Jeanne ?

— Nous nous étions prémunis contre les coups durs. Cependant, nous pensions tous les deux que je serais le premier à rejoindre mon Créateur, et pas quelques mois plus tard. Il s'agissait de protéger la mère et l'enfant. Voilà ce que valaient nos prévisions pour l'avenir.

— Et avant le règlement de l'affaire, tu es à court de ressources.

Émile lui adressa un sourire contraint, surpris de voir son ami interpréter ainsi ses confidences.

— Non, pas vraiment. Pour le moment, je vis de mes économies. Ensuite, ce sera la protection de l'assurance collective, au travail. Alors, j'aimerais que tu me dises ce que ça coûte de vivre ici. Je t'en rembourserai la moitié.

Maurice pensa d'abord protester, comme s'il devait se présenter comme le meilleur des hommes, puis il accepta d'un signe de tête. Agir autrement, ce serait blesser la dignité de son ami. Ce dernier précisa :

— Je formulerai des projets d'avenir quand je saurai exactement à quoi m'en tenir sur mes ressources.

— … Tu ne songes pas à retourner à Saint-Hyacinthe ?

— Pas plus que toi. Nous avons tous les deux de très bonnes raisons de vouloir repartir à zéro. Dès que ce sera possible, je veux dire quand je me sentirai mieux, j'offrirai mes services un peu partout.

L'entendre parler de sa carrière future rassura Maurice. Pour les jours à venir, il tenterait de mieux supporter ses nouveaux arrangements domestiques.

Le 3 septembre, un dimanche, Marie-Andrée se leva à huit heures pour disparaître tout de suite sous la douche. Quand elle vint s'asseoir à la petite table de la cuisine, elle demanda à sa tante Mary :

— Votre nouveau locataire n'est pas encore arrivé ?

— Non… Ça fait deux fois que l'un d'eux me fait faux bond depuis une semaine !

La jeune fille essaya d'afficher une mine contrite, même si les circonstances lui plaisaient plutôt. Depuis que Nicole passait cinq, parfois six soirées par semaine au club Playboy, elle rentrait souvent au milieu de la nuit, pas toujours à jeun. La perspective d'avoir bientôt sa propre chambre la réjouissait.

Mary Tanguay aussi pensait à sa grande fille. Les changements survenus au cours de l'été ne lui plaisaient pas tous.

— T'en penses quoi, toi, de son char ?

— Il est très beau. Tout le monde rêve d'avoir une Mustang, et elle est la seule que je connaisse à en conduire une.

— Une voiture qui se vend deux mille cinq cents piasses !

— Dans son cas, il s'agit du modèle 1964. Elle n'a certainement pas payé plus de la moitié de ce montant.

— Ça fait quand même plus de mille piasses.

« Exactement mille deux cent cinquante dollars », songea la jeune fille. Elle vivrait toute une année scolaire avec beaucoup moins que cela. Sa marraine préféra passer à un sujet moins susceptible de la mettre de mauvaise humeur :

— Alors aujourd'hui, c'est ton dernier jour de travail.

— Très précisément, ma soixante et onzième journée à vendre du poulet.

— Quand même, c'était pas si pire.

Marie-Andrée adressa son meilleur sourire à sa tante avant de convenir :

— Vous avez raison. Dès le premier jour, j'ai parlé à plus de monde que pendant toute ma vie auparavant.

Si elle exceptait ses camarades de classe, c'était sans doute vrai. Toutefois, demander cent fois « Que prendrez-vous ? » et annoncer une somme entre deux et trois dollars ne constituaient pas une conversation.

— Si nous nous y mettons tout de suite, je pourrai vous aider à faire la vaisselle avant de partir. Je ne voudrais pas être en retard le dernier jour.

En se levant, Marie-Andrée prit les assiettes pour les poser dans l'évier. Sa parente n'eut d'autre choix que de mettre sa cigarette de côté pour s'occuper du couvert.

Le professeur avait songé aux confidences de son ami une partie de la nuit. Son devoir demeurait de l'accueillir de la meilleure façon, le temps qu'il se remette tout à fait. Toutefois, un autre membre de la maisonnée voyait sa vie transformée. Un peu avant midi, après avoir cons-taté qu'Émile se trouvait engagé avec sa fille dans une conversation où les gazouillis prenaient toute la place, il regagna la cuisine. Justine, pliée en deux, surveillait l'état du rôti.

— Ce sera prêt dans vingt minutes, tout au plus.

— Alors, je mettrai la table dans un instant. Auparavant, j'aimerais te dire un mot.

Elle se releva pour le regarder dans les yeux, vaguement soucieuse.

— Je sais que cela fait longtemps que je vis à tes crochets…

— Non, non, se défendit-il en levant les mains. Je m'inquiète seulement que tu souffres beaucoup, quand tu seras séparée d'elle.

Sa sœur hocha la tête, esquissant un demi-sourire.

— Dans un hôpital, on passe sa vie à s'attacher à des patients et à les voir partir, vivants ou morts.

— Pas après plusieurs semaines.

Comme elle demeurait silencieuse, Maurice continua :

— J'ai cru comprendre que tu ne commenceras pas de sitôt à l'hôpital Saint-Luc.

Il s'en voulait d'avoir entendu une bribe de conversation avec Émile ne le concernant pas. D'un autre côté, que son invité soit devenu le confident de sa sœur le vexait. Si peu de temps après avoir renoué avec son rôle de grand frère, il le perdait.

— Je ne peux pas commencer aussi rapidement que le directeur le souhaiterait, et il prétend ne pas pouvoir m'attendre. Celui de Notre-Dame se montre plus patient.

— Tu retardes ton retour au travail pour t'occuper de Jeanne.

L'ancienne religieuse se fit pensive, puis esquiva l'affirmation avec un soupir :

— Va mettre la table.

Quand il prit les assiettes dans l'armoire, sa sœur lui confia :

— Tu sais, dans les motifs de mon départ de la congrégation, il y avait le désir de prendre mes décisions moi-même. Je risque de me tromper, de me faire du mal, mais au moins, je suis responsable de ma propre existence.

Maurice hocha la tête, puis se dirigea vers la salle à manger.

☀

Avec la fin des grandes vacances, l'affluence avait décliné très vite à l'Expo. Les cours ne commenceraient que dans quelques jours, le mardi, mais la proximité de la rentrée rendait sans doute les étudiants plus casaniers. Et leurs parents renouaient avec leur emploi.

Le comptoir du St-Hubert devint silencieux dès une heure de l'après-midi, aussi les serveuses s'adossèrent au mur, histoire de se reposer les jambes. D'habitude, le gérant ne se donnait pas la peine de venir le jour du Seigneur, peut-être afin de ne pas manquer la messe. Toutefois, le retour à l'école de quelques employés le forçait à refaire ses horaires jusqu'à la fin octobre, au moment où tous les pavillons fermeraient leurs portes et où hôtesses et hôtes rentreraient chez eux.

Quand l'homme sortit de son petit bureau pour venir devant le comptoir, les filles se tinrent bien droites.

— Bon, déjà y a pus personne, alors si vous voulez y aller…

Marie-Andrée n'avait pas besoin de plus d'encouragements. Tout comme deux autres collègues, elle se dirigea dans l'arrière-salle, fit la queue afin de passer dans les toilettes. Quand elle ressortit vêtue d'un jeans et d'un t-shirt, le patron l'attendait, son portefeuille dans les mains.

— La p'tite, t'as bin vu, on n'a pus besoin d'autant de monde. J'te paye tes heures d'à matin.

Quelques billets changèrent de main.

— T'sais, si tu veux travailler les fins d'semaine au restaurant de la Plaza, ça s'rait possible.

La jeune fille comprit juste à ce moment qu'il la mettait dehors.

— Non, je vais essayer de consacrer toute mon énergie à mes études. Mais je vous remercie pour cette offre, et pour cet été.

Finalement, le bonhomme s'était révélé plutôt accommodant, puis ses regards sur ses jambes ne devenaient jamais trop gluants. Aussi, elle s'approcha pour lui embrasser la joue. Il en resta bouche bée.

— Merci encore, monsieur Patenaude.

Sur ces mots, elle tourna les talons pour quitter le restaurant.

— Bin, bonne chance dans tes études, la p'tite.

« Il ne doit pas se souvenir de mon prénom », se dit la nouvelle chômeuse. Mardi, ce statut changerait pour celui d'étudiante. À la sortie du pavillon L'Homme à l'œuvre, France Delisle l'attendait, assise sur le socle d'un lampadaire.

— Qu'est-ce qu'il te voulait ?

— Me renvoyer.

Tout de même, la situation la froissait. S'il l'avait au moins laissée terminer sa journée, son ego s'en serait mieux porté.

— Le cochon. Il t'a payé toutes tes heures, au moins ?

— Non, mais je ne le lui ai pas demandé.

Marie-Andrée s'assit près de sa collègue, la poussant pour se faire une petite place.

— Je suppose que tu vas rentrer à la maison tout de suite...

— Jamais de la vie ! Le premier jour où je suis venue ici, j'ai vu le pavillon des États-Unis. Pour le dernier, j'opte pour celui du paradis des travailleurs. Tu l'as vu ?

— Celui de l'Union soviétique ? Non.

— Voici le moment idéal, les files d'attente seront très courtes. Viens.

France Delisle voulut protester, dire qu'à quatre heures elle retournerait au travail. Mais elle lui emboîta le pas.

La prévision se révéla juste : l'attente ne dura pas plus d'une heure.

— Tu ne m'as jamais parlé de ton prétendant, remarqua Marie-Andrée, le gars qui étudie la mécanique.

— Nous nous sommes revus quelques fois…

Le ton trahissait suffisamment de dépit pour que la châtaine ne pose pas d'autres questions. Pourtant, elle le savait, France s'était montrée généreuse de ses charmes. Il ne s'agissait sans doute pas de la meilleure façon de s'attacher un garçon.

— Et ton étudiant… celui de l'Université de Montréal?

— Clément.

— Oui, le gars qui venait manger du poulet tous les deux jours, pour disparaître ensuite.

Dès le moment où Clément lui avait glissé la main entre les jambes, sa passion pour le poulet s'était estompée. Un coup de fil lui suffisait maintenant pour convenir d'un rendez-vous avec elle, les visites au restaurant devenaient superflues.

— Nous sortons ensemble.

— Comme dans : vous vous entendez bien, ou comme dans : c'est ton *steady*?

Marie-Andrée se posait aussi la question. Puisqu'elle était au travail six soirs sur sept, cela laissait toute latitude à son cavalier pour faire connaissance avec la moitié des hôtesses de l'Expo. D'un autre côté, comme il évoquait volontiers ce qu'ils feraient ensemble dans un, deux ou trois mois, sa réponse témoigna d'un certain optimisme devant l'avenir.

— Pour autant que cela signifie encore quelque chose pendant l'été de l'amour, je dirais que c'est mon *steady*.

Cette attitude demeurait la plus prudente, en cette période où toutes les valeurs traditionnelles, dont la fidélité, faisaient vieux jeu. Pendant les quatre-vingt-dix minutes suivantes, les deux jeunes filles s'extasièrent sur les réalisations de l'Union des républiques socialistes soviétiques. Le barrage hydroélectrique leur laissa un sentiment de déjà-vu, et l'énergie atomique – «pour des objectifs pacifiques», affirmaient les affichettes – rappelait trop les affres de la guerre froide pour les rassurer. En conséquence, comme lors de la visite de chacune au pavillon des États-Unis, la conquête de l'espace les passionna un moment. Un intérêt feint, car tout le monde savait déjà que les Américains remporteraient la course vers la Lune.

Peu avant quatre heures, les deux jeunes femmes revinrent vers le pavillon L'Homme à l'œuvre. Elles demeurèrent un moment embarrassées, plantées devant la porte.

— Bon, alors on se donne des nouvelles, la salua France.

— Bien sûr. Je te souhaite une bonne année scolaire, et on se reparle.

Les bises sur chacune des joues prirent un instant. L'une se dirigea vers le restaurant St-Hubert, l'autre vers la station de métro. Jamais Marie-Andrée ne reverrait sa camarade d'un été. Un emploi, une classe ou tout autre rassemblement aléatoire de personnes créait des assemblages artificiels, d'étranges compagnons de lit, disaient les Anglais. De toute façon, aucune des deux n'avait demandé le numéro de téléphone de l'autre.

Chapitre 7

Lundi, Maurice profitait du dernier jour des grandes vacances de l'été 1967. La rentrée aurait lieu le lendemain, l'imminence du début des classes le rendait fébrile. En passant devant la porte de son bureau, chez lui, il saisit une bribe de conversation :

— Non, je n'ai pas le courage de lui faire face, disait Justine.

…

— Je t'avais demandé de lui dire que la congrégation m'a expédiée à Caraquet.

…

— Bientôt. Je le ferai bientôt. Tout de même, elle n'enquêtera pas auprès de ma supérieure !

Entendre seulement une moitié de la conversation amenait à s'en faire une idée souvent erronée. Mais dans le cas présent, le professeur savait ne pas se tromper. Il s'éloigna pour donner à sa sœur le temps de terminer, puis revint vers son bureau et frappa doucement au cadre de la porte. Justine sursauta, avant de dire :

— Je m'excuse d'être là…

Elle craignait qu'il ne voie sa présence dans cette pièce comme une indiscrétion.

— Tu es chez toi. Prends cette chaise.

Il ferma la porte derrière lui et s'installa sur son siège habituel. Les affaires de famille ne concernaient pas leur invité.

— Tu parlais à Adrien, il y a un instant.

Elle hocha la tête, comme prise en faute.

— Si j'ai bien compris, Perpétue ne sait pas encore que tu as quitté ta congrégation…

— Comment veux-tu que je me présente devant elle ?

Curieusement, tous deux avaient soigneusement évité le sujet des autres membres de leur famille depuis le début de leur cohabitation.

— Tôt ou tard, elle saura.

— Tu ne vas pas aller le lui dire, n'est-ce pas ? fit Justine.

L'idée les fit sourire. Depuis des semaines, Maurice n'avait pas échangé un mot avec sa mère. Il n'entendait pas le faire de sitôt.

— As-tu conscience que tu auras quarante ans l'an prochain, que j'en ai quarante-trois, et que nous la voyons encore comme un juge tout-puissant ?

— Imagine si elle avait rêvé d'être premier ministre, ou astronaute… Avec une volonté comme la sienne, rien n'était impossible.

Si l'image de Perpétue coincée dans le *Apollo landing module* – plus simplement le LM – les amusa un instant, ils revinrent rapidement à leur préoccupation première.

— Tout à l'heure, tu disais qu'elle n'irait pas jusqu'à enquêter auprès de ta supérieure. Moi, je suis certain qu'elle le fera.

— Lui as-tu donné l'adresse d'ici, ou le numéro de téléphone ?

Maurice fit non de la tête. Même son frère ne connaissait pas ses coordonnées. Cette simple précaution témoignait de la domination de sa mère sur lui. Il souhaitait rester introuvable.

— Alors, laissons-la mener son enquête, suggéra sa sœur. Je suppose que si elle se met en tête de chercher une infirmière nommée Justine Berger dans les hôpitaux de la province, elle me dénichera un jour… Bon, maintenant, je te laisse revoir ton cours de demain.

— Ce qui me rendra encore plus nerveux.

L'instant d'après, Justine retrouvait la petite Jeanne et son père.

Le lendemain, après dix semaines de travail, Marie-Andrée se sentit perdue au moment de se lever. La notion de n'avoir rien à faire lui paraissait même angoissante. Et puis, les ronflements appuyés de Nicole lui enlevaient toute envie de faire la grasse matinée. Peu après neuf heures, elle rejoignit sa marraine dans la cuisine. Cette dernière se penchait sur son panier de linge sale.

— Bin c'est dommage que le bruit t'ait sortie du lit, soupira-t-elle sans relever la tête. As-tu du linge à laver ?

Dans le prix de sa pension, la jeune fille était logée, nourrie et, en théorie du moins, blanchie – autrement dit, sa logeuse lavait ses vêtements. Ce service demeurait bien aléatoire. Comme chez toutes les bonnes ménagères, la lessive se faisait le lundi, le repassage le mardi.

— Non, je m'en suis occupée hier soir, en votre absence.

Son capital de vêtements ne lui permettait pas de s'adapter à une lessive hebdomadaire.

— Dans une minute, je te prépare à manger.

Quant aux repas, sa marraine lui donnait sa part si elle se mettait à table au même moment qu'elle. Depuis la fête de la Saint-Jean, cela se produisait pour le petit déjeuner seulement, excepté le mercredi qu'elle passait à la maison.

— Est-ce le téléphone qui t'a réveillée ?

Marie-Andrée, la tête dans le frigidaire, répondit :

— Quand j'ai entendu la sonnerie, un bruit de moteur m'avait déjà tirée du sommeil.

Sa marraine fronça les sourcils, puis comprit.

— Je me demande de qui elle tient ses ronflements. Pas de moi, en tout cas.

Cela ne laissait plus qu'un suspect : le père de Nicole, mort prématurément. La logeuse reprit après une pause :

— Ça me fait de la peine de te dire ça, mais tu vas coucher encore quelque temps avec ta cousine. Le coup de fil, c'était pour m'annoncer la venue d'un touriste. Tu sais, je ne peux pas me passer de cet argent-là.

« De mon côté, je ne peux même pas retourner chez papa sans avoir à partager une chambre avec tante Justine et un bébé », songea la jeune fille.

— Bah ! Ce n'est pas bien grave.

Le ton manquait tellement de conviction que Mary jugea bon de préciser :

— Quand tu partages ta chambre, ça coûte moins cher à ton père.

— Ce n'est pas grave, je vous dis.

— Tu sais, insista sa tante, je ne fais pas une fortune avec ça. Le journal raconte l'histoire de gens qui ont investi deux mille piasses en rénovations pour que tout soit beau dans la maison, pour en toucher huit cents au bout du compte.

Les comptes rendus des journaux demeuraient bien mystérieux. D'un côté, on signalait des dizaines de millions de visiteurs, de l'autre, les restaurateurs, les logeurs, tout le monde se plaignait de ne pas avoir touché le pactole promis.

— Vous savez d'où vient votre nouveau client ?

— Une cliente. Une Ontarienne qui a attendu la fin des grandes chaleurs et des files interminables avant de venir.

Pendant quelques minutes, tout en attendant que les rôties soient prêtes, les deux femmes commentèrent les bonnes et les mauvaises nouvelles concernant l'Expo. Comme la journée menaçait d'être longue, Marie-Andrée annonça bientôt son intention d'aller se promener en ville.

Le mardi matin, elle se leva dès sept heures. Pour une fois, ce fut elle qui réveilla sa cousine au milieu de sa nuit. Cette petite revanche lui fit plaisir. Sa marraine s'agitait devant sa cuisinière électrique, un bruit de robinet venait de la salle de bain.

— Elle veut arriver de bonne heure à Terre des Hommes. Tu viens m'aider à apporter ça ?

Mary Tanguay voulait dire : « Apporterais-tu le déjeuner dans la salle à manger ? » Son passage au St-Hubert la transformait en une experte du service aux tables, selon sa tante.

— Vous croyez que je peux y aller comme ça ?

La jeune fille désigna son peignoir. Quand les pensionnaires étaient des hommes, toutes les femmes de la maison se montraient pudiques. Les femmes n'avaient pas droit à autant d'égards.

— Comme elle sera dans la même tenue, ce n'est pas grave.

Marie-Andrée s'acquitta de sa tâche auprès de la visiteuse, puis passa par la salle de bain. Après avoir mangé un morceau, elle marcha jusqu'à la rue Sherbrooke afin de prendre l'autobus vers l'ouest.

La nervosité lui nouait le ventre. Depuis quelques années, elle exprimait son désir de devenir institutrice, et ce matin-là, elle accomplissait le premier geste pour y arriver. Comme des religieuses de la Congrégation de

Notre-Dame s'occupaient de l'école normale, cela exigeait le respect de certaines convenances. Les manches de son chemisier descendaient jusqu'aux poignets, sa robe s'arrêtait deux pouces seulement au-dessus des genoux.

Le grand édifice de brique jaune était situé au centre d'un petit parc. Une bonne centaine de jeunes filles marchaient en couple et en trio, excepté les nouvelles. Les plus timides gardaient les yeux vers le sol, les autres échangeaient des regards peu rassurés. Marie-Andrée esquissait des sourires, se faisant reconnaître comme une gentille fille. Une camarade s'approcha pour dire :

— Tu es nouvelle, toi aussi.

— Oui. Moi, c'est Marie-Andrée.

— Gisèle.

La fille se montra satisfaite de l'abord facile. Au même moment, un mouvement se produisit près de l'entrée principale. Une religieuse d'une quarantaine d'années se tenait sur le balcon, accoutrée d'un tailleur mal coupé d'un mauvais brun. Certaines de ses consœurs portaient encore le vieux costume noir. Leur présence, naturelle trois ou quatre ans plus tôt, paraissait maintenant anachronique.

La directrice claqua des mains, d'autres enseignantes firent de même. Les jeunes filles se dirigèrent vers les grandes portes. Marie-Andrée reconnaissait les lieux visités le printemps précédent. Dans le petit hall, une sœur répétait sans cesse :

— Dans la salle académique, mesdemoiselles, dans la salle académique !

De la main, elle leur montrait l'escalier conduisant au demi-sous-sol. La grande salle pouvait recevoir tout l'effectif. Elles étaient cent cinquante environ, peut-être un peu plus, et une dizaine d'enseignantes. Toujours flanquée de Gisèle, Marie-Andrée atteint le milieu de la pièce.

Les anciennes continuaient les conversations entamées dehors.

Bientôt, la directrice monta sur une estrade avec ses collègues. Sous son regard sévère, le silence s'imposa rapidement.

— Mesdemoiselles, bienvenue, commença-t-elle.

— Elle a l'air mauvaise, glissa Gisèle entre ses dents.

Sa voisine aurait plutôt dit : préoccupée.

— L'année commence sous des auspices alarmants. Le gouvernement a créé des cégeps, tout le monde parle d'une université nouvelle avec des succursales un peu partout dans la province, puis d'une autre à Montréal, la seconde de langue française, pour assurer la formation des institutrices.

L'évocation de ces changements rendit toutes les candidates nerveuses, certaines recommencèrent à échanger quelques mots à voix basse.

— Pour les nouvelles, la formation que vous commencez ici aujourd'hui, vous la terminerez sans doute ailleurs.

Les murmures montèrent d'un cran, au point que la religieuse tapa des mains afin de récupérer l'attention de toutes les filles.

— Ne vous inquiétez pas, les autorités ont certainement conscience de votre situation, vous ne perdrez pas vos années d'études. Elles s'occuperont de vous.

Marie-Andrée s'amusa de voir la directrice paraphraser le sermon sur la montagne : « Regardez les oiseaux du ciel : ils ne sèment ni ne moissonnent, ils n'amassent rien dans des greniers, et votre Père céleste les nourrit. » La responsabilité de s'occuper d'elles reviendrait à l'Union nationale dirigée par Daniel Johnson. Cette assurance rendait les étudiantes plutôt nerveuses. Chacune verrait sa vie changer en profondeur au cours des deux ou trois prochaines années.

— Pour celles qui reviennent en nos murs, vous connaissez déjà le numéro de votre classe. Pour les autres, restez ici, la directrice des études vous expliquera tout ce que vous devez savoir. Nous nous retrouverons toutes ici à onze heures, pour la messe.

Bien sûr, il s'agissait d'un établissement confessionnel : la messe ouvrait l'année, la prière chacune des demi-journées d'études – le matin et l'après-midi –, et des crucifix décoraient tous les murs.

Tout juste un mois après son embauche au cégep de Longueuil, le 5 septembre, Maurice devait y donner son premier cours. En marchant vers l'établissement, il ressentait une légère envie de vomir. Son état lui rappelait sa toute première journée de travail, en 1944. Quand il entra dans l'édifice, son regard s'attarda sur une toute nouvelle espèce d'étudiants : les cégépiens.

Pour les deux tiers, il s'agissait de garçons. Âgés de dix-huit ou dix-neuf ans, plusieurs portaient le veston et la cravate. Après tout, l'année précédente, la plupart fréquentaient le cours classique, les autres un cours secondaire moderne, c'est-à-dire expurgé du latin et du grec. Dans ces deux types d'établissement, on portait ce costume. Dans le cas de ceux vêtus d'un coupe-vent, ou plus simplement d'une chemise ou d'un t-shirt, l'enseignant s'imaginait voir des clients du cours technique, le « professionnel », qui conduisait directement au marché du travail. Dans le cas des jeunes filles, aucune ne jugeait convenable de se vêtir de la jupe à carreaux et du blazer. Les unes préféraient le pantalon, les autres, une jupe ou une robe. Les plus pudiques les portaient avec un ourlet à deux pouces au-dessus du genou, et les moins farouches, à deux pouces du fond de leur culotte.

Ce serait la première fois que Maurice s'adresserait à une clientèle mixte. Cela ajoutait à sa nervosité. Toutefois, celle-ci tenait surtout au fait que l'enseignement à ce niveau lui était tout à fait inconnu, autant que ses étudiants. Impossible de s'inspirer d'un quelconque modèle.

Le professeur entra dans sa classe cinq minutes avant l'heure prévue. Vingt-cinq jeunes gens l'occupaient déjà. Cinquante yeux le suivirent de la porte à un pupitre placé sur une estrade haute de huit pouces, pas plus. Assis, il sortit quelques documents de son sac, et surtout six romans. Une douzaine d'étudiants arrivèrent encore, puis ce fut l'heure. Maurice alla fermer la porte, revint se planter devant les alignements de petites tables, esquissa un sourire nerveux, puis commença :

— Cette année, on a ouvert sept ou huit cégeps dans la province, sur la quarantaine prévue. Je ne suis même pas sûr du nombre, certains établissements commenceront peut-être les cours avec quelques semaines de retard sur le calendrier. Nous pouvons nous considérer comme un groupe expérimental dans une étude menée par les experts du ministère.

— Des cobayes, glissa un jeune homme au visage couvert d'acné.

— Oui, c'est une façon plus crue de présenter les choses, mais vous traduisez très bien notre situation.

Un ricanement souleva la classe. Cette réaction augmenta son degré de confiance.

— Alors, si nous devons explorer, autant nous pencher sur les romans québécois.

— Pas *Un homme et son péché*! protesta quelqu'un.

— Ni *Le survenant*! renchérit un autre.

Maurice leva la main pour les faire taire, puis poursuivit :

— Inutile d'ajouter *Bonheur d'occasion* ou *Trente arpents*, je les connais aussi. Je pensais à des ouvrages plus récents.

Il se tourna à demi pour prendre l'un de ses livres.

— Celui-ci s'intitule *Prochain épisode*. Une histoire de révolution qui ne ressemble pas au *Docteur Jivago*. Un roman sur un gars en prison qui écrit un roman pour passer le temps. En passant, ne cherchez pas le nom des personnages dans les actualités, on ne les reconnaît pas.

— C'est la révolution dans le sens du FLQ ? demanda un étudiant aux cheveux longs.

— Ça, je vous le laisse découvrir. Puis, dans un genre différent...

Il présenta trois autres romans de la même façon, puis s'aperçut qu'il avait oublié quelque chose :

— Bon, je pense qu'avant tout, j'aurais dû me présenter : Maurice Berger.

Il se retint toutefois de dire ce qu'il faisait avant ou de mentionner son niveau d'études. Il craignait que cela ne gâche une impression sans doute bonne, à en juger par les visages attentifs. Aussi, il reprit :

— Là, il s'agit d'un genre bien différent. *Une saison dans la vie d'Emmanuel.*

Le professeur réussit à intéresser les jeunes jusqu'à la pause en présentant les ouvrages. La mauvaise nouvelle vint en dernier :

— Vous devrez acheter ces livres, et les lire d'ici Noël.

— Les acheter ? s'étonna quelqu'un.

— Ça devrait être gratuit, les livres scolaires, affirma un autre.

— Si jamais vous vous présentez en politique avec cette promesse, je voterai pour vous. En attendant, cherchez des exemplaires de seconde main, regroupez-vous pour les acheter. Enfin, soyez imaginatifs. Dans quinze minutes, je vous décrirai les travaux attendus.

Pendant la pause, une demi-douzaine d'étudiants vinrent s'assurer d'avoir bien pris en note les titres et les auteurs des ouvrages au programme. La seconde partie du cours se déroula aussi sans anicroche. À la fin, certains et certaines saluèrent le professeur. Les autres ne semblaient pas envisager d'un trop mauvais œil l'obligation de devoir revenir la semaine suivante.

En retournant dans son bureau, Maurice paraissait tout à fait satisfait de lui. Son sourire ne pouvait tromper. Quand elle le croisa dans le couloir, Martine Cossette le remarqua tout de suite.

— Je devine que le premier contact a été bon !

— Je ferai la connaissance de quatre autres groupes pendant les jours à venir, mais si cela se passe aussi bien que ce matin, je me sentirai très satisfait de ma nouvelle carrière. Et de ton côté ?

— Je me trouvais devant une classe pour la première fois. Si j'ai mal au ventre comme ça à chaque cours, je ne terminerai pas le mois.

Son âge la rendait peut-être plus vulnérable devant ces jeunes adultes. En tout cas, sa petite robe montrait assez de jambe pour intéresser les garçons… mais pas pour les captiver avec les mystères de la linguistique. Cela pouvait même nuire au climat de la classe, mais ce ne serait pas lui qui le lui dirait.

— Si tu veux, nous pourrions regarder tes préparations ensemble.

Voilà qu'il trouvait une seconde raison de se sentir rassuré. Après tout, dans une évaluation, l'expérience aussi avait un poids, pas seulement les diplômes.

— Tu es gentil. J'y repenserai, mais pour l'instant je vais rentrer à la maison.

Sa main fit un geste vague vers son ventre. Décidément, l'exercice de ce matin lui avait ruiné la digestion.

Dans la grande salle à manger du Bouvillon, lieu de rencontre de la jeunesse, un épais nuage de fumée piquait les yeux. Les quatre étudiants soupaient à la même table.

— Ici, commenta Marie-Andrée à voix basse, que je fume ou non ne fait aucune différence.

Les deux jeunes femmes se tenaient un peu en retrait. Louise Niquet adoptait aussi le ton de la confidence, les yeux fixés sur son compagnon, Pierre Brousseau, maintenant inscrit au barreau, qui tétait sa pipe en se donnant l'air d'un intellectuel très réfléchi ou d'un bûcheron viril… Enfin, une allure susceptible d'attirer les yeux des dizaines de représentantes du sexe faible présentes sur les lieux. Clément Marcoux faisait exactement les mêmes gestes. De ces deux-là, impossible de savoir qui imitait l'autre. Mais peut-être se référaient-ils au même modèle.

— Tu viens ici pour la première fois, remarqua l'étudiante de l'Université de Montréal.

Marie-Andrée se lassait de ce statut de petite cousine venue de la campagne pour visiter la grande ville. Chaque fois qu'on soulignait ces « premières » dans sa vie, elle se sentait étrangère à ce petit groupe, pourtant composé de ses seuls familiers.

— Oui. Jusqu'à la semaine dernière, je travaillais tous les soirs, cela m'empêchait de courir les restaurants ou les bars.

Louise choisit de ne pas entendre le brin d'impatience dans sa voix.

— Avec le centre social de l'Université de Montréal et le Café Campus, il s'agit d'un repaire d'étudiants. Déjà, c'est grand à cet étage, aux deux autres, il y a une salle de danse et un bar, où se produisent souvent des chansonniers ou des musiciens. Je suppose qu'un spectacle commencera vers neuf heures.

On était le 9 septembre, un samedi. Dans cette affluence, certains renouaient avec les habitudes de l'année précédente. Mais dans le lot, un grand nombre découvrait sans doute les lieux. Ces nouveaux venus ne cachaient pas leur enthousiasme pour leur vie sociale future.

Dans la salle, le nombre de jeunes femmes valait celui des garçons. À une époque où ces derniers composaient la part du lion de l'effectif des universités, leurs cavalières étaient nécessairement plus jeunes et moins scolarisées qu'eux. Marie-Andrée aurait dû se sentir moins intimidée.

Elle entendit Pierre Brousseau qui demandait à son ami, la voix moqueuse :

— Ton directeur de recherche a dû te réserver un accueil plutôt froid, au moment de la rentrée.

Clément Marcoux se renfrogna quand il admit :

— Sa première remarque a été : "Bon, monsieur Marcoux, vous avez sans doute passé tout l'été sur le terrain de l'exposition."

— Voilà quand même un homme bien perspicace, s'amusa Louise Niquet.

Marie-Andrée tendit l'oreille, facilement anxieuse pour les succès ou les insuccès de son ami. Un peu plus et elle se serait sentie coupable de le détourner de ses études par sa seule présence.

— J'ai bien progressé, pourtant.

— Combien de pages ? voulut savoir Pierre Brousseau.

— Apprendre la politique, ce n'est pas seulement noircir des pages. Cela se fait surtout sur le terrain.

— L'université de la vie, en quelque sorte.

Vraiment, le stagiaire en droit savait se montrer caustique, au point où Marie-Andrée se demanda si la relation entre les deux amis se dégradait. Le sourire de Clément la rassura tout de suite.

— Oui, tu peux présenter les choses de cette façon.

Un regard vers sa compagne l'amena à l'interroger :

— Mais toi-même, tu ne m'as pas parlé de tes débuts à l'école normale.

— Parce que je ne peux pas en dire grand-chose. Nous avons quelques femmes comme professeurs, dont certaines laïques, et des hommes venus de la section masculine.

— Tu ne trouves pas ces études difficiles ?

— Ça ne me change pas vraiment de l'an dernier.

Le repas, un steak-frites, arriva enfin sur la table. Après avoir vérifié ce que buvaient les autres filles dans la grande salle à manger, Marie-Andrée s'était autorisée à commander un Coke plutôt qu'une bière, l'habituelle boisson des garçons. Au lieu de s'étendre sur le sujet de ses études, elle demanda :

— Que pensez-vous des propositions de René Lévesque ?

Les jeunes hommes fixèrent les yeux sur elle, étonnés de la voir aborder cette question.

— Il ne les a pas encore rendues publiques. Ce sera fait dans une dizaine de jours.

— Pourtant, les journalistes en parlent tous les jours.

René Lévesque avait été ministre dans le cabinet libéral dirigé par Jean Lesage, de 1960 à 1966. Envoyé dans l'opposition l'année précédente par la victoire de l'Union nationale dirigée par Daniel Johnson, l'ancien animateur vedette de Radio-Canada piaffait d'impatience. S'il fallait en croire des fuites sans doute savamment calculées, il entendait soumettre une nouvelle plate-forme constitutionnelle à son parti : l'indépendance de la province de Québec et une association avec le Canada.

— Au fond, son discours n'a rien de novateur, déclara Pierre Brousseau. Son objectif est de sauver le Canada en faisant de petits aménagements à la Constitution pour les Canadiens français. Il dit la même chose que les unionistes de Daniel Johnson, avec leur idée d'un statut particulier.

Pour les moins de trente ans, une plus grande autonomie de la province allait de soi. Plusieurs rêvaient d'une indépendance pure et simple. Ceux qui étaient résolus à se contenter de moins apparaissaient comme d'affreux arrivistes ou de pauvres ignorants.

— Pour Jean Lesage, intervint Louise Niquet, comme pour les nouvelles vedettes libérales à Ottawa, Jean Marchand, Pierre Trudeau et les autres, il faut s'en tenir au statu quo.

— Un pays est libre ou il ne l'est pas, trancha Pierre Brousseau. C'est un peu comme si tu disais qu'une femme peut être un peu enceinte.

— L'indépendance totale, nous ne voulons rien d'autre, renchérit l'étudiant en science politique.

Clément Marcoux ne croyait pas non plus à des étapes conduisant à davantage d'autonomie. Ces deux-là adhéraient au programme du Rassemblement pour l'indépendance nationale, le RIN : une politique socialiste dans le pays du Québec.

Un peu après neuf heures, tous les quatre quittèrent Le Bouvillon pour se retrouver sur le trottoir de la rue Gatineau. Marie-Andrée inspira à pleins poumons, heureuse d'échapper enfin à la fumée des pipes et des cigarettes. À cette heure, de nombreux jeunes gens arrivaient pour profiter du spectacle ou de la piste de danse ; eux rentraient à la maison.

— Je vous dépose chez vous ? proposa Clément à ses amis.

Ils protestèrent bien un peu, mentionnant les autobus passant tout près, et acceptèrent ensuite. Après de longs détours pour les ramener à la maison, l'étudiant chercherait un endroit discret où stationner sa voiture. Marie-Andrée attendait toujours ce dénouement avec un mélange d'excitation et de honte. Ses attitudes de couventine ne s'estompaient pas très vite.

Chapitre 8

Le lundi après-midi suivant, Maurice avait rencontré tous ses groupes au moins une fois. L'exercice le laissait satisfait. Certains montraient moins d'enthousiasme que le premier groupe, mais il survivrait bien à quelques heures avec des visages chagrins devant lui.

Il s'apprêtait à aller dîner chez lui quand Martine Cossette apparut à la porte de son bureau. Comme elle ne fit pas de bruit en arrivant, son arrivée lui fit penser à la téléportation de l'émission à succès *Star Trek*.

— Pensais-tu manger à la cafétéria, à midi ? commença-t-elle d'une petite voix.

— … Oui, bien sûr, mentit-il sans vergogne.

Justine en serait quitte pour remettre son repas au frigidaire. Il ne pouvait tout de même pas lui téléphoner devant témoin afin de l'avertir de son absence. Quand il se leva de son siège, il eut l'impression que ses deux collègues posaient sur lui des yeux accusateurs… ou jaloux. Quels ridicules personnages, pour s'imaginer une idylle.

La cafétéria était située au rez-de-chaussée, sur la gauche du grand couloir. Dans l'escalier, Maurice dit :

— Tes classes ne t'ont pas réservé de mauvaises surprises, j'espère.

Sa collègue se troubla un peu avant de répondre :

— Je suppose que les mauvaises surprises viennent de moi. Chacun des groupes a contesté le mode d'évaluation et la charge de travail.

— Depuis que j'enseigne, aucun élève n'a jamais déclaré spontanément : "Monsieur Berger, ajoutez un devoir." Et ça fait plutôt longtemps que j'exerce ce métier.

Très précisément, il entamait sa vingt-troisième année, mais jugeait inutile de citer ce chiffre à haute voix. En s'engageant dans le couloir, Martine lui adressa un sourire reconnaissant.

Dans la grande pièce où les étudiants prenaient leur repas, de grandes tables s'alignaient en rangées régulières. Les jeunes se regroupaient en vertu d'affinités mystérieuses. Certains mangeaient un sandwich préparé à la maison, d'autres se munissaient d'un plateau pour prendre le plat du jour : une pièce de viande présentée comme du bœuf baignant dans une sauce grasse, accompagnée de pommes de terre en purée. La déception de Maurice fut si visible que sa collègue commenta, comme pour le rassurer :

— La semaine dernière, nous avons eu des frites.

— Mais nous ne bénéficierons pas de ce luxe tous les jours.

Le gâteau blanc visiblement produit en usine, couvert d'un crémage d'une couleur orangée faisant penser à un produit toxique, le laissa indifférent. Le café ne paraissait pas plus invitant, mais il en prit tout de même une tasse.

Un groupe d'étudiants quittait une table quand ils arrivèrent au bout de la curieuse chaîne alimentaire, et Maurice s'empressa de l'occuper avant de se faire voler la place. Il commença par mettre les vestiges laissés par les précédents utilisateurs dans une grande poubelle de plastique, puis s'installa en face de sa compagne.

— La contestation de la charge de travail n'est pas ton seul souci, n'est-ce pas ?

La jeune femme s'émut avant d'admettre :

— Je les sens… pas vraiment irrespectueux, mais désagréablement familiers.

Comme il posait sur elle des yeux interrogateurs, elle dut se faire plus précise.

— Avec des remarques du genre "Bin Martine, tu vas pas nous d'mander ça, nous aut' on sort, la fin d'semaine, tu d'vrais faire pareil", quand ce ne sont pas des invitations pures et simples.

— Aucune jeune fille ne s'est montrée aussi entreprenante avec moi. Je suppose que je devrais m'interroger.

Sa blague tomba tout à fait à plat. L'habitude de côtoyer Marie-Andrée lui permit même d'identifier, sur le visage de son interlocutrice, une petite moue annonciatrice d'un gros chagrin.

— Je m'excuse, se reprit-il. Je comprends très bien qu'une certaine distance est nécessaire.

— J'ai eu beau les vouvoyer, eux sont passés au tutoiement sans aucune hésitation.

Le regard de Maurice exprimait suffisamment de sympathie maintenant pour lui permettre de livrer le fond de sa pensée.

— Je me sens comme un imposteur devant une classe. Il y a quatre mois, je prenais moi-même des cours.

Maurice avança la main pour toucher la sienne, un geste léger, très bref. Dès le premier jour, elle lui avait signifié son désir de garder ses distances avec ses collègues.

— Je me sens dans une position difficile, commença-t-il. J'ai quitté l'école secondaire parce que j'étais lassé des élèves. Alors, si je me transforme en donneur de conseils, ce sera moi, l'imposteur.

En réalité, c'étaient surtout ses jeunes collègues qui pouvaient être qualifiés ainsi, mais confier cela à ce moment n'aurait pas été du meilleur effet.

— Avec une telle entrée en matière, tu as quelques suggestions à me faire, réagit-elle avec un sourire narquois.

— Juste quelques remarques dont tu feras ce que tu voudras.

Le début s'avérait suffisamment prudent pour que la suite ne heurte aucune sensibilité.

— D'abord, tu es jeune, tes élèves te considèrent comme une des leurs. Je comprends que cela t'embête, mais crois-moi, j'aimerais avoir le même problème. Tu peux apprendre à froncer les sourcils devant une trop grande familiarité, mais dans vingt ans, tu regretteras le pli imprimé ici.

Maurice posa son index sur son propre front, pour lui montrer ce dont il parlait.

— Tu pourrais aussi t'habiller d'une façon plus… conservatrice.

Devant la mine vexée de Martine, il s'empressa d'ajouter :

— Tu es très jolie avec tes petites jupes, tes chemisiers à demi transparents, tes jeans plutôt serrés et même tes shorts. Le problème, c'est que tes élèves font le même constat.

Voilà qu'il se révélait un observateur attentif des divers éléments de sa garde-robe. Tout de suite, il sentit obligé de préciser :

— Je suis surpris que le père Benoît ne t'ait pas adressé de remontrances. Je suppose que son statut de franciscain l'empêche de montrer qu'il a même regardé.

— Je n'ai pas mis de short depuis le début de l'année.

Tout de même, sa répartie constituait un aveu de culpabilité.

— Mais même dans les robes de ma sœur âgée de quarante ans, rien ne dit que tes élèves te trouveront moins de charme.

Maurice marqua une pause, contempla les yeux bleus un peu brouillés, puis ajouta avec un sourire en coin :

— Puis franchement, la linguistique demeure une discipline aride, et tu ne peux rien y faire non plus.

— Bref, je dois simplement accepter mon sort.

Malgré tout, le ton témoignait d'un meilleur moral. Les compliments implicites agissaient sur son humeur.

Pendant un moment, ils s'intéressèrent à leur mauvais repas. Après avoir écouté les confidences de sa collègue, Maurice se dit qu'il convenait de montrer la même honnêteté.

— De mon côté, mes inquiétudes diffèrent un peu. Je ne suis pas assez bien formé pour occuper cet emploi. Si je ne m'étais pas inscrit à l'Université de Montréal pour me recycler, notre bon directeur serait déjà en train de me chercher un remplaçant.

La jeune femme présenta une figure si franchement désolée qu'il se sentit à la fois heureux de sa sollicitude et anxieux de paraître faire pitié.

— Alors, ce soir, je me sentirai très petit dans mes souliers, lors du premier cours d'analyse littéraire. Je serai sans doute plus vieux que mon professeur de plusieurs années.

— Tout ira bien, j'en suis certaine.

— Et tout ira bien, j'en suis certain.

Chacun adressa son meilleur sourire à l'autre. Si des élèves les avaient observés à ce moment, les rumeurs de romances auraient fait le tour de l'établissement avant la fin de la journée. La conversation porta ensuite sur des sujets plus généraux. Quand ils s'apprêtèrent à regagner leur bureau respectif, Maurice proposa :

— Si tu veux, je pourrai te déposer devant une station de métro de Montréal en fin de journée.

Comme elle fronçait les sourcils, il s'empressa d'indiquer :

— Ce sera sur mon chemin, puisque je dois me rendre à l'université.

Elle accepta, puis ils convinrent de se retrouver à la porte du collège vers cinq heures. Maurice se résolut à téléphoner à sa sœur dès son retour dans son bureau. Lui faire ainsi faux bond deux fois de suite serait de la dernière indélicatesse.

Martine revint à la porte du bureau de Maurice en fin d'après-midi, pour qu'ils descendent ensemble. Heureusement, ses deux collègues étaient déjà partis. Autrement, le fait qu'ils se retrouvent ainsi à deux reprises dans la même journée débriderait totalement leur imagination.

Une fois de plus, ils cheminèrent vers le domicile de la rue Saint-Laurent afin de récupérer la Volkswagen. Tout le long du trajet, la conversation porta sur les professeurs de l'Université de Montréal. Martine donnait son opinion sur les niveaux de compétence et d'affabilité de ceux-ci. Le cours de littérature attirait Maurice, alors que le second prévu dans la semaine, sur l'organisation du système scolaire de la province, le laissait totalement indifférent.

Ils avaient convenu de s'arrêter près de la station de métro Laurier. La jeune femme continuerait vers le nord par ses propres moyens, son collègue bifurquerait vers l'ouest afin de se rendre sur le campus. Au moment où elle s'apprêtait à descendre, il proposa :

— Tu sais, comme je ferai ce trajet deux fois par semaine, tu me diras si tu souhaites profiter de l'occasion pour faire un bout de route avec moi.

Présentée ainsi, l'attention pouvait toujours passer pour une gentillesse entre collègues. Martine lui adressa un sourire légèrement soupçonneux, puis répondit :

— J'y penserai, c'est gentil de le proposer. Merci et bon cours.

Quand il prononça les mots «À demain», elle descendait déjà de la voiture. Il se sentit doublement ridicule. Il ne pouvait oublier que Martine lui avait formulé clairement son désir de s'en tenir à des relations cordiales, sans plus, avec ses collègues. Là, il se comportait exactement comme ses élèves énamourés qui lui proposaient des rendez-vous. Elle devait le regarder comme un vieux frustré, avec raison en plus. Et puis, elle aurait pu être sa fille!

Quand il se faisait la même réflexion au sujet de Diane Lespérance l'été précédent, il exagérait. Mais dans le cas de Martine Cossette, il n'aurait pas été tellement précoce. «Je ferais mieux de prendre une douche bien froide», se sermonna-t-il. Au moins, pendant les heures suivantes, son incertittude au sujet de sa formation générale chassa ses autres préoccupations.

Le cours se déroulait au pavillon Jésus-Marie. Il s'agissait d'un ancien couvent des sœurs du même nom, voué à la formation des maîtresses d'école. L'université avait récupéré la bâtisse pour offrir des cours. Le plancher de carreaux de vinyle, les murs d'un beige ennuyeux rappelèrent au professeur l'école fréquentée par Marie-Andrée quelques mois plus tôt. Une grande partie du bâtiment était occupée par une chapelle, on voyait une statue de la Vierge dans la cour intérieure.

Dans des lieux aussi peu inspirants, il écouta un jeune professeur de trente ans à peine pérorer sur l'analyse littéraire. Au rythme de deux soirées par semaine, il lui faudrait des années avant d'obtenir un diplôme. Cette perspective le déprima tout à fait. Au moins, tous les autres étudiants partageaient cette situation: il s'agissait d'enseignants honteux de leur bagage scolaire, ou forcés par un employeur de renouer avec les bancs d'école. Sur le nombre, on comptait un tiers de femmes, pour la plupart des religieuses, défroquées ou non. Voilà des compagnes d'un âge correspondant mieux au sien. Mais aucune ne portait une petite jupe pastel susceptible d'en faire la rivale de Martine Cossette.

L'horaire des cours de l'école normale Jacques-Cartier était plus léger que celui du couvent Sainte-Madeleine, aussi Marie-Andrée en avait terminé au milieu de l'après-midi, le lundi. Cela lui permit de se rendre dans une rue perpendiculaire à Jean-Talon juste un peu avant l'heure du souper.

Clément Marcoux l'attendait déjà devant la porte d'un immeuble de bureaux ne payant pas de mine. À part quelques sociétés à l'existence sans doute éphémère, l'un des locataires principaux était l'Association libérale du comté de Laurier.

— Nous ne pourrons pas entrer là-dedans, avertit la normalienne, nous ne sommes pas membres.

La jeune femme ne connaissait pas bien le monde de la politique, mais elle soupçonnait que la présentation d'un document quelconque s'avérait nécessaire pour assister à une réunion partisane.

— Aujourd'hui, je parie que personne ne se montrera regardant. Il y aura sans doute des journalistes par dizaines et bon nombre de curieux, des membres du Ralliement national ou du Rassemblement pour l'indépendance nationale. Viens.

L'étudiant prit sa compagne par la main pour l'entraîner dans l'édifice. Une grande pièce occupait le demi-sous-sol. Une soixantaine de chaises s'alignaient en rangées inégales, la plupart déjà prises.

— Autant demeurer derrière, assura Clément.

Quelques spectateurs s'alignaient contre le mur, alors le couple alla se placer près d'eux.

— Je connais le RIN.

Cette connaissance demeurait toute récente, pas plus ancienne que le jour de leur première rencontre, et très incomplète.

— Mais le Ralliement…

— C'est un petit parti indépendantiste.

— Pourquoi y en a-t-il deux avec le même objectif? Le plus sage serait de les réunir, pour ne pas disperser les efforts.

Son compagnon laissa échapper un petit sourire railleur. Ses étudiants ne manqueraient pas de le trouver arrogant, s'il adoptait la même attitude une fois devenu professeur.

— Le RIN est socialiste, alors que les membres du Ralliement sont des créditistes qui se targuent d'être un peu nationalistes.

Marie-Andrée fit mine de trouver l'explication limpide. Rapidement, les dernières chaises furent occupées, d'autres personnes se mirent le long des murs. De grosses caméras masquaient une longue table placée au fond de la salle. Des employés de stations de radio testaient leurs micros, des journalistes de la presse écrite tenaient des carnets et des crayons.

— Tu vois ce que je te disais, les cinq ou six premiers rangs sont occupés par des gens des médias. On ne voit pas tous les jours une vedette du Parti libéral annoncer sa conversion à l'idée de souveraineté.

C'était toute l'ironie de la situation: ce que René Lévesque devait proclamer en grande pompe, tout le monde le savait depuis des semaines.

Une commotion se produisit dans l'assistance quand un petit homme chauve fit son entrée, flanqué de trois compères.

Une fois qu'ils furent assis, l'un de ces derniers prit la parole. Il insista sur le fait que l'Association libérale du comté de Laurier avait adopté une proposition de son représentant à l'Assemblée nationale sur l'avenir constitutionnel de la province. Celle-ci serait ultérieurement soumise au congrès de la Fédération libérale du Québec, prévu en octobre.

Ensuite, Lévesque prit une liasse de feuillets posée sur la table devant lui, puis commença la lecture d'un texte intitulé *Un pays qu'il faut faire*.

— Nous sommes des Québécois. Ce que cela veut dire, d'abord et avant tout, et au besoin exclusivement, c'est que nous sommes attachés à ce seul coin du monde où nous puissions être pleinement nous-mêmes, ce Québec qui, nous le sentons bien, est l'unique endroit où il nous soit possible d'être vraiment chez nous.

— Ça, on a juste à faire un tour en Ontario pour le comprendre, cria quelqu'un.

Personne dans la salle ne pouvait contester cette entrée en matière. On ne parlait plus du Canada français, mais du Québec. Et, autant que possible, sans s'encombrer du mot «province» pour le précéder. Un long moment, Lévesque parla de la lutte pour la survivance et des dangers de s'engager dans des pourparlers constitutionnels sans fin. Cet exercice-là aussi répugnait aux membres de l'assistance.

— … le Québec doit devenir au plus tôt un État souverain. Nous y trouverons enfin cette sécurité de notre être collectif, qui, autrement, ne pourrait que demeurer incertaine et boiteuse. Il n'en tiendra qu'à nous d'y établir sereinement, sans récrimination ni discrimination, cette priorité qu'en ce moment nous cherchons avec fièvre mais à tâtons pour notre langue et notre culture.

À quelques reprises, des applaudissements discrets avaient souligné certains passages de cet exposé. Cette fois, personne ne chercha à réfréner son enthousiasme, même parmi les journalistes. Marie-Andrée se laissa emporter, puis remarqua que les mains de son compagnon demeuraient immobiles. Aussi, elle s'arrêta.

— Jusque-là ça va bien, chuchota Clément en se penchant vers elle, mais écoute la suite.

Sans doute le jeune homme avait-il pris connaissance du manifeste *Un Québec souverain dans une nouvelle union canadienne*, de René Lévesque, car celui-ci modula un peu son projet de citoyenneté.

— Un régime dans lequel deux nations, l'une dont la patrie serait le Québec, l'autre qui pourrait réarranger à son gré le reste du pays, s'associeraient dans une adaptation originale de la formule courante des marchés communs, formant un ensemble qui pourrait, par exemple, et fort précisément, s'appeler l'Union canadienne.

La souveraineté et l'association, la première subordonnée à la seconde. Clément Marcoux laissa échapper un juron entre ses dents, puis enjoignit à sa compagne :

— Viens, allons-nous-en.

L'hypothèse que la jeune femme souhaite entendre la suite ne sembla pas lui effleurer l'esprit.

— Je me demande bien pourquoi tant de gens lui prêtent l'oreille, ragea-t-il en sortant. On ne peut rien attendre de plus de lui que de Daniel Johnson. Blanc bonnet, bonnet blanc.

Marie-Andrée ne savait trop quoi répondre, certaine que de toute façon, le futur professeur de science politique ne se montrerait pas trop respectueux de son opinion. Mais qu'elle n'en exprime aucune ne semblait pas le satisfaire non plus. En marchant en direction de sa voiture, il ajouta :

— Se séparer pour négocier une nouvelle entente, ou négocier tout de suite un statut particulier pour le Québec dans la fédération, c'est la même chose. La liberté, on ne la négocie pas, on la prend.

Le souper, dans un petit café des environs, promettait d'être lourdement didactique.

Depuis le début de l'année scolaire, Marie-Andrée se levait à sept heures tous les matins. Le samedi et le dimanche, l'habitude et aussi le raffut fait par sa tante déjà au travail l'amenaient à faire de même. Ce 20 septembre, en arrivant dans la cuisine, elle découvrit un homme moustachu à table, vêtu d'un uniforme de policier. Sa présence la fit sursauter, machinalement elle remonta les mains à son cou pour serrer les pans de son peignoir.

— … Monsieur, bonjour.

— Ah, oui ! Mademoiselle Berger, salua l'homme en se levant à moitié pour lui tendre la main. Bonjour.

Mary Tanguay, debout près du comptoir, se tourna à demi pour expliquer :

— Tu vas rire, mais hier, Roméo est venu faire des réparations, et après, il s'est endormi sur le divan du salon. Je n'ai pas osé le réveiller pour le renvoyer chez lui.

Prononcer ce gros mensonge lui mit du rose sur les joues.

— Je comprends, affirma la jeune fille en se retenant de pouffer. Cela aurait été inhumain.

— Assieds-toi, je vais te servir.

Devant « la visite », la marraine se montrait bien serviable. Marie-Andrée alla la rejoindre près du comptoir en proposant :

— Allez vous installer avec monsieur Gladu, je m'en occupe.

— Voyons, je peux encore faire à manger.

— Nous le savons bien. Allez vous asseoir.

La femme ne protesta plus. Faire cuire des œufs ne représentait pas un bien grand défi culinaire, faire rissoler des pommes de terre non plus. Comme les amoureux demeuraient silencieux, intimidés devant un témoin, Marie-Andrée décida de relancer la conversation.

— Ce qui est arrivé à cette femme en pleine rue, hier, on l'a vu à la télévision… Comme c'est épouvantable !

Les cameramans des émissions d'information avaient réussi à zoomer sur la poitrine dénudée, criblée de balles, de Monica Proietti.

— Cette criminelle, on l'appelait Machine-Gun Molly, commenta Gladu. Elle a participé à une vingtaine de hold-up au cours des derniers mois, avec une mitraillette à la main.

— Quand même…

La jeune fille n'osa pas aller au bout de sa pensée : ce dénouement ressemblait à une exécution en pleine rue.

Peu après, elle servait sa tante et son ami d'abord, puis elle-même. Une fois qu'elle fut assise, la conversation porta sur des sujets moins délicats. Quand elle fit mine de se lever, le policier lui demanda :

— La p'tite, comment tu comptes te rendre à l'école ?

— … Je n'y ai pas vraiment songé. Tout le monde est vraiment en grève ?

— À matin, pas d'autobus, pas d'métro. Si t'as pas de char, tu marches.

Ainsi, des centaines de milliers de travailleurs et de touristes auraient toute la misère du monde à se rendre à destination.

— Alors, je vais marcher, décida-t-elle en regardant la montre à son poignet. Je vais d'ailleurs être en retard.

Le sergent Gladu insista :

— Tu commences à huit heures et demie ? J'vas te donner un *lift*.

— Non, ce ne sera pas nécessaire.

— Bon, c'est pas nécessaire, j'le sais, mais j'peux te rendre service quand même.

Marie-Andrée hésita un bref instant, puis dit, avec son meilleur sourire :

— C'est très gentil à vous. À huit heures tapant, je serai dans l'entrée.

De l'autre côté de la table, le visage de sa marraine semblait lui dire quelque chose comme : « Tu vois comme il est fin, mon Roméo. » La jeune fille se leva pour aller faire sa toilette, puis s'habiller. À l'heure annoncée, elle se tenait devant la porte. Dans la cuisine, les amoureux se disaient des « au revoir » silencieux.

Quelques minutes plus tard, le policier vint la rejoindre, son képi sur la tête. Elle lui emboîta le pas, pour découvrir une auto aux couleurs de la Ville stationnée devant la porte.

— Arriver à l'école en auto-patrouille… Je me ferai remarquer !

— Assis-toé avec moé en avant. Tes connaissances se tromperont pas : les bandits, on les met en arrière.

Tout de même, occuper la place du passager lui fit un drôle d'effet.

Dans la rue, les conséquences de la grève des transports en commun se voyaient tout de suite. Une véritable foule encombrait les trottoirs, plusieurs garçons et filles se tenaient sur le pavé, un pouce dressé en l'air. La circulation automobile aussi paraissait plus lourde.

— Au moins, y fait beau comme en été, commenta l'agent.

— La température a été magnifique depuis juin, avec juste assez de pluie pour permettre de bonnes récoltes. Les organisateurs de l'Expo sont certainement très satisfaits.

— Ouais, bin si la grève dure longtemps, le dernier mois sera un fiasco.

De la rue Saint-Hubert, rejoindre l'école normale Jacques-Cartier prit un peu plus de quinze minutes. En descendant, Marie-Andrée se pencha pour dire :

— Je vous remercie, monsieur Gladu. Vous êtes très gentil.

— Bin, ça m'a fait plaisir. Étudie comme y faut.

Regroupées dans la cour devant l'institution, de nombreuses élèves fixaient leur camarade avec des yeux surpris. À midi, on lui prêterait les pires crimes. Une Monica la Mitraille de l'enseignement élémentaire, en quelque sorte.

Chapitre 9

Il y avait maintenant deux semaines que Maurice donnait ses cours de littérature. Ses étudiants présentaient bien un côté frondeur, mais somme toute, il les trouvait sympathiques. Maintenant, quand il se promenait dans les environs du collège, de nombreux jeunes le saluaient. Après tout, il en voyait cent quatre-vingts chaque semaine. Cela le changeait beaucoup des trente élèves de l'école Saint-Joseph avec qui il passait toutes ses journées de septembre à juin.

Ce matin-là, dans le chemin Chambly, il vit s'approcher une gamine aux cheveux d'une telle ampleur qu'il soupçonna un artifice. Que des jeunes de cet âge choisissent de porter une perruque, partielle ou complète, le dépassait. Décidément, des goûts et des couleurs, on ne pouvait discuter.

— Monsieur Berger, je peux marcher avec vous?

— Si vous allez dans la direction du collège, pourquoi pas.

Maurice s'en tenait au vouvoiement avec ces jeunes gens. Les professeurs les plus jeunes, comme Martine Cossette, se voyaient littéralement imposer le tutoiement. Après tout, ils appartenaient à la même catégorie d'âge que la clientèle. Parmi les enseignants plus âgés, certains le faisaient aussi, dans ce cas, par pure condescendance. Maurice gardait un langage plus formel.

— Je suis dans votre cours du mercredi matin.

— Je sais, mademoiselle Vachon.

Qu'il connaisse son nom tenait surtout du hasard, même s'il tentait de les mémoriser. Toutefois, la jeune fille en fut flattée.

— Je suis en train de lire *Une saison dans la vie d'Emmanuel*. C'était vraiment comme ça dans les écoles du Québec, dans le temps?

Tout de même, être vu comme un témoin des temps anciens piqua son amour-propre.

— Que voulez-vous savoir, plus précisément?

— Les frères battaient les enfants aussi durement?

— Les châtiments corporels étaient beaucoup plus fréquents qu'aujourd'hui. C'était à la fois cruel et pervers.

— Puis les… abus sexuels?

Le sujet revenait souvent dans les spectacles d'humour. Le père Gédéon arrivait même à aborder cette question à la fois de façon détournée et explicite en évoquant le baseball.

— Il me semble que l'on exagère l'ampleur du problème, mais comme ce genre de chose se passe en privé, comment savoir exactement?

Maurice eut un rire bref avant d'ajouter:

— La seule chose que je peux affirmer avec certitude, c'est que je n'ai rien vu de tout ça et que j'ai échappé à tous les mauvais touchers.

Ils arrivaient dans la cour du cégep. La jeune fille aperçut des amies, aussi elle dit:

— Merci, monsieur Berger. Je dois les rejoindre. À mercredi.

— À mercredi, mademoiselle Vachon.

Elle s'éloigna en courant. À chaque pas, sa jupe se relevait un peu, au point de frôler l'indécence. «J'espère que Marie-

Andrée fait plus attention à sa tenue», pensa le professeur. Son souci était d'autant plus justifié qu'il connaissait le regard de certains enseignants. Lui-même le partageait.

Au-delà de cette préccupation, Maurice demeurait tout à fait heureux de son sort. Son plaisir à donner des cours de littérature s'accordait bien à celui des étudiants de les recevoir.

À midi, cent cinquante jeunes femmes se demandaient pourquoi l'une d'entre elles était arrivée à l'école dans une voiture de police. Quand elle fit la queue à la cafétéria, les religieuses dévisagèrent Marie-Andrée, étonnées qu'une gentille fille comme cette nouvelle ait attiré l'attention des autorités.

Les premières journées d'école orientaient toujours les rapports sociaux jusqu'au terme de la scolarité. Invariablement, Gisèle occupait le pupitre voisin de celui de Marie-Andrée, et la même table au moment du dîner. D'autres s'étaient agglutinées à elles.

— Comme ça, tu connais des gens dans la police ?

La question venait d'une charmante blonde prénommée Caroline, née dans le quartier Anjou.

— Oui et non. Mon oncle était policier à la ville, c'est l'un de ses anciens collègues qui m'a donné un *lift*.

— Il est donc passé chez ta marraine pour t'éviter une longue marche. Voilà quelqu'un de très attentionné. Il ne voudrait pas passer à Anjou ? C'est juste un petit détour.

La présence du policier à table au petit déjeuner témoignait certainement d'un grand progrès dans ses relations avec sa marraine.

— Ce collègue devait être un excellent ami de mon oncle, pour que sa bienveillance s'étende jusqu'à moi.

Le sujet lui paraissait un brin intrusif, aussi Marie-Andrée chercha à réorienter la conversation dans une tout autre direction :

— Avez-vous vu les images de Monica la Mitraille, hier, à la télé ?

— Non, mais à matin, il y avait une photographie d'elle, les tétons à l'air, avec des trous de balle ici.

Du bout des doigts, une autre étudiante, Michèle, désignait les endroits des impacts sur ses seins. Le sort de la pauvre Italienne les retint un moment, jusqu'à la reprise des cours, en fait.

À quatre heures, toutes ces jeunes femmes cherchaient un moyen de rentrer à la maison. Les plus chanceuses comptaient sur un parent ou un ami pour venir les récupérer. Les autres se serviraient de leurs jambes. Comme Caroline aussi se dirigeait vers l'est, Marie-Andrée et elle pouvaient faire un bout de chemin ensemble.

Les cours avaient débuté deux semaines auparavant, assez pour que chacune se soit fait une opinion sur le programme et sur les enseignants. Ce sujet de conversation s'imposait tout naturellement.

Maintenant, l'essentiel de la formation était donné par les professeurs de la section masculine de l'école normale Jacques-Cartier. Plus longuement formés, très souvent laïques, ces hommes supplantaient les religieuses. Le responsable du cours sur le système scolaire du Québec leur permit d'aligner des commentaires très négatifs. Une voix venue de l'arrière les détourna de ce sujet.

— Hé ! Les filles, vous allez pas vous user les jambes jusqu'aux genoux ! Embarquez.

Elles découvrirent un gros homme en bras de chemise, à demi étendu sur la banquette avant de sa Ford afin de leur parler par la fenêtre.

— Non, ce n'est pas la peine, refusa Marie-Andrée en se penchant un peu, nous n'allons pas loin.

— Tout de même, murmura Caroline à son intention, Anjou, c'est à l'autre bout de la rue Sherbrooke.

Le conducteur avait dû entendre, car il insista :

— Enweillez, les filles, là je retarde le trafic.

Juste à ce moment, un coup de klaxon retentit. Un automobiliste arrêté au milieu de la chaussée à l'approche de l'heure de pointe, cela tombait sur les nerfs des autres usagers. La blonde s'empressa d'ouvrir la portière à l'arrière pour monter. Marie-Andrée hésita encore, puis s'installa à l'avant.

— Je vais descendre au coin de Saint-Hubert.

Le chauffeur appuya brutalement sur l'accélérateur. Pendant ce temps, son regard ne quittait pas les genoux de sa passagère, au point qu'elle tira sur l'ourlet de sa robe pour la descendre.

— Bin, faut pas cacher c'qu'y est beau.

Elle serra les cuisses, se tint toute droite. Le bonhomme laissa échapper un ricanement, puis tendit le bras pour orienter son rétroviseur de façon à ne plus rien voir de la rue derrière lui. Caroline comprit, et ce fut à son tour de vérifier la modestie de son maintien et de se préoccuper de la longueur de sa jupe.

— J'suppose que des belles filles comme vous aut', ça a des *chums* ?

Aucune des deux ne se donna la peine de répondre.

— Ou plusieurs *chums* ? Vous aut', vous d'vez être pour ça, l'amour libre.

Cette fois, Marie-Andrée jeta un regard à l'arrière pour voir les yeux de sa camarade.

— On voit ça dans la tivi. À vot' âge, les filles, ça passe d'un à l'aut'. Comment ça s'appelle, les gars avec les ch'veux icitte ? Ça fait pouilleux, vous trouvez pas ?

De la main, l'homme désignait la hauteur de ses épaules. Bedonnant, avec son début de calvitie, il ne s'exposait pas à présenter un jour une allure si négligée.

— Des z'hippies, j'pense.

Le silence ne dura qu'un instant. Marie-Andrée tendit le doigt vers des feux de circulation en indiquant :

— Saint-Hubert, c'est la prochaine.

— … Tu veux pas faire un tour ? Fait beau, à souère.

Elle posa la main sur la poignée. Déjà, elle supputait les conséquences de descendre d'un véhicule en marche. La lourdeur du trafic forçait toutes les automobiles à rouler au ralenti.

— Enweillez don', juste une belle promenade.

— Nous descendons au coin, insista Caroline depuis l'arrière.

Elle aussi devait tenir la poignée de la portière et s'apprêter à sauter. Elle lança, pour effrayer le quidam :

— Marie-Andrée, ton oncle qui est dans la police, il sera à la maison, tout à l'heure ?

L'information aurait dû amener le conducteur à calmer ses ardeurs. Il ne s'en soucia guère.

— C'est décidé, on va aller su' l'bord du fleuve, dans le boutte de Pointe-aux-Trembles.

Mais son petit projet serait ajourné. Le feu passa au rouge, ses passagères ouvrirent les portières pour descendre.

— Bin voyons, les filles, on aura du fun !

Toutes deux sautèrent sur le trottoir sans se donner la peine de refermer les portières. Elles demeurèrent plantées l'une contre l'autre, comme si le bonhomme pouvait descendre pour les forcer à remonter dans le véhicule. Quand le feu passa au vert, elles se sentirent rassurées.

— Le maudit salaud, ragea Caroline. Impossible de passer une journée sans tomber sur un de ces minables.

Bien sûr, il ne s'agissait pas toujours d'une grande frayeur comme aujourd'hui. Mais les sifflets, les regards visqueux, les invitations grossières ou les blagues à double sens, impossible d'y échapper. Bientôt, les étudiantes traversaient la rue Sherbrooke. De l'autre côté, Marie-Andrée remarqua, soucieuse :

— Il te reste un long trajet.

— … Mais je ne ferai plus de pouce. J'aime mieux m'en tenir à une mauvaise rencontre par jour. Alors, à demain.

Tout de même, cela signifiait encore une heure de marche pour elle. Si le conflit de travail durait plusieurs jours, la population, prise en otage, en souffrirait.

Marie-Andrée rentra à la maison passé six heures, tout émue par son trajet dans l'automobile d'un inconnu. Son malaise se montrait si évident que sa marraine lui demanda à son entrée dans la cuisine :

— Seigneur, il t'est arrivé quelque chose ?

— Non… non, pas vraiment.

Voilà qu'une certaine honte la rendait muette.

— Voyons, ne me conte pas d'histoires.

— … Avec une amie, j'ai pris un *lift* rue Sherbrooke. Le bonhomme ne voulait pas nous laisser descendre. Il parlait de nous emmener vers l'est…

— Comment vous êtes-vous sorties d'affaire ? intervint Nicole.

La *bunny* se tenait à un bout de la table. Depuis le début de l'année scolaire, les relations entre les deux cousines prenaient une tournure étrange. L'employée du club Playboy rentrait à la maison vers quatre heures du matin – parfois plus tard, ou pas du tout – pour la rejoindre dans le lit ;

l'écolière se levait à sept heures pour aller déjeuner. Au mieux, certains jours, elles se parlaient à l'heure du souper.

— Nous sommes descendues de la voiture à une lumière rouge.

Nicole secoua la tête de bas en haut pour exprimer son appréciation devant le geste audacieux.

— Ça devrait être moins pire le matin, dit-elle. Enfin, je pense. Si ces cochons se réveillent bandés, ça doit leur passer en allant pisser.

— Nicole, je ne t'ai pas élevée comme ça !

Mary Tanguay se tenait près du comptoir, occupée à préparer l'assiette de Marie-Andrée. Sa fille ne lui accorda aucune attention.

— Mais le soir, ils doivent être toute une gang à vouloir jouer les séducteurs. Des milliers de filles sont condamnées à marcher une heure ou deux. Imagine le beau terrain de chasse.

Le sujet tira une grimace à Marie-Andrée. La perspective d'effectuer ce trajet matin et soir la rendait nerveuse. Autant orienter la conversation dans une autre direction.

— Comment ça se passe, au club ?

— On touche moins d'argent que l'été dernier, comme dans tous les commerces de Montréal. On ne fera jamais plus les pourboires du temps de l'Expo, quand la ville était pleine de millionnaires américains.

— Dans ce cas-là, tu vas revenir à ton ancienne job ? avança la mère.

Celle-là ne se faisait pas à l'idée que la chair de sa chair gagne sa vie en faisant l'hôtesse au club Playboy.

— Ouais, compte là-dessus… Le jour où j'aurai les boules trois pouces plus bas, je le ferai.

Marie-Andrée était embarrassée par le ton de plus en plus irrévérencieux de sa cousine. La tension entre la mère et la fille allait en augmentant. L'hôtesse – une façon plus délicate de dire *barmaid* – évoquait parfois le désir de se trouver un logement bien à elle. Seul le coût de sa voiture la forçait à remettre ce projet. D'un ton plus amène, elle continua :

— Je fais toujours un bon cent cinquante piasses par semaine, et parfois deux cents. Aucune secrétaire ne peut aligner les mêmes chiffres.

Mary Tanguay préféra ne pas revenir sur le sujet, pour éviter les dérapages verbaux qui les laisseraient toutes les deux malheureuses. Dans une grande mesure, la présence de sa filleule servait à pacifier leur relation.

— Dommage que nos horaires soient si différents, je pourrais te donner un *lift*, continua la brune. Enfin, je pourrais toujours aller te chercher certains après-midis.

À l'entendre, Marie-Andrée comprit que cette offre ne se réaliserait pas souvent. Mieux valait qu'elle se prépare à de longues marches matin et soir.

À la fin de l'après-midi le 22 septembre, Maurice plaçait ses papiers dans son sac de cuir quand Martine Cossette apparut à la porte de son bureau.

— Nous sommes quelques-uns à souhaiter aller prendre un verre. Nous voulons dépenser notre première paie. Viens-tu ?

Pour une enseignante ayant enfin touché son premier chèque dans le cadre d'un véritable emploi de grande personne, l'événement méritait une célébration.

— Bien sûr. Où allez-vous ?

— Dans un café pas très loin du métro, rue Saint-Charles.

— Je ne devrais pas me perdre. Longueuil n'offre pas tant de lieux de loisir.

— Surtout que je compte te guider. Me ferais-tu une petite place dans ta voiture ? Je suis toujours piétonne.

Maurice se demanda si cette précision lui faisait plaisir. Cette jeune personne désirait-elle profiter de sa voiture ou de sa présence ? D'autant que jamais elle ne s'était prévalue de son offre d'effectuer de nouveau le trajet jusqu'à Montréal les jours où il se rendait à l'université. Il craignait de l'avoir vexée en se montrant trop insistant.

— Avec plaisir. Assieds-toi là, le temps que je téléphone à la maison.

La jeune femme s'installa et attendit qu'il termine sa conversation de trois phrases avec Justine. Puis, tout de suite, il quitta sa place. Dans le couloir, sa collègue demanda :

— Tu habites avec une femme ? Je te croyais seul à la maison depuis le départ de ta fille.

— Je devrais ouvrir un refuge. Justine, ma sœur, a quitté les sœurs hospitalières il y a quelques semaines, je l'héberge pour lui donner le temps de se refaire une vie. Puis, comme je te le disais, mon meilleur ami a perdu son épouse lors de son accouchement le mois dernier. De peur de le retrouver pendu à un arbre, je lui offre le gîte, de même qu'à son bébé.

Martine s'arrêta au milieu du couloir pour le regarder, un sourire amusé sur les lèvres.

— Monsieur Berger, je vais finir par croire que tu es une bonne personne.

— ... Cela tient au fait que je ne te montre que mon meilleur côté.

Tout de même, les mots de sa collègue lui faisaient plaisir. Il lui ouvrit la porte de la Volkswagen, prit ensuite place derrière le volant. Leur destination ne se trouvait pas très loin. En arrivant, Maurice reconnut quelques autres professeurs du cégep descendant de leur voiture. Plusieurs étaient déjà entrés. À la fin, quatre tables furent mises bout à bout pour recevoir une vingtaine de convives.

— Comme nous ne nous sommes pas fréquentés beaucoup depuis la rentrée, déclara un enseignant, le mieux serait de nous présenter de nouveau.

La scène de leur première rencontre, dans la salle de réunion du cégep, se répéta donc. Maurice se souvenait de ce type, un détenteur de maîtrise, soucieux de réentendre les noms de chacun. Au moins, cette fois il ne poussa pas la vantardise jusqu'à mentionner son diplôme. Dans ce groupe, le professeur de littérature était sans doute le plus âgé et le moins scolarisé. La sympathie de Martine lui valait d'être là. Voilà une curieuse posture : être le plus vieux parmi ces jeunes, ou le plus jeune parmi les plus âgés – ces derniers étaient trop sérieux pour célébrer leur première paie de l'année de cette manière.

— Maintenant, reprit celui qui avait lancé l'idée de cette réunion, il serait temps de former notre syndicat. Actuellement, notre bon père directeur nous dit quoi faire, et nous lui répondons un "Oui monsieur" bien docile.

La conversation porta longuement sur le sujet, devant de grands pichets de bière. Dans quelques semaines sans doute, l'établissement aurait son association professionnelle. Visiblement, l'initiateur de la rencontre avait discuté avec des gens de la Confédération des syndicats nationaux, la CSN. Comme l'hiver précédent, Maurice avait médiocrement apprécié ses quelques jours sur une ligne de piquetage, le sujet ne le passionnait guère, mais il fit l'effort d'exprimer son opinion à quelques reprises.

Un peu avant sept heures, Martine indiqua, en regardant sa montre :

— Bon, je dois me mettre en route tout de suite, car autrement je ne serai pas à l'heure à mon rendez-vous.

— Comment fais-tu, avec la grève, pour te rendre au nord de Montréal ? demanda quelqu'un de l'autre côté de la table.

— C'est l'enfer. Les deux premiers jours, j'ai fait du pouce pour monter avec de vieux pervers. Finalement, mon père vient me chercher au coin de Berri. Des autobus de la Ville de Longueuil traversent jusque-là, de même que ceux de quelques compagnies privées.

— Des pervers ? s'enquit son voisin de table.

— Personne… enfin, je veux dire aucune jeune femme n'a évité les propositions cochonnes depuis deux jours.

Maurice songea tout de suite à sa fille. Le trajet de la rue Saint-Hubert à l'école normale Jacques-Cartier pouvait se faire à pied, mais à la longue ce serait éreintant.

— Ça ne peut pas durer longtemps, cette grève, observa quelqu'un.

— Là, les conducteurs d'autobus ne gagnent pas plus que ceux des balais mécaniques, s'insurgea l'organisateur de la rencontre. C'est scandaleux. Ils sont tout de même responsables de la sécurité des passagers. Ils ne font que défendre leurs droits.

— Tant pis pour l'égalité entre les prolétaires, ricana Maurice.

Martine lui jeta un regard en coin, amusée par son humour grinçant. Il se pencha vers elle pour proposer :

— Je dois rejoindre mon petit groupe de réfugiés. Veux-tu que je te conduise à la gare d'autobus ?

— Ce sera avec plaisir.

Tous les deux adressèrent des salutations à leurs collègues, puis quittèrent les lieux. Leur départ commun alimenterait sans doute quelques ragots. Dans l'automobile, Maurice demanda :

— Faire du pouce, c'est si terrible ?

— As-tu remarqué que je suis venue travailler en pantalon et avec un chandail trois tailles trop grand, depuis trois jours ? Je préfère me faire pudique, ces temps-ci.

Peu après, elle descendit près de la grande station de métro, où se trouvait aussi le terminus de nombreuses compagnies de transport. Comme d'habitude, ils se dirent au revoir maladroitement. Se faire la bise aurait été trop familier, se donner la main, trop formel. Alors, ils se contentèrent d'un « À lundi ».

Quand Maurice entra dans l'appartement de la rue Saint-Laurent, il découvrit Émile Trottier assis dans le salon, la petite Jeanne dans les bras. Si la chanson *La poulette grise* sonnait curieusement dans la bouche d'un ancien frère de l'instruction chrétienne, le poupon ne semblait pas trop s'en formaliser.

— Toi et tes collègues avez célébré le début de la nouvelle année scolaire ?

— Quelques verres de bière.

— À t'entendre, ce ne fut pas une grande fête.

Le professeur de cégep s'assit dans son fauteuil préféré tout en regardant son ami. Heureusement, celui-ci se portait mieux. Lentement, la mélancolie l'abandonnait, parfois il allait même jusqu'à aborder le sujet de son avenir avec sa fille. Maurice voyait se reproduire ce qui lui était arrivé quelques années plus tôt : l'enfant à élever fournissait une raison de continuer à vivre.

— Même si je ne me consume pas d'enthousiasme, ce ne fut pas une perte de temps. Il y a un gars qui rêve de devenir le président du syndicat. De mon côté, je serai heureux de voter pour lui.

— Finalement, tu sembles très content d'être venu enseigner ici! Je ne t'ai jamais vu si satisfait deux semaines après le début des classes.

— La preuve est faite : je n'étais pas lassé d'enseigner, mais seulement de l'école secondaire. Là au moins, je suis responsable de mes cours, au lieu de répéter ceux de personnes mortes depuis une éternité.

Pour lui, la liberté de choisir les contenus de son enseignement représentait une différence essentielle : il pouvait entretenir ses élèves de sujets qui l'intéressaient.

— Je t'enviais tellement, quand tu as eu la job.

— Mais tu tenais à demeurer à Saint-Hyacinthe.

— Jeanne y tenait plus que moi. Je ne voulais pas lui imposer un déménagement…

Émile s'arrêta, regarda sa fille.

— Ce n'est pas tout à fait vrai. Moi aussi, je souhaitais garder la même routine, le temps de m'habituer à cette petite personne. Dans quelques semaines, je commencerai à explorer les possibilités à Montréal et dans les environs.

— À Montréal ?

Un bref instant, Maurice imagina de nouveau que son pensionnaire serait encore chez lui dans cinq ans. Rendre service était une chose, mais la perspective de former un vieux couple avec un religieux défroqué ne lui disait rien. Le film *The Odd Couple* illustrait bien les dangers de la chose.

— Je ne veux pas retourner là-bas. Tu imagines les souvenirs…

Son hôte donna son assentiment d'un signe de la tête. Il comprenait, même si, en 1963, le choix de demeurer dans sa maison ne lui avait pas pesé. Tous ses souvenirs de vie conjugale étaient bons, les ressasser lui plaisait.

— Je n'ai pas vu ton automobile dans la rue.

— J'ai dit à Justine de la prendre, à cause de la grève. Comme je suis chargé de famille, je n'en ai pas besoin. Je ne voulais pas qu'elle marche dans les rues au milieu de la nuit.

De nouveau, Maurice hocha la tête. Qu'une religieuse hospitalière sache conduire l'avait d'abord surpris. Puis, après un moment de réflexion, la chose lui avait paru naturelle. Dans la communauté, quelqu'un devait prendre le volant, une fois de temps en temps.

— Elle t'a parlé de son emploi ?

Le lundi précédent, Justine avait repris du service à l'hôpital Notre-Dame. Le directeur de l'hôpital Saint-Luc n'avait pas apprécié qu'elle demande un congé avant même son premier jour de travail, deux semaines plus tôt. Ainsi, son second choix était devenu le premier.

— L'idée de travailler le soir ne la réjouit pas, mais pour la tâche, il s'agit de la routine.

Cette nouveauté créait une curieuse situation. Maurice ne voyait plus sa sœur que lors de ses jours de congé, mais elle passait ses journées avec son ami.

— Je suppose que bientôt, son patron lui donnera un meilleur horaire de travail. Bon, je te laisse, je veux télé-phoner à Marie-Andrée.

— Tu trouveras à manger dans le frigo.

Un autre signe d'un meilleur moral : Émile assumait maintenant sa part des travaux domestiques.

— Je souperai après lui avoir parlé. Autrement, si son copain l'emmène dans l'une de ces boîtes à chansons à la mode, je la raterai.

« Là, je parle comme un croulant », se dit-il en gagnant son bureau. En se rendant à sa chaise, il laissa échapper un soupir lassé. Il lui fallait enjamber un lit pliant pour l'atteindre. Une minute plus tard, le professeur entendit la voix de Mary Tanguay à l'autre bout du fil.

— Alors, demanda-t-il après le "allô", Roméo paraît en venir à de meilleures dispositions ?

Son interlocutrice eut un gloussement d'adolescente, puis répliqua, enjouée :

— Là, je suppose que ma filleule a bavassé.

Maurice se sentit mal à l'aise d'avoir mis sa fille dans une position délicate.

— Non. Marie-Andrée m'a juste dit que tu semblais heureuse. J'ai deviné le reste.

La marraine était suffisamment de bonne humeur pour avaler cette couleuvre.

— Mon Roméo n'est pas comme les autres : il dégèle à l'automne. Ou alors il est frileux et ne veut pas passer l'hiver tout seul dans son lit.

Elle eut encore un gloussement.

— Ma fille se trouve à portée de voix ?

— C'est de la transmission de pensée, elle vient juste d'arriver dans la cuisine. Tu viendras nous voir, hein ?

— Oui, bientôt.

La ménagère tendit l'appareil à sa filleule, puis retourna à ses tâches.

— Bonsoir, papa, salua la jeune fille en prenant le combiné.

— Bonsoir. Franchement, pour te laisser ainsi seule un vendredi soir, ton Clément est un goujat.

Elle se troubla au point de garder le silence un moment. Son père venait de mettre en mots son état d'âme.

— Tu sais bien, lui aussi a ses obligations…

« Dont je ne fais pas partie », continua-t-elle mentalement. À haute voix, elle enchaîna :

— Et puis en réalité, avec toute la distance que j'ai parcourue à pied cette semaine, une soirée devant la télévision ne me fera pas de mal.

— Justement, tu n'as pas trouvé cela trop… pénible ?

Les paroles de Martine lui trottaient dans la tête, mais il n'osa pas questionner sa fille sur les «vieux pervers» que la jeune femme avait mentionnés.

— Faire un si long trajet à pied…

Le sous-entendu valait les plus longues récriminations.

— Alors, je ne te laisserai pas t'épuiser. Dimanche, je te prêterai la Volks.

Le silence s'étira à l'autre bout du fil, puis elle balbutia :

— Voyons, tu en as besoin, je peux quand même me débrouiller…

— Nous voilà d'avis différents. Je travaille à moins de dix minutes d'ici, et il y a un service d'autobus à Longueuil, sans compter l'auto d'Émile. Alors, dis-moi, de nous deux, qui en a le plus besoin ?

Comme Marie-Andrée ne répondait rien, son père continua :

— Dis à ta marraine que si cela lui convient, j'irai dîner dimanche. Tu me raccompagneras ici dans l'après-midi.

— Je te remercie, tu es très gentil. Vraiment gentil.

Comme d'habitude, le compliment lui fit chaud au cœur. La pudeur l'amena toutefois à changer de sujet.

— Comment se déroulent les cours à l'école normale ?

La question les retint quelques minutes, puis Marie-Andrée s'enquit :

— Et toi, tes cours à l'université ?

Il fut bien vite évident que des deux, le plus satisfait de sa formation n'était pas Maurice. Sa présence à l'université deux soirs par semaine lui donnait un surcroît de travail difficile à supporter. De plus, il lui faudrait maintenant s'entendre avec Justine afin que tous les deux se rendent à destination en se partageant la voiture d'Émile. Martine ne se verrait certainement pas offrir de prendre place près de lui une nouvelle fois.

Chapitre 10

Depuis quelques semaines, Marie-Andrée profitait du samedi et du dimanche. Ils lui permettaient de sortir dans des endroits moins déserts. Après les boîtes à chansons et les cafés étudiants, elle faisait connaissance avec les lieux fréquentés par l'*establishment* de langue anglaise.

Quand Clément Marcoux entra dans le stationnement de la Place Ville-Marie, la jeune fille raconta, d'une voix enjouée :

— J'ai vu des reportages à la télévision, mais je ne suis jamais venue ici. Je suis très impressionnée. Un vrai gratte-ciel, comme dans les films !

— C'est certainement l'immeuble le plus imposant de Montréal. Évidemment, comme tout ce qui existe à l'ouest de la rue Saint-Laurent, c'est riche, grandiose… et à part les gens qui font le ménage, tout le monde y parle anglais. Ils possèdent tout ce qu'il y a autour.

Le garçon parlait comme s'il était au courant de tous les actes de propriété de la ville, et dans ce cas-ci, il ne se trompait pas. Il continua sur le ton du guide touristique :

— Dans cette grande bâtisse cruciforme, vous trouverez la Royal Bank of Canada.

— Quels que soient les propriétaires, l'endroit est tout de même magnifique, avec tous les projecteurs sur le toit.

On dirait des colonnes de lumière. Puis tous les commerces sous terre me font penser à une base sur la Lune.

Elle s'intéressait donc aux récits de science-fiction…

Une fois l'auto garée, le couple chercha l'escalier pour accéder à l'étage des boutiques. La magie du Montréal souterrain opérait toujours sur la population : un jour on en viendrait à éviter complètement les rigueurs de l'hiver, au risque de déprimer à cause de l'absence de lumière naturelle.

Marie-Andrée n'était pas au bout de son émerveillement. Monter quarante-cinq étages dans un ascenseur très rapide s'avérait une aventure inédite. Le restaurant était situé tout en haut. Une nouvelle fois, en se rendant à la table pour deux placée près du mur de verre, la jeune fille attira les regards avec ses jolies jambes et sa jupe plutôt courte. Elle prenait lentement l'habitude de ce genre d'attention. La couventine disparaissait peu à peu, pour faire de la place à la jeune femme.

Après avoir consulté le menu, Clément remarqua :

— Ton père va vraiment mettre son auto à ta disposition pour la durée de la grève ? Voilà qui m'étonne.

— Il est gentil, tout simplement.

— Ça, j'en suis sûr, puisqu'il t'a élevée. Mais le conflit de travail peut durer longtemps. Il devra peut-être s'en passer pendant des semaines.

Pareille générosité ne figurait sans doute pas parmi les caractéristiques du docteur Marcoux. Marie-Andrée ressentit le besoin de se justifier de faire l'objet d'une telle largesse.

— Le cégep est à deux pas de chez lui.

Comme son compagnon semblait trouver des qualités à Maurice, elle eut envie de lui demander de se joindre à sa famille le lendemain, chez sa marraine. Puis l'inquiétude assombrit son regard. Cet Outremontois ne s'amuserait probablement pas à la table de la veuve d'un policier, courtisée par un collègue de ce dernier. Son père lui ferait peut-être une meilleure impression puisqu'il avait fait son cours classique, mais comment en être certaine ?

— Mais s'il veut sortir, ou même simplement se rendre à l'épicerie, comment fera-t-il ?

— Présentement, un collègue demeure avec lui, il a une voiture. Il pourra lui demander de la lui prêter, si nécessaire.

Dans un autre contexte, elle se serait réjouie de l'intérêt de son amoureux pour ses proches. À ce moment, ses questions ne lui semblaient pas témoigner d'une réelle sympathie, seulement d'une certaine curiosité.

— Il héberge l'un de ses collègues ?

— Le pauvre a perdu sa femme il y a moins d'un mois, elle est morte en couches. Il ne pouvait le laisser seul.

Le serveur vint déposer les salades devant eux en leur souhaitant bon appétit.

— Vraiment, un homme bon.

Marie-Andrée n'arrivait pas à se convaincre que son compagnon formulait un vrai compliment, sans arrière-pensée.

— Je suis certaine que ton père l'est aussi.

— Oh ! À sa façon, je suppose.

Le ton tranchant laissait deviner qu'il en doutait beaucoup.

— Tu ne me parles jamais vraiment des membres de ta famille.

Le garçon lui adressa un sourire entendu. Il voyait bien sa petite manigance pour obtenir une invitation à rencontrer les Marcoux, sans éprouver le moindre désir de la satisfaire.

— Je n'ai vraiment rien à raconter sur eux. Des petits bourgeois pour qui le but de l'existence est de posséder une grosse voiture et des meubles de style.

Finalement, peut-être que tous deux finissaient par ressentir une légère honte devant les auteurs de leurs jours, pour des raisons tout à fait opposées.

Marie-Andrée n'avait pas eu l'audace de demander à Clément Marcoux de se joindre à sa famille, tellement elle craignait de voir sur son visage cette condescendance qu'il affichait volontiers devant les personnes ne partageant pas ses idées. Jamais il ne serait tombé dans l'impolitesse, mais son attitude risquait de rendre la situation embarrassante.

Le lendemain matin, à onze heures, un autre motif la réjouit de s'être abstenue. Le policier Roméo Gladu arriva, vêtu de son beau complet du dimanche.

— Va recevoir la visite, lui enjoignit sa tante, occupée à préparer le repas.

Même si le personnage l'intimidait, Marie-Andrée lui ouvrit, puis le salua, avec son meilleur sourire :

— Bonjour, monsieur Gladu. Venez vous asseoir au salon. Ma tante nous rejoindra bientôt.

Cette figure d'autorité la ramenait à sa timidité de petite fille soucieuse de ne jamais être prise en défaut.

— Tout de même, j'vas aller lui dire bonjour.

Le policier se dirigea vers la cuisine, la jeune femme sur les talons. Elle les regarda échanger des bises, un peu étonnée de les voir visiblement épris, comme si ces attitudes étaient réservées aux moins de trente ans.

— Je peux vous servir une bière ? proposa-t-elle après leurs épanchements.

— Oui, ma petite, j'aimerais bien.

Peu après, son verre à la main, l'homme alla voir s'il y avait «quelque chose à' tivi».

— Si vous voulez le rejoindre, murmura Marie-Andrée à sa tante, je peux prendre le relais.

— Non, j'aime mieux terminer ça.

Cette attitude révélait qu'elle mettait en doute les capacités culinaires de sa filleule, mais cette dernière ne s'en formalisa pas.

— Nicole dormait encore, quand tu t'es levée ?

— Elle ronflait, même.

Comme l'Expo demeurerait ouverte jusqu'à la fin octobre, la ménagère tenait à garder l'une de ses chambres disponible à l'intention des touristes. Après trois mois, cette cohabitation avec sa cousine pesait de plus en plus à Marie-Andrée.

— Est-elle rentrée tard ?

— Vers quatre heures, je suppose. Les clubs ferment à trois heures.

— Est-ce Dieu possible, une vie de barreau de chaise pareille !

La carrière de *bunny* de Nicole continuait de contrarier Mary Tanguay. Une secrétaire vêtue d'une jupe un peu écourtichée pour attirer la sympathie d'un patron, oui. Une hôtesse dans un bel uniforme aux tons de bleu pour recevoir des touristes, encore mieux. Mais une jeune femme servant des cocktails en maillot de bain, des oreilles de lapin sur la tête et une queue de coton sur les fesses, cela allait au-delà de la capacité de la ménagère à demeurer dans le vent.

— Bon, tu peux aller dans le salon pour attendre l'arrivée de ton père.

De quoi s'entretenait-on avec un officier de police ? Lors de leur première rencontre, le sujet de l'exécution de Monica la Mitraille en pleine rue les avait occupés brièvement. Elle était à peine assise après un échange de banalités quand il mit fin à son dilemme :

— Avec la grève qui continue, ça doit pas être simple d'aller à l'école.

— Dès le premier jour, je me suis fait achaler par un soi-disant bon samaritain qui m'a prise sur le pouce. Depuis, je marche.

— Ouais, y en a toujours qui profitent de la situation. Des plaintes pour grossière indécence, on en a dix fois plus depuis le début de la grève, j'pense.

Voilà qui n'avait rien pour rassurer l'étudiante. Le policier continua :

— Des fois, j'pourrai te donner un *lift*. De temps en temps, quand ça adonnera.

Déjà, le mercredi précédent, au moment du déjeuner, elle l'avait trouvé à la table de la cuisine. L'homme entendait sans doute multiplier ses visites au cours des semaines à venir.

— Vous êtes gentil, mais ce ne sera pas nécessaire. Papa m'a offert de me prêter sa voiture.

— Hum ! Bin ton papa prend bin soin de toé.

La scène de la veille avec Clément Marcoux menaçait de se reproduire.

— Il n'en a pas vraiment besoin.

La conversation porta un moment sur la formation des maîtresses d'école, « un si beau métier ». Puis la jeune fille se leva au son de la sonnette d'entrée.

— Ça doit être lui.

Pendant le repas, Marie-Andrée avait échangé un regard amusé avec Mary Tanguay. Roméo faisait passer la relation entre eux à un autre niveau, assis au bout de la table comme un chef de famille. Cela se terminerait sans doute par des fiançailles à Noël et un mariage au printemps. Les noces se tiendraient peut-être encore plus vite, si le prétendant se faisait insistant.

La conversation porta un long moment sur les propositions politiques du député libéral René Lévesque.

— Le v'là qui va r'joindre les séparatisses, commenta le policier. Ceux du RIN.

À son ton, on comprenait bien que lui restait bien campé dans ses convictions «fédéralisses». Après tout, cela demeurait le cas de la très large majorité des gens de plus de trente ans.

— On ne sait pas, répliqua Maurice. Lors de son congrès d'orientation, le Parti libéral peut bien se rallier à ses idées.

— Ça me surprendrait. Lesage est pas un gars comme ça.

Un bruit dans le couloir mit fin aux hypothèses sur l'avenir du Parti libéral. Nicole arriva dans la salle à manger en serrant son peignoir sur sa poitrine. Ses cheveux en désordre et les plis de l'oreiller imprimés sur une joue enlevaient à son charme habituel.

— Bonjour, mon oncle Maurice, dit-elle en se penchant pour lui embrasser la joue, et à vous aussi, monsieur Gladu.

Celui-là n'eut cependant pas droit à la même marque d'affection.

— Vas-tu manger avec nous? lui demanda sa mère.

Le brin d'impatience dans la voix témoignait de son irritation de la voir encore dans cette tenue aussi tard dans la journée.

— Du rôti pour déjeuner, c'est un peu lourd.

— Il est largement passé midi.

Comme pour repousser l'argument, la serveuse y alla d'un long bâillement. Puis, en tournant les talons, elle commenta:

— Quand une fille travaille de nuit, midi, c'est de bonne heure.

Quand elle disparut, Mary Tanguay se mordit les lèvres pour ne laisser échapper aucun commentaire disgracieux devant ses visiteurs. Il lui fallut cinq bonnes minutes pour retrouver tout à fait son sourire.

Au milieu de l'après-midi, tandis que le groupe discutait dans le salon, Maurice se leva de son fauteuil en annonçant :

— Je vais vous quitter, maintenant. Cette jeune fille doit revoir un peu ses leçons de conduite avant que je lui laisse ma voiture un temps indéterminé.

Roméo Gladu et Mary Tanguay se levèrent aussi. Le policier tendit la main, l'assura de son plaisir de le connaître enfin. Sa belle-sœur l'accompagna jusqu'à la porte.

— Les choses vont à ta convenance, à ce que je vois, lui glissa-t-il à l'oreille.

— *So far, so good*. On verra bien la suite.

— Alors, je te souhaite tout ce que tu désires.

Après l'échange des bises, le père et la fille descendirent les marches les conduisant au trottoir. Maurice tendit les clés en suggérant :

— Que dirais-tu de conduire jusqu'à l'école normale ? Comme ça, tu te familiariseras avec le chemin que tu parcourras demain.

Son petit sourire moqueur mit Marie-Andrée mal à l'aise. La reprise de la conduite automobile après tout ce temps représentait un défi. À cet instant précis, la marche ne lui semblait pas un si mauvais exercice… Pourtant, impossible de refuser. Derrière le volant, elle remarqua en actionnant le démarreur :

— Moi qui rêvais de ne plus jamais entendre parler de point de friction !

— Qui sait, la prochaine convention collective me permettra peut-être d'acheter une voiture automatique. En attendant...

Si Marie-Andrée réussit à se dégager de la place de stationnement, à peine dans la rue, le moteur cala. Le temps de redémarrer, elle regagna la rue Sherbrooke et s'engagea vers l'ouest. Heureusement, la circulation s'avérait fluide, le dimanche. Le trajet lui permit de reprendre un peu d'assurance. Mais le sentiment fut de courte durée.

— Maintenant, nous allons traverser le pont Jacques-Cartier afin de nous rendre à Longueuil.

Voilà que son père haussait le niveau de difficulté. Curieusement, la tension de conduire chassa totalement sa peur des hauteurs. Assez pour qu'elle se permette de reprendre la conversation en roulant au-dessus du fleuve.

— Aimes-tu toujours ton nouveau logis ?

— ... Oui, mais ces temps-ci je le trouve un peu étroit pour trois adultes et un bébé. Surtout qu'aucun adulte ne couche avec un autre adulte.

Comme le logement ne comptait que deux chambres, le lit dans son bureau devenait encombrant, et il lui fallait avoir envie de travailler seulement quand son collègue ne souhaitait pas dormir ou se reposer. Dans le cas d'une personne prenant du Valium, cela n'arrivait pas si souvent.

— Monsieur Trottier ne va pas mieux ?

— Honnêtement, son état s'améliore. Mais pas encore assez pour qu'il retourne dans son logement de Saint-Hyacinthe, ou dans un autre.

— Au moins, être libre toute la journée lui permet de vraiment faire connaissance avec sa fille.

Le spectacle d'un père avec un bébé dans les bras paraissait tout à fait charmant à la jeune fille.

— Puis en même temps, enchaîna-t-elle, cela donne une chance à Justine de jouer à la mère.

— Justement, tu trouves ça normal, jouer à la mère à son âge? Car ce sera toujours un jeu, ce bébé n'est pas le sien.

La répartie de son père la laissa songeuse. Effectivement, ce n'était pas très prudent. Une fois le sujet des membres de sa maisonnée épuisé, Maurice se sentit autorisé à aborder celui de sa parente par alliance:

— Ta marraine semble vivre une parfaite histoire d'amour.

— Cette semaine, les choses ont pris une nouvelle tournure.

Tout de même, Marie-Andrée n'irait pas plus loin dans les confidences. Après tout, il s'agissait de faire montre d'un peu de discrétion, par solidarité féminine.

— Puis, comment va la cohabitation avec Nicole?

— J'ai vraiment hâte que ça finisse. Ça fait trois mois que je me fais réveiller pendant la nuit, toutes les nuits.

Maurice ne pouvait lui répondre «Reviens à la maison», dans les circonstances actuelles. Jamais il n'oserait mettre ses invités à la porte.

— Ce sera fini bientôt.

— Si pour toi cinq semaines encore, c'est bientôt, tu as raison.

Ils arrivaient sur la Rive-Sud. La voiture passa devant la Place Longueuil peu après s'être engagée dans la rue Saint-Charles. Ils atteignaient l'intersection de la rue Grant quand le père demanda encore:

— Souperas-tu avec nous?

— Non, je dois rejoindre des amis. Nous devons aller à la Boîte à Clémence. C'est dans le Vieux-Montréal, place Jacques-Cartier.

— Rejoindre des amis, ou un ami?

Il se retenait de la questionner à propos de sa vie privée, mais comment ne pas saisir l'occasion? Marie-Andrée esquissa un sourire ironique en répondant:

— Un ami, et des amis.

Pierre Brousseau et Louise Niquet les retrouvaient régulièrement, mais jamais personne d'autre. Clément Marcoux avait-il d'autres relations? La jeune fille réalisait que son propre réseau ne valait certainement pas mieux.

— Toujours le gars qui rêve de devenir professeur?

Maurice avait retenu cette information d'une conversation précédente.

— Oui, c'est lui.

— Aurai-je le plaisir de faire sa connaissance?

Marie-Andrée éprouva le même émoi que la veille. Ces deux-là risquaient de ne pas s'apprécier mutuellement. Pourtant, le professeur de cégep venait de passer deux heures plutôt agréables avec un policier de la Ville de Montréal. Il savait alimenter une conversation sans trop de mal, tout en s'adaptant à son interlocuteur.

— Il s'agit juste d'un ami. Si jamais cela devient sérieux, évidemment, je te le présenterai.

La voix ne s'avérait ni convaincue, ni convaincante. Maurice choisit de ne pas insister. Quelques minutes plus tard, après des appels à la prudence, Marie-Andrée prenait le volant pour retourner en direction de Montréal.

Cette fois, Maurice, assis à son bureau, sentit des yeux posés sur lui. Un sixième sens? Plus probablement un bruit à peine perceptible, ou alors une odeur. En levant la tête, il aperçut Martine, tout sourire. Tout de suite, elle l'invita, visiblement excitée :

— Maurice, viens voir, j'ai quelque chose à te montrer.

L'un des franciscains défroqués se tenait dans le bureau commun. Son visage exprima un réel agacement. Peut-être détestait-il être dérangé dans ses profondes réflexions sur l'œuvre de Loyola. Plus probablement, il s'agissait d'une pointe de jalousie envers un collègue à qui il ne trouvait aucun charme particulier. Alors, pourquoi diable obtenait-il l'attention de cette donzelle ?

Maurice suivit Martine dans l'escalier. Elle se dirigea vers une porte donnant accès au stationnement. Pas plus de trente véhicules s'y alignaient, ceux des professeurs et de quelques étudiants parmi les plus nantis.

— Regarde.

Il suivit le regard de sa collègue pour découvrir une Volkswagen Beetle d'un beau bleu royal.

— Elle n'est pas neuve, mais tout de même, je suis bien fière de l'avoir.

— Dans les circonstances actuelles, je comprends très bien que tu ne puisses t'en passer. Ces jours-ci, tu perdais beaucoup de temps dans les déplacements.

— Au point d'arriver fatiguée au travail tous les matins… Monte, nous allons luncher ensemble.

La jeune femme marqua une pause, puis ajouta :

— À moins que tu n'aies prévu autre chose.

Avec un peu de chance, Émile ne serait pas trop dérangé par son absence au dîner. De toute façon, ses audaces de cuisinier dépassaient rarement la confection d'un sandwich au jambon ou au fromage, avec comme légume un petit sac de chips barbecue.

— Tu sais, je suis toujours tout disposé à me rendre disponible pour toi.

Cela ressemblait à des avances maladroites. Sa collègue fronça les sourcils, présenta un bref instant une mine préoccupée, puis retrouva son sourire excité.

— Dans ce cas, monte, je n'ai pas fermé à clé.

Martine démarra tout de suite, avança vers la rue un peu trop vite au goût de son passager, puis cala après avoir freiné en catastrophe.

— Je pense que mon père devra me donner encore quelques leçons de conduite.

Il se retint de lui offrir ses services. Son empressement devenait ridicule : il s'agissait d'une toute jeune fille, avec des enthousiasmes juvéniles. Elle continua sur le ton de la confidence :

— Il m'a prêté l'argent, deux cent cinquante dollars. Tu crois que c'est un bon prix ?

— La mienne ne vaut pas plus, et elle me donne satisfaction. Avec un peu de chance, tu la revendras pour le même montant dans deux ou trois ans.

— Pour le décider, je lui ai dit que je regardais les chambres à louer de ce côté-ci du fleuve.

Elle précisa après un silence :

— Je me sens un peu ridicule d'habiter encore chez mes parents à mon âge.

— Si cet arrangement convient à tout le monde, je n'y vois rien de ridicule.

— Tout de même, je paie ma pension.

Malgré son manque évident d'expérience de la conduite automobile, Martine se rendit sans mésaventure au café où ils avaient partagé un repas au mois d'août précédent. Chemin faisant, elle parla des dettes qui accablaient la plupart des diplômés universitaires. Dans ces circonstances, elle allongeait son séjour chez ses parents. De son côté, Maurice lui confia avoir prêté sa propre auto à sa fille, pour entendre de nouveau un commentaire sur sa gentillesse.

Quand ils prirent place à une table, elle remarqua :

— Alors, tu es condamné à faire du stop jusqu'à l'université, les jours où tu as cours ?

— Tu devines que contrairement à toi, je resterais sur le trottoir à perpétuité.

C'était une allusion directe au charme de sa compagne. Elle la reçut de bonne grâce. Depuis leur dernière conversation, et plus encore depuis le début de la grève, elle portait des pantalons moins cintrés, noirs le plus souvent, et des pulls assortis jamais trop ajustés, avec parfois, comme c'était le cas aujourd'hui, une petite veste. Elle faisait certainement moins collégienne ainsi. Le sujet de ses rapports avec les étudiants n'était pas revenu sur la table, mais sa métamorphose visait certainement à ramener ces derniers à moins de familiarité.

— Mes arrangements sont complexes, continua-t-il. Présentement, je rentre à la maison vers deux heures afin d'être conduit par ma sœur. Elle accomplit tout le trajet pour me laisser à l'université, puis va occuper son poste à l'hôpital, et elle vient me reprendre après son quart de travail, à minuit.

— … Cela signifie que tu passes plus de huit heures sur le campus pour un cours qui en dure trois.

— La grève embête tout le monde, moi compris. Je profite de ce temps pour étudier et effectuer mes travaux.

La situation permettait de mesurer quels efforts il consentait pour éviter toute nouvelle mauvaise rencontre à sa fille.

Pendant tout le repas, la conversation porta sur la vie au cégep. Au moment de payer, Martine déclara, souriante :

— Je vais m'occuper de l'addition, aujourd'hui.

— Tu n'as pas à faire ça…

— Je m'attends toutefois à ce que tu règles la note la prochaine fois.

Un peu de rose atteignit les joues de Maurice. En reprenant exactement les mots qu'il avait prononcés deux mois plus tôt, elle entrouvrait une porte. Une fois dans l'auto, elle poursuivit :

— Tes cours ont lieu le lundi et le mercredi, je pense.

— Oui, c'est ça.

— Alors, ce soir, je quitterai le collège à six heures, cela me permettra de te déposer à l'université un peu avant sept heures, et je ferai de même jusqu'au retour du service d'autobus. En fin de soirée toutefois, je ne pourrai pas t'aider.

Le professeur garda le silence un long moment, puis, en chuchotant « Tu es gentille », il tendit la main pour la poser sur la sienne, sur le volant, et exercer une petite pression.

Après cela, aucun des deux ne sut comment reprendre le dialogue pendant tout le trajet de retour vers le cégep.

Chapitre 11

Le vendredi, Marie-Andrée terminait en milieu d'après-midi à l'école normale, suffisamment tôt pour pouvoir prendre d'autres engagements avant le souper. Quand, au moment du déjeuner, elle fit part à sa marraine de ses projets du jour, celle-ci la regarda avec de grands yeux surpris.

— Es-tu sérieuse, là ? Tu vas aller dans une manifestation ?

— Clément m'a demandé de l'accompagner.

— Ce n'est pas une sortie, ça. Pas comme visiter le Jardin botanique.

En tout cas, Roméo Gladu ne l'inviterait jamais à une activité de ce genre.

— Ce ne sera pas la première fois. Au moment de la visite du général de Gaulle...

— Oui, je sais. Eh bien, tu vas voir une différence. Tu seras avec des communistes.

— Ce seront à peu près les mêmes personnes que cet été, des étudiants.

Mary Tanguay posa une assiette devant Marie-Andrée, un air sévère sur le visage.

— Tu sais, la police n'y va pas de main morte avec ces gars-là, et eux non plus. Ton parrain est mort pendant une de ces maudites manifestations.

En réalité, il était mort d'une crise cardiaque, pas à cause d'un attentat perpétré par l'avant-garde du prolétariat canadien-français… L'évocation de ce malheur rendit la ménagère morose. Ce ne fut qu'au moment de s'attabler à son tour qu'elle annonça :

— Ce soir, ma petite, tu coucheras dans ta propre chambre. Pendant la journée, je vais m'occuper de déplacer tes affaires.

Devant la surprise de sa filleule, la femme expliqua :

— Avec la maudite grève, personne n'est venu chambrer ici depuis une semaine. Inutile d'attendre encore.

— Je pourrai m'occuper de tout déménager moi-même. Je n'ai presque rien.

— Ça va me prendre deux minutes.

La jeune fille la remercia d'un sourire, puis signala, en consultant sa montre :

— Bon, je dois me mettre en route, si je veux effectuer ma petite ronde de taxi.

— C'est quand même drôle ! Maintenant, ça te prend plus de temps pour aller à l'école que lorsque tu marchais.

— Mais au moins, je n'ai pas d'ampoules aux pieds.

L'étudiante passa par sa chambre, puis lança un dernier au revoir depuis l'entrée. Un peu plus bas dans la rue, elle retrouva la Volkswagen stationnée près du trottoir. Après avoir obtenu son permis de conduire le printemps précédent, elle était restée des mois sans prendre le volant. S'insérer dans la circulation lui provoqua une petite frousse. Au coin de Sherbrooke, elle tourna vers l'est. Comme tous les jours depuis le lundi précédent, Caroline l'attendait au coin de la rue Saint-Donat. Elle s'arrêta un instant, juste assez longtemps pour la laisser monter.

— Vraiment, tu me sauves la vie.

— Ton père fait déjà la moitié du chemin en te déposant ici. Moi, ça me prend dix minutes pour faire ce crochet.

Ces dix minutes s'allongeaient le plus souvent assez pour en devenir vingt, parfois trente. En ces temps de grève, le nombre des automobiles explosait. La petite voiture comptait quatre places, donc trois pour des passagères. Marie-Andrée en cueillit deux autres sur le chemin de l'école normale. Les multiples véhicules dans les rues compliquaient la recherche d'une place de stationnement. Cependant, en ces temps exceptionnels, les religieuses acceptaient les retardataires sans froncer les sourcils.

Les quatre filles hâtèrent le pas et traversèrent la pelouse en diagonale pour rejoindre l'établissement d'enseignement. Caroline répéta :

— Vraiment, ton père est chic de te prêter sa voiture comme ça.

— Je le lui répéterai quand il se sentira comme un petit vieux ! Il me demande seulement de le dépanner quand il ne peut pas emprunter l'auto de son ami Émile pendant la semaine.

Marie-Andrée ne mesurait pas très bien les difficultés de son père, autrement, elle aurait tenu à lui restituer son véhicule tout de suite. En cette période difficile, tout le monde apprenait les vertus du covoiturage, aussi elle aurait peut-être pu bénéficier d'un autre arrangement.

— Tu lui donneras une bise de ma part, murmura la blonde en entrant dans la classe. Et si tu me le présentes un de ces jours, je lui en donnerai une moi-même.

Elle lui adressa un gros clin d'œil. Cette rencontre aurait peut-être lieu, mais Caroline aurait sans doute oublié cet engagement. Toutefois, Maurice devait sentir un ange par-dessus son épaule, à force d'accumuler les bonnes actions.

Marie-Andrée était allée chez les Marcoux en l'absence de ceux-ci. L'occasion avait entraîné la perte de sa virginité. Mais son amant n'avait pas encore jugé bon de la réinviter, en catimini ou non.

Évidemment, avec une mère passant ses journées à la maison, impossible de se livrer discrètement à des galipettes dans la chambre du sous-sol. Quant à une présentation en bonne et due forme, le jeune homme n'y tenait visiblement pas. Ce fils de médecin estimait peut-être qu'elle était d'une origine trop modeste, ou alors trop jeune ou trop ignorante pour la faire connaître.

La situation d'aujourd'hui renforçait l'agacement de Marie-Andrée. Au lieu de lui demander d'aller sonner à la porte de sa demeure, ou même de se stationner dans sa rue, il lui avait fixé rendez-vous devant l'école des Clercs de Saint-Viateur, à Outremont.

À deux heures de l'après-midi, Clément apparut au coin de l'intersection la plus proche. Sa tenue faisait tout de suite penser à l'étudiant typique d'un roman de Philip Roth. Vêtu d'un jeans, d'une chemise à carreaux et d'une veste de tweed, équipé de ses lunettes à monture de plastique noire, il portait en plus une pancarte sous le bras. La jeune fille descendit, l'embrassa sur la bouche puis lui offrit de prendre le volant.

L'autre accepta les clés sans hésiter. Un homme ne se faisait pas conduire par sa cavalière. De son côté, Marie-Andrée se serait sentie très intimidée de piloter devant lui, tant il mettait de l'empressement à souligner les erreurs des autres.

— Je suis désolé de t'avoir demandé de me prendre, mais ma voiture est au garage.

— Ça ne fait rien.

Clément ouvrit la portière du passager pour glisser sa pancarte à l'arrière du véhicule, et ne la referma qu'une fois sa compagne assise. En démarrant, il l'interrogea :

— Tu sais pourquoi nous allons manifester ?

Une nouvelle fois, elle fut gênée de montrer combien ses connaissances demeuraient limitées. Le palmarès musical du *Petit Journal* lui était plus familier que les actualités politiques. Devant son silence, son compagnon expliqua :

— Les travailleurs de l'usine d'embouteillage de la 7up sont en grève. Les patrons refusent de négocier avec le syndicat. Encore ces maudits Américains !

Dans sa bouche, cela devait être la pire des insultes.

— Nous allons leur donner un coup de main.

— Qui sera là ?

— Des travailleurs en grève et des représentants de la Fédération des travailleurs du Québec. Ils sont affiliés à cette centrale.

Les conflits de travail, très souvent violents, se multipliaient dans la province. Tout le monde connaissait les grandes organisations syndicales. Clément continua :

— Il y aura aussi des membres de la Confédération des syndicats nationaux, de l'Union générale des étudiants du Québec, puis ceux du RIN.

— Voilà beaucoup de monde. Pour les associations ouvrières, je comprends, mais pour le RIN et l'association étudiante…

— C'est toute la gauche qui sera là. Tu comprends, le Rassemblement est un parti socialiste, et pour l'UGEQ, c'est la même chose…

Marie-Andrée se tourna à demi pour lire la pancarte de son compagnon : « Le Québec aux travailleurs ! »

— Dans le cas de leurs dirigeants, en tout cas, ajouta-t-il.

La précision méritait d'être apportée, car la révolution prolétarienne ne fascinait pas l'ensemble des étudiants de la province. On n'en parlait guère à l'école normale, et certainement pas davantage dans certaines facultés.

Le trajet ne prit que quelques minutes, puisque l'usine d'embouteillage se trouvait à Ville Mont-Royal. Le garçon s'arrêta à proximité de l'hôtel de ville. Déjà, plusieurs centaines de manifestants réclamaient à hauts cris de voir le maire. L'élu n'entendait pas accéder à leur requête.

En s'approchant de la multitude, Marie-Andrée lut encore quelques-uns des messages portés par les pancartes. Tous liaient la revendication de l'indépendance du Québec à celle d'un régime socialiste.

— Révolution ! Révolution ! criaient les manifestants.

Le couple se joignit à eux. Bientôt, Clément s'époumonait lui aussi. La jeune fille s'intéressait surtout à l'escadron d'agents de la police de Montréal et de la Sûreté du Québec. Additionnés, ces effectifs atteignaient bien deux cents personnes.

— Le Québec aux Québécois !

Comme le maire Dawson ne semblait pas disposé à venir se frotter aux manifestants, la foule se déplaça bientôt en direction de l'usine. Dans cette masse, des journalistes se promenaient avec des appareils photo ou des carnets ; ils rendraient compte des événements. Il manquait encore les caméras de la télévision, mais elles ne sauraient tarder.

Quand le jeune Marcoux se tut pour laisser reposer ses cordes vocales, Marie-Andrée remarqua :

— Il n'y a presque pas de femmes. Je ne suis pas à ma place, ici.

— Si tu veux l'équité entre hommes et femmes, tu dois occuper cette place. Quant à l'égalité, ça signifie aussi risquer de prendre des coups de matraque.

— Je ne suis pas certaine de vouloir m'émanciper à ce point.

Dans cette année d'agitation politique et sociale, les femmes aussi faisaient entendre leur voix. Le gouvernement fédéral avait créé une commission d'enquête sur le statut de la femme, placée sous la direction de Florence Bird. Un jour viendrait une myriade de propositions pour promouvoir l'égalité.

Bientôt, les manifestants atteignirent l'usine 7up, bien encadrés par les policiers. Les cris redoublèrent, la tension devenait palpable. Un officier monta sur une plate-forme habituellement utilisée pour le chargement des boissons gazeuses dans des camions de livraison, un porte-voix dans les mains.

— Rentrez chez vous !

— Révolution ! Révolution !

Le policier continua à encourager la foule à se disperser, mais les cris empêchaient de l'entendre. Rapidement, une première pierre ricocha sur le mur de brique, puis une seconde. La troisième fracassa la vitre d'une fenêtre. La tension monta d'un cran, et l'officier quitta son perchoir avant de se faire estropier par un projectile. Matraque à la main, les représentants de l'ordre s'approchèrent de l'attroupement. La grêle de pierres se déplaça dans leur direction.

— Les salauds ! cria Clément à l'intention de son amie. Tu vois ? Ce sont eux qui nous provoquent !

Aux yeux de Marie-Andrée, les objets lancés suffisaient à déclencher les hostilités. Les rangs de manifestants les plus proches de l'édifice industriel furent bousculés. Quand ils rendirent les coups d'épaule, quelques matraques s'abattirent sur les têtes.

— Quand même, ils pourraient montrer plus de retenue ! s'exclama Marie-Andrée.

La remarque s'adressait aux protagonistes des deux côtés. La jeune fille semblait parler d'élèves turbulents dans une cour d'école. Clément ne douta pas un instant que ses reproches concernaient les forces de l'ordre.

— Ils veulent nous faire déguerpir avant que les scabs sortent de l'usine.

Elle fronça les sourcils, incitant son compagnon à expliquer :

— L'entreprise peut refuser de négocier pendant dix ans. Avec les travailleurs de remplacement, les patrons font les mêmes profits que d'habitude.

Les lignes de piquetage servaient justement à intimider ces scabs, et la présence des policiers municipaux, à les protéger. La venue de jeunes militants progressistes rompait l'équilibre habituel des forces, que la Sûreté provinciale devait restaurer.

À la périphérie de la foule éclata une échauffourée. Le couple chercha à voir ce qui se passait. Des photographes étaient pris à partie par des étudiants.

— Pourquoi font-ils ça ? s'étonna Marie-Andrée.

— Les photographes ? Ils veulent alimenter les archives de la police. Ils montent des dossiers. Tu te souviens comment je me suis fait ramasser à l'Expo.

Au moment de la visite du général de Gaulle, le pauvre étudiant s'était fait arrêter par des policiers municipaux agissant visiblement sur les directives d'un agent de la Gendarmerie royale du Canada. Avant qu'il ne quitte le poste de police, on lui avait tiré le portrait à plusieurs reprises.

Petit à petit, la charge des policiers gagna en vigueur. Ils tenaient visiblement à évacuer la place avant la fin de la journée de travail de l'équipe de jour et l'arrivée de celle du soir, sans quoi tout l'effectif des scabs se mêlerait aux contestataires. La résistance de ces derniers s'intensifia aussi, plusieurs têtes garderaient les marques des coups pendant une semaine ou deux. Robustes, certains manifestants savaient riposter. Si des membres des Chevaliers de l'indépendance, dirigés par le boxeur Reggie Chartrand, s'étaient trouvés là, plusieurs agents ne se seraient pas portés mieux.

La colère montait. Un petit groupe s'en prit au véhicule de l'unité mobile de la station de radio CKGM. Une fois renversée sur la chaussée, la camionnette dégagea une épaisse fumée noire. Des manifestants s'étaient équipés de cocktails Molotov. Forcés de retraiter, les contestataires réussirent à défoncer les fenêtres de bâtisses environnantes, des commerces aux raisons sociales anglaises, mais aussi de maisons privées.

Devant ces événements, les policiers résolurent de vider les lieux. Ils frappèrent les manifestants. Marie-Andrée vit des uniformes kaki de la Sûreté provinciale s'approcher dangereusement d'elle, le bras levé. Un bâton se serait peut-être abattu sur son crâne sans l'intervention chevaleresque de son compagnon, qui amorça le geste de frapper l'assaillant avec sa pancarte. Cela lui valut une pluie de coups sur la tête et le dos.

Elle fit mine de se lancer à la défense de son amant. Un bras solide la saisit à la taille pour la soulever de terre. Un bras portant un uniforme bleu, celui de la police de Montréal.

— Baptême ! Tu veux-tu te faire tuer, la p'tite ?

Roméo Gladu. Il la reposa derrière lui, puis déclara à ses collègues de la Sûreté provinciale :

— Touchez-y pas, vous aut'.

— Clément !

Elle tentait de venir en aide à son compagnon, maintenant étendu sur le pavé. Son sauveteur laissa entendre un soupir excédé, puis ajouta :

— Pis lui non plus. Y fera pus de trouble, asteure.

La foule reculait à la façon d'une marée, encouragée par la force constabulaire, laissant derrière elle quelques éclopés. Brusquement, Marie-Andrée se pencha sur Clément et lui prit un bras pour l'aider à se relever.

— Clément, ça va ?

La question plutôt sotte lui valut un « hostie ». Tout de même, il arriva à se mettre à quatre pattes, et une minute plus tard à se tenir à peu près sur ses jambes.

— Dans quel état tu es ! Ce sont des sauvages. Ça va ?

Répétée, la question reçut un simple grognement. Une coupure au sommet du front laissait couler du sang en abondance, dégoulinant sur le visage. Le nez maintenant un peu de travers ressemblait à une fontaine.

— Passe-moi ton mouchoir.

Le carré de tissu fut aussitôt rougi, sans que le visage soit vraiment plus propre.

— Aide-moi plutôt à enlever ma veste.

Sans trop comprendre, elle obtempéra. Il utilisa son vêtement pour s'éponger le visage.

— Tu vas la ruiner.

— Ça vaut mieux que de me répandre sur toi ou dans ton auto.

Marie-Andrée baissa les yeux pour voir quelques taches vermillon sur son chemisier. Elle soutint son compagnon pendant les trente premiers pas. Ensuite, il progressa sans aide, pour atteindre le véhicule.

— Tu ferais mieux de reprendre la clé dans ma poche de pantalon, sinon je risque de démolir l'auto de ton père.

Elle fit comme il lui demandait, perturbée par la proximité d'une certaine partie de son anatomie. Quand ils furent assis sur la banquette avant, elle remarqua :

— Si c'est pour te retrouver dans cet état, tu ne devrais plus te mêler de ces affaires.

Puis elle se sentit confuse de vouloir lui dire quoi faire.

— La révolution fait toujours des victimes, répliqua-t-il.

Il pencha la tête vers l'arrière et se pinça le nez pour mettre fin à l'hémorragie.

— Je te dépose chez toi ?

Le grognement de son passager pouvait passer pour un oui.

En descendant de la voiture, rue de la Montagne, Marie-Andrée jeta un regard dans la direction du club Playboy, plus bas. La pensée de révéler à Clément que jusqu'à la semaine précédente elle partageait le lit d'une *bunny* l'amusa un moment, puis elle y renonça. Les détails de ses arrangements domestiques lui faisaient toujours un peu honte, surtout après sa visite dans la belle demeure d'Outremont.

Ce réflexe la surprenait encore. Elle n'était pas du genre à mesurer son appréciation des gens à leur niveau de fortune. Alors, dans ce cas, pourquoi penser que son compagnon le faisait ? Et puis, sa condition n'avait rien de si misérable.

Le couple attendit que Pierre Brousseau et Louise Niquet s'extirpent de la banquette arrière de la petite Austin. Spontanément, les deux hommes prirent les devants, laissant les femmes quelques pas derrière eux.

— Tu continues de travailler dans ta boutique de vêtements, la fin de semaine ?

— Oui. Les études ne sont pas si exigeantes, puis cela me dispense de quémander de l'argent à mon père si je veux m'acheter un bâton de rouge à lèvres.

— … Je devrais sans doute faire la même chose.

Jusqu'à Noël, Marie-Andrée saurait combler ses menus besoins grâce à ses économies de l'été précédent. Mais à moins de se cloîtrer jusqu'à l'été de 1968, elle n'y arriverait plus à compter de janvier. Lors de toutes les sorties, son amoureux payait pour eux deux, et la pension prise en charge par son père comprenait le gîte et le couvert. Malgré tout, posséder un peu d'argent demeurait nécessaire.

— Comme ça, tu étais présente lors de la grande manifestation chez 7up, fit Louise.

— Grande… Si on compte les manifestants et les policiers ensemble, cela faisait sans doute trois cents personnes.

Le petit groupe se dirigeait vers Le Bouvillon. Un samedi soir, l'affluence était importante. Les passants dévisageaient Clément Marcoux, au point où les jolies filles derrière lui devenaient invisibles. Ironique, Louise commenta :

— Regarde, on dirait qu'il mesure un ou deux pouces de plus. Ses bleus, ce sont ses médailles. Il a certainement hâte de retourner à l'université lundi, juste pour impressionner les autres.

Le jeune homme portait un pansement sur le front, à la racine des cheveux, sur une grosse bosse d'un vilain bleu. Quant au nez, enflé, il demeurait à peu près droit grâce à l'intervention de son papa médecin. Un hématome aux couleurs étranges s'étendrait bientôt de part et d'autre de l'appendice. Dans quelques jours, il ressemblerait à un raton laveur.

— Tout de même, j'ai eu vraiment peur. Dans l'auto, sur le chemin du retour, je craignais qu'il ne perde connaissance.

Quand le petit groupe arriva au restaurant, Marie-Andrée se rendit compte que Clément achevait le récit de l'affrontement de la veille, s'y donnant probablement un plus beau rôle que dans la réalité. Elle se demanda comment il rendait compte de l'intervention de l'agent Roméo Gladu. Sans lui, le jeune homme aurait sans doute été jeté dans un panier à salade, et dans les heures suivantes seraient tombées les accusations d'avoir troublé la paix et de s'être opposé aux forces de l'ordre.

Les jeunes gens prirent place autour de la table. Louise Niquet s'enquit:

— Quels sont les derniers événements à la 7up?

Marie-Andrée se réjouit de voir une autre personne demander des explications. Le rôle d'ignorante de service lui pesait.

— En juin, la compagnie a refusé de négocier avec le nouveau syndicat, rapporta l'étudiant en science politique, alors les ouvriers se sont mis en grève. Le directeur a embauché des scabs, puis il a formé un syndicat de boutique. D'après lui, il n'y a plus de grève, seulement des gens qui viennent faire du trouble autour de l'usine.

— Il a même obtenu une injonction pour empêcher les grévistes de faire du piquetage, renchérit Pierre.

— Un patron peut faire ça? voulut encore savoir Louise. Je veux dire, refuser de négocier, remplacer les travailleurs et créer un syndicat?

— Ces gens-là font tout ce qu'ils veulent. La police, les juges et les gouvernements sont à leur service. Le Québec demeure une colonie.

Marie-Andrée écoutait, incapable de se faire une opinion. Le RIN et les associations étudiantes s'enflammaient pour la défense des intérêts des travailleurs. L'enthousiasme l'emportait sur le pragmatisme. Toutefois, le reste de la collectivité paraissait indifférent.

En attendant le second service, Louise donna une nouvelle tournure à la conversation:

— Aucun d'entre vous n'a voulu aller manifester contre *Jeunesse d'aujourd'hui*? Deux douzaines de contestataires se sont réunis devant le canal 10, selon la radio.

Marie-Andrée ne put dissimuler sa surprise:

— Comment ça ? Pierre Lalonde a pris position contre le mouvement nationaliste ?

Cela ne manqua pas, la question lui valut des sourires goguenards.

— L'émission est financée par 7up, lui apprit Pierre Brousseau. Pendant une heure, chaque samedi, on le voit se gargariser avec ça.

Elle comprit tous les mots, mais sans saisir en quoi cela devenait l'affaire du RIN ou de l'Union générale des étudiants québécois.

— Il pourrait se montrer solidaire des travailleurs, cracha Clément.

L'ingénue crut le mouvement d'humeur dirigé contre elle. La suite la détrompa :

— Tout ça ne donne rien. Si on veut changer les choses, il faut prendre des risques.

Vraisemblablement, il ne parlait pas seulement de recevoir des coups sur une ligne de piquetage. Brousseau regarda autour de lui pour constater qu'aux tables voisines, les clients parlaient anglais.

— Wallace ne comprendra jamais autre chose que la dynamite, insista Clément.

Tous deux reprenaient une conversation déjà commencée, faisant abstraction de la présence de leurs compagnes.

— Tu sais comment cela a fini, à l'usine de chaussures La Grenade, argua Brousseau.

Une secrétaire, une dame âgée, était morte en ouvrant un colis piégé destiné à son patron.

— Je ne parle pas de tuer des gens… Simplement un feu d'artifice pour le faire chier dans ses culottes. Mais s'il ne comprend pas, la prochaine fois…

Clément semblait douter que de simples explosions aient un effet persuasif suffisant.

— De toute façon, Wallace doit avoir une armée de gardiens de nuit pour protéger son usine, insista Pierre.

Cette fois, ce fut tout bas que Marie-Andrée demanda à Louise qui était ce Wallace.

— Le gérant de l'usine 7up.

De l'autre côté de la table, Clément aussi était passé au murmure :

— Alors, on n'a qu'à aller chez lui.

Devant les yeux interrogateurs de son ami, il précisa :

— Il habite à Rosemère.

— Connaître une adresse, ce n'est pas tout.

Sortir avec de pareils militants ne promettait pas de bien belles soirées à leurs compagnes. Sans doute chacun d'eux redevenait-il attentionné en l'absence de l'autre. Du moins, c'était le cas de Clément.

— Pour le reste, ça se trouve, prétendit ce dernier.

Pierre hocha la tête avec une mine entendue.

Chapitre 12

Le 1ᵉʳ octobre, Marie-Andrée alla dîner chez son père. Évidemment, ayant l'usage d'une voiture, elle pouvait accepter une telle invitation et retrouver Clément à temps pour la sortie prévue ce jour-là. Peu après son arrivée, la jeune fille rejoignit sa tante dans la cuisine afin de lui offrir son aide.

— Tu es gentille, accepta Justine. Tu sais, à mon âge, je n'ai aucune expérience des repas familiaux.

— Quant à moi, je connais surtout les dîners à deux.

Tout de même, la préparation d'une volaille ne présentait pas un défi insurmontable. Quelques instants après, la curieuse compagnie était à table. Quand Marie-Andrée tendit le plat de pommes de terre à son père, celui-ci remarqua, en lui adressant un sourire amusé :

— Vraiment, tu sembles plus reposée, après seulement deux nuits toute seule dans ton lit.

— Alors, ça tient du miracle, car je me suis réveillée à quatre heures du matin. Le poids de l'habitude, sans doute.

— Tout reviendra à la normale, prédit Justine. À ton âge, personne n'a de problème de sommeil.

— Ça dépend du compagnon ou de la compagne de lit…

À ces mots, le visage de l'ancienne religieuse s'assombrit. Cette expérience lui faisait cruellement défaut. Mais les gazouillis du bébé, couché dans un couffin à ses pieds, attirèrent son attention. Le prenant dans ses bras, elle commença avec lui une conversation incompréhensible pour les témoins.

— Monsieur Trottier, intervint Marie-Andrée, je suis heureuse de constater que vous vous portez mieux.

Si la tristesse demeurait manifeste sur son visage, au moins, il ne s'agissait plus du profond désespoir du mois d'août précédent.

— Quand on est au fond, on ne peut que remonter, n'est-ce pas?

«Ou se noyer», songea son interlocutrice. Autant ne pas formuler son opinion à haute voix. L'ancien frère de l'instruction chrétienne continua:

— J'en suis à imaginer des projets d'avenir, dont certains impliquent ton père.

Maurice fronça les sourcils, effrayé de voir son ami suggérer de rendre leurs arrangements actuels permanents. Celui-ci fit monter sa crainte d'un cran en demandant:

— Les choses se passent bien, au cégep?

— … Oui. Un mois ne fait pas une carrière, mais si la tendance se maintient, il est possible que je reste jusqu'à ma retraite dans cet établissement.

Bien sûr, une certaine anxiété l'habitait toujours, mais il entendait ne ménager aucun effort afin de donner entière satisfaction à son directeur.

— Donc tu pourrais acheter cette maison.

— … Le prix est tout de même élevé, puis l'idée d'avoir un locataire ne me sourit pas tant que cela.

— Mais si nous l'achetions ensemble et que j'occupais le haut, tes deux préoccupations trouveraient une solution.

Tout en continuant de murmurer des mots doux à l'oreille de la petite Jeanne, Justine ne perdait pas un mot de la conversation.

— Dans ce cas, je t'assure que je serais un voisin discret, ajouta Émile.

Maurice resta coi. Au cours des derniers mois, il avait apprécié sa liberté de célibataire, sans aucun témoin de ses turpitudes. L'idée de vivre littéralement sous les yeux de son ami le dérangeait, comme si cette présence risquait de limiter, pour lui-même, les possibilités de refaire sa vie.

— Je ne sais pas trop…

— J'ai finalement pu régler mon contentieux avec la compagnie d'assurance. Maintenant que je suis officiellement veuf, j'ai les moyens d'acheter la maison dont Jeanne rêvait.

Comme Maurice ne relança pas la conversation, un malaise s'appesantit sur la pièce. Visiblement déçu, Émile renoua avec son air triste.

— Bon, c'était juste une suggestion. Tu vas y penser, n'est-ce pas ?

— Je vais y penser.

Après cela, la bonne humeur tarda à revenir. Afin d'alléger l'atmosphère, Marie-Andrée demanda :

— Êtes-vous allés voir l'Expo ? À moins de vous rendre à Osaka dans trois ans, c'est votre dernière chance de profiter d'une célébration de ce genre.

Comme les deux hommes se taisaient, Justine s'engagea dans un compte rendu de son excursion de la veille. Enfin, elle avait profité d'un petit congé de son travail de gardienne d'enfant pour se rendre à Terre des Hommes.

— Tu pourrais faire ça pour moi, Marie-Andrée, n'est-ce pas ?

Le couple se trouvait dans l'Austin de Clément, stationnée sur le terrain de l'université, à l'arrière du pavillon principal. Finalement, cet endroit valait peut-être le mont Royal pour se faire des gentillesses en toute discrétion. La découverte d'une cachette convenable devait figurer bien haut dans les préoccupations de tous les jeunes hommes propriétaires d'un véhicule.

— Je ne sais pas… Je ne saisis pas trop ce dont tu parles.

Son compagnon laissa échapper un soupir las.

— Pourtant, tu devrais comprendre. Moins on en sait, moins on fait courir de risques à tous les autres.

Justement, la jeune femme craignait de trop bien comprendre. Cette précaution d'en savoir le moins possible, l'étudiant l'avait déjà mentionnée en parlant du FLQ.

— Tu… tu ne ferais pas de mal à des gens, n'est-ce pas ? Je ne pourrais pas le supporter.

La participation à des manifestations prenait l'allure d'un rite de passage pour tous les jeunes étudiants. Très récemment, les journaux avaient rapporté la présence de deux mille écoliers dans les rues de Saint-Hyacinthe, descendus protester contre la guerre au Vietnam. Imaginer les filles du couvent Sainte-Madeleine en train de hurler « Le Vietnam aux Vietnamiens » lui faisait une drôle d'impression. Presque tous les jeunes de moins de trente ans se mobilisaient pour une cause ou une autre, ceux qui restaient chez eux constituaient des exceptions.

— Comment ça, faire du mal à des gens ? persifla Clément. Ce sont ces exploiteurs, grâce aux forces de police, qui sont les premiers à s'attaquer aux plus pauvres. Pas des gringalets comme moi.

Marie-Andrée baissa les yeux, pensive. Évidemment, si elle refusait d'épouser les mêmes causes que lui, Clément s'éloignerait. Elle l'interrogea encore :

— Que veux-tu que je fasse, exactement?

— Juste venir me cueillir au bord de la route, vers minuit, dans un coin perdu des Cantons-de-l'Est.

— Je ne connais pas du tout cette région.

Ces mots traduisaient un assentiment, aussi Clément afficha un air de satisfaction.

— Je suis fier de te voir faire ta part. Demain matin, nous regarderons une carte routière pour que tu puisses te familiariser avec le trajet. La majeure partie se fera sur l'autoroute 10.

« Le voilà fier de moi », se félicita la jeune femme. Cette pensée lui fit chaud au cœur, comme une déclaration d'amour. Il continua :

— Je te prendrai chez toi demain matin, et nous irons déjeuner dans un restaurant. Nous ressemblerons à des touristes cherchant le chemin de Sherbrooke.

— L'idée de conduire ton auto sur une grande distance m'angoisse aussi. Je n'ai vraiment pas beaucoup d'expérience.

Depuis quelques semaines, elle gagnait toutefois en assurance grâce à la grève des chauffeurs d'autobus. Bonne fille, soir et matin, elle continuait de conduire trois de ses camarades de classe.

— Je suis certain que ça ira, lui assura son amant en s'approchant pour l'embrasser.

Aucun gardien de sécurité ni policier ne s'était pointé au cours de la dernière heure. Avec un peu de chance, il n'en viendrait pas au cours de la prochaine.

Pour une fois, ce fut Maurice qui se rendit à la porte du bureau de sa collègue pour lui dire un mot. La possible présence d'une jeune professeure de sciences dans la même pièce l'intimidait cependant, comme si le fait qu'il s'intéresse à une femme dans la vingtaine représentait une transgression. Il fut soulagé de la voir seule.

— Es-tu résolue à attendre cinq heures pour partir, comme si nous devions pointer ?

— J'attendais que quelqu'un me propose quelque chose de mieux.

La répartie et le sourire engageant rassurèrent Maurice sur sa petite audace.

— Je ne sais trop si une exposition de peinture dans une maison de la culture se qualifie de sortie intéressante.

— Ça ne peut être pire que la lecture de ce gros livre sur la linguistique.

Déjà, elle le refermait pour prendre son porte-documents posé à côté de sa chaise. Elle fut si rapidement debout que le professeur se plut à imaginer qu'elle avait attendu une initiative de ce genre.

— Même si c'est à deux pas, nous prendrons ton auto afin de t'épargner de devoir revenir ici.

— Je suppose que nous allons juste en face de chez toi.

— Exactement.

Il lui avait déjà montré l'établissement municipal dont on terminait la construction. Le trajet ne dura effectivement que quelques minutes. Un moment, le couple s'arrêta sous les arbres du petit parc pour admirer la belle construction blanche. L'étage était occupé par une bibliothèque publique, mais en demi-sous-sol, on avait aménagé des salles polyvalentes.

— La collection de livres est-elle intéressante ? voulut savoir Martine.

— Pour les élèves des écoles primaires et secondaires, sans doute. Un professeur de cégep n'y trouve pas toujours son compte.

— C'est que tu ne lis pas de la vraie littérature. Jacques Ferron, Hubert Aquin, cela ne fait pas sérieux.

L'allusion à leur première séance de travail amusa son compagnon. Qu'elle en garde un souvenir précis lui faisait plaisir.

— Pour Ferron, le conseil municipal devrait au moins honorer un voisin en mettant ses livres en bonne place.

Avec cette exposition, les autorités avaient justement voulu rendre service à une concitoyenne, Églantine Couture, en lui permettant de faire connaître ses œuvres.

— Ce prénom… ça doit être un pseudonyme, murmura Maurice en se penchant sur un paysage montrant une petite maison rouge dans une vallée enneigée.

— Moi aussi, je préférerais cacher mon identité si je peignais des cartes de Noël.

Ni l'un ni l'autre n'apprécièrent vraiment la vingtaine de croûtes accrochées aux murs. En sortant, l'homme remarqua, contrit :

— Je m'excuse de t'avoir fait perdre ton temps. La prochaine fois, juré, je ferai une tournée d'exploration avant de t'entraîner quelque part.

— Tout de même, ce n'était pas si terrible.

— Pour me faire pardonner, je t'invite à prendre un café chez moi.

Martine Cossette lui jeta un regard oblique, avec un sourire entendu. « Elle me soupçonne de l'avoir entraînée là pour l'inviter ensuite à la maison », se dit-il. L'idée d'une telle ruse aurait pu lui venir, sans toutefois qu'il ose la mettre à exécution. Cette femme risquait de se trouver dans son environnement jusqu'à son dernier jour de travail. Tout impair affecterait longtemps sa vie professionnelle.

La jeune enseignante mit suffisamment longtemps à lui répondre pour qu'il précise :

— Nous ne serons pas seuls, tu sais.

Le sourire de son interlocutrice disparut, puis elle accepta d'un signe de la tête. En pénétrant au rez-de-chaussée du duplex, elle formula les commentaires habituels :

— Ces vieilles maisons ont beaucoup de charme, avec les vitraux et les boiseries de chêne.

— Je me suis dit la même chose lors de ma première visite. Viens que je te présente.

Il la conduisit dans le salon sur leur gauche. Émile Trottier était assis sur le canapé, les yeux fixés sur le poupon dans le couffin posé à ses pieds. Son visage portait un masque de tristesse. À leur vue, il s'empressa de se lever en affichant un sourire de circonstance.

— Bonjour, mademoiselle, la salua-t-il en tendant la main.

— Je te présente Martine Cossette, une collègue.

— Monsieur.

Maurice lui avait parlé de cet ami désespéré et de sa fille, mais le voir en personne fit une curieuse impression à la jeune femme. Cela conférait plus de réalité à la bonne action.

— Je suppose que Justine est déjà partie à l'hôpital.

— Depuis dix minutes à peine. Moi, je pensais faire prendre l'air à cette princesse, mais j'hésitais à la réveiller. Maintenant, c'est fait.

La petite Jeanne ouvrait ses yeux bruns curieux sur les nouveaux venus.

— Je suis désolée… commença la visiteuse.

— Ne le soyez pas. Nous sortons vraiment tous les beaux jours à cette heure-ci. D'ailleurs, vous avez vu le landau sur la galerie.

Émile se pencha pour prendre son enfant. Comme tout bon parent, il le lui mit sous le nez, dans l'attente du classique « Comme elle est belle ». Martine fit mieux que cela. Elle tendit les bras en demandant :

— Vous me la prêtez un peu ?

Le bébé changea de mains, et la visiteuse se mit à lui parler d'une petite voix douce.

— Tu es une belle fille, toi. Ton papa a bien raison de t'appeler princesse.

Les yeux de l'ancien frère de l'instruction chrétienne allèrent de la jeune femme à son ami, puis il adressa à ce dernier un sourire de connivence. Maurice sentit le rouge lui monter aux joues, il eut envie de protester, de plaider : « Ce n'est pas ce que tu penses. »

— Je vais chercher sa couverture et je reviens.

Bientôt, Martine sortait avec le père pour poser elle-même la petite Jeanne dans son landau, puis esquisser une caresse. En revenant dans la maison, elle confia :

— C'est vraiment touchant de les voir. Une histoire tirée tout droit d'un mélodrame italien.

— Et je pourrais ajouter des détails susceptibles de tirer des larmes à une pierre… Viens avec moi dans la cuisine, je vais préparer du café. À moins que tu ne préfères autre chose ?

Elle opta pour une bière qu'elle but au goulot. Maurice l'imita. Il l'emmena faire un tour rapide des lieux, tout en remarquant :

— C'est tout de même trop petit pour tout ce monde.

— Cet arrangement ne durera pas toujours.

Afin de conserver la petite auréole de bon garçon que sa visiteuse lui voyait au-dessus de la tête, il murmura en faisant le modeste :

— Je ne le laisserai pas partir tant qu'il n'aura pas le moral.

Il hésita un moment avant d'enchaîner :

— Je ne suis pas un bon cuisinier, mais si tu veux partager mon repas, ça me fera plaisir.

Mais elle prétexta un rendez-vous ce soir-là. «Évidemment, le gens de cet âge sortent, le vendredi.» Ensuite, la conversation porta sur la vie au cégep, le temps que chacun termine sa bière.

Quand Martine partit, Émile n'était pas encore revenu de sa promenade de santé dans les rues environnantes. Sa délicatesse de les laisser en tête-à-tête n'avait servi à rien.

Se retrouver seule dans une automobile, une carte dépliée sur la banquette, près d'elle, l'amenait à se prendre pour une émule de Che Guevara. L'Austin avait à peu près la même taille que la Volkswagen, les bruits de la route envahissaient l'habitacle de la même façon. Toutefois, Marie-Andrée n'ayant conduit qu'en ville ou dans les environs de Saint-Hyacinthe, le fait de rouler à soixante milles à l'heure l'angoissait au point de lui donner mal au ventre.

Elle était partie en fin d'après-midi, après un aller-retour rue Saint-Laurent, à Longueuil, pour laisser son automobile à son père. Maurice voulait bien renouer avec son existence de piéton pendant la semaine, mais il avait exprimé le souhait de retrouver son autonomie ce week-end. Ensuite, c'était en autobus qu'elle avait rejoint le stationnement de la station de métro pour y prendre le véhicule de Clément Marcoux.

Dans son rétroviseur, Marie-Andrée aperçut une voiture de la Sûreté provinciale. Son pied se leva de l'accélérateur, même si elle roulait déjà un peu en deçà de la vitesse permise. Sa peur monta d'un cran. Risquait-on la prison en allant chercher deux militants sur un chemin de traverse? Les agents la dépassèrent bientôt, sans un regard.

À l'heure du souper, la jeune fille quitta l'autoroute pour s'arrêter à Granby, une autre ville comptant quelques usines de textile, comme Saint-Hyacinthe. Dans un petit restaurant, elle avala un hamburger. Ensuite, elle marcha longuement sous les arbres d'un grand parc. Poursuivre tout de suite sa route l'exposait à une longue attente en pleine campagne. En conséquence, un endroit public comme celui-là s'avérait plus discret.

Une fois le soleil couché, elle reprit la petite voiture. En pleine obscurité, pour une personne effectuant un premier voyage en solo en automobile, ce ne fut pas une mince affaire de s'orienter. Clément Marcoux lui avait donné une directive très claire : se trouver à minuit à l'angle des chemins des Carrières et de la Diligence. Elle s'accompagnait d'une recommandation : ne pas se faire voir.

Afin de se rendre à l'endroit désigné, la châtaine dut quitter l'autoroute 10 pour emprunter la route 112, puis revenir sur ses pas sur une distance d'un bon mille. Sur le chemin des Carrières, elle tourna à droite, puis arriva bientôt à l'endroit convenu… deux heures trop tôt. Le désir de ne pas attirer l'attention l'empêchait de rester là. Un moment, elle hésita entre se rendre à Waterloo et rouler vers Eastman. La seconde destination lui sembla préférable. Il ne s'agissait que de suivre la 112.

Dans la petite localité, Marie-Andrée eut envie de chercher un petit restaurant « du coin », ou même un stand à patates frites. La probabilité qu'un séducteur des campagnes vienne lui faire les yeux doux la retint. Stationnée près de l'église, elle laissa passer plus d'une heure. Dans d'autres circonstances, elle aurait allumé la petite lumière de l'automobile pour continuer sa lecture de *Prochain épisode*, d'Hubert Aquin. L'auteur relatait ses quelques mois dans la clandestinité, à titre de membre du FLQ. L'idée lui vint d'écrire sur sa propre expérience dans l'organisation révolutionnaire… car il s'agissait bien de cela. Mais le récit aurait tenu sur deux ou trois pages risibles, sans doute.

Puis elle repartit. Inspirée par les quelques films d'action vus pendant l'été, la jeune fille éteignit les phares de la voiture pour effectuer les derniers arpents. Heureusement, à vitesse réduite, la lumière de la lune suffisait pour distinguer le chemin. Une fois arrêtée sur le bas-côté, Marie-Andrée attendit, plus effrayée que jamais. Non seulement imaginait-elle voir des véhicules de la Sûreté du Québec surgir dans la nuit, mais un conducteur inattentif pouvait tout bêtement l'emboutir.

Quelques minutes plus tard, deux silhouettes apparurent à l'orée du bois et s'approchèrent du véhicule. Elle ressentit d'abord une véritable terreur, puis crut reconnaître son ami. Après être descendue de l'auto, elle demanda d'une voix étouffée:

— Clément, c'est toi?

La révolutionnaire en herbe ne montrait pas beaucoup de prédisposition à ce métier: non seulement elle se laissait voir, mais en prononçant un prénom à haute voix, elle donnait un indice précieux si des oreilles curieuses écoutaient.

— Reste dans l'auto, ordonna une voix autoritaire.

Elle reconnut celle de Pierre Brousseau et reprit sa place, rassurée. Bientôt, un homme se faufila sur la banquette arrière, l'autre lui remit une petite caisse de bois, avant de s'installer à l'avant.

— Tu sais comment rejoindre la 10?

La voix de Clément Marcoux paressait oppressée, comme à bout de souffle… ou alors terrifiée.

— Oui, mais tu ne veux pas prendre le volant?

— Plus tard, peut-être. Vas-y.

Marie-Andrée démarra le moteur, puis s'engagea lentement sur le chemin de la Diligence, tous phares éteints. Elle les alluma après avoir parcouru un bon demi-mille, puis atteignit une vitesse raisonnable.

— Tu peux poursuivre dans cette direction encore un moment, puis tourner à gauche, indiqua Pierre Brousseau. Dans quelque temps, nous retrouverons la 10.

L'avocat connaissait donc les environs. L'idée de cette expédition devait venir de lui. Après quelques milles, il lui demanda d'emprunter le chemin Doucet. Ce ne fut qu'au moment de retrouver l'autoroute des Cantons-de-l'Est que Clément Marcoux reprit le volant de son automobile. À la hauteur de Granby, il s'écria :

— Christ ! Nous avons réussi !

— Avec des amis dans le coin pour nous dire exactement où aller, nous ne pouvions pas nous tromper.

Son ami avait le don de gâcher son plaisir.

— Tu sais, maintenant il y a des… sympathisants dans toute la province.

« Il veut dire des cellules », songea Marie-Andrée. En pleine nuit, la place du passager lui convenait beaucoup mieux. Chaque fois qu'une voiture de police les dépassait ou les croisait, une vraie panique lui tordait le ventre. Curieusement, son inquiétude concernait plus son amoureux qu'elle-même. Pourtant, sa participation ne s'avérait pas si bénigne. Les actualités évoquaient des peines de prison pour des actes de complicité comme celui-là.

Arrivé sur la Rive-Sud, Clément emprunta le pont Champlain, puis chercha le meilleur moyen de se rendre à Notre-Dame-de-Grâce. De nouveau, l'occupant de la banquette arrière dut lui indiquer le chemin. Une fois la voiture stationnée devant une maison bourgeoise, Marie-Andrée fit mine de descendre afin de permettre au passager de s'extraire du siège.

— Non, non, reste là, la pria Clément. Il peut passer de mon côté.

Brousseau remit d'abord la petite caisse de bois à la jeune fille, puis descendit.

— Tu es certain de pouvoir t'occuper de ça ? demanda l'étudiant en science politique.

— Oui, oui. Je pense que le paternel n'a jamais été dans la chambre de la fournaise de toute sa vie. Il y a dix ans, j'y mettais ma collection de revues cochonnes, maintenant ce sera ça.

Il se pencha pour souhaiter bonne nuit à Marie-Andrée, puis se dirigea vers la grande demeure. Quand Clément démarra, la jeune fille lui demanda :

— Voilà toute une maison. Que fait son père ?

— En plein jour, elle est plus impressionnante encore. Le bonhomme Brousseau est un avocat en vue.

Il s'agissait de deux fils de bourgeois devenus les meilleurs amis du monde lors de leur passage au collège Jean-de-Brébeuf, unis maintenant par de mystérieuses manigances. Marie-Andrée brûlait de demander ce que contenait la fameuse boîte. En même temps, comment l'ignorer ? Une nuit d'automne, personne n'allait cueillir des fraises dans une carrière.

Chapitre 13

Finalement, elle était rentrée chez sa marraine au petit matin. Ce 8 octobre était un dimanche. Pour une fois, Nicole s'était mise au lit deux bonnes heures avant elle. Ce retour tardif, se dit Marie-Andrée, écorcherait cruellement sa réputation de jeune fille sage aux yeux de Mary Tanguay! Son sommeil plutôt léger lui permettait de noter les va-et-vient des personnes confiées à ses soins.

La jeune fille demeura longtemps étendue sur le dos, les yeux grands ouverts. Malgré les rideaux fermés, la lumière entrait dans la petite pièce. Finalement, elle se tourna sur le côté, son visage vers le mur, puis remonta les couvertures par-dessus sa tête. Son insomnie ne tenait pas à la clarté ambiante. En pensée, elle refaisait le trajet vers Stukely-Sud, revoyait les deux garçons surexcités, vaguement inquiets. Ils lui avaient fait penser à des enfants jouant aux gendarmes et aux voleurs.

Mais il ne s'agissait pas d'un jeu. Sans recevoir de vraies confidences de la part de Clément Marcoux, pas un instant elle n'avait douté du but de leur petite expédition. La prudence lui disait de prendre ses jambes à son cou pour mettre la plus grande distance possible entre elle et ce jeune homme. D'un autre côté, cet engagement clandestin l'excitait au plus haut point. Son amoureux ne regardait pas la vie en spectateur, comme son père, mais tentait de faire avancer les choses. Les risques qu'il prenait pour atteindre un idéal lui donnaient l'allure d'un héros romantique.

L'irruption de Maurice dans ses pensées la condamna à demeurer éveillée. Que dirait-il s'il savait ? Peut-être ne s'agissait-il que de cela, quand elle se demandait si une rencontre entre son père et son amant était possible. Maurice jugeait les événements sans se départir de son sourire sarcastique. Les plus grandes causes lui apparaissaient de simples sources de désordre. Son monde de prédilection se trouvait dans des romans, des histoires inventées, pas dans les vraies luttes.

Tout de même, cinq ou six heures passées à l'horizontale permirent à Marie-Andrée de se reposer. Un peu avant midi, elle se leva pour se rendre à la salle de bain, enveloppée dans son peignoir. Pendant l'été, cette pudeur tenait à la présence des touristes dans l'appartement. Maintenant, c'était l'existence de Roméo Gladu qui la rendait prudente. Non pas que le policier vînt si souvent à la maison, mais l'idée de le croiser dans un léger vêtement de nuit la mettait mal à l'aise.

En sortant, elle tomba plutôt sur sa marraine.

— Ah ! Te voilà levée, s'exclama-t-elle.

Le ton contenait un reproche assez explicite pour l'amener à se justifier.

— Je suis rentrée très tard.

— Oui, je sais.

— … Je suis désolée si je vous ai dérangée.

Marie-Andrée devinait que suivrait une interrogation en règle. Heureusement, Nicole émergea de sa chambre juste à ce moment, les yeux un peu bouffis, les cheveux en bataille.

— Alors, cousine, ton petit étudiant te retient très tard le soir, ou alors très tôt le matin ?…

La voix moqueuse et le petit clin d'œil embarrassèrent Marie-Andrée, comme si le sous-entendu d'une nuit passée ensemble s'avérait plus scabreux que leurs petites galipettes dans l'Austin.

— Nous étions simplement chez des amis à lui.

— Tu n'as pas besoin de te justifier avec moi.

Sur ces mots, la *bunny* se dirigea vers la salle de bain. De son côté, tante Mary se sentait autorisée à recevoir des confidences, alors Marie-Andrée la prit de vitesse :

— Le temps de m'habiller, et je vous aide à préparer le repas.

Le petit intermède lui donnerait l'occasion de se concocter une histoire crédible pour expliquer son retard.

Le mieux aurait été de changer son programme de la journée, car récupérer la Volkswagen, ce jour-là, s'accompagnait d'une obligation : rendre visite à son père. Celui-ci l'interrogerait sur son air inquiet, ses yeux cernés. Lui mentir ne lui disait rien, lui dire la vérité était impossible. Pourtant, Marie-Andrée n'eut pas le courage de lui faire faux bond.

Sa tante, sa cousine et elle sortaient tout juste de table quand Maurice frappa à la porte.

— Je vais ouvrir, intervint la fille du professeur.

Avec Mary sur les talons, elle se dirigea vers l'entrée, effrayée que celle-ci ne juge essentiel de mettre son père au courant de sa nuit à l'extérieur. La marraine se montra toutefois discrète, faisant porter la conversation sur la magnifique température du mois d'octobre. Les trois dernières semaines de l'exposition universelle de Montréal bénéficiaient d'un climat idéal. Pourtant, la grève des transports gâchait le désir des retardataires de venir à Terre des Hommes.

Après quelques minutes, le père et la fille montèrent dans la voiture, Marie-Andrée au volant. L'usage quotidien du véhicule en faisait une meilleure conductrice. Pourtant, sa fatigue l'amena à frôler le pare-chocs de la Chevrolet stationnée juste devant elle.

— Je suis désolée, s'excusa-t-elle.

— Veux-tu que je te remplace?

— Non, non. C'est juste un faux mouvement.

Comme le trajet jusqu'au coin de la rue Sherbrooke se déroula sans encombre, Maurice se rassura. Tout de même, il s'enquit:

— Te sens-tu bien? Tu me sembles fatiguée.

Chez une jeune fille qui aurait dix-huit ans dans moins d'un mois, cela s'exprimait par une toute petite ombre sous les yeux.

— Je n'ai pas bien dormi la nuit dernière.

Son père réprima son envie de lui faire la leçon sur la nécessité de bien se nourrir, de prendre l'air et surtout de se coucher tôt. Ou, plus exactement, de ne pas sortir tard le soir.

— Puis l'école normale, c'est quand même un peu plus difficile que le secondaire.

Il n'en était rien: le survol des lois sur l'éducation et la lecture d'un ouvrage de pédagogie somnifère n'impressionnaient pas une forte en thème. La conversation porta néanmoins longuement sur les cours que chacun suivait en ce moment.

— Tu ne trouves pas ça trop pénible, compte tenu de ton nouvel emploi?

— Bien sûr, cela ne me laisse pas beaucoup de temps libre. Après tout, je passe deux soirées entières à l'Université de Montréal.

— Alors, de nous deux, tu es sans doute le plus fatigué, n'est-ce pas ?

Voilà qui lui éviterait un long interrogatoire. La jeune fille continua de s'intéresser à la nouvelle vie de son père :

— Au cégep, tu n'as pas trop de travail ?

— Nous vivons une drôle de situation. Comme il n'existe pas vraiment de programme, nous enseignons ce que nous aimons.

Il marqua une pause, puis reprit en se tournant à demi sur la banquette pour voir le profil de sa fille :

— En tout cas, c'est ce que je fais. En décembre, mes étudiants auront lu les mêmes romans que moi l'été dernier.

— Comme ça, tu ne regrettes pas ton initiative ?

— Pas le moins du monde. Au point où je songe à accepter la proposition d'Émile.

Déjà la Volkswagen roulait sur le pont Jacques-Cartier. Machinalement, Maurice regarda sur sa droite afin de contempler le terrain de l'exposition.

— J'y suis allé hier, raconta-t-il, pour voir le pavillon de l'Union soviétique.

Cette journée lui avait rappelé sa visite du printemps dernier, avec Diane Lespérance. Ce souvenir l'avait plongé dans la plus grande morosité. S'il le lui avait demandé de la bonne façon, aurait-elle accepté de reprendre leur relation ? La question lui venait régulièrement à l'esprit, mais le cœur n'y était plus : le visage espiègle d'une petite blonde chassait celui de la brune.

Marie-Andrée le ramena au présent.

— Tu parles de son idée d'acheter la maison où vous demeurez ?

— Oui. Avec moi au rez-de-chaussée, et lui à l'étage.

— L'autre jour, tu ne semblais pas enthousiaste.

Il demeura pensif un long moment. Lui-même n'arrivait pas à mettre de l'ordre dans ses idées. Ils roulaient dans la rue Saint-Charles quand il expliqua :

— L'idée de payer un loyer à ce petit vieux me déplaît. Mais avoir Émile au-dessus de la tête pour le restant de mes jours ne m'enchante pas non plus.

— C'est ton seul ami.

— Un ami, oui, mais pas un frère siamois. Si je me remarie un jour, ce ne sera pas avec lui.

Marie-Andrée s'émut d'abord de l'allusion à une nouvelle union, puis se raisonna : « Ce serait tout à fait naturel. »

— Je ne veux pas non plus faire office de gardienne d'enfant jusqu'à ce que la petite Jeanne obtienne le droit de vote.

— Ça, Justine s'en charge.

Le professeur n'osa pas lui dire que cette question aussi le dérangeait. Profondément attachée à l'enfant, sa sœur s'incrusterait chez lui pour ne jamais s'en éloigner. Son abstinence lui pesait de nouveau, et le regard de la religieuse défroquée l'empêcherait de renouer avec ses démarches de l'été précédent. Après tout, les agences de rencontres demeuraient nombreuses, dans les journaux ou ailleurs.

Quand ils furent dans l'appartement de la rue Saint-Laurent, impossible d'aborder le sujet une nouvelle fois. Comme lors de ses visites précédentes, la petite fille capta l'attention des deux femmes. La préparation du souper put seule les détourner du nouveau-né.

Le téléphone sonna à l'instant où tout le monde se mettait à table. Maurice haussa les sourcils, intrigué. Toutes les personnes susceptibles de l'appeler étaient dans la pièce. Il n'avait donné son numéro à personne d'autre.

Justine clarifia tout de suite la situation :

— Ce doit être Adrien.

Elle quitta sa place pour aller répondre dans le bureau. Ainsi, elle avait maintenu le contact avec le prêtre au cours des dernières semaines. La conversation échappa aux autres convives, mais Justine revint rapidement pour signaler :

— Maurice, il souhaite te parler.

La grimace du professeur ne témoignait pas du plus grand enthousiasme. D'un autre côté, après avoir coupé les ponts depuis deux mois, il pouvait sans doute profiter de cette occasion pour renouer avec son frère.

Il saisit le combiné posé sur son bureau pour le porter à son oreille.

— Oui ?

— Comment va ta nouvelle existence ?

— … Que se passe-t-il avec Perpétue ?

Adrien resta interdit devant le ton si abrasif de Maurice, et devant son désir d'en venir immédiatement à la raison de cet appel.

— Des problèmes cardiaques. Tu savais qu'elle souffre de haute pression. Hier, on l'a conduite à l'hôpital en ambulance.

Au cours de l'été précédent, les trois enfants s'étaient réunis au chevet de Perpétue. Peu après, on l'avait renvoyée à la maison avec la recommandation de suivre une diète sévère et de mener une vie plus sereine. Cette dernière invitation venait de sa fille, certaine que la colère contribuait à son malaise.

Comme Maurice ne disait rien, le prêtre insista :

— Sa situation est sérieuse. Si tu venais la voir, ça l'aiderait sans doute à recouvrer la santé.

— Là, je pense que tu verses dans la pensée magique. Que tu lui donnes de l'eau bénite serait certainement plus efficace.

— Donc, tu ne viendras pas.

Le professeur garda le silence un moment. L'été d'avant, il avait invité l'auteure de ses jours dans un restaurant afin de s'expliquer avec elle. Sans grand succès. D'un autre côté, il ne réglerait rien en l'évitant.

— Je vais y penser.

— Bon, si tu préfères t'en tenir à cette attitude...

Une nouvelle fois, l'aîné se sentit rabroué par le cadet. Après quelques mots encore, tous deux se dirent au revoir.

Le « Que se passe-t-il avec Perpétue ? » grognon avait été entendu jusque dans la salle à manger. Par souci de discrétion, Émile s'était levé pour allumer le poste de radio posé sur un meuble. Une voix grave débitait juste à ce moment :

— *Nous apprenons sur le fil de presse la mort d'Ernesto Che Guevara, le fameux révolutionnaire argentin.*

À table, Marie-Andrée sentit sa tête tourner. Maintenant, elle devenait terriblement sensible au sort des militants.

— *Après avoir participé à la révolution cubaine avec Fidel Castro, le Che se livrait à des activités de guérilla contre l'impérialisme américain en Bolivie. D'ailleurs, la CIA aurait participé à son exécution...*

Clément aussi se révoltait contre le rôle des États-Unis un peu partout sur la planète. Depuis la nuit précédente, elle savait que son implication allait jusqu'à des actions violentes. L'imaginer subissant le même sort devenait plausible.

Quand Maurice vint rejoindre ses invités, il arborait une mine grave, un peu torturée. Celle de sa fille ne valait guère mieux.

Cette semaine encore, Martine l'avait conduit jusqu'à la station de métro Laurier lundi et la veille, mercredi. Ces rencontres les familiarisaient l'un avec l'autre, sans qu'ils soient vraiment à l'aise. Maurice demeurait dans l'attente d'un développement, sans oser en être l'initiateur.

Jeudi, elle passa encore à son bureau pour l'inviter à se joindre à elle à la cafétéria. Les repas ne gagnaient pas en qualité, mais leurs estomacs s'y accoutumaient.

— Tu sembles fatigué, nota la jeune femme.

— Tu trouves ? Je rentre après minuit les jours où j'ai des cours, et je dois être ici dès le matin, mais de là à ce que ça laisse des traces...

« C'est sans doute que je me fais vieux », se dit-il. Afin de donner le change, il argua :

— Ça me gêne de demander à ma sœur de venir me chercher après ses huit heures de travail à l'hôpital.

— Franchement ! Toi, à ce moment, tu t'actives depuis seize heures. Puis tu l'héberges.

« Comme elle paie sa part, ce n'est plus un acte de charité. » De nouveau, il voulut éluder la question :

— Pour être franc, je pense que je dors pendant une partie des cours.

Martine le regarda, songeuse, comme si une question la préoccupait. Secouant la tête de droite à gauche, elle en revint à leurs activités professionnelles, comme d'habitude quand s'installait un certain malaise. Ils en étaient au dessert lorsqu'elle tenta, sur un ton un peu hésitant :

— Maurice, tu es certainement le collègue avec qui je passe le plus de temps.

Il hocha la tête, intrigué. En réalité, en mettant bout à bout les bribes de conversations échangées avec les autres, il ne serait arrivé qu'à une fraction de la durée de ses conversations avec elle. Il attendit la suite.

— Alors, comment se fait-il que tu sois le seul qui ne m'a pas fait l'ombre d'une avance ?

La surprise le laissa muet pendant un long moment. À la fin, il plongea.

— Il y a deux raisons. D'abord, lors de notre premier repas ensemble, tu m'as signifié assez clairement que nous étions des collègues, rien de plus.

Au moment de refuser qu'il paie la note. Qu'ils en soient maintenant à une alternance à ce sujet n'en faisait pas des intimes.

— Je venais de te rencontrer. Jamais je n'aurais pensé que tu en resterais là, si nos rapports changeaient.

« Nos rapports ont changé ? » L'affirmation étonnait Maurice. Il s'en tint toutefois à son explication en deux temps.

— Ensuite, à mon âge et au tien…

Il avait déjà donné, dans les relations mal assorties. Deux fois plutôt qu'une. Si le souvenir de ses ébats avec Diane Lespérance le tenait réveillé certaines nuits, au matin, il tirait toujours la même conclusion : mieux vaudrait qu'il tente de rencontrer des femmes de quarante ans, si possible ayant un diplôme d'études secondaires.

Martine prit un air grave, comme une enfant devant résoudre une importante question. Ses yeux bleus ne cillaient pas, ses lèvres dessinaient une petite moue boudeuse. Si des étudiants les avaient observés, ils se seraient demandé quel sujet les troublait ainsi. Pour la rasséréner, Maurice précisa :

— J'aime bien notre relation, tu es la seule au collège avec qui je me sens sur la même longueur d'onde. Je ne voudrais pas gâcher cela avec un geste déplacé.

— L'idée de vérifier si ce serait déplacé ne t'a pas effleuré l'esprit ?

En réalité, non, tellement la réponse lui paraissait aller de soi. Toutefois, que la question surgisse entre eux le rendit presque audacieux.

— Ce le serait ?

— Non.

« Elle veut sans doute se moquer de moi. » Cela se voyait parfois, l'envie de tourner en ridicule le désir ressenti pour soi-même. Mais la tristesse dans le regard lui fit abandonner cette hypothèse. Pourtant, aucun mot ne lui venait.

— Bon, je retourne travailler, annonça-t-elle en se levant.

Maurice l'imita, passant bien près de renverser sa chaise dans sa précipitation, puis pressa le pas pour ne pas se laisser distancer.

— Ça te dit de venir à l'Expo, demain après ton cours ?

La même proposition qu'à Diane Lespérance, comme pour répéter la même séquence d'événements. Il se faisait l'impression d'être un cas irrécupérable. La jeune femme se retourna pour lui faire face. Il insista :

— Tout le monde parle de sa magnificence, mais je n'y suis allé que deux fois depuis le printemps.

— Ce serait dommage que tu en restes là. Nous prendrons ma voiture.

Elle retrouvait son sourire, moqueur, mais aussi satisfait. Assez pour rassurer Maurice. Quand tous deux s'engagèrent dans l'escalier, il demanda à voix basse :

— Vraiment tout le monde ?

Apprendre qu'il était le plus pusillanime le perturbait. Elle s'amusait franchement en répondant :

— Tous.

— Même mes voisins de pupitre ?

Il faisait allusion aux deux anciens franciscains partageant son bureau.

— Même eux. Ils furent parmi les premiers, avec le même côté visqueux que l'aumônier du collège.

Décidément, sa connaissance de ses semblables demeurait extrêmement lacunaire. Diane Lespérance aussi avait dû se montrer explicite avant qu'il ne se déclare enfin.

Quelques jours après son odyssée nocturne, Marie-Andrée occupait de nouveau l'Austin avec son cavalier, cette fois en route pour Québec.

— Qu'un membre du RIN se rende au congrès du Parti libéral du Québec, ça me dépasse, commenta-t-elle. Ne crois-tu pas qu'ils vont te jeter dehors?

— J'y assisterai à titre de journaliste pour *Le Quartier latin*… Tu connais? Le journal des étudiants de l'Université de Montréal.

Deux numéros paraissaient chaque semaine. Comme les futures institutrices représentaient des partis convenables pour les universitaires, plusieurs d'entre elles lisaient le journal de leur *chum*. Des étudiantes les laissaient traîner sur les tables de la cafétéria de l'école normale Jacques-Cartier, sans doute pour faire connaître leur succès sur le marché des fréquentations.

— Tu crois que cela les empêchera de te refuser l'accès?

— Aucun parti politique ne risquerait de se mettre à dos les étudiants de l'Université de Montréal.

Ces jeunes savaient se mobiliser facilement. Les manifestations hebdomadaires devant l'usine 7up en fournissaient une preuve éloquente. Le même scénario devant les bureaux du Parti libéral aurait certainement des conséquences néfastes. Ses dirigeants chercheraient à éviter ce type de mauvaise publicité en se montrant accueillants avec le journaliste improvisé.

La jeune femme n'insista pas.

Un autre sujet de préoccupation la tenaillait. Le projet de son ami était de partager la même chambre les deux prochaines nuits. Ils ne se retrouveraient pas dans le même lit pour la première fois, mais pour la seconde. Cette éventualité la troublait. Puis, dormir ensemble, ce n'était pas la même chose. Aucun événement de sa vie passée ne lui avait procuré un trac pareil.

Après avoir fixé ce rendez-vous avec Martine Cossette, Maurice demeura fébrile, comme un étudiant mal préparé pour un examen. Son sommeil fut agité toute la nuit, et pendant son cours du lendemain, il bafouilla à quelques reprises. Ses étudiants expérimentaient sans doute un état semblable à l'approche d'un rendez-vous avec l'objet de leur désir, mais pour un homme d'âge mûr, pareil malaise laissait poindre un manque de maturité.

L'invitation à Terre des Hommes trahissait son manque d'imagination quand il était question de proposer une activité à une jeune femme. L'Expo ayant été encensée tout l'été, au moins il risquait peu que ce soit sans intérêt pour sa compagne. Et si d'aventure c'était le cas, quiconque n'appréciait pas ce grand *happening* n'oserait pas le formuler à haute voix.

Maurice n'aurait pu concevoir que ce rendez-vous rendait Martine tout aussi fébrile que lui. Pour elle également, la situation s'avérait tout à fait inédite. Quand ils se rejoignirent dans le stationnement du collège un peu avant midi, il la trouva dans une tenue qui la rajeunissait encore : un pantalon et un pull plutôt serrés, bleus tous les deux, et une veste assortie. Sentant son regard la détailler de haut en bas, elle commenta :

— Les étudiants me regardaient de la même façon qu'en septembre, comme l'une des leurs, mais je ne voulais pas passer la journée vêtue comme une matante.

« Moi, que je fasse n'importe quoi, je serai toujours un mononcle », songea le professeur. Pourtant il avait fait un effort : le jeans, la veste de tweed et la chemise à carreaux rappelaient les étudiants les plus jeunes de l'Université de Montréal.

— J'aime bien ta tenue. Je te promets de ne pas prendre cela comme une invitation à la familiarité.

Martine le regarda avec des yeux railleurs. La répartie, sitôt formulée, le rendit mal à l'aise. « Pourquoi je dis toujours des sottises, dans ce genre de situation ? » Ils se connaissaient depuis des semaines, elle acceptait un rendez-vous. La jeune femme ne s'attendait certes pas à ce qu'il revienne aux rapports formels entre inconnus.

— Je veux dire…

Le voyant incapable de trouver comment poursuivre, elle vint à son secours :

— Je suis contente que ça te plaise. Viens.

Son automobile était garée à l'autre bout du station-nement. De nouveau, elle conduisit de façon maladroite sur le chemin Chambly. Au point qu'elle jugea bon de préciser :

— Quand je ne suis pas seule dans la voiture, je me sens plus nerveuse, comme si je risquais d'être prise en faute.

— J'essaie d'abandonner mon rôle de professeur quand je sors du collège. Alors, ramène-moi à l'ordre si je tente de te corriger ou de te donner une note.

Comme on invitait les touristes à le faire depuis le mois d'avril, elle laissa la Volkswagen près de la station de métro Longueuil afin de continuer en autobus. En se dirigeant vers le quai, Maurice se demanda s'il devait lui prendre la main, comme les jeunes gens le faisaient tout naturellement. Le geste l'intimidait trop, il préféra se tenir un peu plus près qu'il ne l'aurait fait avec une... simple collègue.

— Tu es venue souvent ici, pendant l'été?

— Seulement quelques fois. J'étais employée dans un magasin.

Elle marqua une pause, puis continua, embarrassée:

— Tu sais, mes parents ne sont pas très riches. J'ai occupé cet emploi depuis le début de mes études à l'université, et j'ai fait du temps supplémentaire cet été pour rembourser un peu mes dettes.

Plusieurs jeunes diplômés vivaient la même situation. Curieusement, cela la lui rendit plus accessible.

— Mes parents avaient les moyens de tout payer, mais ils ont refusé de le faire. C'est pour cela qu'aujourd'hui je me retrouve sur les bancs d'école deux soirs par semaine.

Tout de même, il eut assez de bon sens pour ne pas s'étendre sur ses malheurs dus au renoncement à la vocation sacerdotale. En être encore à ressasser cette frustration le gênait.

Debout l'un en face de l'autre, ils se tenaient au même poteau métallique. Maurice eut envie de laisser glisser sa main afin de toucher celle de sa compagne, puis la timidité l'emporta. Un instant, il craignit qu'elle ne lui demande précisément le niveau de ses études, puis se rassura en se disant qu'elle l'avait sans doute deviné. Un accès plus grand à l'éducation depuis les années 1950, et surtout après 1960, accentuait le malaise de ceux qui en avaient été privés.

Heureusement, Martine revint à sa question initiale:

— Tout de même, depuis l'ouverture, je suis venue une douzaine de fois, le dimanche.

— Alors, tu as certainement visité le pavillon des États-Unis et celui de l'URSS. Lequel préfères-tu ?

— Celui des États-Unis, mais j'ai surtout aimé ceux à l'architecture plus exotique, comme l'Iran, le Maroc, l'Éthiopie.

Les pays de l'autre bout du monde, avec des paysages, des mœurs différents, l'avaient séduite.

— Tu aimerais voyager ?

La jeune femme lui adressa un sourire chargé d'auto-dérision.

— J'en rêve. Cela arrive aux filles passionnées des romans racontant les aventures d'une hôtesse de l'air. J'ai pensé le devenir aussi, mais l'idée de faire le service me rebutait.

— Le rôle de pilote t'aurait mieux convenu.

Le ton ironique jeta une ombre sur sa bonne humeur.

— Pourquoi pas ? Tu penses que les femmes ne pourraient pas choisir une carrière réservée aux hommes ? Que nous devrions nous limiter au rôle d'épouse et de mère ?

Une féministe. Maurice connaissait ce mouvement, mais jusque-là, aucune de ces militantes n'était passée dans sa vie. Les attentes de Marie-Andrée demeuraient traditionnelles : être maîtresse d'école quelques années, puis se marier. Un moment, l'idée de voir cette jeune femme brûler son soutien-gorge en guise de protestation l'amusa. Un petit soutien-gorge, à en juger par la silhouette gracile.

— Je ne sais pas. Comment savoir ce que les femmes peuvent faire, si on ne leur laisse rien essayer ?

Il s'agissait de la bonne réponse, à en juger par le retour du joli sourire de sa compagne. Cette réaction l'enhardit au point où, en sortant de l'autobus, sa main se porta au bas du dos de Martine, légèrement, comme pour passer inaperçue. Dehors, il proposa :

— Nous devrions manger quelque chose tout de suite, avant d'entamer notre tour du monde.

— Allons du côté de La Ronde. Il y a plein de petits kiosques.

L'idée d'un hot-dog ne le réjouissait pas beaucoup, mais ce serait mieux que de commencer la visite l'estomac vide. Au moins, cela leur permit de discuter du goût du voyage de la jeune femme. Il venait de jeter les vestiges du repas dans une poubelle quand elle proposa :

— Commençons par monter dans le Gyrotron. Comme tous les jeunes sont à l'école, nous n'aurons aucune file d'attente à subir.

L'expérience n'était guère effrayante, puis la présence d'une jolie fille assise contre lui valait bien des palpitations cardiaques. L'expérience de La Pitoune, et même des montagnes russes, se révéla plus éprouvante, mais le quadragénaire réussit à faire bonne figure.

Chapitre 14

En fin d'après-midi, Clément arriva devant l'hôtel Victoria, un vieil édifice de brique portant le numéro 44 dans la côte du Palais. Un valet s'occupa de la voiture pendant que le jeune couple entrait dans l'immeuble. Une fois dans le hall au charme suranné, Marie-Andrée resta figée.

— Tu ne viens pas au comptoir de la réception ? l'invita son compagnon.

— Non… Tu sais, pour moi, passer pour madame Marcoux, c'est intimidant.

— Tu es sérieuse, là ?

Parlait-elle de l'accroc à son image de jeune fille sage ? Qu'elle soit allée « jusqu'au bout » avec lui l'impressionnait toujours. À l'école normale, les conversations entre étudiantes indiquaient que la plupart toléraient ou appréciaient réellement les jeux de mains. Les très audacieuses pouvaient aller jusqu'à y aller de leur bouche. Mais la plupart se refusaient à la pénétration, pour demeurer vierges. Dans le but d'éviter de se percevoir comme dévergondées ou en guise de moyen contraceptif ?

Marie-Andrée n'avait même pas eu besoin d'entendre « Si tu m'aimes, tu vas le faire » pour s'abandonner. Assumer en plein jour le rôle de l'épouse l'effrayait pourtant. Son ami esquissa un sourire narquois en l'encourageant :

— Voyons, que l'on ait ou pas un contrat de mariage n'intéresse plus personne. Nous sommes en 1967.

Dix ans plus tôt, les employés d'hôtel se souciaient encore du statut des couples logeant chez eux, au point de refuser ceux dont les membres ne portaient pas une alliance. Clément ne se troublait pas pour aussi peu. Dans le cas de la jeune fille, la situation était d'autant plus impressionnante qu'elle coucherait dans un établissement de ce genre pour la première fois. L'occasion ne s'était jamais présentée auparavant.

Le jeune homme se rendit au comptoir, puis revint bientôt tout sourire, en lui montrant une clé attachée à un morceau de plastique.

— Je viens d'en apprendre une bonne : René Lévesque loge ici. Avec un peu de chance, je pourrai sans doute réaliser une entrevue avec lui. Tu viens ?

Déjà, il se penchait pour attraper son sac posé par terre. Marie-Andrée se sentait gênée de ne pas avoir de véritable valise. Elle utilisait le bagage aux couleurs de Terre des Hommes acheté plus tôt au cours de l'été. Heureusement, une seconde robe, un second chemisier et des sous-vêtements prenaient bien peu de place. Le vieil ascenseur peina à monter sa charge humaine jusqu'au deuxième. La proximité de tous les autres occupants lui mit le rose aux joues. Plus une chambre ne devait être disponible.

Quand tous deux se trouvèrent dans la leur, ils s'embrassèrent de façon goulue avant même d'entendre le bruit du pêne dans son logement. Clément la poussa doucement vers le lit, jusqu'à ce qu'elle y fût étendue, le jeune homme à moitié sur son corps. La langue dans sa bouche, les mains sur ses seins, ensuite ses jambes, enlevèrent à Marie-Andrée toute envie de proposer de visiter Québec.

Même si le soleil de la mi-octobre était déjà très bas sur l'horizon, elle se sentit intimidée au moment d'enlever son chemisier, et plus encore quand le soutien gorge suivit le même chemin. Vêtue encore de sa jupe, elle donnait une image particulièrement coquine. Comme elle n'avait pas du tout profité du soleil d'été, sauf lors de ses temps libres sur le terrain de l'exposition, ses bras et son visage portaient un certain hâle, mais sa poitrine et son dos étaient blancs, d'une pâleur accentuée par les pointes des seins d'un joli rose. La contemplation de ses charmes et les caresses prirent un moment, puis les assauts masculins portèrent sur la jupe et le collant.

Comme Marie-Andrée demeurait trop intimidée pour s'engager dans un lent déshabillage de son compagnon, celui-ci se dénuda en vitesse, sans cesser d'embrasser le corps de son amante. Quand il se retrouva entre ses cuisses, la jeune femme tenta de le repousser en disant:

— Un condom… tu dois mettre un condom.

En même temps, sa voix manquait terriblement de conviction. La montée du plaisir la rendait languide, émoussant totalement sa volonté.

— Je vais faire très attention, promis. Je vais me retirer avant.

— Je peux tomber enceinte.

— Ne crains rien, je vais me retirer.

Les manuels d'éducation sexuelle parlaient de «coït interrompu», en disant bien du mal de l'efficacité de ce moyen contraceptif. À voix basse, ses camarades de l'école normale discutaient du retrait préventif.

— Puis partir pour la famille après une seule fois, ce serait le comble de la malchance, et comme j'ai eu la chance de te rencontrer...

L'argument affaiblit encore sa résolution.

— Je ne sais pas…

Le contact du pénis contre son sexe lui tira une plainte enamourée. Le garçon le tenait dans sa main pour exercer une caresse de bas en haut sur toute la longueur de la fente.

— Je vais faire très attention, juré.

Puis d'un seul mouvement, il s'enfonça jusqu'à la garde. La plainte de sa partenaire prit une nouvelle ampleur, bien plus grande que lors de tous leurs échanges précédents. Cette fois, il eut la certitude de l'avoir conduite à l'orgasme. Son silence, les fois précédentes, dans sa chambre du sous-sol ou dans l'automobile, lui avait fait douter que cela avait été le cas.

Cette seule pensée provoqua son éjaculation involontaire. Il jura silencieusement, puis se retira d'un mouvement vif afin que les derniers jets s'étalent sur le ventre de Marie-Andrée, trois secondes trop tard.

— Ouf! Il était temps, soupira-t-il en se laissant tomber sur le côté.

Temps de la faire jouir, ou de se retirer?

Marie-Andrée ne se posa même pas la question. Elle vint se blottir contre son corps, maintenant un peu gênée de son propre plaisir, au point de tendre la main afin de ramener le couvre-lit sur elle. Quand son compagnon eut repris son souffle, il se tourna sur le flanc pour la serrer contre lui.

— Ma belle, c'est fou l'effet que tu as sur moi.

Jamais il n'avait formulé aussi clairement son appréciation, mais une phrase pareille ne lui fit pas le même effet qu'un « je t'aime » bien franc. Une fois revenue de ses émotions, elle murmura dans un souffle :

— Tu es certain… que je ne risque rien?

Curieusement, elle prêtait une compétence médicale au fils d'un docteur.

— Voyons, tu as bien vu, je ne suis pas resté trente secondes à l'intérieur.

La main de la jeune fille se déplaça discrètement entre leurs corps, pour découvrir son ventre et ses poils tout poisseux. Cela la rassura : le sperme se trouvait bien là, à l'extérieur.

— Je vais me nettoyer.

Elle repoussa le couvre-lit et s'élança vers la salle de bain, embarrassée par sa nudité. De son côté, son compagnon ne put réprimer un sourire en voyant le mouvement de ses fesses. Elle revint après quelques minutes, la mine préoccupée, en se dissimulant à demi avec une serviette.

— Tout de même, ce n'était pas prudent.

— Je me suis retiré. Puis tu as vu comme c'était agréable comme ça. Ces maudits morceaux de latex gâchent tout.

De cela, Marie-Andrée pouvait bien convenir. Les ébats dans la chambre du garçon, des semaines plus tôt, l'avaient laissée sur son appétit. Aujourd'hui, de longues caresses préalables et un contact direct contre ses muqueuses l'amenaient au grand frisson, bien meilleur que ceux qu'elle devait à des doigts, les siens et ceux de Clément, dans son véhicule.

— Il faudrait que tu prennes la pilule, ce serait mieux.

— … Je n'oserais jamais aller demander ça.

Selon elle, cela revenait à se présenter à un médecin et à un pharmacien, nécessairement des hommes, comme une dévergondée. Les privautés avec des garçons de son âge étaient déjà très intimidantes, l'idée de subir un examen intime et de réclamer ensuite un contraceptif la faisait mourir de honte.

— Bon, j'obtiendrai une ordonnance de mon père, mais tu devras aller à la pharmacie toi-même.

Était-elle la première à qui il formulait une offre de ce genre ? Sa position de fils de médecin lui procurait un avantage à ce propos, mais sa maladresse, son manque de confiance évident témoignaient de son inexpérience. Il avait vraisemblablement choisi une jeune fille innocente pour se sentir maîtriser la situation.

Plutôt que de brasser des idées noires, Marie-Andrée vint se réfugier dans ses bras.

La côte du Palais faisait le lien entre la Haute-Ville et la Basse-Ville. Vers le sud, elle débouchait dans la rue Saint-Jean. Sur cette artère, les restaurants étaient nombreux, de même que les boutiques vendant des souvenirs aux touristes. Devant la vitrine du café À la porte Saint-Jean, Clément déclara :

— Ça ressemble aux établissements qu'on fréquente à Montréal, comme le Cochon borgne ou la Boîte à Clémence.

Clément venait de citer des boîtes à chansons. Québec comptait aussi les siennes. L'impresario et restaurateur Gérard Thibault en possédait trois, dont celle-là, au coin de la rue Saint-Stanislas.

— Tu es déjà venu à cet endroit ?

— Une fois. Plus jeune, j'ai visité Québec avec mes parents. Ces dernières années, j'y suis revenu pour participer aux activités du RIN et des associations étudiantes.

Quand elle entra dans le commerce, la jeune fille constata la présence d'une clientèle composée tout entière de personnes âgées de moins de vingt-cinq ans. Certaines fréquentaient sans doute encore le cours classique, mais la plupart d'entre elles étaient certainement inscrites à l'Université Laval.

Ils dénichèrent une petite table placée près des grandes fenêtres donnant sur la rue Saint-Jean. Clément Marcoux commença par commander une bouteille de vin rouge, avant même de regarder les plats au menu.

— En ce moment, la rencontre du Parti libéral se déroule au Château Frontenac, remarqua-t-elle. Que fais-tu de ton rôle de journaliste pour *Le Quartier latin* ?

Marie-Andrée lui adressait un sourire espiègle. Les événements de la fin de l'après-midi lui tournaient dans la tête, entraînant une certaine confusion de ses sentiments. Sa jouissance au moment de l'acte lui donnait l'impression d'être devenue une femme. Par contre, le docteur Gendron exprimait de sérieux doutes sur un retrait rapide comme moyen contraceptif. Après *L'adolescente veut savoir*, elle avait parcouru *La jeune mariée veut savoir* afin de parfaire son éducation.

— Je préfère de loin me trouver avec toi plutôt qu'avec les hommes de Jean Lesage et d'Eric Kierans.

Si Lesage demeurait le chef du parti, le second en assumait la présidence et s'affichait comme le principal ennemi des idées de René Lévesque. La réponse fit chaud au cœur de la jeune fille. Mais la déclaration d'affection perdit de son lustre quand il continua :

— De toute façon, je sais très bien ce qui se passe actuellement. Le PLQ doit se prononcer sur des propositions concernant une plate-forme électorale dans le domaine constitutionnel. Celle de René Lévesque, une reprise du discours que nous avons entendu ensemble, *Un pays qu'il faut faire*, sera rejetée. Celle de Paul Gérin-Lajoie, pour réformer le Canada afin de donner plus de pouvoir au Québec, passera peut-être, mais ça ne changera rien. On ne peut pas réformer un système pourri.

Comme cela arrivait si souvent entre eux, Clément prenait le ton d'un professeur de science politique, et Marie-Andrée, l'attitude de l'élève timide, mais pleine de bonne volonté. Pourtant, les derniers événements lui donnaient assez confiance pour l'amener à se moquer.

— Si tout le monde sait ce que tu viens de m'expliquer, tu ne devrais pas chercher à dire quelque chose de nouveau en assistant aux débats, en faisant des entrevues? Là, tu rates tout.

— J'aurai bien le temps de me reprendre demain. Quand tu visiteras la ville, moi, je serai au Château.

Ce projet ne semblait pas enthousiasmer l'étudiant en science politique plus que de raison. Visiblement, son projet de venir à Québec tenait plus au désir d'un week-end d'amoureux qu'à son intérêt pour les péripéties du Parti libéral. Cette pensée toucha la jeune fille, et elle posa spontanément sa main sur la sienne.

Leurs doigts s'entremêlèrent, mais Clément Marcoux possédait bien peu d'aptitude pour les mots doux. Les perspectives offertes par le mouvement nationaliste occupèrent la conversation pendant tout le repas. Toutefois, ses regards s'attardèrent sur la poitrine et le visage de sa compagne.

Cette attention mettait la chaleur aux joues de Marie-Andrée. Son désir ne diminuait pas, le plaisir ressenti lors de leurs derniers ébats lui donnait une forte envie de récidiver. L'excitation la maintenait dans un état d'esprit capable de chasser ses préoccupations sur la contraception. «Juste une fois, ça ne peut pas porter à conséquence», se disait-elle, au mépris de ses lectures récentes.

Après plus de trois mois, le terrain de l'exposition universelle montrait un décor défraîchi. Les pelouses perdaient de leur verdure, ici et là la peinture des pavillons s'écaillait. Il s'agissait de constructions éphémères, pour la plupart destinées à durer une saison. Le maire Jean Drapeau proposait de rouvrir le site en 1968. Au préalable, il faudrait tout rénover.

Tout de même, la présence de sa compagne rendait Maurice indifférent à ces questions. Au fil des visites de pavillons, il retrouvait son naturel. Martine s'épanchait sur ses envies de voyage, faisant preuve d'une excitation de gamine. Plusieurs fois, quand elle se penchait sur des photographies ou des objets exotiques, la main de Maurice se posa au bas de son dos, s'attarda un peu en esquissant une caresse légère. Bientôt, en marchant, elle prit son bras, laissa son corps entrer en contact avec le sien. La gêne réciproque s'estompait.

Vers cinq heures, Maurice proposa :

— Nous pourrions continuer encore un peu afin de profiter de la lumière du jour, et souper ensuite ensemble sur le site.

L'idée plut à sa compagne. De toute façon, à la mi-octobre, la clarté n'ajournerait pas de beaucoup leur souper.

— Tu as une idée de l'endroit ?

— N'y a-t-il pas un pavillon des brasseries ?

Un instant, il avait songé au St-Hubert, pour se l'interdire ensuite. La répétition de ses sorties avec Diane Lespérance et le souvenir du travail de sa fille à cet endroit ne l'aideraient en rien à profiter du moment présent.

— D'accord pour les brasseries.

Pendant les quatre-vingt-dix dernières minutes, ou elle tint son bras, ou il passa la main derrière son dos. De toute façon, les épaisseurs de vêtements superposés enlevaient beaucoup d'intimité à son geste. Lorsqu'ils s'assirent à table, elle remarqua :

— Les voyages ont semblé t'intéresser autant que moi, finalement. Était-ce juste par gentillesse ?

— Je n'y ai jamais prêté attention à cause de mes obligations familiales et de mes ressources financières tout de même limitées.

— Ta fille a dix-sept ans, maintenant.

Elle avait retenu quelques informations biographiques. L'idée d'activités partagées avec la grande fille ne l'enchantait probablement pas.

— Aujourd'hui, tu m'as entraîné dans ton rêve, l'idée de partir me séduirait, mais ce serait pour une destination pépère. Coucher sous une moustiquaire, me laver dans un trou d'eau stagnante ne me dirait rien.

Martine semblait surtout excitée par les aventures exotiques. La tente et les sentiers peu fréquentés l'attiraient. Elle enregistra l'information, admit que les chambres d'hôtel avec salle de bain avaient aussi leur charme. L'évocation de quelques pays les occupa plusieurs minutes encore, puis les échanges sur le travail s'imposèrent. « Voilà la difficulté de sortir entre collègues », raisonna le professeur.

Au moment de régler l'addition, il prit une voix vaguement autoritaire pour dire :

— Cette fois, je m'en occupe.

— Je peux payer ma part.

— Nous avons réglé ce problème pour les lunchs, alors entendons-nous sur la même politique pour les soupers.

La supposition d'une prochaine fois fut accueillie par un sourire, alors Maurice se dit qu'il l'inviterait de nouveau. Ils étaient déjà rendus à l'autobus quand elle confia :

— J'ai aimé notre visite. Sortir un vendredi, cela m'a donné l'impression de faire l'école buissonnière.

Était-ce une façon de lui signifier qu'elle demeurait ouverte à une future activité ? Elle leva toute ambiguïté à ce sujet.

— Je recommencerais demain, si tu veux. Nous n'aurons pas beaucoup d'autres occasions.

La proposition provoqua une petite ivresse chez le professeur. Cette jolie jeune femme éprouvait du plaisir en sa compagnie. Puis la colère contre Perpétue l'envahit subitement, comme si son rôle dans sa vie tenait de la sorcellerie.

— J'adorerais passer toute la journée avec toi, à l'exposition ou ailleurs. Malheureusement, comme ma mère a été hospitalisée, je comptais aller la voir avec mon frère et ma sœur.

Si jamais la vieille femme apprenait combien sa maladie gâchait les espérances de son fils, elle s'en réjouirait sans doute. Sous l'éclairage de la rue, il vit le visage de sa compagne s'assombrir.

— C'est grave ? s'enquit-elle.

Devait-il dire « Elle est à l'article de la mort » pour mieux justifier son absence ?

— Lors d'un premier séjour à l'hôpital, le médecin a parlé de haute pression.

Martine hocha doucement la tête. Réclamer une autre sortie de cette façon l'avait mise mal à l'aise, le refus la laissait désarçonnée. Pourtant, cet homme exprimait son désir pour elle à chaque regard, à chaque effleurement de leurs corps.

La première bouteille de vin ne dura pas tout le repas, Clément Marcoux en commanda une seconde. Aussi, quand Pierre Calvé monta sur la petite scène dans un coin de la pièce, les têtes des deux amants tournaient déjà. Ce grand gaillard avait passé de nombreuses années en mer sur des navires marchands. Il commença son tour de chant avec un texte de Gilles Vigneault composé exprès pour lui.

Quand les bateaux s'en vont
Je suis toujours au quai

Le timbre de la voix se révéla assez caressant pour maintenir la chaleur au creux du ventre de Marie-Andrée. Le temps de huit chansons, sa main ne lâcha pas celle de son ami. Puis le couple quitta le café À la porte Saint-Jean pour retourner vers l'hôtel Victoria d'un pas incertain.

L'état d'ivresse de Clément aurait dû la rendre sceptique quand il répéta l'assurance donnée en après-midi : « Je vais me retirer à temps. » En reprenant ses ébats sexuels pour la seconde fois de la journée, le garçon sut se montrer plus précautionneux, plus lent à prendre son plaisir et surtout plus apte à lui permettre d'atteindre le sien. En conséquence, quand il se retira enfin, la jeune femme demeura tout alanguie, dans un état d'esprit qui laissait peu de place à l'inquiétude.

Dans l'autobus, Maurice nota le changement d'humeur de sa compagne. À cette heure, les passagers étaient moins nombreux, aussi ils profitèrent d'une banquette. Une fois assis, il passa son bras autour de ses épaules pour la coller à lui.

— Crois-moi, je suis déçu de ne pouvoir t'accompagner.

Quant à proposer le dimanche suivant, il n'osa s'y résoudre. Marie-Andrée devait venir à la maison ce jour-là. À son grand soulagement, sa compagne inclina la tête jusqu'à la laisser reposer sur son épaule. Les cheveux blonds et courts touchèrent sa joue. Sur le banc en face de lui, il eut l'impression que des jeunes gens se surprenaient de le voir dans cette posture avec une personne de cet âge.

— Je suis certain que nous pourrons renouveler l'occasion.

L'acquiescement d'un signe de la tête vint avec un instant de retard, assez pour l'alarmer. Déjà, il se questionnait sur la façon de la quitter. Avec un baiser, évidemment. Sur la bouche ? Sur la joue ? Auparavant, convenait-il de l'inviter pour un café à la maison ?

En traversant le stationnement, il n'avait toujours pas trouvé la réponse. Il la suivit jusqu'à la portière du côté conducteur, ce qui amena Martine à dire :

— Je comptais te raccompagner chez toi, mais si tu préfères me dire bonsoir ici…

Visiblement, ils étaient deux à se demander comment cette soirée devait se terminer. Sans réfléchir, il se pencha sur elle pour poser ses lèvres sur sa bouche. Dans ces circonstances, les gestes instinctifs demeuraient les meilleurs. Après un moment de surprise, elle s'abandonna au baiser, lovée contre lui. Les mains de l'homme glissèrent sous la veste. Le corps lui parut gracile. Quand les paumes quittèrent la taille pour remonter le long du dos, il sentit le tissu du soutien-gorge sous le pull. Les secondes devinrent une minute, puis deux. Riche de ses expériences de l'été précédent, Maurice attendit le moment opportun pour caresser un peu les lèvres du bout de la langue. Les dents cédèrent bien vite devant l'intrusion, et le baiser les rendit fébriles tous les deux.

Sa réaction donna un tout autre sens à son hésitation des dernières minutes. La passion présentait un bien meilleur motif pour la talonner que le désir de prendre un taxi après une petite bise et un bonsoir murmuré.

— Je préférerais que tu me conduises, avoua-t-il en décollant un peu ses lèvres des siennes, mais si tu ne veux pas allonger ta route, je comprendrai.

Le bruit de portières ouvertes puis refermées, pas très loin d'eux, amena la jeune femme à reculer d'un demi-pas avant de proposer :

— Dans ce cas, monte. Mes parents me permettent de rentrer après dix heures.

Une fois dans le véhicule, ils se tournèrent à demi pour se retrouver à peu près face à face. Ce fut elle qui la première avança ses lèvres. Cette fois, le contact des langues fut immédiat. La petite plainte de Martine enhardit Maurice au point qu'il passa la main droite sous le pan de la veste et la posa sur un sein menu. Les derniers pas à la fraîcheur de la mi-octobre expliquaient peut-être la pointe turgescente dans sa paume, mais il préféra y lire une réponse à sa caresse. Martine fit mine de s'approcher encore un peu, mais elle était coincée contre le volant.

— La voiture du peuple n'a pas été conçue pour ce genre d'exercice… Puis il ne faudrait tout de même pas précipiter les choses.

Maurice s'adossa. Un bref instant, il eut envie de s'excuser de son audace, puis il se reprocha cette attitude. Désirer quelqu'un, ce n'était pas lui marcher sur un pied, alors pourquoi s'en excuser ?

Sa compagne démarra, conduisit de façon un peu erratique pour sortir du stationnement. Tout rentra dans l'ordre une fois dans la rue.

Durant tout le chemin vers la demeure de la rue Saint-Laurent, ils demeurèrent silencieux. Quand la voiture fut arrêtée, Maurice fut le seul à orienter son corps pour lui faire face. Adossée, la tête rejetée un peu en arrière, les yeux dans sa direction, elle lui parut l'attendre.

Le troisième baiser brûlant le trouva avec une meilleure maîtrise de ses émotions. Il caressa sa poitrine, laissa tomber sa main sur sa cuisse pour la remonter à l'intérieur, jusqu'à la couture. Le geste entraîna une plainte, et aussi le mouvement instinctif de serrer les genoux. Il ôta doucement ses doigts, sans quitter ses lèvres toutefois. Au moins, il n'en était plus à se répandre dans son pantalon, sa fierté demeurait intacte.

— S'il y avait moins de monde dans la maison, je t'inviterais à entrer, soupira-t-il en mettant fin au baiser.

— Ne sois pas trop déçu, j'aurais refusé de toute façon. Nous en sommes à notre première sortie, cela m'apparaît un peu trop tôt pour me montrer tes gravures japonaises.

Dans certains romans et films, on trouvait parfois l'évocation de ce prétexte pour entraîner une femme à entrer dans l'appartement d'un célibataire. Le gentil rappel à l'ordre lui tira un sourire.

— Je n'ai ni gravures japonaises, ni images pieuses à te montrer. Je te remercie de m'avoir un peu poussé dans le dos pour que j'ose t'inviter.

— Plus qu'un peu.

— Peut-être même beaucoup. Bonne nuit, j'ai hâte de te revoir lundi. Pourquoi ne pas luncher ensemble?

— D'accord…

Puis, après une hésitation, elle continua, rieuse :

— À la cafétéria.

— Aucun endroit n'est trop chic pour moi. Je te quitte.

Le dernier baiser s'avéra bien sage, mais Maurice trouva le moyen de mobiliser encore sa main droite, pour la poser sur l'abdomen de sa compagne. Pour une fois, il rentra chez lui plutôt fier de sa façon de se comporter lors d'un premier rendez-vous.

Chapitre 15

Marie-Andrée ne connaissait rien du tout de la ville de Québec, à part les images des cartes postales, des journaux et de la télévision. Pourtant, pour avoir suivi le téléroman *Les enquêtes Jobidon*, certains bouts de rues lui étaient familiers. Dès neuf heures du matin, elle avait accompagné Clément jusqu'à la porte du Château Frontenac, pour ensuite admirer tous les points de vue depuis la terrasse Dufferin. Ensuite, les rues de la vieille ville retinrent son attention. À midi, elle prit un repas léger au coin de la rue d'Auteuil et du chemin Saint-Louis, tout près de la magnifique porte.

Une ombre pesait cependant sur ses activités touristiques, et sur tout son séjour en amoureux. La veille, elle avait expliqué à sa tante Mary qu'elle passerait la fin de semaine chez son père. Mais elle risquait de téléphoner à Maurice afin de vérifier la véracité de son histoire. Après tout, sa marraine devait veiller sur sa vertu.

Pendant une semaine, Maurice avait songé au coup de fil de son frère. D'habitude, il répétait que les mères ne mouraient jamais de souffrance à cause des agissements de leurs fils, malgré leur prétention du contraire. Sans trop insister, Justine lui avait rappelé que, tôt ou tard, tous deux devraient faire face à Perpétue et assumer leur choix. Malgré ses protestations, le professeur savait bien qu'il en viendrait là.

Toutefois, le matin du 14 octobre, comme il regretta d'avoir finalement cédé à l'insistance de Justine ! Cet engagement à l'accompagner à Saint-Hyacinthe lui faisait perdre la chance de passer un samedi avec Martine Cossette. L'au revoir de la veille suscitait en lui de si beaux espoirs.

Il allait annoncer le départ quand le téléphone sonna. Tout de suite il songea au décès de Perpétue, ou alors à un malheur survenu à Marie-Andrée. La voix de tante Mary le prit totalement au dépourvu.

— Oh ! fit-elle après son "allô", je croyais tomber sur Marie-Andrée.

Dans un premier temps, Maurice imagina le pire : sa fille était morte en se rendant chez lui. Sa maîtrise de la conduite automobile demeurait imparfaite. Puis une explication plus simple lui vint : elle avait menti à Mary. Il décida de jouer le jeu. Sa fille aussi avait droit à ses secrets.

— Pour le moment, elle est sortie. Puis-je lui faire un message ?

— Non, pas vraiment. Cela pourra attendre son retour.

Ils échangèrent quelques nouvelles sur leur vie respective, puis raccrochèrent.

Finalement, Maurice et tout le reste de la maisonnée purent monter dans la vieille voiture d'Émile Trottier. Le nouveau veuf se mit au volant, son ami à ses côtés sur la banquette avant, l'ancienne religieuse à l'arrière avec Jeanne. Le trajet jusqu'à Saint-Hyacinthe leur prit un peu plus d'une heure. Le premier arrêt fut devant l'appartement de l'ancien frère. Quand celui-ci fit mine de descendre, il demanda en se tournant vers l'arrière :

— Tu es certaine que cela ne te gêne pas de la garder avec toi ?

— J'ai envie de faire semblant que c'est la mienne.

Comme son interlocuteur gardait ses yeux sur elle, Justine se justifia :

— Je saurai bien m'en occuper. De toute façon, comme tu souhaites rapporter des affaires à Longueuil, sa présence serait une nuisance pour toi.

Parler de son enfant comme d'une nuisance s'avérait bien indélicat, mais Émile comprit bien ce qu'elle voulait dire.

— Tu as raison, je devrais la déposer sur le sol pour être certain de ne pas la voir tomber du lit ou du canapé.

La femme jugea inutile de lui expliquer comment prévenir ce risque. L'idée qu'on la prenne pour une mère lui plaisait trop. Les deux hommes descendirent de la voiture en même temps. Quand ils se croisèrent derrière le véhicule, Maurice demanda :

— Tu veux vraiment y aller seul ?

Émile fixa les yeux sur l'escalier extérieur conduisant à l'appartement de l'étage.

— Si je ne le fais pas maintenant, je n'y arriverai jamais.

— Nous pourrions tout aussi bien passer tout à l'heure, sur le chemin du retour. À nous trois, nous pourrions ramasser tes affaires en cinq minutes.

— Non, je t'assure. Son fantôme sera dans toutes les pièces de l'appartement, mais c'est un fantôme bienveillant. Je serai heureux de le croiser.

C'était peut-être la vérité, mais la rencontre ne serait pas joyeuse. Déjà, des larmes perlaient à la commissure de ses yeux. Maurice posa sa main sur l'avant-bras de son ami et exerça une légère pression afin de l'encourager, puis reprit place au volant. En tournant la tête à demi, il demanda à sa sœur :

— Tu ne préférerais pas venir t'asseoir devant ?

— Non, ici nous prenons nos aises. Puis nous serons rendus dans trois minutes.

— Dommage que je ne porte pas de casquette, je passerais pour ton chauffeur.

Il roulait déjà quand Justine remarqua d'une voix hésitante :

— Que ce soit oui ou non, tu devrais lui répondre.

— … Que veux-tu dire ?

— Voilà un moment qu'Émile t'a proposé d'acheter à deux le bloc où tu habites.

Si Maurice n'avait pas encore fait part de sa décision à son ami, cela tenait simplement à son incertitude. Devant son silence, Justine précisa :

— Je ne sais pas si cela jouera un rôle dans ta décision, mais j'ai l'intention de partager un logis avec Émile. Dans la rue Saint-Laurent ou ailleurs.

Son frère parcourut le trajet, très court, jusqu'au presbytère de la paroisse Saint-Jacques et prit le temps de se stationner. Ensuite, il pivota vers elle, le bras droit sur le dossier de la banquette :

— Veux-tu dire que vous deux…

Sa sœur laissa fuser un rire grinçant avant de compléter :

— … que nous sommes amoureux ? Ou même amants ?

— Si tu vas habiter avec lui, ce sont des possibilités, non ?

— Peut-être un jour, mais ni lui ni moi n'en sommes là… pour des raisons différentes, toutefois. Jeanne demeure dans son esprit, je n'y ai pas de place. Et peux-tu imaginer combien l'idée de me retrouver au lit avec un homme me terrorise ?

Maurice se le figurait un peu. Quelque chose comme son propre trac de l'été précédent, multiplié par deux ou trois. Pour autant qu'il le sache, jamais un homme n'avait courtisé

Justine. Le temps de cohabitation permettrait peut-être d'émousser ses frayeurs.

Dans le cas d'Émile, toute liaison avant la fin de sa période de deuil serait prématurée.

— Pour le moment, enchaîna l'ancienne sœur hospitalière, nous nous entraiderons, tout simplement. Lui travaillera le jour dès qu'il aura un emploi, moi le soir. Nous pourrons ainsi nous relayer auprès de cette princesse.

Maurice porta les yeux sur la petite fille et sur sa sœur. Le lien entre elles s'était opéré sans heurts, comme une espèce de fusion. Après tout, elle était passée directement des bras des employées de la pouponnière aux siens.

— Il s'agit de se mettre à deux pour surmonter une situation difficile, insista Justine. Et cela te permettra de reprendre ta liberté.

Une pointe de sarcasme marquait sa voix. Ses deux invités ne pouvaient ignorer sa mine parfois revêche. Le partage de son espace privé lui pesait manifestement. Il préféra ne pas s'étendre sur le sujet.

— Dans ton scénario, une seule chose me préoccupe. Depuis deux mois maintenant, tu incarnes la parfaite maman. Si vous deviez vous séparer un jour…

— Je pleurerais toutes les larmes de mon corps, puis je m'en remettrais.

« Ou pas », compléta-t-elle mentalement. Inutile d'exprimer son incertitude à haute voix. À la place, elle dit, faussement enjouée :

— Allez ! Ni toi ni moi n'avons envie d'y aller, mais impossible de se dérober après avoir fait tout ce trajet.

De cela, son frère n'était pas si sûr. Il pouvait toujours démarrer et rebrousser chemin. Pourtant, il descendit de voiture en laissant échapper un soupir, puis vint ouvrir la portière arrière à sa sœur.

Pendant l'après-midi, Marie-Andrée se comporta comme une touriste, faisant le tour de l'édifice du parlement où siégeaient les députés de l'Assemblée législative. Les maisons bourgeoises de la Grande-Allée suscitèrent une pointe d'envie. Empruntant la rue Cartier, elle rejoignit Saint-Cyrille. Le grand chantier du futur édifice du ministère de l'Éducation laissait deviner tout le poids à venir de la bureaucratie.

En passant dans la rue Saint-Jean, elle jeta un coup d'œil vers la côte du Palais. De très nombreuses voitures paralysaient la circulation. Pareille effervescence attisa sa curiosité. Des hommes se massaient sur le trottoir, si bien qu'elle dut multiplier les «Excusez-moi, mais je loge là» pour atteindre la porte de l'hôtel. Afin d'entrer, elle dut montrer sa clé à deux solides gaillards.

La foule demeurait tout aussi dense dans l'établissement. Des voix venaient du grand salon. Elle toucha le bras d'un homme dans la force de l'âge qui tendait le cou afin de voir dans la pièce.

— Monsieur, que se passe-t-il?

L'homme soumit le joli visage à un examen, puis lui adressa un sourire.

— René Lévesque donne une conférence de presse. Paraît qu'il démissionne du Parti libéral, avant de se faire sacrer dehors.

— Ils n'ont pas accepté sa proposition constitutionnelle?

Son interlocuteur commença par rire de bon cœur, puis lui expliqua :

— Là, tu te moques de moi, la petite! Sur les mille cinq cents délégués du Parti libéral, seulement quatre ont accepté de soutenir son idée. Fallait être pas mal naïf pour espérer rallier le parti de Lesage au séparatisme.

Les journaux donneraient des chiffres très divers relativement au nombre de personnes ayant suivi le politicien démissionnaire, de quatre à deux cents.

Marie-Andrée parvint à se glisser dans la salle où René Lévesque faisait face à de nombreux journalistes. Le politicien était assis à une table à un bout de la pièce, flanqué de deux hommes. Il tenait une cigarette dans sa main droite. Sa façon de replacer une longue couette de cheveux sur son crâne afin de cacher sa calvitie lui donnait un air un peu ridicule.

— Monsieur Lévesque, demanda quelqu'un dans la salle, comment pouvez-vous dire que le congrès libéral était paqueté ?

— D'abord, il fallait déposer les propositions constitutionnelles longtemps à l'avance. Ça fait un mois que tous les ténors du parti démolissent la mienne. Puis ensuite, le choix des délégués…

Le ton laissait deviner que l'exercice ne s'était pas déroulé de façon tout à fait libre.

— Finalement, en imposant le vote à main levée, les ténors du parti se donnaient toute la liberté d'user de représailles contre ceux qui risquaient de m'appuyer.

Les journalistes prenaient studieusement des notes. Au milieu de la pièce était installée une grosse caméra. Les nouvelles de fin de soirée rendraient compte de cette conférence de presse.

— Savez-vous que le président du parti, Eric Kierans, vous inviterait à quitter les libéraux dans les minutes suivant le rejet de votre proposition et votre départ du Château Frontenac ?

Le politicien haussa les épaules et porta sa cigarette à ses lèvres avant de répondre :

— Kierans a parlé de ma démission toute la semaine dernière. Ma présence l'empêchait de dormir.

Un éclat de rire parcourut la salle. Lévesque n'avait rien du soldat docile, il ressemblait plutôt à un chef. Dès sa première élection en 1960, son entêtement à mettre fin aux magouilles lors de l'attribution des contrats publics lui avait valu bien des inimitiés de ses collègues. Après le long règne pas toujours moral de Maurice Duplessis, les élus de l'équipe du tonnerre salivaient devant le retour de l'assiette au beurre sous leur nez. Ils étaient allés en politique pour se la faire enlever par un nouveau ministre se comportant en franc-tireur.

Surtout, peut-être, le populaire nouveau venu faisait ombrage à son chef et à ses collègues. Vedette de la télévision avant son élection, à l'aise devant les caméras, il recevait plus que sa part d'attention. Par ailleurs, il avait piloté la nationalisation de la production et de la distribution de l'électricité. La campagne électorale de 1963 avait ressemblé à un référendum sur la question. Depuis, Hydro-Québec, par ses grandes réalisations, donnait un sentiment de compétence à tout un peuple. L'exposition universelle avait eu le même effet.

La campagne électorale de 1963 s'était déroulée avec le slogan *Maîtres chez nous*, et Lévesque avait été sur le devant de la scène. Son projet de souveraineté paraissait représenter la suite naturelle de ce mot d'ordre, tandis que le Parti libéral devenait frileux quant à l'affirmation nationale.

— Qu'allez-vous faire maintenant ? demanda un journaliste de *La Presse*.

— Siéger comme député indépendant, puisque le comité libéral du comté de Laurier a appuyé mon projet souveraineté-association…

Quelqu'un vint vers le politicien pour lui murmurer quelque chose à l'oreille. Il consulta la montre à son poignet, puis déclara, tout en commençant à rassembler les papiers étalés devant lui :

— Je chercherai le meilleur moyen de faire avancer la cause. Maintenant, messieurs, vous devez m'excuser. Vous connaissez les heures de tombée des journaux et de la télévision mieux que moi. J'ai accepté de donner plusieurs entrevues.

Même si les scribouilleurs présents y allèrent de protestations murmurées et du plaidoyer « Encore une autre, monsieur Lévesque », ils quittèrent leur chaise. De toute façon, le politicien s'esquivait déjà par une petite porte au fond de la salle.

Dans la pagaille, Clément Marcoux s'aperçut de la présence de Marie-Andrée. Il s'approcha d'elle avec un sourire satisfait sur le visage.

— *Mark my words*, dans cinq ans, le Québec sera un pays, affirma-t-il après lui avoir fait la bise.

La jeune femme se demanda où elle en serait, dans sa relation avec lui, à ce moment encore lointain.

Finalement, le séjour de Perpétue Berger à l'hôpital n'avait duré que deux jours. Ensuite, étant donné la difficulté pour son mari de s'occuper d'elle – comme tous les hommes, celui-ci travaillait à subvenir aux besoins du ménage –, la meilleure solution avait été de l'installer chez son fils, le curé. Si sa condition s'avérait plus grave que ne le pensait le médecin, le presbytère de la paroisse Saint-Jacques constituait la meilleure antichambre du paradis.

Adrien vint lui-même ouvrir la porte. Lorsqu'il vit sa sœur avec un poupon dans les bras, son visage exprima la surprise la plus complète.

— Non, rassure-toi, ce n'est pas le mien. Malheureusement. Je m'en occupe pour un ami.

— Ce n'est pas ça… Enfin, pas juste ça. Voilà plus de vingt ans que je ne t'ai pas vue sans un uniforme religieux.

— Moi aussi, quand je me vois dans un miroir, j'ai un haut-le-corps. Dans le cas de maman, ce sera un haut-le-cœur.

« Ou une syncope », songea Maurice. Visiblement, le prêtre partageait la même appréhension. Après avoir embrassé sa sœur, il précisa :

— Voilà au moins deux semaines que je le lui ai dit. Elle accuse difficilement le coup.

Il parlait de son départ de chez les sœurs hospitalières. Après l'accueil de sa sœur, Adrien sembla découvrir la présence de son aîné. C'était de bonne guerre, à la suite des semaines de silence. La main tendue, il déclara :

— Et voilà le professeur de cégep de la famille.

Dans sa bouche, le titre semblait laisser à désirer. En tout cas, il sonnait moins bien que « professeur de collège ».

— Dans les médias, on lit de drôles d'histoires sur ces nouvelles institutions, jugea-t-il utile de préciser.

Selon les prétendus experts, le Québec formerait une génération de parfaits ignorants avec les programmes des polyvalentes et des cégeps.

— Je suis toujours surpris de voir combien les personnes qui n'ont jamais été dans une classe savent parfaitement ce qu'il convient de faire en éducation. Remarque, c'est un peu comme les curés qui promettent le paradis sans rien savoir de ce qui se trouve de l'autre côté.

Le ton glacial, vindicatif même, de Maurice heurta son frère. L'ecclésiastique s'empressa de souligner :

— Mais dans tout ça, le plus important est que tu sois parfaitement heureux dans tes nouvelles fonctions.

— Demander la perfection demeure toujours un peu dangereux. Entendons-nous : je suis heureux un jour sur deux, et très heureux le reste du temps.

Une fois les retrouvailles célébrées, tous devaient maintenant faire face au dragon. Adrien lui-même souffrait de la proximité de cette rencontre.

— Je dois vous dire qu'elle ne se sentait pas très bien ce matin. Tout à l'heure, elle a pu avaler un peu de soupe.

Le ton très bas faisait tout de suite penser qu'il parlait d'une agonisante. Quand la fratrie passa au salon, ce fut pour découvrir Perpétue dans le meilleur fauteuil, en vêtements de nuit et en peignoir. Son œil vif trahissait sa satisfaction de les voir tous là, répondant à son appel. Justine fut la première à prendre la parole.

— Bonjour, maman. Je suis heureuse de te voir aussi bien remise.

La déclaration témoignait d'un grand optimisme. Maurice, de son côté, se surprit des yeux creux et des lèvres bleutées. Devant un silence têtu, la sœur défroquée continua, toujours en se montrant enjouée :

— As-tu vu ? Me voilà devenue une gardienne d'enfant. Je te présente la petite Jeanne.

Elle se pencha afin de montrer le visage du poupon. Perpétue ne daigna pas s'intéresser à l'enfant, ses yeux ne quittaient pas ceux de sa fille.

— Si tu crois que c'est mieux que ce que tu faisais avant !

L'acidité du ton amena Adrien à formuler un « maman » impatient.

— Je fais exactement le même travail qu'auparavant, se justifia Justine, dans un hôpital bien plus grand. Je dirais même que mes responsabilités sont plus importantes.

En maintenant l'échange sur le terrain professionnel, elles évitaient un grave dérapage. La vieille femme ne se privait toutefois pas de la détailler. Le port du pantalon devait lui sembler une véritable déchéance, après l'uniforme de religieuse hospitalière.

À cause du silence pesant dans la pièce, Maurice ne put se tenir plus longtemps au fond. S'avançant d'un pas, il commença :

— Bonjour, maman. Tu sembles te porter mieux.

Il reprenait les mots de sa sœur, ridicules, car aucun des deux ne l'avait vue à l'hôpital une semaine plus tôt. Des paroles convenues adressées à une malade.

— Comme ça, tu n'enseignes plus au collège.

— Comme dans le cas de Justine, je fais le même travail que l'an dernier, seulement dans un autre établissement. Plus grand.

Heureusement, ne connaissant rien aux turbulences du système scolaire, Perpétue ne pouvait faire écho aux réserves formulées par le curé sur ces nouvelles institutions. Pour un témoin, la froideur de ces retrouvailles aurait fait penser à la rencontre non pas d'inconnus – les échanges témoignaient au contraire de familiarité entre eux – mais d'ennemis. Personne ne semblait se soucier de se faire la bise, ni même de tendre la main.

— Encore une fois, tu n'as pas été capable de convaincre ta fille de venir avec toi.

— Je ne lui ai même pas parlé de notre belle réunion de famille. De ton côté, as-tu oublié d'inviter notre père ? Son absence me paraît bien mystérieuse. Il avait mieux à faire ?

La vieille serra les mâchoires, fixa sur lui un regard glacé. Déjà bien pâle, elle parut devenir exsangue. La petite Jeanne choisit ce moment pour laisser échapper une plainte, fournissant une heureuse diversion.

— Tu as faim, intervint Justine d'une voix tout à coup chantante.

En levant les yeux vers son frère, elle poursuivit :

— Ta ménagère est dans la cuisine ?

Le curé acquiesça d'un signe de la tête. L'ancienne religieuse portait à son bras un sac de toile contenant le nécessaire pour prendre soin du bébé. Après son départ, Adrien proposa nerveusement :

— Allons nous asseoir.

Debout au milieu de la pièce, les deux hommes paraissaient hésiter entre rester ou partir. Dans le cas de Maurice, la seconde possibilité l'attirait fortement. Une fois sur son siège, sa fuite se trouvait ajournée. Adrien lui adressa un regard suppliant. Habituellement, les visiteurs des malades ne demeuraient pas silencieux.

— Maman…

Le mot passait difficilement ses lèvres, mais il ne trouvait pas l'audace de l'appeler par son prénom.

— Maman, comment te portes-tu ? Réellement.

— Je me sens tellement fatiguée. Sans doute que mon travail de mère s'est avéré trop ardu pour moi.

C'était, en d'autres mots, l'habituel « tu vas faire mourir ta mère ». La description de ses symptômes l'occupa trois ou quatre minutes. Encouragée par les questions habiles du curé, la vieille femme s'attacha à faire pitié.

Quand Justine revint de la cuisine avec la petite, elle prit place sur le canapé. L'enfant tétait un biberon sans se soucier de la tension ambiante.

Sa présence permit tout de même de faire un bout de conversation, en particulier sur son identité. Perpétue Berger ne s'intéressa pas vraiment à cet ami de Maurice devenu veuf au moment de l'accouchement de son épouse. Après quarante minutes d'une discussion entrecoupée de silences, les visiteurs prirent congé aussi froidement qu'ils s'étaient retrouvés plus tôt dans l'après-midi.

Une fois sortis du presbytère, le frère et la sœur revinrent en silence à l'appartement d'Émile Trottier. Le veuf se tenait debout sur le perron, avec trois gros sacs poubelle près de lui. Il s'agissait des vêtements qu'il entendait conserver. Il y avait aussi quatre petites boîtes de carton contenant ses livres, ses papiers.

— Je vais l'aider, dit Maurice.

Il grimpa l'escalier pour atteindre l'étage. Son ami lui parut hébété, ses yeux trahissant des pleurs récents.

— Vraiment, une vie ne pèse pas lourd.

Il évoquait la pauvreté de ses possessions. Il avait quitté les frères de l'instruction chrétienne avec les seuls vêtements qu'il avait sur le dos et quelques dizaines de dollars. Ses courtes années de laïc lui avaient permis d'amasser tout de même beaucoup plus.

— Nous allons mettre les boîtes dans le coffre, et j'espère que les sacs entreront aussi, sinon Justine se verra privée en partie de la banquette arrière.

Afin d'échapper à l'atmosphère nettement morbide de l'appartement habité autrefois par Jeanne, Maurice souleva une boîte et commença à descendre. Son ami fit la même chose sans s'attarder. Heureusement, le coffre des voitures américaines était très grand. En l'ouvrant, Émile commenta :

— Mon propriétaire est prêt à trouver un nouveau locataire pour moi, du moment que je paie les annonces dans le journal. Mon bail prendra fin dès que quelqu'un voudra en signer un autre.

Ainsi, il serait bientôt sans logis. Où ses meubles iraient-ils ensuite ? « Chez moi », se dit Maurice. En remontant, l'ancien frère précisa encore :

— Une association charitable viendra chercher les affaires de Jeanne. Celles-là, je n'ai pas le cœur d'y toucher.

Ils refirent le trajet pour aller chercher les boîtes suivantes, puis les sacs.

— Veux-tu que je conduise ? proposa Maurice Berger.

Émile hocha la tête pour donner son assentiment. La peine l'aurait rendu dangereux au volant. En démarrant, Maurice annonça :

— Dès ce soir, je téléphonerai au propriétaire pour lui proposer d'acheter la maison.

C'était dit, il acceptait le projet de copropriété. Émile porta une main à son visage, incapable de dire un mot. Une question vint de Justine, assise sur la banquette arrière :

— Il y a un locataire à l'étage.

— Il faudra donc l'expulser.

Un propriétaire louait à qui il voulait, sans s'embarrasser de sentiments. Tout de même, Maurice jugea utile de préciser :

— Nous pourrons lui offrir de rembourser les frais de déménagement.

La précaution n'allégea la conscience de personne. Dans ce contexte de misère, le professeur de cégep choisissait de passer par-dessus ses hésitations par solidarité.

Chapitre 16

Le jeune couple composé de Clément Marcoux et Marie-Andrée Berger était revenu à l'hôtel en soirée. Une dernière activité figurait au programme avant d'aller au lit.

— Je ne pense pas que ce sera ma place, marmotta-t-elle.

La jeune femme lissait sa jupe grise sur ses cuisses. Avec son collant de même couleur et son chandail blanc, elle incarnait très bien la petite étudiante ingénue.

— Je pourrais dire la même chose, je ne me sens pas du tout journaliste. Alors, nous serons deux à nous trouver au mauvais endroit.

L'argument mit fin à toute sa résistance. Les jeunes gens prirent place dans l'ascenseur surpeuplé. Excepté les touristes de langue anglaise, tout le monde discutait de la présence de René Lévesque dans les murs, et surtout du choc créé par son initiative politique.

En entrant dans le bar de l'hôtel, ils aperçurent un groupe de personnes prêtant une oreille attentive à la vedette du jour. Le politicien paraissait disposé à partager ses projets avec tous les membres de sa cour. Clément s'avança vers eux, sa compagne dans son sillage. Un homme dans la vingtaine vint à leur rencontre, résolu à leur fermer le chemin.

— Vous m'avez dit plus tôt que je pourrais interviewer monsieur Lévesque à cette heure-ci.

L'individu agissait à titre de secrétaire, d'attaché de presse ou d'homme à tout faire.

— Comme vous le voyez, il est occupé.

— Ce serait dommage de priver les étudiants d'une entrevue. Presque tous les partisans de la souveraineté ont moins de vingt-cinq ans.

La précision porta. Il s'agissait bien du segment de la population le plus susceptible de soutenir le projet politique de Lévesque.

— Bon, je vais voir.

Il alla se pencher sur le député pour lui chuchoter quelque chose à l'oreille. René Lévesque jeta un regard en direction des jeunes gens, puis donna son assentiment d'un signe de la tête. Après des paroles d'excuse, il se dirigea vers une table à l'écart tout en leur faisant signe de venir. Clément Marcoux se présenta d'abord, puis enchaîna :

— Voici Marie-Andrée Berger, une camarade étudiante.

En murmurant « Enchantée », la jeune femme se réjouit que son compagnon l'ait englobée dans sa démarche. Le politicien retint sa main plus longtemps que nécessaire, lui adressant un sourire engageant. Malgré une allure plutôt négligée et un physique un peu ingrat, son charme se révélait redoutable. Avant de s'asseoir, il chercha un cendrier sur la table voisine et sortit un paquet de cigarettes de sa poche pour en allumer une. Comme le pseudo-journaliste demeurait coi, il commença :

— Comme ça, tu écris dans le journal des étudiants de l'Université de Montréal.

— *Le Quartier latin*. Sur le campus, tout le monde se passionne pour les récents événements. D'ailleurs, je me trouvais à la réunion du comité libéral dans le comté de Laurier.

Clément confondait sa mission de la fin de semaine et son implication personnelle dans le mouvement nationaliste. Afin de jouer son rôle jusqu'au bout, il enchaîna :

— Ce qui s'est passé au Château Frontenac… Vous deviez savoir ce qui arriverait : depuis l'été, tout le monde chez les libéraux, tant à Québec qu'à Ottawa, a critiqué votre initiative.

— J'aurais pu démissionner de façon tonitruante, comme François Aquin. Mais aujourd'hui, plus personne ne parle de lui.

Lévesque leva la main pour attirer l'attention d'un serveur, tout en demandant :

— Je peux vous offrir quelque chose à boire, mademoiselle… et à toi aussi, bien sûr ?

Marie-Andrée songea à refuser, mais la crainte de faire petite fille l'amena à demander un verre de vin. Les hommes optèrent pour un alcool.

— Là, depuis trois mois, tout le monde discute de l'idée de souveraineté. Pas seulement sur les campus et dans des revues que personne ne lit, mais dans les journaux à grand tirage et sur les ondes de toutes les télévisions et de toutes les radios. Les fédéralistes eux-mêmes finissent par faire notre publicité.

Cela n'arrêterait pas au cours des semaines à venir : Lévesque se ferait entendre sur toutes les tribunes.

— Tout de même, il s'agit d'un projet bien dévalué, osa dire Clément. La souveraineté, je suis pour, mais assortir le projet à une association avec le Canada, c'est donner à nos ennemis le pouvoir de tout bloquer.

Lévesque porta sa cigarette à sa bouche et prit la parole dans un nuage de fumée bleutée.

— La fédération a cent ans cette année, et on ne peut pas dire que nous sommes plongés dans la grande misère.

Si je vendais l'indépendance seule, à peu près personne n'en voudrait. Nous l'avons bien vu lors des élections de 1966. Le Rassemblement pour l'indépendance nationale a reçu un vote sur vingt, le Ralliement national, la moitié moins.

Le chef du RIN montrait un talent rare pour faire les premières pages des journaux, mais cela ne se répercutait pas encore dans les boîtes de scrutin.

— Comme ça, vous ne donnerez pas suite à l'invitation de Pierre Bourgault d'unir les forces nationalistes.

— Je crois beaucoup en l'union des forces, mais pas sous la direction de votre chef, ni avec le programme du RIN.

Ainsi, Lévesque savait à quoi s'en tenir sur les convictions de son interlocuteur. Au fond, il risquait peu de se tromper devant un jeune étudiant enthousiaste.

— Moi, les grandes envolées socialistes ne me disent rien.

— On ne peut pas rêver de l'indépendance du pays sans se préoccuper de la liberté des travailleurs québécois. Un pays indépendant toujours sous la botte des impérialistes américains, ce n'est pas un gros progrès.

Au fil de ses arguments, Clément s'échauffait, montait un peu le ton, au point que Marie-Andrée se sentit mal à l'aise. De son côté, Lévesque ne paraissait pas s'en formaliser. Avec un petit sourire en coin, il raconta :

— Il y a une dizaine d'années, je me trouvais en Union soviétique à titre de journaliste. Je sais ce que j'ai vu. Alors, toutes les grandes phrases creuses sur le paradis des travailleurs me laissent indifférent.

La répartie agit comme une douche froide. Très vite, Clément consulta sa montre :

— Je vois qu'il est tard. Je vous remercie de m'avoir accordé du temps, monsieur Lévesque. Je vais monter.

Le politicien allumait une nouvelle cigarette avec le mégot de la précédente.

— Ça m'a fait plaisir… Marcoux, c'est ça? Et vous, mademoiselle, devez-vous impérativement regagner votre chambre tout de suite?

Marie-Andrée rougit devant l'invitation. Le temps de bafouiller quelque chose sur l'heure tardive, elle suivit Clément. Dans l'ascenseur, celui-ci laissa tomber, fâché:

— Ça vaut bien la peine de faire tout ce bruit! Il s'agit d'un politicien comme les autres, prêt à recevoir ses ordres d'Ottawa ou de Washington.

La jeune femme jugeait beaucoup moins sévèrement Lévesque que son compagnon. Elle se disait que si cet homme formait un nouveau parti politique, toute son attention irait à son programme.

La grève des transports en commun entamerait sa quatrième semaine le lendemain. Sur toutes les tribunes, les commentaires sur le caractère insupportable des arrêts de travail dans un service essentiel s'enflammaient. Devait-on les interdire tout à fait?

En attendant, des centaines de milliers de personnes découvraient les charmes de la marche à pied, de l'auto-stop ou du covoiturage. En début de soirée le dimanche, Maurice Berger sonna à la porte du logement de sa belle-sœur. Sa fille vint lui ouvrir. Après l'échange des salutations et des bises, il demanda:

— Tu gardes la maison?

— Pas tout à fait, Nicole est avec moi. Ma tante s'est faite belle pour une sortie au restaurant.

Au même moment, l'hôtesse du club Playboy sortit de sa chambre, toute proche, pour commenter:

— Où est-ce qu'on s'en va, mon oncle! La fille reste à la maison alors que la mère a un rendez-vous galant!

Elle lui adressa un clin d'œil amusé. Aguichant, peut-être? Cette perception découlait surtout de sa tenue. Le pantalon capri épousait la chair au plus près, ne laissant aucune place à l'imagination. Le chemisier blanc, plus lâche, laissait deviner des seins nus dessous. Maurice se sentit affreusement mal à l'aise, comme s'il commettait une terrible indiscrétion. Il souhaita que son embarras n'ait pas été trop perceptible.

— Son ami policier se fait plus présent?

— On le voit tous les jours, ces temps-ci.

Nicole exagérait à peine. Elle continua:

— Il avait intérêt à se manifester, car maman songeait à s'inscrire dans un cours de menuiserie juste pour se donner une chance d'en rencontrer d'autres hommes.

«Comme si moi, je prenais des leçons de cuisine pour m'exposer à la gent féminine», songea le professeur de cégep.

— Bon, je vous laisse, je dois donner un coup de fil. Bonne soirée.

En se dirigeant vers la cuisine, Nicole adressa un drôle de regard à son oncle, bien consciente de son effet sur lui. Bien sûr, on ne pouvait gagner sa vie déguisée en lapine sans savoir reconnaître un regard concupiscent. Le «bonne soirée» de Maurice s'adressa au dos de la jeune fille. Les hanches de Nicole esquissèrent un mouvement dansant pendant tout le trajet.

Le père et la fille quittèrent la maison pour se rendre à la Volkswagen. En donnant ses clés à Marie-Andrée, il demanda:

— La cohabitation se déroule toujours bien?

La question concernait moins les aménagements domestiques que son inquiétude à propos de l'influence d'une cousine dégourdie sur l'âme de sa fille. Cette dernière le prit au premier niveau.

— Honnêtement, j'avais très hâte de coucher seule, même si elle est bien gentille.

Une fois assise derrière le volant, elle continua :

— Le pire, c'est que ma tante aurait pu cesser de recevoir des touristes bien plus tôt. Presque personne n'est venu en septembre.

— Elle avait besoin de cet argent.

— Avec la grève, elle n'en faisait plus du tout.

Les journaux estimaient à plusieurs millions de dollars les pertes subies à cause du conflit. En particulier, l'Expo 67 était devenue inaccessible à la très grande majorité des Montréalais.

Quand la voiture tourna le coin de la rue Sherbrooke, le père dit :

— J'espère que tu as passé une bonne fin de semaine.

La chaleur envahit les joues de Marie-Andrée, un malaise formé de timidité, car jamais elle n'aurait pu dire : « Je suis allée à Québec avec mon amant. » De honte aussi, à cause de ses ébats sexuels. Les phrases rassurantes comme « Je ne fais rien de mal, tout ça est bien naturel à mon âge » ne venaient pas à bout de l'éducation reçue.

— … Oui, plutôt bonne.

— Je suppose que tu es sortie avec ton ami.

Le simple souvenir de ses activités dans la chambre de l'hôtel Victoria ravivait en elle une réelle excitation. Que ces « mauvaises pensées » surviennent alors qu'elle était enfermée dans une petite voiture à quelques pouces de son père compliquait davantage la situation.

— Tu sais, maintenant que je peux profiter de mon vendredi soir, de mon samedi et de mon dimanche, je suis très souvent avec lui.

« J'aimerais bien lui voir la face, à celui-là », pensa Maurice. Le souvenir de sa propre réaction devant Nicole lui permettait de se représenter très bien celle de cet inconnu en présence de sa fille. Puis, si elle le voyait si souvent, cela devenait donc sérieux entre eux.

De son côté, Marie-Andrée flaira heureusement le piège. Après une hésitation, elle précisa :

— Tout de même, cette fin de semaine a été très différente. Nous sommes tout un groupe d'étudiants, garçons et filles, à être allés à Québec. Les gars s'intéressaient surtout à Lévesque, et nous à la belle ville.

Les meilleurs mensonges devaient s'approcher de la vérité. En croyant qu'elle avait participé à une excursion en groupe, son père ne songerait pas qu'elle avait partagé le lit de son ami. Cependant, s'il poussait plus loin son questionnement, elle se trahirait certainement.

De son côté, Maurice préféra s'en tenir là. Ses propres turpitudes rendaient le rôle de moralisateur difficile à assumer. Et puis, une inquisition gâcherait la relation entre eux. Il préféra s'engager lui-même sur le terrain des confidences.

— Finalement, j'ai accepté la suggestion d'Émile au sujet de l'achat du bloc où je vis présentement.

— Tu as bien fait, ainsi vous pourrez vous entraider.

Ce commentaire trahissait un étrange renversement de situation. L'enfant s'inquiétait de son parent au point de se réjouir de la présence d'un ami à proximité. Quelqu'un prendrait le relais pour garder un œil sur lui. La jeune fille n'avait même pas conscience que son soulagement dissimulait un désir bien égoïste : faire plus de place à son amant dans sa vie.

— Vous occuperez chacun votre étage ? s'informa-t-elle.

— Oh ! Certainement. Mon appartement est trop petit pour le partager avec deux adultes et un bébé.

Le ton catégorique laissait prévoir qu'il mettrait beaucoup d'empressement à réaliser ce projet. Puis il en vint à la dimension la plus étonnante de ces futurs arrangements.

— Justine entend aller vivre avec lui.

De surprise, Marie-Andrée s'était tournée à demi vers son père, au point de dévier de sa trajectoire. Maurice eut le désir de tendre la main pour prendre le contrôle du volant. Heureusement, il s'en abstint.

— Alors, entre eux…

— Non! Enfin, elle m'assure que non. Il y a bien une histoire d'amour, mais c'est avec la petite Jeanne.

— Je la comprends très bien. Une occasion se présente de vivre une expérience dont elle a été privée.

La future maîtresse d'école savait que jamais elle ne sacrifierait son désir d'avoir une famille à une cause, religieuse ou pas. Le tout pour elle était de savoir comment Clément Marcoux s'intégrerait dans son projet.

— Je peux le comprendre, mais ce ne sera pas avec son enfant, mais avec celui d'une autre. Cette expérience ne durera qu'aussi longtemps qu'Émile le voudra bien.

Et plus l'attachement grandirait, plus Justine deviendrait vulnérable si l'histoire prenait une mauvaise tournure. Au point d'être détruite. Le sujet ne cessait d'inquiéter le grand frère.

— Nous avons discuté de tout ça lors d'une expédition à Saint-Hyacinthe, hier.

De nouveau, le véhicule fit une petite embardée. Maurice se dit que la prochaine fois, il aurait ce genre de conversation dans une voiture arrêtée. Alors que Marie-Andrée entrait dans la ville de Longueuil, il continua :

— Ta grand-mère a été hospitalisée quelques jours, depuis elle semble avoir ses quartiers chez Adrien.

— De façon définitive?

— S'il n'en tient qu'à elle, certainement.

Au fond, Perpétue aurait souhaité s'installer chez son cadet dès son ordination. Maintenant que son but était atteint, elle s'accrocherait. Le silence de Marie-Andrée disait : « Et puis ? »

— Son plaisir de me voir, et de voir Justine, ne m'est pas apparu évident.

— J'aurais dû être là aussi.

L'homme marqua une pause comme pour améliorer son effet :

— Tu interprètes ton rôle de petite-fille à la perfection, mais Perpétue ne mérite pas ton attention.

« Pas plus que la mienne », compléta-t-il mentalement.

Trente minutes plus tard, la jeune fille revenait chez sa marraine. Pour un temps, son père ne serait pas attentif aux turbulences de sa vie, tellement la sienne le préoccupait. De toute façon, l'idée de discuter de ses relations sentimentales avec lui la gênait trop.

Pendant toutes les classes du lundi, Marie-Andrée n'arriva pas à se concentrer. Son esprit demeurait dans une petite chambre de l'hôtel Victoria. Si Clément avait eu un motif politique de se rendre à Québec, pour elle, il s'était agi d'une fin de semaine d'amoureux.

Le souvenir de ses quelques orgasmes pendant « l'acte conjugal » la rassurait sur sa condition de femme. La visite dans la grande maison d'Outremont, quelques semaines plus tôt, l'avait laissée anxieuse. La nomenclature du « sexe anormal » du docteur Gendron lui restait en mémoire. Maintenant, elle pouvait oublier ce questionnement : la preuve était faite, la frigidité ne comptait pas parmi ses difficultés. Et son plaisir d'avoir vu son amant si attentionné lui faisait oublier les imprudences commises.

À quatre heures, la presque totalité de l'effectif des normaliennes se préparait à la longue marche pour rentrer à la maison. Marie-Andrée se gagnait une petite popularité en dépannant trois de ses camarades. En marchant en direction de la Volkswagen, Caroline interrogea :

— Tu as lu le journal, aujourd'hui ?

— Je quitte la maison avant la livraison des premiers quotidiens, répliqua Marie-Andrée.

Le silence des deux autres confirmait qu'elles non plus n'avaient pas pris connaissance des nouvelles.

— Le premier ministre Daniel Johnson a convoqué les députés à une session spéciale. Ce serait afin d'adopter une loi pour forcer le retour au travail des chauffeurs d'autobus.

— Ce n'est pas trop tôt, affirma Gisèle, deux pas derrière elles. Voilà un mois que toute la ville est paralysée. Les dernières semaines de l'Expo ont été complètement gâchées.

Deux jeunes filles se glissèrent sur la banquette arrière. La dernière allusion à Terre des Hommes les amena à raconter leurs découvertes de l'été dernier. Toutes convenaient avoir vécu là les meilleurs mois de leur vie. À dix-sept ou dix-huit ans, croire que les plus beaux moments se trouvaient derrière elles n'était pas tout à fait rassurant.

Quand la première des passagères descendit, l'une de celles assises à l'arrière vint s'installer devant. Puis la dernière, Caroline, fit la même chose. Elle revint sur la nouvelle du jour :

— Le gouvernement a attendu un long mois avant d'agir. Bien sûr, des ministres, ça roule en voiture avec chauffeur. Qu'on soit un million à marcher ne les dérange pas.

Le commentaire avait dû être fait mille fois depuis le matin, dans autant de maisons de la ville de Montréal.

— Franchement, nous prendre ainsi en otage est inacceptable, continua la blonde.

— Pour les grévistes, l'enjeu est d'améliorer leur salaire.

— Ils gagnent plus de trois dollars de l'heure ! Trois fois plus que moi.

En réalité, trois fois plus que le salaire minimum.

— Puis mon emploi de vendeuse, je l'ai perdu à mon second retard. Comment voulais-tu que je me rende à Place Versailles ?

Les soucis de celle-là, attribuables au conflit de travail, l'empêcheraient toujours de se montrer solidaire des chauffeurs. Toutes n'avaient pas la chance d'avoir un père aussi conciliant que Maurice Berger.

— Dans les circonstances, je comprends que j'ai bien de la chance. Papa habite tout près du cégep de Longueuil.

— Je vais tenter de lui acheter un petit quelque chose pour Noël, à ce cher homme !

L'idée les fit éclater de rire toutes les deux. La reconnaissance de quelques étudiantes de l'école normale le toucherait sans doute.

Mary Tanguay présentait un visage sévère marqué d'un pli au milieu du front.

— Franchement, tu pourrais le faire rentrer ! Je ne le mangerai pas, ton cavalier !

— Il préfère m'inviter au restaurant du coin, plaida Marie-Andrée.

— Si t'as honte de lui, lâche-le. Si t'as honte de toi, de moi ou de ta famille, t'es mal partie, parce que t'en auras jamais d'autre.

— Ma tante, je vous dis que ça n'a rien à voir.

Sa marraine fit un geste de la main, pour indiquer qu'elle ne voulait plus rien entendre. Songeuse, la jeune fille préféra passer sa veste par-dessus un pull de laine, puis alla se planter sur la grande galerie. Cette évocation de la honte risquait de lui revenir en tête dans une heure ou deux, au risque de gâcher sa nuit. Tous deux faisaient comme si les familles Berger et Marcoux appartenaient à des espèces différentes.

Pour le moment, l'arrivée de la petite Austin devant la porte lui remit un sourire sur le visage. Elle la rejoignit en courant, ouvrit la portière pour s'asseoir et partagea un long baiser avec son amoureux. Après l'échange de salive et des nouvelles de la journée, il sortit son portefeuille de la poche intérieure de sa veste et y récupéra une feuille de papier.

— Je t'avais promis de te remettre ceci. Ça vient de mon père.

L'ordonnance portait bien le nom et la signature du docteur Marcoux. Le reste du texte lui fut incompréhensible.

— C'est pour la pilule.

— … Je n'oserais jamais aller chercher ça.

— Je ne peux pas le faire à ta place. Tu n'es plus à Saint-Hyacinthe ici, personne ne te connaît, ni ne s'intéresse à ta façon de vivre ta vie.

Bien sûr, l'anonymat de la grande ville la protégeait, sa réputation ne souffrirait pas. Qu'un médecin prépare une ordonnance pour une inconnue n'était certes pas régulier, mais le bonhomme préférait assurément cela à l'idée de voir son fils semer des bâtards dans toute la ville. La jeune femme finit par replier le papier en deux pour le glisser dans sa poche. Son compagnon lui tendit ensuite deux rectangles cartonnés.

— Je nous avais acheté des billets pour la Place des Arts, ce vendredi.

Comme il les lui remettait, Marie-Andrée comprit que ce projet avait changé. Elle lut le nom de Charles Aznavour.

— Je ne pourrai pas y aller, alors je te les donne.

— Voyons, je n'irai pas seule !

— Tu peux certainement inviter l'une de tes amies de l'école.

Tout de suite, le prénom de Caroline lui vint en tête, puis elle se souvint que sa camarade devait consacrer tout son temps à se dénicher un nouvel emploi à temps partiel, maintenant que le service d'autobus avait repris.

— Je vais inviter papa, ça lui fera plaisir… Allons-nous quelque part, le temps de boire un café ?

La châtaine imaginait sa marraine le front collé à une fenêtre pour suivre leur conciliabule. La mine de son compagnon lui indiqua que finalement, sa parente avait raison : il préférait lui parler dans l'auto plutôt que dans la maison.

— Je n'ai malheureusement pas le temps, une activité politique a été convoquée à la dernière minute.

Elle tenta de masquer sa déception. La suite n'allait pas arranger les choses.

— Demain, ce sera pour la même raison, puis je finirai très tard. Je ne pourrai même pas me libérer pour venir te faire la bise en fin de soirée.

«Faire la bise, comme dans : se stationner dans un coin sombre», pensa Marie-Andrée. Autant la dernière fin de semaine l'avait rassurée sur la nature de leur relation, autant la présente situation lui donnait l'impression de ne servir qu'à «ça» dans la vie de son ami. Comme elle demeurait muette, il s'engagea dans une justification.

— Tu comprends, avec les élucubrations de René Lévesque, tout le monde au RIN réfléchit à la stratégie à adopter. Les plus tièdes songent à abandonner le parti pour le suivre… Qu'il fonde une chorale paroissiale ou une association révolutionnaire, ils sont prêts à être derrière lui.

La jeune femme hocha la tête. Tous les éditorialistes se questionnaient sur l'avenir politique de l'ancien ministre du cabinet Lesage.

— Démarre, et dépose-moi au Perrette, un peu plus haut dans la rue.

Au moins, le prétexte donné à tante Mary pour ne pas le faire entrer paraîtrait plausible. Tout en roulant, ils échangèrent encore quelques mots, mais le cœur n'y était plus. Après un baiser très bref, elle descendit de voiture. Dans le commerce, elle contempla un long moment les titres et les couvertures des magazines. Heureusement, tante Mary eut l'excellente idée de ne faire aucun commentaire à son retour à la maison.

Avant de se retirer dans sa chambre, Marie-Andrée apporta une chaise près du téléphone accroché au mur, puis composa le numéro de son père. Dès le premier « allô », elle dit :

— Papa, comment vas-tu ?

La réponse vint sur un ton très doux. Chaque fois, la jeune fille avait l'impression de revenir à ses douze ans, époque où elle était fragilisée par le décès de sa mère.

— Aussi bien que possible pour un homme confronté à un nouvel emploi et à des cours à l'université. Je travaille jour et nuit, mais je continue à croire que ce changement a été la meilleure initiative de ma vie.

Il se donnait comme mission de la rassurer.

— Tant mieux. Parler de tous ces romans que tu lis te convient certainement mieux que de demander des versions latines à des gars de dix-sept ans.

— Tu viens de résumer ma situation en une seule phrase. Et de ton côté ?

— Je vais aussi bien que lors de notre dernière rencontre. Que dirais-tu d'aller voir Charles Aznavour avec moi ?

Un peu surpris par l'invitation, Maurice accepta sans se faire prier.

Chapitre 17

Même après presque un mois d'usage quotidien de la voiture, la conduite dans Montréal demeurait un exercice difficile pour Marie-Andrée. L'entrée du stationnement sous la Place des Arts lui parut très étroite, tout comme les allées et les places elles-mêmes. Heureusement, les autres conducteurs lui pardonnaient ses quelques maladresses quand elle leur présentait un sourire navré.

En arrivant dans le grand hall, elle aperçut son père assis sur un banc. Maurice se leva à son approche, ouvrit les bras. L'étreinte dura un instant, puis il recula d'un pas afin de la regarder :

— Tu deviens vraiment une belle fille.

Clément Marcoux avait sans doute eu la même appréciation, une semaine plus tôt. Elle portait de nouveau sa jupe grise un peu sage – c'est-à-dire avec un ourlet deux pouces au-dessus du genou –, un collant de même couleur et un tricot blanc.

— Voyons, tu m'as vue il y a une semaine. Je n'ai pas changé depuis.

— C'est donc dire que je ne me lasse pas, et que le poids des sept derniers jours n'a pas trop dégradé tes charmes.

La répartie lui valut une grimace amusée. Elle tendit la main pour lui remettre la clé de la voiture.

— Ça me fait un peu de peine de m'en séparer, mais les chauffeurs d'autobus sont de retour au travail depuis deux jours.

— … Être plus riche, je t'en offrirais une.

— Je n'en doute pas. Je vais te confier cela aussi.

La jeune femme lui tendit les billets. Les hommes payaient habituellement pour leur compagne, et dans les quelques situations où ce n'était pas le cas, ils tenaient à donner le change. Le père regarda le prix inscrit dessus, puis remarqua :

— Tu n'as pas les moyens de me faire un cadeau de ce montant.

— Sans doute pas. Mais ils viennent de Clément, donc ils ont été payés avec l'argent du docteur Marcoux, d'Outremont.

— Je vais devoir lui adresser un mot de remerciement.

— Si tu y tiens, mais cela ne provient pas de son grand cœur. Tu en profites seulement parce que ce soir, Clément se consacre aux affaires du RIN. Tu viens ?

Marie-Andrée s'accrocha au bras de son père pour se diriger vers la grande salle. Aucun des deux ne cacha son admiration devant le décor magnifique. Ils n'avaient rien vu de mieux que les banquettes élimées du plus beau cinéma de Saint-Hyacinthe. Construite depuis peu, la Place des Arts paraissait rutilante, au point que dans l'est de Montréal les gens l'appelaient la « Place des autres », un endroit trop beau pour eux.

Une fois assis dans la salle, le père et la fille conversèrent un moment à voix basse. Maurice lui répéta combien il appréciait son nouveau travail.

— Tu sais, mes étudiants ont ton âge ou un an de plus. Tous se passionnent pour l'actualité politique. La plupart expriment leur sympathie pour le RIN, comme ton ami, et même pour le FLQ. Si des informateurs de police les entendaient lors des pauses, certains auraient des ennuis.

— Ils soutiennent vraiment le Front ?

Maurice eut un sourire amusé.

— Tu sais, à dix-huit ans, on est très romantique, facilement excité par de grandes causes et peu regardant sur les moyens…

— À vingt-quatre ans aussi.

Le professeur laissa filer l'occasion de demander à qui elle faisait allusion. Pourtant, s'il l'avait fait, il aurait obtenu réponse à certaines de ses préoccupations sur les fréquentations de sa fille. Toutefois, la suite eut l'heur de rassurer Marie-Andrée, qui s'imagina qu'il parlait de Clément :

— Ce sont de gentils petits gars. Tous rêvent de devenir des émules de Che Guevara, mais aucun n'ira se faire tuer dans la jungle de la Colombie.

Elle fit une grimace en se rappelant les photographies du corps criblé de balles de ce révolutionnaire assassiné en Bolivie. Autour d'eux, les derniers spectateurs avaient regagné leur place. Les lumières faiblirent, le silence s'installa dans la grande salle. Peu après, le rideau se leva sur un petit homme en complet noir qui s'avança jusqu'au devant de la scène.

À dix-huit ans j'ai quitté ma province
Bien décidé à empoigner la vie

Les espoirs d'un jeune artiste firent l'objet de la première chanson, *Je m'voyais déjà*. Puis Aznavour enchaîna sur le même thème avec *La bohème*. Marie-Andrée chantait, sans émettre un son, des paroles évoquant un passé pas si lointain. Pourtant, l'artiste affirmait :

Je vous parle d'un temps
Que les moins de vingt ans
Ne peuvent pas connaître…

Les succès, certains vieux de plus de dix ans, s'enchaînèrent pendant quatre-vingts minutes, sans compter un court entracte. À la fin du spectacle, l'artiste revint pour un rappel après de longs applaudissements, puis la salle se vida lentement. Une fois dans le grand hall, Maurice et Marie-Andrée se firent face.

— Ça te dit d'aller boire quelque chose ?

Tout le monde devait voir en eux le père et la fille, tellement la connivence crevait les yeux. Elle accepta d'un signe de la tête, puis précisa :

— Comme je n'ai pas de cours demain matin, rien ne m'oblige à rentrer tôt.

— Alors, nous chercherons un petit café rue Saint-Hubert.

À cause de l'affluence, quitter le stationnement demanda quelques minutes. Cela leur permit de discuter du spectacle, de façon à le prolonger dans leur esprit.

Une demi-heure plus tard, tous deux étaient attablés près d'une fenêtre dans un café, lui avec une bière, elle avec un verre de vin. Maurice augmentait certainement la moyenne d'âge des personnes présentes dans le petit établissement. Marie-Andrée parla un moment de son expérience à l'école normale, puis de l'habitude prise le dernier mois de jouer au taxi pour quelques camarades.

— J'aimerais bien te laisser la voiture malgré la fin de la grève, mais avec les transports en commun, le trajet jusqu'à l'Université de Montréal prendrait trop de temps.

Les journaux avaient souvent relevé le règlement du conflit de travail et les espoirs toujours déçus. Maintenant que le gouvernement avait satisfait les attentes de la grande majorité des citadins, tout le monde discutait de la légitimité d'une loi spéciale pour mettre fin aux grèves.

— Voyons, papa, je ne disais pas cela pour accaparer encore la Volkswagen. Je n'aurai qu'à marcher jusqu'à la rue Sherbrooke pour prendre l'autobus et descendre devant l'école. Il me faudra moins de temps qu'en voiture.

Maurice hocha la tête pour exprimer son plaisir d'avoir une fille si raisonnable. Celle-ci prit une mine préoccupée pour demander :

— Comment va monsieur Trottier ? Je ne l'ai pas vu depuis un moment.

— Le temps qui passe, la médication et peut-être surtout la présence de son enfant chassent peu à peu ses idées noires, heureusement.

Cette compréhension du désarroi de son ami ne lui demandait pas une bien grande imagination : lui-même était passé par cette étape.

— Il ne serait pas allé jusqu'à s'ôter la vie, affirma Marie-Andrée.

— Toi aussi, tu connais bien la déroute liée à la perte d'un être cher. Perdre sa compagne, son parent, son enfant… La dernière éventualité serait la pire.

Oui, elle connaissait le déchirement causé par un deuil, la colère contre la personne disparue et le désir de la rejoindre dans la mort. Elle secoua la tête pour le confirmer.

— Il a trouvé l'amour tard dans la vie, puis l'idée d'avoir un enfant le rendait fou de joie. Et tout son univers a éclaté. Les pilules du médecin émoussent sa peine, mais ne la font pas disparaître. Même le passage des années n'y réussira pas. Pourtant, on apprend à vivre avec.

De nouveau, Marie-Andrée hocha la tête. En évoquant la souffrance de son ami, son père parlait aussi de la sienne.

— Ta présence et celle de Justine sont providentielles.

— Surtout celle de Justine. Émile ne serait même pas capable de prendre soin de sa fille.

— Toi, tu as réussi.

— Mais c'était plus facile. Tu étais déjà propre.

Le commentaire vint avec un gros clin d'œil. Tous deux avaient pu se soutenir mutuellement… Le souvenir de ces années les rendant toutefois taciturnes, Marie-Andrée entendit revenir au présent :

— De ton côté, tu n'as rencontré personne ?

Maurice accusa le coup mais trouva préférable de ne pas renouer avec les mensonges. Pendant des semaines, il avait dissimulé l'existence de Diane à sa fille.

— Je suis sorti avec une collègue à quelques reprises. Je ne sais pas du tout où cela me conduira.

— Aimerais-tu que cela devienne sérieux ?

— … Elle est tellement plus jeune que moi.

Il ne répondait pas vraiment à la question. L'aveu laissait cependant deviner que la différence d'âge était plus grande qu'avec Diane. Marie-Andrée n'osa pas formuler le « Combien d'années ? » qui lui brûlait les lèvres. Avec un ton railleur, Maurice précisa :

— Si jamais cette rencontre conduit à une relation durable, je ne manquerai pas de te la présenter.

Le rouge monta aux joues de Marie-Andrée, comme cinq ans plus tôt alors qu'on la surprenait à faire une bêtise. La conversation ne reprit pas vraiment dans les minutes suivantes. Puis Maurice proposa :

— Nous y allons ?

Elle acquiesça d'un signe de la tête et ils rejoignirent la voiture.

En stationnant le véhicule devant le triplex de tante Mary, Maurice se tourna vers sa fille :

— Ma grande, j'ai adoré notre soirée.

— Moi aussi. Nous devrons recommencer.

— Promis.

Après un échange de bises, la jeune fille descendit pour rentrer dans la maison. Il la regarda jusqu'à ce qu'elle ferme la porte, après un dernier salut de la main.

— J'espère que ce gars-là la mérite.

Toutefois, l'existence d'un garçon qui soit aussi bien que sa fille lui semblait absolument impossible.

La ville de Rosemère n'était pas très loin de Montréal, sur la rive nord. Tout de suite après avoir traversé la rivière des Mille-Îles, Clément emprunta le chemin de la Grande-Côte vers l'est. Il remarqua à l'intention de son ami :

— Je ne soupçonnais pas du tout que tu savais "manipuler" une automobile de cette manière.

Ils roulaient dans une Chevelle SS vieille d'un an ou deux. Sans clé pour la faire démarrer, des fils avaient dû être reliés sous le volant.

— Tu sais bien que je l'ai récupérée au coin d'une rue.

Au FLQ, la division des tâches entre cellules étanches permettait de protéger les diverses personnes impliquées dans un complot. Quelqu'un avait volé un véhicule, un autre des plaques d'immatriculation qui y avaient été fixées. Clément et Pierre avaient ensuite pris l'auto près de la station de métro Beaudry, les portières déverrouillées. La seule contribution de l'étudiant en droit avait été de faire démarrer la voiture sans la clé. Tout de même, pareille compétence ne figurait certes pas dans la liste proposée pour l'examen du barreau.

— Comme ça, la magie de René Lévesque n'a pas agi sur toi lors de sa conférence de presse, dit Pierre à Clément.

Il s'agissait d'un constat, pas d'une question. Ce n'était pas la première fois qu'ils abordaient le sujet, mais ressasser la même conversation leur permettait de tromper leur nervosité.

— C'est un politicien comme les autres. Se poser le cul sur la banquette d'une limousine l'a corrompu. Et puis auparavant, il travaillait pour Radio-Canada, une institution vouée à la sauvegarde de l'unité de notre grand pays, d'un océan à l'autre.

— Ah! La peur de perdre les Rocheuses, c'est terrible.

Dans la foulée du grand scandale causé par la déclaration du général de Gaulle, plusieurs Canadiens de langue anglaise avaient utilisé le mot « trahison » pour décrire l'attitude de certains journalistes de la télévision publique. Tous ne se dévouaient pas pour rapprocher la Belle Province des montagnes qui s'élevaient près du Pacifique.

— Je ne suis pas aussi sévère que toi à son sujet, reprit Pierre Brousseau. Les gens le trouvent respectable, sympathique. Il ramassera plus de votes que Pierre Bourgault.

— Avec pour seul résultat de diviser les forces indépendantistes, et cela, seulement s'il crée une nouvelle formation politique. Mais on le reverra peut-être au sein de l'Union nationale d'ici six mois. Un populiste, comme Duplessis.

Avant que le ton ne monte un peu trop dans la voiture, le futur avocat chercha les poteaux indicateurs aux intersections. Depuis trois jours, les deux militants s'étaient efforcés de mémoriser une carte routière. En pleine nuit, se repérer ne s'avérait pas une mince affaire. Mais Clément n'en avait pas fini avec Lévesque:

— Si tu l'avais vu faire de petits sourires à Marie-Andrée, et même l'inviter à rester avec lui dans le bar de l'hôtel !

Un gars de cinq pieds qui empeste la cigarette et se permet de jouer au séducteur.

« Bon, voilà un autre motif pour expliquer sa fidélité au RIN, comprit son ami. La jalousie… »

La rue Hector ! À cause de l'obscurité et de cette allusion indirecte aux charmes de Marie-Andrée, Clément l'avait manquée.

— Nous pouvons tourner à gauche sur Alma. Elle aussi croise Hillcrest vers le nord.

À compter de cet instant, ils gardèrent le silence. Une fois rendu à la rue qu'ils cherchaient, Clément se stationna à l'endroit le plus sombre.

— Maudits lampadaires ! Il y en a deux fois plus dans les rues qui portent un nom anglais, se révolta-t-il. Puis il y a sans doute aussi deux fois plus de patrouilles de police.

— Alors, autant ne pas traîner ici.

Brousseau se pencha au-dessus de la banquette pour récupérer une valise posée sur le plancher, à l'arrière. Il la mit sur ses genoux, l'ouvrit de ses mains gantées.

— Chaque fois que je touche à ça, confia-t-il, je pense au jeune Corbo.

Le conducteur serra les dents à ce souvenir. Il chercha une petite lampe de poche, dirigea le faisceau sur le mécanisme, le temps que son compagnon puisse l'amorcer.

— Tu te rappelles ? Ce jeune qui a sauté avec son engin…

Son insistance lui valut une répartie cassante :

— Oui, je me rappelle, mais je ne vois pas vraiment l'utilité de parler de ça maintenant.

Brousseau ouvrit doucement la portière, la referma sans la faire claquer. Comme une ombre, il traversa la pelouse devant une première maison, puis en croisa une deuxième, pour ensuite abandonner la valise sous le porche de la troisième. Puis il revint. Les phares éteints, Clément se remit en route, reprit la rue Alma vers le sud et s'engagea à l'est dans le chemin de la Grande-Côte.

— Tu fais mieux d'allumer les phares, conseilla son complice. Si nous croisons une voiture de police, nous n'échapperons pas à une fouille.

Clément obtempéra. Ils revinrent à Laval par la route 335. Quand ils abandonnèrent le véhicule dans l'ouest de Montréal, les premières lueurs de l'aube blanchissaient l'horizon. Ils se quittèrent sur une poignée de main.

Le lendemain de sa belle soirée à la Place des Arts, Marie-Andrée se leva avec la ferme résolution de renouveler l'expérience, mais pas nécessairement avec son père. Déjà, elle imaginait Clément à ses côtés. Quand elle se présenta dans la cuisine, sa tante lui dit, en guise de bonjour :

— Ces jeunes fous ! Des plans pour tuer du monde.

— … Que voulez-vous dire ?

Pourtant, la jeune fille devinait ce dont il était question. L'exposition universelle se terminait, de même que l'espèce de trêve adoptée par les mouvements nationalistes afin de ne pas faire peur aux visiteurs.

— Les felquistes. Ils ont mis une bombe dans la maison d'un *bloke*. Le patron de la compagnie 7up.

Pendant un instant, elle se revit sur la route de Stukely-Sud au volant d'une Austin, seule d'abord, puis avec son amoureux et l'ami de celui-ci.

— Il y a eu des morts ou des blessés ?

— Non, ils ont eu de la chance. Quand on pose une bombe devant la porte d'une maison où dorment une femme et des enfants, ça veut dire qu'on est prêt à les tuer.

Le sang se retira du visage de Marie-Andrée, elle si prompte à rougir d'habitude. Quiconque décidait de mener des actions de ce genre acceptait, de façon assumée ou tacite, le risque de faire des victimes.

Après avoir secoué la tête pour exprimer une nouvelle fois sa désapprobation du chemin pris par la jeune génération, la ménagère en vint à sa routine.

— Vas-tu manger? Dans moins de trois heures, nous serons à table pour le dîner.

La question venait avec la réponse espérée. Marie-Andrée se le tint pour dit.

— Je vais me faire deux rôties, je les mangerai dans le salon.

La proposition provoqua le froncement de sourcils de son interlocutrice. Tante Mary ne voulait absolument pas de miettes de pain, et encore moins de taches causées par du beurre ou de la confiture sur son beau chesterfield.

— Je ferai très attention, je vous assure. Je veux juste écouter les nouvelles. Moi aussi, j'aimerais en savoir plus sur cet attentat.

Comme elle se révélait soigneuse, en tout cas plus que Nicole, son hôtesse donna son assentiment d'un hochement de tête. Quelques minutes plus tard, Marie-Andrée alluma le téléviseur. Un samedi matin, ni le canal 2 ni le canal 10 ne présentaient de bulletin d'informations. Il en allait de même au 6 et au 12. Aussi elle éteignit l'appareil pour s'intéresser à la radio. Les stations de la bande AM donnaient des nouvelles chaque heure, et même parfois à la demie. À dix heures pile, un journaliste commença sur les ondes de CKAC:

— *La nuit dernière, une bombe a explosé contre la porte de la résidence du directeur de l'usine d'embouteillage de la société 7up. Monsieur Wallace, sa femme et ses enfants ont été réveillés par le*

fracas. Heureusement, à cause de sa faible puissance, l'engin n'a
entraîné que des dégâts matériels.

« De faible puissance », se répéta Marie-Andrée. Alors,
quel que soit l'auteur de cette attaque, il avait fait en sorte
d'épargner des vies. Elle avait envie de souligner à grands
traits, dans son esprit : « Quel qu'en soit l'auteur. » Après
tout, effectuer une balade nocturne dans les Cantons-de-
l'Est ne signifiait pas que Clément ou Pierre commettait
des attentats. Cela, la jeune fille tenait absolument à s'en
convaincre.

— *Nous savons que depuis des mois, une grève oppose les*
ouvriers à l'employeur. Fréquemment, les associations étudiantes,
le RIN et des membres de groupes de gauche se sont joints aux
travailleurs sur les lignes de piquetage.

« Même moi j'y suis allée. Cela ne prouve rien », plaida-
t-elle mentalement. Pour l'anecdote, le journaliste continua :

— *Plus récemment, les manifestations se sont déplacées*
devant les locaux de Télé-Métropole, puisqu'une émission aussi
populaire que Jeunesse d'aujourd'hui *a 7up pour principal*
commanditaire.

La situation ne paraissait pas porter préjudice à la station de télévision, à l'émission ou à ses animateurs, Pierre
Lalonde et, jusqu'en 1965, Joël Denis. Déjà, le commenta-
teur passait à un autre sujet :

— *Depuis son départ fracassant du Parti libéral samedi*
dernier, René Lévesque rallie autour de lui certains de ses anciens
collègues et des membres de l'Union nationale. À en juger par
ses commentaires, il ne paraît pas disposé à se joindre au RIN,
malgré les invitations réitérées de son chef, Pierre Bourgault.

Dans les minutes suivantes, la jeune fille ne cessa de
se répéter que rôder près d'un chantier en pleine nuit ne
faisait pas de quelqu'un un poseur de bombes. Son principal
argument demeurait le même : « Après tout, j'y étais. »

Parmi les divers groupes d'étudiants de Montréal, ceux des écoles normales n'étaient pas les plus militants. À quelques reprises, Marie-Andrée avait ressenti un certain mépris de ses amis à l'égard des futurs enseignants. Parfois, ils reconnaissaient à haute voix que des femmes et des hommes voués à l'éducation des petits n'étaient pas les plus susceptibles d'affronter les matraques des policiers. Même cette condescendance avait quelque chose de blessant.

Afin de montrer ses camarades d'école sous un meilleur jour, la jeune fille avait invité Clément, Pierre et Louise à assister à une soirée d'information sur la guerre du Vietnam. L'événement se tenait dans le grand auditorium de la section masculine de l'école normale Jacques-Cartier. L'idée lui plaisait d'autant plus que sa première véritable conversation avec Clément Marcoux s'était déroulée lors d'une manifestation contre l'intervention américaine dans ce conflit. Quand elle entra dans la salle, elle fut tout de suite déçue. Tout au plus cent personnes étaient réunies, parmi lesquelles une dizaine de femmes. Son arrivée et celle de Louise Niquet portaient ce nombre à douze.

Clément remarqua, ironique :

— Dans les programmes d'éducation, il y a une large majorité de femmes, non ?

— Cinq fois plus que les garçons.

L'affirmation la forçait à prendre conscience de son appartenance à la moitié la moins politisée de la population. Pierre Brousseau ajouta à son malaise.

— Les normaliennes doivent garder des enfants la fin de semaine. En tout cas, si j'en avais à faire garder, je choisirais une future maîtresse d'école.

Louise Niquet échangea un regard navré avec sa compagne.

Depuis les retrouvailles des quatre amis une heure plus tôt, les deux garçons se montraient surexcités, comme s'ils avaient abusé de l'alcool. Cependant leur haleine ne portait aucune odeur suspecte. Leur état d'esprit pouvait tenir à leur participation aux actions dangereuses de la nuit précédente.

La réunion d'information se déroulait sous les auspices de La Voix du Québec au Vietnam, un organisme dont le but avoué était de condamner la guerre d'agression menée par les États-Unis. Le premier conférencier, un professeur de collège, relata l'histoire politique de ce pays d'Indochine depuis l'occupation française. Le suivant, Gaston Racicot, représentait à la fois les Éditions Parti-Pris et le RIN. Le ton de la soirée changea avec lui.

— Tu dois le connaître, murmura Marie-Andrée en se penchant vers son ami.

— Nous ne sommes pas assez nombreux dans le parti pour qu'il reste des inconnus pour moi. Puis celui-là est assez original.

L'invité entendit en faire la preuve d'entrée de jeu :

— Savez-vous qu'annuellement, les Américains consacrent en moyenne vingt-quatre dollars à leur chien et quarante à leurs pauvres ? Une si petite différence en dit long sur leurs valeurs.

L'information tira un ricanement à l'assistance. Tout l'été, la télévision avait montré avec quelle brutalité la minorité noire, la plus pauvre du pays voisin, était traitée lors des manifestations politiques. Après une démonstration statistique de son assertion, Racicot accorda son discours au thème de la soirée :

— La lutte du peuple vietnamien remet en question la domination des monopoles yankees sur les pays sous-développés. Nous avons vu des entreprises semblables partout en Amérique centrale et du Sud. On les a chassés de Cuba, et la campagne héroïque amorcée par Ernesto Che Guevara en Bolivie conduira au même résultat.

Les arguments amenèrent Marcoux et Brousseau à se placer au bout de leur siège, ainsi que d'autres spectateurs s'abreuvant aux mêmes sources idéologiques.

— Nos modèles ne viendront pas de René Lévesque, mais de Castro, Guevara et Ho Chi Minh, glissa Clément dans l'oreille de sa compagne.

« Des personnes qui ne lésinent pas sur les explosions au milieu de la nuit », songea-t-elle.

Après qu'ils eurent entendu l'un des membres de l'avant-garde du prolétariat et du mouvement national, un représentant du catholicisme social prit la relève : un collaborateur de la revue *Maintenant*, publiée par les Dominicains. L'appel à la prière et aux bons sentiments suscita peut-être l'enthousiasme discret des chrétiens d'élite, mais cela ne se traduisit pas par des applaudissements nourris.

Le ton revint au militantisme avec un représentant de l'Union générale des étudiants du Québec, Jean Doré. Il annonça la Semaine du Vietnam prévue sur les campus universitaires et la venue de trois Nord-Vietnamiens susceptibles de prêcher la bonne parole dans les diverses institutions d'enseignement.

Enfin, quelqu'un de la Confédération des syndicats nationaux invita tout le monde à se joindre à une grande manifestation le 17 novembre suivant. Après cela, il ne resta plus qu'à remercier les conférenciers.

Chapitre 18

Après la soirée d'information et de mobilisation, l'assistance se dispersa dans le calme. À l'extérieur de l'école normale Jacques-Cartier, Clément prit le bras de sa compagne avant de proposer à la ronde :

— Personne n'a mangé parmi nous, je pense. La Hutte suisse est à côté, nous pourrions y aller.

Marie-Andrée n'osa pas protester. Le fait que son amoureux l'emmène manger dans un restaurant au moins deux fois, le plus souvent trois fois par semaine, la gênait. D'un autre côté, sa petite allocation hebdomadaire ne lui aurait pas permis de les accompagner, puisqu'il lui était impossible de simplement partager les frais. Elle avait le désagréable sentiment qu'elle tirait avantage d'un bon parti, c'est-à-dire d'un parti prospère. Pourtant, elle resta coite comme d'habitude.

La jeune femme connaissait la Hutte suisse pour y être allée une fois au cours de l'été précédent. D'ailleurs, elle avait rencontré Pierre Bourgault à cette occasion. Si tard en soirée, les cuisines du restaurant faisaient de moins bonnes affaires que le bar. Elle s'amusa de la présence des jeux de dames sur de nombreuses tables, avec des bouteilles de bière posées tout autour. L'endroit prenait parfois des allures de boutique de forgeron comme dans *Les Belles histoires des pays d'en haut*. Un nuage de fumée de cigarette flottait dans la pièce. Parfois, l'odeur ne correspondait à aucune des marques de tabac connues. La marijuana faisait de plus en plus d'adeptes.

— Vraiment, toute mon admiration va au peuple vietnamien, lança Clément en tirant une chaise pour permettre à sa compagne de s'asseoir. Le pays le plus puissant de la terre fait pleuvoir des bombes sur l'un des plus pauvres, sans pouvoir briser son moral.

L'étudiant répétait l'acte de foi exprimé un peu plus tôt dans la soirée, cette fois au bénéfice de ses amis.

— Tout le Sud est rempli des militants du FLN, renchérit Brousseau, malgré la menace de tortures ou d'exécutions publiques.

— Le FLN…? murmura Marie-Andrée.

— Comme dans Front de libération nationale, explicita Brousseau avec une pointe d'impatience.

L'étudiant en droit préparait maintenant son examen du barreau. Ce nouveau statut ne réduisait en rien sa suffisance, bien au contraire. Louise échangea un nouveau sourire peiné avec son amie, solidaire devant ce manque de délicatesse. Leur état d'exaltation amenait les deux garçons à négliger les notions les plus élémentaires de politesse.

— Il y a aussi les moines qui répandent un peu d'essence sur leur corps pour s'immoler par le feu, rappela Clément.

Marie-Andrée se souvenait d'avoir vu des scènes de ce genre à la télévision. Son estomac eut une contraction, elle porta sa main à sa bouche.

— J'ai même vu une jeune et jolie fille de dix-sept ans faire la même chose, ajouta Brousseau. On a montré ça aux nouvelles.

— Je me demande si j'aurais ce courage, au nom de mes convictions politiques.

Marie-Andrée baissa les yeux, son appétit maintenant gâché. Cette fois, Louise intervint d'une voix cassante :

— Là, vous arrêtez, ou nous allons manger ailleurs.

Même si les deux jeunes hommes ne comprenaient pas très bien la raison de cette saute d'humeur, ils se soumirent à l'injonction. Quelques instants plus tard, ils commandaient de quoi se sustenter.

Cela ressemblait à une tradition solidement établie : dans un endroit public, aucune jeune fille n'allait aux toilettes toute seule. Les commodités de la Hutte suisse se trouvaient au fond d'un couloir aux murs peints en noir. Cela offrait un tableau parfait pour toutes les personnes munies d'une craie. Comme la clientèle venait surtout des milieux étudiants, ils étaient légion dans ce cas. La plupart des messages faisaient penser à des cris d'amour, de « Je t'aime Lulu » à des déclarations d'une crudité étonnante, faisant clairement allusion à des parties de l'anatomie qu'on ne mentionnait pas d'habitude en public.

Marie-Andrée contempla une inscription parmi les plus vulgaires en écarquillant les yeux.

— Si cette Manon lit ça un jour, commenta-t-elle, la romance connaîtra une fin abrupte…

— Je me demande si cette Manon existe ailleurs que dans l'esprit d'un gars frustré, releva Louise. Sinon, il aurait mieux à faire que d'écrire sur les murs.

— Elle existe sans doute, et voilà le plus près qu'il s'est trouvé d'établir une conversation avec elle…

Toutes les deux se tenaient dans une longue file. Heureusement, la pièce réservée aux hommes se situait dans un autre couloir, sinon l'endroit serait devenu le lieu des tentatives de séduction les plus appuyées, aucune fille ne pouvant prendre la fuite. En conséquence, toutes les conversations portaient sur ces messieurs.

— Tous les deux sont plutôt désagréables ce soir, commença Louise.

Comme sa compagne ne répondait rien, elle commenta encore :

— Juste un cran au-dessus du petit ami de Manon.

Cette fois, Marie-Andrée ne put se retenir de sourire.

— Tout de même, plusieurs crans.

— Je me demande si nous avons une place dans leur vie. Ils arrivent à passer une soirée avec nous sans jamais parler d'autre chose que de politique.

— Surtout quand il y a eu une manifestation ou un attentat peu de temps auparavant.

Elle attendit une confirmation de cette impression, en vain.

— Moi, ils me paraissent tout aussi excités tous les jours de la semaine.

Peut-être était-ce vrai. Le sentiment de Marie-Andrée s'alimentait sans doute au souvenir de sa longue promenade du côté des Cantons-de-l'Est. Elle ne sut réprimer la question lui tenaillant le cœur :

— Que penses-tu de ces bombes, comme celle de Rosemère ?

— … Ce gars l'a bien cherché, non ? Tu sais comment il traite ses employés.

— Cela ne justifie pas le risque de tuer une personne innocente, même sans faire exprès. À l'usine La Grenade, ce fut une vieille secrétaire.

Louise paraissait sur le point de répondre quand une jeune femme l'interrompit en sortant des toilettes, libérant la place. Comme c'était à son tour d'y aller, elle se tut. Trois minutes plus tard, le nez pincé à cause des odeurs mêlées d'urine, de bière et de merde, Marie-Andrée s'accroupit en prenant bien garde d'éviter tout contact avec le siège. Juste devant ses yeux, au milieu de graffitis explicites où les mots se mariaient aux dessins, elle vit, tracé en grandes lettres rouges : « Vive le FLQ ».

Quelqu'un s'était donné la peine d'apporter un pastel pour mieux faire ressortir son message.

Tôt le lendemain matin, Marie-Andrée stationnait la Volkswagen devant le petit immeuble de la rue Saint-Laurent, à Longueuil. Justine vint lui ouvrir, la petite Jeanne dans les bras. Après un échange de salutations, la jeune fille demanda, en caressant le front de l'enfant :

— Elle semble aller très bien… mais évidemment je n'ai aucune compétence pour en juger.

— Comme j'en ai vu plusieurs centaines, je peux te confirmer que c'est le cas.

— Et son père ? s'informa-t-elle, un ton plus bas.

— Je l'ai envoyé faire une longue promenade.

Comme elle n'avait pas vraiment répondu à la question, l'ancienne religieuse reprit :

— Il se porte aussi bien que possible, dans les circonstances.

C'était la réponse habituelle, insignifiante.

Maurice Berger vint les rejoindre près de l'entrée. Après les retrouvailles de la fille et du père, Justine regarda sa nièce pour lui donner quelques détails :

— Dans un deuil, il y a la négation, la révolte, puis à la fin, il ne reste que la résignation et la peine. Émile va dans la bonne direction, mais impossible aujourd'hui de dire qu'il va bien. L'été prochain, peut-être.

Elle marqua une pause, puis conclut en regardant le poupon :

— Bon, je vous laisse, cette princesse a besoin de soins.

Quand elle eut disparu au fond du couloir, vers la cuisine, Maurice passa le bras autour des épaules de sa fille.

— Nous y allons maintenant ?

Marie-Andrée le suivit de bonne grâce. Un instant après, il lui tendit les clés de la Volkswagen une dernière fois tout en disant :

— Elle va te manquer cette semaine. Alors, voilà une occasion de ne pas perdre la main.

Après le spectacle à la Place des Arts, Maurice était rentré à la maison avec sa voiture.

— Je te l'ai dit, le trajet vers l'école n'est pas long.

Tous deux prirent place dans la voiture, Marie-Andrée au volant. Elle se dirigea vers le grand stationnement près de la station de métro de Longueuil. Un dimanche, il était plutôt encombré, mais sans commune mesure avec la situation de l'été précédent.

— Tout de même, remarqua le professeur, comme il s'agit de la dernière fin de semaine, je m'attendais à une plus grande affluence à Terre des Hommes.

Au téléphone, Marie-Andrée avait exprimé le désir de voir encore Expo 67. Après y être venu avec Martine, Maurice ressentait une petite nostalgie lors de cette ultime visite avec sa fille.

— La fermeture aura lieu seulement samedi prochain, précisa-t-elle.

— Alors, les cérémonies officielles se succéderont. Pour les visiteurs comme moi, il s'agit bien de la dernière.

Ce jour-là, sauf le kiosque à journaux, tous les commerces étaient fermés dans la station de métro. Ils descendirent les volées de marches et passèrent les tourniquets. Une fois dans le wagon, agrippé à un poteau vertical, Maurice commenta :

— Je suis heureux de profiter de ta présence pour cette dernière fois. De ton côté, après y avoir passé tout l'été, tu ne dois plus rien avoir à découvrir.

— Comme j'avais trois heures à moi en après-midi, je n'ai fréquenté que les endroits où la file d'attente était courte.

Aujourd'hui, elle voulait se remémorer cet été si important, comme pour mieux l'imprimer dans ses souvenirs. Cette période représentait un tournant dans son existence.

— Je suis prête à retourner n'importe où, sauf au pavillon l'Homme à l'œuvre, et surtout pas au restaurant St-Hubert.

— Ça ne risque pas d'arriver.

Contrairement à sa fille, Maurice ne craignait pas de ressentir un haut-le-cœur à cause de l'odeur du poulet, mais il ne souhaitait pas ressasser son aventure pitoyable avec Diane Lespérance. Alors qu'un retour au pavillon des Brasseurs lui ferait le plus grand plaisir.

Une fois dans l'île Sainte-Hélène, le père et la fille discutèrent d'une seconde visite au pavillon des États-Unis, pour s'entendre plutôt sur celui de l'Union des républiques socialistes soviétiques. Quelques autres méritèrent également leur attention. Vers six heures, ils prirent place à une table du pavillon des brasseries.

Marie-Andrée se souvenait de son passage à cet endroit avec Robert Duquet. Ce jour-là, elle venait tout juste de l'apercevoir contant fleurette à une autre fille. Deux mois plus tard, cette petite trahison lui tirait un sourire. Ce garçon était passé très vite dans sa vie, une étape nécessaire sans doute, avant de rencontrer le bon.

— Nous avons de la chance de profiter du beau temps, se félicita-t-elle.

— Tu ne savais pas ? Au Québec, on sait commander au climat, pour favoriser la tenue de Terre des Hommes.

Maurice se moquait ainsi des articles de journaux et des émissions de télévision chantant les louanges du savoir-faire québécois. Expo 67 laissait à tous un grand sentiment de fierté. Plus rien ne paraissait impossible.

Quand sa fille commanda une bière au serveur, il plissa bien un peu le front. Vraiment, elle s'émancipait.

— Tu n'as pas tout à fait le droit de te trouver ici, n'est-ce pas ?

— Voyons, on ne m'en voudra pas pour… quatre petites années. Puis depuis le début de l'été, personne ne m'a demandé ma carte.

Marie-Andrée laissait entendre que plusieurs fois, elle s'était rendue dans des endroits interdits aux mineurs. Le père préféra abandonner ce sujet. La fille en profita pour aborder une préoccupation tenace, ces derniers temps.

— As-tu lu l'histoire de l'attentat à la bombe à Rosemère, dans les journaux ?

— Pour ce que l'on en a dit, ou écrit, je ne sais pas grand-chose de tout cela. Cette façon de promouvoir une cause politique me paraît ridicule.

— Pourtant… le directeur de l'usine 7up accule des gens à la misère en faisant durer la grève. La violence appelle la violence.

Elle reprenait, en d'autres mots, l'affirmation de son amie Louise Niquet. Cette bombe, ce patron l'avait bien méritée.

— Je ne me sens pas la compétence de juger qui mérite une bombe devant sa porte ou pas.

— Tous les progressistes de la province condamnent ce patron! Les étudiants manifestent chaque semaine devant son usine.

Maurice découvrait une nouvelle version de sa fille, après seulement quelques mois hors de la maison. Une militante. Il essaya de dissimuler son malaise.

— Tu participes à ces manifestations?

— Je suis allée à quelques-unes… Tu n'approuves pas?

— C'est dangereux. Tu pourrais recevoir un mauvais coup.

La réponse ressemblait à une condamnation, et le rose monta aux joues de Marie-Andrée. Aussi, il s'empressa de préciser:

— Pour les personnes de ton âge, ces idées paraissent toutes naturelles, je le sais bien. C'est le cas au cégep. Peut-être ont-elles raison. De mon côté, je m'inquiète pour toi.

Pour la seconde fois, Marie-Andrée tentait de se faire rassurer sur l'implication de Clément, sans vraiment confier son véritable souci. Sans le savoir, en évoquant l'engagement de toute une génération pour les causes politiques et sociales, son père la rasséréna. Si tous les jeunes partageaient les mêmes idées, impossible d'en tenir rigueur à son amoureux. Le cœur plus léger, elle fit porter la conversation sur ses cours à l'école normale, et lui sur ceux de la Faculté des sciences de l'éducation de l'Université de Montréal.

Pendant ce temps, Maurice demeurait tout de même distrait. Au lieu de la voix de sa fille, il s'imaginait entendre celle, enjouée, de Martine. Elle et Marie-Andrée appartenaient à la même génération de jeunes gens dans le vent. Si l'amour paternel convenait parfaitement pour l'une, l'engagement amoureux, ou même le simple désir, pour l'autre lui paraissait déplacé. D'ailleurs, ses rapports avec sa collègue s'avéraient plus distants ces derniers temps, comme si tous les deux savaient être allés trop loin.

Largement passé sept heures, après avoir réglé l'addition, le père proposa :

— Maintenant, nous devons rentrer. Tu vois, après cette journée, je regrette de ne pas avoir profité plus souvent de l'exposition.

En réalité, ce regret était né lors de sa visite avec Martine. La visite des deux îles, un passeport de saison dans la poche, aurait sans doute mieux valu que ses médiocres histoires d'amour.

— Tu te reprendras à Osaka, suggéra sa fille avec un sourire en coin.

Ce serait le site de la prochaine exposition universelle, prévue en 1970. Avec ses rêves de voyages, Martine avait aussi suggéré cette possibilité. Maurice passa son bras autour des épaules de sa fille :

— Bon, si je deviens riche, tu auras une Mustang de l'année, et nous irons tous les deux au Japon. Le maire Drapeau parle d'une taxe volontaire, une loterie, pour payer les dettes accumulées. Je prendrai des billets pour le premier tirage.

La station de métro n'était plus très loin. Derrière les tourniquets, ils se tinrent face à face. Le père proposa :

— Reviens avec moi à Longueuil, et je te raccompagnerai chez ta marraine.

— Avec comme résultat que tu passeras toute la soirée à conduire, alors que je n'ai qu'à prendre le métro jusqu'à la station Sherbrooke. Ne t'inquiète pas, j'ai fait ce trajet tous les soirs cet été. Alors, merci encore de m'avoir prêté la voiture pendant tout ce temps, et bonne semaine.

Elle se hissa sur le bout des pieds pour lui embrasser la joue. Maurice lui rendit sa bise, puis lui souhaita également une bonne semaine. Chacun s'engagea dans son escalier. Quelques instants plus tard, tous deux se regardaient, debout face à face sur le quai, avec entre eux la tranchée où l'on voyait les rails. Un premier train apparut dans le tunnel, venant du sud. Les portes des wagons s'ouvrirent d'abord devant la jeune fille qui s'y assit près d'une fenêtre. Quand le train reprit sa course, elle salua son père une dernière fois d'un geste de la main.

La présence de deux jeunes filles dans la maison de la rue Saint-Hubert, mais aussi le fait d'avoir été élevés dans les très catholiques années 1940, rendaient le couple d'amoureux plutôt circonspect. Debout près du lit, Roméo Gladu boutonnait la chemise de son uniforme en affichant un sourire un peu taquin.

— Cette fois, tu leur diras quoi ? Que je suis venu réparer une toilette ou décrasser les tuyaux de l'unité de chauffage à l'huile ?

— Je serais très surprise de voir ma fille debout avant midi. Tu as entendu le bruit de la porte à quatre heures du matin.

— Dans le cas de ta filleule…

— Justement, elle vient d'entrer dans la salle de bain. Dépêche-toi.

Mary Tanguay le poussa un peu dans le dos pour le sortir de la chambre conjugale. La première fois, la présence d'un autre homme que son défunt mari dans son lit l'avait troublée au point qu'elle n'avait ressenti aucun plaisir à recevoir ses caresses. Puis la phrase habituelle, «La vie continue», avait suffi à lever sa culpabilité.

L'officier de police se dirigea docilement vers la salle à manger.

— Je vais te faire à déjeuner.

— Dans ce cas, je t'accompagne.

— Non, non. Reste là. Je vais te chercher le journal, j'ai entendu le petit gars le jeter contre la porte tout à l'heure.

Décidément, la ménagère devait bénéficier d'une ouïe exceptionnelle pour suivre ainsi la vie de la maisonnée depuis sa chambre. Un instant plus tard, elle déposait le *Montréal Matin* devant le policier, puis regagnait la cuisine. Peu après, Marie-Andrée la rejoignait, vêtue de son costume d'étudiante sage : robe étroite à l'ourlet deux pouces au-dessus du genou et pull assorti.

— Nous avons de la visite ? s'enquit-elle, malicieuse.

— … Oui. Roméo est venu en passant, sur le chemin du poste. Hier, j'ai mis la fournaise en marche pour la première fois et ça sentait l'huile.

Finalement, la suggestion de Roméo prévalait. Passé quarante ans, même pendant l'année de l'amour, la femme ressentait l'irrépressible besoin de dissimuler la vérité et de se justifier.

— Oui, évidemment. Allez le rejoindre.

— Bin non, voyons ! Je dois lui préparer de quoi manger pour le remercier.

Une douzaine d'œufs et du bacon, sur le comptoir, ne laissaient planer aucun doute sur le menu. Le café faisait déjà des glouglous dans le percolateur.

— Je suis capable de préparer ça. Allez le rejoindre.

La marraine se laissa convaincre très facilement, et la normalienne s'accrocha un tablier au cou, puis commença à casser des œufs. Après une vingtaine de minutes, elle plaça des tasses sur un plateau, ainsi qu'un pot de café, pour les apporter dans la salle à manger.

— T'es fine, commenta Mary en lui adressant son meilleur sourire.

— C'est tout naturel, voyons.

— A l'a raison, intervint Roméo Gladu. C'est bin certain, une maîtresse d'école, ça doit être plus fine que d'ordinaire.

Le compliment fut accueilli avec un «merci» intimidé. Bien vite, Marie-Andrée posa les assiettes sur la table, et des rôties quelques instants plus tard. Elle déjeuna toute seule dans la cuisine, soucieuse de les laisser en tête-à-tête. Un peu avant huit heures, elle se planta dans l'embrasure de la porte de la salle à manger.

— Je vous souhaite une bonne journée, ma tante, et à vous aussi, monsieur Gladu.

Le policier lui rendit son souhait. Sa marraine s'informa plutôt :

— Est-ce que je te prépare à manger, ce soir ?

— … Non. Clément va venir me prendre à l'école. Nous devons aller voir un film.

«Au moins, il ne pourra pas faire mon éducation politique», songea-t-elle en disant ces mots. Il lui fallait néanmoins en convenir, presque deux semaines après l'explosion de Rosemère, le garçon se montrait un peu plus calme, serein peut-être. Même le projet de René Lévesque de créer un nouveau mouvement politique, concurrent du Rassemblement pour l'indépendance nationale, ne soulevait plus autant sa colère.

— Bon, bonne soirée, alors.

La jeune fille quitta la maison après un dernier au revoir. Après son départ, l'homme et la femme adoptèrent un comportement plus naturel.

— C'est vrai qu'c'est une bonne fille, remarqua Roméo.

— Oui. Elle ressemble à ma sœur. Elle non plus ne disait jamais un mot plus haut que l'autre.

— Le gars avec qui a sort, t'en penses quoi ?

Une ombre passa dans les yeux de la marraine.

— Au début, je l'ai trouvé bien poli, mais depuis quelque temps, je ne le vois plus. Quand il veut lui parler, il n'entre pas, elle va le rejoindre dans son auto.

Mary paraissait vexée. Sa fille imposait des cloisons étanches entre ses amours et le côté inquisiteur de sa mère, et voilà que sa timide filleule entendait faire la même chose.

— C'est d'valeur qu'a sorte avec un gars d'même, confirma Roméo. Tu sais qu'a va dans des manifs ? Par exemple, j'l'ai vue devant l'usine de 7up.

— Ça, c'est des idées à lui. On le sait, y s'est présenté pour le RIN l'année passée. Si y s'intéressait au football, a manquerait pas un match des Alouettes. La politique, ça vient pas d'elle.

— J'pense la même chose. C'est pour ça qu'elle devrait se chercher un *chum* qui aime le football, le hockey ou le baseball. Les manifs, ça peut amener des ennuis.

En entendant son prétendant, Mary Tanguay sentit son inquiétude monter de plusieurs crans. Même avec son veston et ses petites lunettes à monture de plastique noire, Clément Marcoux devait compter parmi ces gens que les courriers du cœur appelaient « de mauvaises fréquentations ».

Ce soir-là, Marie-Andrée n'avait aucun reproche à formuler à son amoureux. Évidemment, le cinéma le condamnait au silence. Le théâtre Saint-Denis, dans la rue du même nom, était situé au cœur de ce qui était l'ancien quartier latin, à l'époque où l'Université de Montréal se dressait tout près. Avec la seconde université française de la ville, dont plus personne ne doutait de la création, il le redeviendrait.

L'étrange film à l'affiche s'intitulait *Le roi de cœur*. Dans une ville en guerre, après la fuite de la population, les occupants de l'asile d'aliénés jouaient la normalité. Une très jolie folle, très court vêtue, en arrivait à susciter l'amour d'un officier écossais. Pour les Québécois, la production prenait un intérêt supplémentaire du fait que Geneviève Bujold en partageait la vedette avec Alan Bates. La Geneviève de la chanson de Claude Gauthier continuait de faire son chemin sur la scène internationale, après avoir interprété la Julie des *Belles histoires des pays d'en haut.*

En sortant du cinéma, Clément proposa une balade en voiture, dans un coin discret. Depuis que Marie-Andrée prenait la pilule contraceptive, ces escapades exigeaient de sa part des talents de contorsionniste pour permettre la pénétration. Les ingénieurs britanniques n'avaient pas conçu l'Austin avec en tête ce genre d'activité.

Passé minuit, elle descendit devant la demeure de sa marraine. La voiture du lieutenant de police Gladu était garée tout près. Donc, il lui faudrait compter avec cette présence masculine dans la maison au moment de s'y déplacer.

Cette idylle la mettait mal à l'aise, comme si les personnes de cette génération étaient à ses yeux obligées de s'en tenir à une sexualité confinée dans les liens sacrés du mariage. Son malaise suffit à lui rendre le sommeil léger, au point que le bruit du retour de Nicole la réveilla. Engoncée dans son peignoir, elle marcha jusqu'à la chambre donnant sur la rue, celle qu'elle avait partagée avec sa cousine tout au long de l'été.

Ses coups très discrets contre la porte suscitèrent un « oui » impatient. Quand elle entra, Nicole se fit plus accueillante :

— Ah ! C'est toi. Je te manque donc à ce point ?

En plein milieu de la nuit, l'humour tombait à plat. Aussi, elle continua d'une voix excédée :

— Franchement, le bonhomme ferait mieux d'utiliser les tiroirs de la commode de papa, et son côté de la garde-robe.

Là, à coller ici, le pauvre porte les mêmes sous-vêtements pendant trois jours.

Même une fille aussi affranchie qu'une *bunny* souffrait de voir quelqu'un prendre la place de l'auteur de ses jours dans le lit conjugal. Marie-Andrée ne partageait pas les mêmes motifs pour le trouver envahissant, aussi elle préféra ne pas renchérir.

— De ton côté, s'intéressa Nicole, ton intellectuel continue de te sortir tous les soirs ?

— Pas tous les soirs, tout de même.

— Alors, un sur deux.

L'exagération amusa Marie-Andrée. Oui, même si Clément ne donnait pas dans les déclarations d'affection, il se montrait assidu. En réalité, le garçon partageait son temps entre elle et la politique.

— Toi, tu n'as personne ? voulut-elle savoir.

Pour la première fois en trois mois de cohabitation, elle posait la question directement, tout de même un brin gênée de cette intrusion dans la vie privée de sa cousine.

— Tu sais, avoir de nombreux admirateurs, cela revient à n'en avoir aucun. Comme je suis au club tous les soirs, cela ne favorise pas les rencontres.

Cette jeune femme avait quitté son travail de secrétaire pour devenir hôtesse à l'Expo 67 afin de rencontrer un bon parti. Après deux mois, elle passait au club Playboy avec le même espoir. Quelques semaines plus tard, sa stratégie paraissait inefficace. Peut-être l'interdiction de flirter avec la clientèle portait-elle ses fruits, après tout.

Marie-Andrée en vint à son sujet de préoccupation de cette nuit-là :

— Si jamais ma tante convole en justes noces avec son Roméo, que feras-tu ?

Elle n'osait tout de même pas les imaginer vivant en concubinage.

— Déjà, je le trouve envahissant… Quoi qu'il arrive, je ne suis pas certaine d'être toujours là à Noël.

Au cours de la conversation, l'hôtesse avait quitté sa jupe trop courte et son chemisier trop serré. Vêtue de son *baby-doll*, elle chercha son peignoir dans la garde-robe.

— Écoute, je suis contente de discuter avec toi, mais je dois soulager ma vessie et dormir un peu, alors je te chasse.

Le sourire et le ton amical adoucissaient beaucoup ce congédiement. La visiteuse admit en se levant :

— Bien sûr. Je m'excuse de t'empêcher d'aller au lit.

Elle retourna se coucher avec l'espoir de retrouver bien vite le sommeil.

Chapitre 19

Si Nicole avait été debout à sept heures le lendemain matin, son sentiment d'une invasion de son espace intime par la force constabulaire de la Ville de Montréal aurait monté d'un cran. À sept heures trente, Roméo Gladu émergea de la salle de bain les cheveux mouillés, des pantoufles de tissu à carreaux aux pieds. L'homme prenait ses aises dans un logis qu'il commençait à considérer un peu comme le sien.

— Le temps de déjeuner, pis nous pourrons nous mettre en route, dit-il à sa bonne amie.

— Habille-toi, ce sera prêt dans cinq minutes.

Mary Tanguay portait quant à elle l'une de ses meilleures robes. Son tablier soigneusement attaché la protégerait des taches de graisse. Bientôt, son compagnon revint pour s'asseoir devant des œufs accompagnés de bacon.

— Tu sais, ça m'intimide un peu, confia la ménagère en lui versant du café.

— Inquiète-toé pas, les vieux vont t'adorer. Pis c'est pas comme si on avait des décennies d'vant nous autres.

Tout doucement, l'idée de fiançailles à Noël avait fait son chemin. Mais le policier n'en était pas resté là. Maintenant, ils en étaient aux projets de mariage. Comme son amoureux montrait un bel empressement, même s'il profitait déjà de tous les avantages de ce sacrement, Mary opposait bien peu de résistance à cette accélération des événements.

— En tout cas, moi, je prendrais bien une cinquantaine d'années encore, protesta-t-elle.

Elle avait un peu plus de quarante ans, et l'idée de devenir une nonagénaire lui plaisait.

— Avec toé, j'veux bin signer un bail long d'même.

Ces mots représentaient une déclaration d'amour qui en valait bien d'autres. Au moins, Mary voulut bien les considérer ainsi. Trente minutes plus tard, le couple montait dans une voiture discrète « empruntée » au service de police de la Ville de Montréal. Un petit avantage accompagnant le statut de fonctionnaire.

— Tes parents ne vivent plus sur une ferme, n'est-ce pas ?

Malgré leurs projets d'avenir, ils en étaient encore à partager des informations biographiques assez élémentaires.

— Pas depuis cinq ou six ans. L'père a tout vendu pour s'établir proche de l'église. Moé, à son âge, j'chercherai pas une maison drette à côté du cim'tiére.

Le couple approchait déjà de Pointe-aux-Trembles quand Roméo Gladu confia :

— Depuis hier, ça m'chicote, c'que t'as dit su' le *chum* de la p'tite. Répète-moé c'est quoi, son nom.

— Clément Marcoux.

« C'gars-là, faut pas que j'l'oublie », se dit le policier. Jamais il n'avait raconté à Mary Tanguay sa rencontre avec le jeune couple sur une ligne de piquetage. La marraine parut très angoissée en lui demandant :

— C'est pas un de ces bandits, toujours ?

— J'sais pas, mais comme on le voué quasiment toutes les semaines devant l'usine de la 7up, la police a son portrait… pis ceux de ses amis.

— Tu sais bien que ma filleule ferait pas de mal à une mouche.

Mary plaidait la cause de sa nièce, si sage… même si le qualificatif lui paraissait moins approprié depuis sa rencontre avec ce garçon.

— Je ne voudrais pas qu'il lui arrive quelque chose.

— Lundi matin, j'vas aller aux nouvelles.

Rassurée par cette sollicitude, la marraine se cala contre le dossier de la Chevrolet, allongea les jambes d'une façon un peu osée devant son prétendant, au point d'attirer la main de celui-ci sur sa cuisse. Quand un homme emmenait sa bonne amie voir ses parents, la pudeur pouvait baisser sa garde.

Le poste de police numéro 2 se trouvait au 2210 de la rue Frontenac. Le sergent Gladu s'y présenta le lundi suivant à neuf heures du matin, venant directement de chez sa maîtresse, sa promise, sa fiancée… Il ne savait plus comment la désigner. Dans les circonstances, payer le loyer de son propre appartement devenait une dépense inutile. Une saine gestion de ses finances personnelles, tout comme l'attrait du confort domestique, exigeait de nouveaux arrangements. Sa vie de célibataire tirait à sa fin, et il ne s'en porterait que mieux.

Sa fréquentation assidue de la veuve Tanguay, une femme connue de tous les employés du poste âgés de plus de vingt-cinq ans, lui valait sa part de blagues jamais très subtiles, dans certains cas carrément vulgaires. D'ailleurs, son voisin de bureau demanda :

— Pis, es-tu *willing*?

— Pourquoi tu veux savoir? Ta femme veut pus rien faire depuis qu'tu y as donné la chaude-pisse, pis là, tu t'cherches d'la consolation?

Même si les mœurs de la force constabulaire de Montréal avaient connu une embellie depuis l'enquête commandée par Jean Drapeau dix ans plus tôt, certains agents profitaient toujours de petits à-côtés, dont des paiements en nature de la part de femmes faisant commerce de leur corps.

— Bon, bon, si on peut pus rien t'dire.

Après la consultation de quelques dossiers, Roméo grimpa un étage pour se rendre au bureau de son supérieur, à l'écart des cellules où étaient enfermés les prévenus ramassés au cours de la nuit. En passant la tête dans l'embrasure de la porte, il demanda:

— Boss, j'peux t'prendre une minute?

— Pas une de plus.

À la façon dont le sergent s'affala sur la chaise devant la table de travail, il n'entendait pas se plier à cette restriction.

— La gang qui enquête su' les membres du FLQ, la connais-tu bin?

— Pas plus que ça. On se voit quelques fois dans l'année.

— Pis encore?

Le chef posa son crayon sur son pupitre, maintenant résolu à perdre un peu de son temps.

— Il y a des gars d'la police à cheval du fédéral, de la PP…

Il évoquait la Gendarmerie royale du Canada et la Sûreté du Québec, cette dernière encore souvent désignée par l'acronyme de la Police provinciale.

— Puis des gars de la Ville. Quand on fait des descentes pour prendre des photos des hippies sur les lignes de piquetage ou aux manifs, on leur envoie tout ça. Ils font des analyses savantes, puis quand ils sont chanceux, ils attrapent un gars.

Le travail de ces agents de l'antiterrorisme ne semblait pas impressionner outre mesure le chef de police.

— Juste ça ? On leur envoye des portraits, pis y pognent des révolutionnaires ?

— Écoute, tu le sais bien, on les trouve tous dans les mêmes clubs, les mêmes restaurants. On a juste à mettre une jeune police un peu pouilleuse avec une p'tite O'Keefe au milieu de la place, puis on entend tous leurs grands projets.

Cela, Roméo Gladu s'en doutait bien. Des jeunes refaisaient le monde dans toutes les boîtes à chansons de la province. Mais pour certains, ces grands projets devaient s'accompagner de l'explosion de bâtons de dynamite.

— Là, la dernière trouvaille du fédéral, c'est de payer des jeunes pour écouter les autres, pour ensuite se faire porte-paniers.

— Des espions ?

— Des rapporteurs officiels. Ça ressemble plus à des pères Ovide qu'à des James Bond, je pense.

Le chef de police marqua une pause, puis remarqua avec un sourire en coin :

— Là, tu me donnes l'impression de faire l'espion pour le FLQ... Je vais finir par me méfier !

— Dis pas de niaiseries. C'est la filleule de Mary qui fréquente un jeune du RIN.

— Je ne vois pas où tu veux en venir.

En réalité, Roméo ne le savait pas très bien non plus. Son supérieur continua :

— Au RIN, la plupart des gars sont plutôt *clean cut*.

L'homme semblait croire que les cheveux longs s'associaient nécessairement avec des idées révolutionnaires, et vice-versa.

— Comme la p'tite se retrouve régulièrement dans des manifs avec son nouveau *chum*, notamment d'vant l'usine d'la 7up, j'me demande si y traîne pas avec les révolutionnaires.

Comme son interlocuteur le regardait avec des yeux incrédules, le sergent ajouta d'une voix un peu bourrue :

— C'est ma blonde qui s'demande si sa filleule est pas entichée d'un mauvais garçon. Elle a-tu raison de s'inquiéter d'même ?

— Tu ne veux pas que je demande aux gars de la brigade antiterroriste s'ils connaissent l'amoureux de la donzelle, toujours ?

« C't'en plein ça », songea Roméo.

— Tu sais que ce n'est pas légal, utiliser les enquêtes de police pour tes affaires de cœur, continua son supérieur.

Le sergent se sentit tout à fait ridicule. Il esquissa une grimace en se levant.

— Bin si tu l'prends comme ça…

Il n'avait pas encore atteint la porte que son chef lui lança :

— Tu vas m'inviter aux noces, j'espère.

— Tu d'manderas à Mary. Si tu veux pas aider, j'pense pas qu'a voudra.

En marchant dans le couloir, Roméo entendit le ricanement de son supérieur.

— Je ne sais pas pourquoi ils mettent des pétards au lieu de vraies bombes. Tu l'as vu à la télé, la porte n'est même pas défoncée.

Tout en jetant un œil aux étudiants qui s'attardaient devant son pupitre durant la pause, Maurice entendait des bribes de conversations. Deux garçons commentaient le peu d'ampleur des feux d'artifice déclenchés par le FLQ. À cause de sa conversation récente avec Marie-Andrée, il prêta une plus grande attention à leurs propos.

— Pourtant, ils volent parfois des camions pleins de dynamite, intervint un second.

Les révolutionnaires avaient même vidé un entrepôt de l'armée canadienne. Dans le commerce de l'International Fire Arms de la Plaza Saint-Hubert, l'opération avait eu pour conséquence dramatique la mort d'un gardien de nuit. Si l'on faisait l'addition de tous les moyens militaires de ces révolutionnaires, cela donnait l'impression d'une force très nombreuse et très bien équipée.

— Si j'étais avec eux, ça péterait pas mal plus fort, crâna le premier.

Dans un cours portant sur un texte d'Anne Hébert, de pareils propos paraissaient bien étranges. La question demeura à l'esprit de Maurice jusqu'à la fin, à onze heures trente. Quand les élèves se dispersèrent, il aperçut Martine juste devant sa porte. Elle entra dès qu'ils furent trop loin pour les entendre.

— Hello! commença-t-il. J'espère que tu as passé une bonne fin de semaine.

Depuis leur visite à Terre des Hommes, leurs rapports demeuraient empruntés. La jeune femme regrettait de s'être laissée emporter. Quant à Maurice, il se sermonnait sans cesse : « Elle a l'âge d'être ta fille. Tu devrais même l'encourager à rencontrer quelqu'un de son âge et te contenter d'être un charmant collègue pour elle. »

— Rien de bien intéressant, en réalité.

Quand il avait annulé leur soirée au cinéma pour assister à un spectacle de Charles Aznavour à la Place des Arts le vendredi soir, elle avait refusé ses invitations du samedi et du dimanche sur un ton boudeur. Il la soupçonnait d'être jalouse. Une situation sans issue, car Marie-Andrée serait toujours au centre de son existence.

Maintenant, elle lui avouait avoir préféré un tête-à-tête avec «rien d'intéressant» plutôt qu'avec lui. Il eut envie de lui déclarer avoir passé un excellent dimanche avec sa fille, juste pour lui rendre la monnaie de sa pièce. À la place, il préféra se montrer beau joueur:

— Tu accepterais de venir luncher avec moi?

Même ces retrouvailles du midi s'étaient raréfiées, ces derniers temps. Maurice songea qu'il était peut-être temps pour lui de consulter de nouveau l'agence de rencontres du journal *Nos Vedettes*. La perspective de récupérer son appartement pour son seul usage d'abord, puis le souvenir de sa main entre de jolies jambes avaient mis fin à la longue punition qu'il s'était infligée après avoir contracté une maladie vénérienne.

— Ailleurs qu'à la cafétéria, oui.

Sans la présence de réfugiés dans son domicile, il l'aurait invitée chez lui, juste pour voir sa réaction. Il lui proposa plutôt:

— Si tu veux conduire, nous pourrions aller rue Saint-Charles.

Elle accepta d'un signe de la tête. En se dirigeant vers le stationnement, il aborda un tout autre sujet que leur relation:

— As-tu déjà entendu tes élèves chanter les louanges de la révolution ou se désoler que les bombes du FLQ ne fassent pas de victimes?

— Ils te disent des choses comme ça?

— Non, mais ils en parlent entre eux.

Ils montaient dans la voiture quand elle reprit la parole:

— Jamais. Mais je ne prête pas vraiment attention à leurs conversations.

— La légèreté avec laquelle les jeunes prennent les actes terroristes me dérange.

Une autre répartie aurait mieux témoigné de son état d'esprit: «Je m'inquiète du fait que ma fille semble s'être entichée d'un gars de ce genre.» Afin de ne pas être perçu comme un vilain réactionnaire, il s'était montré conciliant lors de leur dernière conversation. Pourtant, l'engagement politique récent de Marie-Andrée tenait certainement à ce jeune homme.

— Je suppose que ce sont des paroles en l'air, voulut le rassurer Martine. Avec tout ce que nous montre la télévision, ils peuvent bien avoir des fantasmes de violence, mais de là à passer à l'action...

— Tu as sans doute raison.

Tout naturellement, elle se dirigeait vers le lieu de leur premier repas ensemble. Les grands moments de silence dus au trac laissaient présager des explications menées à voix basse, les yeux dans les yeux. Cela se produisit dès que les hamburgers furent devant eux. Fixant son assiette, la jeune femme se lança:

— Ne crois-tu pas que nous devrions parler un peu de nous?

Ainsi, à ses yeux il existait un «nous». Même si Maurice ne cessait de se répéter, tout comme l'été précédent à propos de Diane Lespérance, qu'ils formaient une paire mal assortie, il s'étouffa un peu en répondant:

— Bien sûr, tu as raison.

Toutefois, il n'avait guère envie de plonger le premier.

— Ce qui s'est passé l'autre soir... Si tu avais insisté, je pense que j'aurais accepté. Tu sais, sous le coup de l'émotion...

Elle parlait plutôt du coup de l'excitation, mais même une fille dans le vent ne pouvait si facilement le dire à haute voix. Il choisit l'honnêteté.

— Non, je ne savais pas. Jamais je n'ai appris à bien décoder ce genre de chose. Cependant, même si je l'avais compris, je ne pense pas que j'aurais profité de la situation.

Le regard de Martine exprima une blessure, comme s'il lui avait dit qu'elle était trop moche. Il entendit corriger tout de suite cette impression :

— J'y aurais gagné quoi ? Si tu avais cherché une partie de jambes en l'air sans lendemain, tu aurais trouvé le moyen de me le faire comprendre. Il paraît que ça existe, de nos jours. En tout cas, les films français tentent de nous en convaincre.

Maintenant, toute l'attention de la jeune femme lui était acquise.

— Si je t'avais bousculée un peu, je serais peut-être arrivé à t'entraîner dans un motel discret. Je suis trop vieux pour des ébats dans une minuscule voiture. Tu m'aurais regardé comment, le lendemain ?

Les grands yeux bleus clignèrent quelques fois, une larme apparut sur la paupière inférieure.

— À moins me préoccuper des lendemains, je profiterais mieux du moment présent, je sais. Mais je ne voudrais pas perdre ton estime.

Cette fois, la larme descendit sur la joue. La désagréable sensation de répéter le même scénario qu'avec Diane donna envie à Maurice de tout arrêter. Elle aussi s'était émue de sa gentillesse.

— Nous avons tous deux de bonnes raisons de croire que c'est impossible entre nous. Cela donne... Ils disent comment, en politique ? Une valse-hésitation ?

Si personne n'utilisait cette expression dans la politique québécoise, elle traduisait parfaitement la situation qui perdurait entre eux depuis plus de trois semaines.

— Alors, le mieux serait peut-être de tracer une liste de nos raisons, suggéra Martine. Là, nous nous comportons l'un envers l'autre comme avec nos vieux collègues franciscains.

Cela aussi décrivait bien leurs rapports: une politesse frôlant l'obséquiosité, de peur d'un dérapage. Pour lever toute ambiguïté, il leur fallait du temps, aussi le repas s'allongea tard dans l'après-midi. Quand Maurice évoqua le moment de sa retraite en ajoutant: «Toi tu seras alors encore une toute jeune femme», il se sentit totalement ridicule. Il cherchait un engagement pour la vie entière.

— Mais toute vie sera peut-être balayée de la Terre dès l'an prochain à cause d'une guerre atomique! objecta Martine.

Dans le contexte de la guerre froide, personne n'oubliait que les grandes puissances dont les pavillons se faisaient face à Terre des Hommes pouvaient provoquer un holocauste à tout moment.

— Alors, si tu crois que je vais régler ma vie sur les éventuels états d'âme de pépère Berger, tu te trompes. Tu as raison pour les lendemains, mais là…

Quand ils retournèrent au cégep, si rien n'était réglé, au moins ils se comprenaient un peu mieux.

Le 11 novembre 1967, Marie-Andrée effectua tout le trajet depuis l'appartement de sa marraine jusqu'à celui de son père, à Longueuil, grâce aux transports en commun. Cela prenait une heure tout juste si toutes les correspondances s'enchaînaient à la seconde près.

En arrivant au duplex de la rue Saint-Laurent, la jeune fille remarqua un petit camion devant la porte donnant accès à l'appartement du haut. Ainsi, les projets d'achat immobilier de son père se concrétisaient. Maurice vint lui ouvrir, pour la serrer tout de suite contre lui.

— Maintenant, à dix-huit ans, tout le monde te reconnaît comme une grande fille, alors je suppose que je dois faire la même chose.

— Pourtant, depuis des mois, tu me fais confiance.

C'était vrai ; depuis le printemps précédent, il multipliait les efforts pour la laisser suivre son chemin.

— Là, ce n'est plus pareil. Imagine, tu pourras voter à l'élection de 1970, si elle se tient en novembre ou en décembre.

— Franchement, choisir entre Robert Stanfield ou Lester Pearson ne me dit rien.

— Je pensais au provincial. Tu voteras certainement au fédéral la prochaine fois, mais d'ici là, Pearson sera à la retraite, et tu pourras appuyer son remplaçant. Puis tu auras encore Réal Caouette chez les créditistes et Tommy Douglas, le chef du Nouveau Parti démocratique.

Le professeur de cégep paraissait pencher vers cet éternel perdant. Il passa le bras autour des épaules de sa fille pour l'entraîner au bout du couloir, vers la cuisine. Elle y découvrit sa tante Justine en train de planter des chandelles sur un gâteau au crémage onctueux.

— Voyons, ce n'était pas nécessaire ! protesta-t-elle, peu convaincante.

— Ne viens pas me priver de mon plaisir, la pria l'ancienne religieuse en l'embrassant. Réalises-tu que je suis présente à ton anniversaire pour la première fois depuis ta naissance ?

Les hospitalières ne se distinguaient pas par leur générosité avec les congés, aussi Marie-Andrée se contenta de répondre un « merci » gêné. Au même moment, un bruit retentit dans l'entrée. Tout de suite, Justine s'y précipita en disant :

— Le voilà de retour avec Jeanne. Je vais la chercher.

La jeune fille ne se laissa pas distancer, tellement l'envie de tenir le poupon dans ses bras la tenaillait. Les adultes gazouillèrent tout leur saoul devant un bébé au regard un peu ahuri.

— Te voilà maintenant une grande fille, dit Émile Trottier après avoir embrassé la joue de Marie-Andrée.

Lui aussi donnait donc à son dix-huitième anniversaire une valeur de symbole.

— Pourtant, je ne me sens pas plus sage qu'hier.

— C'est peut-être que tu étais déjà très sage.

« Trop, sans doute », précisa mentalement l'ancien religieux. Mais le dire à haute voix aurait blessé la jeune fille.

— Demeures-tu une première de classe ?

— À l'école normale, nous sommes nombreuses à avoir été premières de classe au secondaire, alors la compétition est farouche. Je ne risque pas de reprendre la tête.

Surtout, Clément occupait trop de place dans ses pensées pour qu'elle redevienne la meilleure. Tout de même, rien ne lui ferait perdre son auréole de bonne élève.

— Nous sommes dans une situation étrange. Ton père et toi suivez un cours identique sur le système éducatif, et moi c'était l'été dernier.

La confusion sur la formation à offrir aux futurs enseignants conduisait à de telles situations : la même activité de formation dans des institutions de niveaux différents.

— Je songe même à la payer pour faire mes travaux à ma place, intervint Maurice, à demi sérieux. Je me demande quand l'un ou l'autre des contenus du programme me servira en classe.

— Tu pourras utiliser les miens, proposa Émile, un peu morose. De toute façon, ils n'ont pas servi…

La mort de sa femme l'avait conduit à abandonner tous ses cours avant la fin du semestre. Justine se fixa comme objectif de le détourner de cet accès de mélancolie.

— Je suis certain que ta fille aimerait être changée, alors je te la confie.

La petite Jeanne passa des bras de l'une à ceux de l'autre, puis le père disparut dans la chambre occupée par l'infirmière. Le berceau et la table à langer s'y trouvaient. Maurice et sa fille revinrent dans la cuisine pour poursuivre la conversation avec Justine.

Une heure plus tard, tous faisaient honneur au repas. De nouveau, Émile ramena un petit malaise.

— Ton ami ne pouvait pas se joindre à nous pour le repas ? demanda-t-il à la fêtée. Tout de même, un dix-huitième anniversaire, c'est un passage important.

Maurice regarda sa fille du coin de l'œil, renouant immédiatement avec son inquiétude habituelle. Même si Marie-Andrée se faisait très discrète sur cette relation, il devinait sa situation plutôt ambiguë.

— … Non. Ce soir, une réunion politique le retient.

— Un samedi soir ? Ce gars a un horaire de premier ministre.

« D'autant plus qu'il rêve de le devenir vraiment », pensa-t-elle. Afin d'éviter que l'ancien frère de l'instruction chrétienne ne la questionne encore sur ses amours, elle fit :

— L'idée d'emménager en haut doit vous exciter !

Ses yeux allèrent de l'ancien religieux à l'ancienne religieuse. Cette dernière rougit comme une jeune mariée en disant :

— Je n'ai jamais tenu une maison. Je m'inquiète surtout de la façon dont je vais me débrouiller.

Pourtant, au rez-de-chaussée, elle s'occupait de Jeanne, préparait les repas, faisait le ménage plus souvent qu'à son tour. Son appréhension ne concernait certainement pas les tâches domestiques. D'autres aspects du partage du logis d'un homme la préoccupaient certainement bien plus.

Le 13 novembre, tout de suite après avoir terminé au cégep, Maurice s'empressa de prendre son automobile pour retourner à la maison. Respecter un horaire aussi serré le mettait de mauvaise humeur. En s'engageant dans la rue Saint-Laurent, il aperçut Émile Trottier assis sur une berçante, son bébé dans les bras. La température de novembre, un peu fraîche, lui rosirait les joues.

Le religieux défroqué quitta son siège en apercevant la Volkswagen, pour ouvrir la portière à l'arrêt du véhicule et s'y installer.

— Tu vas l'emmener avec toi?

— Justine n'est pas revenue du travail et je ne peux pas la laisser seule.

Pour dépanner une collègue, elle avait accepté de faire le *shift* du jour, l'autre la remplacerait en soirée. Au matin, il avait été vaguement question de demander à une adolescente du voisinage de servir de gardienne. L'idée de confier une enfant si jeune à une inconnue avait finalement paru imprudente.

— De toute façon, nous serons rendus dans moins de cinq minutes.

Le professeur de cégep hocha la tête. Aller rue Saint-Thomas à pied n'aurait guère demandé plus de temps. Très vite, il stationnait devant une maison au revêtement de brique. Les deux hommes empruntèrent un passage jusqu'au fond, pour découvrir une porte où une affichette indiquait «Bureau». Ce professionnel économisait le prix d'un loyer en faisant de sa cave – plus élégamment, on disait sous-sol – le lieu de son étude.

Maître Bélanger vint dans son antichambre en entendant la porte s'ouvrir et se refermer. Les visiteurs étaient toujours dans l'escalier quand il tendit la main au premier en disant :

— Monsieur Camirand se trouve déjà là.

Le ton contenant un reproche, Maurice rétorqua :

— Je vous l'avais dit, moi je travaille encore.

Le notaire comprit le sous-entendu : « Contrairement au vendeur qui profite de ses vieux jours. » Le retraité se leva pour serrer la main des nouveaux venus, un peu étonné de voir deux hommes et un bébé. Parfois des gens venaient avec leur femme lors de ces grandes transactions. Que penser de ces deux-là ?

Comme si elle était impressionnée par la solennité du moment, la petite Jeanne demeura muette tout le long de la lecture des différentes clauses de l'acte de vente. L'achat du duplex de la rue Saint-Laurent coûterait à Maurice tout l'argent obtenu de la vente de sa maison. Émile y engageait la valeur de l'assurance-vie de sa femme. L'un et l'autre sortirent bientôt avec des jeux de clés, un peu abasourdis par le changement survenu si vite dans leur vie.

Chapitre 20

À leur retour dans leur nouvelle propriété, ils trouvèrent Justine debout sur le balcon. En utilisant la voiture d'Émile, il lui avait tout de même fallu plus d'une heure pour revenir de l'hôpital Notre-Dame. Son affectation habituelle à l'équipe à l'œuvre en soirée lui permettait de réduire le temps passé en transport en évitant l'heure de pointe.

— Voilà, c'est fait, lui lança Émile depuis le trottoir. Nous allons voir ?

Elle acquiesça d'un signe de la tête, souriante, puis arriva la première devant la porte située à l'extrémité gauche du balcon. Elle s'ouvrait sur l'escalier permettant d'accéder à l'appartement de l'étage. Émile lui mit l'enfant dans les bras pour déverrouiller.

— Maurice, tu nous accompagnes ?

Bien sûr, il ne pouvait qu'y aller sur invitation. Pour les deux cinquièmes du prix d'achat du duplex, son ami jouirait de l'usage exclusif de ce logis, et lui du rez-de-chaussée et de la cour. Ces avantages expliquaient la différence entre les sommes versées.

En haut, ils découvrirent un salon aux murs couverts de peinture brune un peu écaillée, avec des moutons de poussière roulant sur un plancher de bois franc lourdement éraflé.

— Les lieux me paraissaient moins déprimants avec les meubles.

La déception dans la voix d'Émile porta Justine à intervenir :

— Un peu de peinture, un nouveau vernis au sol, puis tes affaires dans ces pièces, et tout sera parfait.

Cet encouragement tira un sourire au veuf éploré. Oui, cet achat lui permettait de croire en un avenir. Peut-être pas resplendissant encore, mais moins noir que quelques semaines plus tôt.

Ils firent le tour des pièces en échangeant des commentaires sur les travaux ou les achats nécessaires pour rendre le tout agréable. Dans la chambre du fond, Justine murmura à l'oreille du poupon :

— Nous serons bien ici, toutes les deux.

— Non, vous prendrez celle à l'avant.

— Mais en bas…

Elle s'en tenait aux arrangements acceptés depuis trois mois au rez-de-chaussée. Le maître de la maison à l'avant, l'invitée dans la plus petite chambre donnant sur la cour.

— Après tout, tu es chez toi, ici.

Maurice se sentit gêné d'assister à la discussion. Il se faisait l'impression d'espionner un nouveau couple à la configuration étrange.

— Vous occuperez la meilleure chambre, moi je serai très bien ici.

Il parlait de la femme et de l'enfant. L'ancienne religieuse se laissa convaincre sans trop de mal. « Dès qu'il reprendra le travail, la cohabitation deviendra compliquée », songea le professeur de cégep. Les plans d'avenir de ces deux-là ne cessaient de le tourmenter. Dans une grande mesure, il faisait maintenant porter sur sa sœur l'anxiété autrefois réservée à sa fille.

Au moins, d'ici quelques jours, le lit pliant disparaîtrait de son bureau, le matin il pourrait se faire un premier café en sous-vêtements, et regarder dans la même tenue les films présentés après onze heures du soir à Radio-Canada.

Depuis deux jours, Émile Trottier passait tout son temps à l'étage, vêtu d'une vieille salopette, afin de repeindre tous les murs. Dans son couffin, Jeanne le regardait s'agiter. L'homme s'arrêtait souvent pour lui faire la conversation. Son discours reprenait toujours les mêmes thèmes :

— Tu verras, nous serons très bien ici. Ta tante Justine est devenue une vraie maman, tu ne manqueras jamais de rien.

Ce jour-là encore, l'infirmière remplaçait une collègue. Quand Émile aurait trouvé du travail, ce genre d'arrangement deviendrait difficile à accepter. Alors, tous deux devraient se relayer auprès de l'enfant.

À ces périodes d'optimisme succédaient des moments de morosité, de larmes même. Dans ces cas-là, sensible au changement d'ambiance, le poupon aussi éclatait en sanglots. Alors, le père tentait de prendre sur lui – quelle curieuse expression – et de retrouver un sourire de circonstance.

Évidemment, que ce soit pour la nourrir ou la changer, Émile devait revenir au rez-de-chaussée. Ce fut lors de l'un de ces passages qu'il entendit la sonnerie du téléphone. Il chercha un crayon avant de décrocher, tout disposé à prendre le message. Pourtant, il n'écrivit rien, interrompant son silence de simples « Hum hum » et de « Je comprends ».

Puis il demanda :

— Je peux attendre la fin de son cours, pour le mettre au courant ?

On avait dû lui répondre non, car en raccrochant, il dit en se tournant vers son enfant :

— Le temps d'enlever cette salopette qui me fait ressembler à un clown, et nous allons faire une promenade.

La proposition devait lui agréer, car son gazouillis ressembla à un consentement.

Entrer dans un cégep en poussant un landau valut bien des regards, curieux ou amusés, au père de famille. La secrétaire du directeur accepta de le conduire jusqu'à la porte de la classe où enseignait Maurice, pour s'esquiver ensuite.

Un instant, Émile regarda dans la salle par une petite fenêtre découpée dans la porte. Le professeur s'exprimait devant une trentaine d'étudiants, peut-être quarante. L'ancien religieux entendit le titre *Prochain épisode*. Devant lui, des jeunes de dix-huit ans, dont un tiers de filles, paraissaient attentifs. Il comprenait sans mal que ce travail donne plus de satisfaction que l'enseignement au collège Saint-Joseph. Puis il frappa du bout des doigts sur la vitre. Son ami fixa sur lui un regard surpris, s'excusa de l'interruption puis vint le rejoindre.

— Qu'est-ce que tu fais là ?

— Ta mère. Adrien vient d'appeler, il dit qu'elle est dans le coma.

Maurice accusa le coup, s'appuya au cadre de la porte pour laisser échapper un soupir. Ainsi, des mères mouraient peut-être de déception vis-à-vis de leurs fils rebelles.

— Selon lui, si tu veux lui parler, tu dois faire vite.

Le professeur demeura songeur, puis murmura :

— Justine ne le sait pas encore ?

— Il ne m'en a pas parlé, mais je suppose qu'il tentera de la joindre à l'hôpital.

— Tu trouveras des téléphones publics dans la cafétéria. Appelle-la pour lui dire de m'attendre devant l'hôpital. Je la cueillerai dans une heure. Je suppose qu'elle pourra quitter son travail si on trouve à la remplacer là-bas.

Pour cela, une autre femme devrait accepter de prendre du service avec quatre heures d'avance sur son affectation normale. Tout en parlant, il cherchait de la monnaie dans sa poche et choisit quatre-vingt-cinq cents pour les lui remettre. Son ami demeura hésitant, au point que le professeur s'impatienta :

— Si elle est dans le coma, inutile de me presser pour profiter d'une dernière conversation afin de clarifier les malentendus de toute une vie. Je termine mon cours, je prends ma sœur à son travail et je file à Saint-Hyacinthe.

Au cours des dernières semaines, Émile en avait appris assez pour comprendre que les rapports entre les membres de cette famille n'étaient pas des plus harmonieux. Toutefois, la colère de Maurice le perturba. Ce dernier retourna dans sa classe pour s'adresser à ses étudiants.

« La fin de ce cours promet de manquer de clarté, se dit Émile. Déjà que le roman d'Hubert Aquin ne brille pas par sa limpidité, son humeur ne facilitera pas les choses. » Tout en se souciant des événements survenant dans la vie de ses amis, l'ancien religieux chercha la cafétéria pour faire comme on le lui avait demandé.

Vêtue d'un costume d'infirmière sans aucune élégance, Justine s'appuyait contre la façade monumentale de l'hôpital Notre-Dame. Quand la Volkswagen s'arrêta en bordure du trottoir, elle s'élança en courant. Une fois assise, elle s'enquit :

— Tu as eu d'autres nouvelles ?

— Rien de plus que ce qu'Émile m'a dit.

— J'ai parlé aussi à Adrien. Un peu après le déjeuner, Perpétue s'est effondrée. Il a appelé une ambulance pour la faire conduire à l'hôpital. Rendue là, elle a perdu conscience. Ce serait très grave.

— Tu sais, Adrien exagère peut-être. Après tout, il est son préféré.

Justine lui lança un regard si sévère qu'il ne prononça plus un mot avant d'atteindre le tunnel Louis-Hippolyte-La Fontaine. En émergeant à Boucherville, l'infirmière reprit :

— De nous tous, on pourrait penser qu'elle était la seule à avoir la vocation religieuse. Elle a voulu que ses enfants réalisent son projet.

— Au moins, si elle était devenue une bonne sœur, aucun époux ne l'aurait trompée pendant quarante ans.

Voilà que Maurice voulait la disculper. Justine tendit la main pour la poser sur son avant-bras, exerça une pression.

— Moi, je ressens une certaine compassion pour lui.

« Il n'avait qu'à la quitter après la nuit de noces, songea le professeur de cégep, et surtout ne pas faire d'enfant. » Tout le trajet donnerait à Maurice le temps de s'apitoyer sur son sort.

Une fois rendu à l'Hôtel-Dieu de Saint-Hyacinthe, tout naturellement, Justine lui servit de guide. Son uniforme d'infirmière lui permit d'échapper à toutes les règles sur les visites. Peu après, ils entrèrent dans une chambre semi-privée, c'est-à-dire avec deux lits seulement. Ce privilège revenait aux plus riches ou aux plus mal en point. Perpétue y avait droit pour ces deux raisons.

Dans la pièce, Maurice aperçut d'abord son père, debout au pied du lit, les mains posées sur le cadre de cuivre. Le vieil homme accueillit ses deux enfants d'un signe de la tête.

Dans de pareilles circonstances, dire « Bonjour, comment ça va ? » aurait paru ridicule. En s'approchant, les nouveaux venus virent Adrien assis sur une chaise, tenant la main de sa mère dans les deux siennes. Il ne portait pas sa soutane, mais un habit de ville avec un col romain de matière plastique : le costume des *clergymen* protestants, tellement plus dans le vent que la robe des catholiques.

« Si elle l'a vu attriqué comme ça, le souffle a dû lui manquer », se dit le professeur. Puis il se détrompa : quel que soit le vêtement d'Adrien, Perpétue l'aurait trouvé beau.

Il regarda sa sœur chercher la fiche donnant l'état de la malade, un pli au milieu du front. Son expérience lui permettait de jauger la situation, et son visage ne disait rien de bon.

Finalement, Maurice dut s'astreindre à regarder sa mère. Le visage osseux montrait une teinte grisâtre, malsaine. Les bras posés sur le drap se terminaient par des mains toutes sèches, comme des pattes d'oiseau. Comment un être aussi chétif pouvait-il peser autant sur sa vie ?

— Bin moé, j'vas aller manger un peu, intervint Ernest. Vous venez ?

Tout de suite Adrien se tourna à demi, comme s'il venait de se rendre compte de la présence de sa fratrie.

— Allez-y, moi je vais rester ici, avec elle.

Encore une fois, il assumait son rôle de fils idéal. Maurice lui répondit avec une grimace. Dans le couloir, Justine demanda à son père :

— Tu es là depuis longtemps ?

— J'sais pas trop, deux heures, j'suppose. Je suis venu quand il m'a téléphoné.

Ainsi, le prêtre avait joint tout le monde.

— Demain, j'pourrai pas passer la journée icitte, mes employés peuvent pas tout faire seuls. Pis quand le chat est parti…

Lui ne perdait pas son sens pratique. Maurice ne reconnaissait rien chez son père s'approchant même un peu de son propre désespoir au moment de la mort d'Ann. Évidemment, le mariage de ses parents ne ressemblait en rien au sien.

Une fois dans la cafétéria, chacun commença par prendre un café au comptoir, puis ils se réunirent un peu à l'écart.

— Qu'en dis-tu ? demanda le patriarche à sa fille.

Le médecin lui avait bien donné quelques informations un peu plus tôt, mais il parlait une langue tout à fait absconse.

— Elle s'en va.

En quatre mots tout à fait compréhensibles pour un néophyte, elle avait fait le point, créant un choc. Après une pause, elle ajouta :

— Mais moi, je ne suis pas médecin.

Ce petit sursaut de modestie allait de soi pour les infirmières. Après tout, seuls les médecins établissaient les diagnostics.

Parfois, en revenant de l'école normale, Marie-Andrée trouvait la maison vide. Sa marraine aimait s'évader dans les grands magasins. Le plus souvent, elle passait la fin de l'après-midi chez Dupuis Frères, le fameux commerce canadien-français situé rue Sainte-Catherine. Si ses moyens ne lui permettaient pas de revenir chargée de paquets, la petite heure passée dans le restaurant de l'établissement avec un café à la main, les yeux dans les pages d'un magazine, lui faisait le plus grand bien.

Bonne fille, dans ces circonstances, Marie-Andrée commençait la préparation du repas tout en écoutant d'une oreille distraite les émissions pour enfants de Radio-Canada. Bobinette l'amusait par son imagination débridée, les différents personnages de *La Boîte à surprises* exerçaient une attraction mitigée. Le pirate Maboule en particulier lui paraissait bien égocentrique.

Ce jour-là, à sa grande surprise, elle tomba sur Nicole, affalée sur le canapé du salon.

— … Tu ne travailles pas aujourd'hui ?

D'habitude, la brune disparaissait avant quatre heures de l'après-midi, pour ne revenir qu'au milieu de la nuit. Dans la maison, tout le monde feignait de croire à un horaire dépassant les douze heures par jour. Évidemment, la jeune femme devait planifier des rencontres galantes parmi l'ensemble de ses activités.

— Parfois, les fins de mois sont plus difficiles.

La *bunny* ne parlait pas de son budget, mais de menstruations douloureuses. Cela suffisait pour la retenir à la maison. Marie-Andrée s'assit dans le fauteuil, pour s'enquérir, un peu intimidée :

— Dans ton cas, est-ce que c'est régulier ?

La jeune fille n'arrivait pas à nommer ces choses par leur nom. Sa cousine rétorqua, goguenarde :

— Personne ne te l'a dit encore ? Les règles viennent tous les vingt-huit jours à peu près.

— Exactement ou à peu près ?

Cette fois, Nicole se redressa sur le canapé pour remarquer, tout à fait sérieusement :

— Toi, tu me caches quelque chose.

Le rouge monta aux joues de la châtaine, ses yeux fixèrent la carpette.

— Je retarde un peu.

— Un peu, ça veut dire quoi ? Combien de jours ?

— Je ne sais pas exactement, personne ne prend de notes là-dessus… mais il me semble que ça fait plus de vingt-huit jours.

Les yeux de Nicole exprimèrent un certain agacement. Au cours de l'été, elle avait clairement recommandé la prudence à sa jeune cousine.

— Il s'agit de ton étudiant. Tu couches avec lui.

Malgré son comportement de fille dans le vent, Nicole savait montrer le masque du pire censeur. Une larme coula sur la joue de Marie-Andrée. Heureusement, sa cousine enchaîna sur un ton moins incisif :

— Tu dois voir un médecin au plus vite.

— Mais je ne suis même pas certaine d'être en retard.

— Même si ce n'est que pour te faire prescrire la pilule.

— Je la prends depuis quelques jours.

Cette protection toute récente n'était pas incompatible avec une grossesse non désirée.

— Tu dois voir un médecin, répéta la *bunny*, pour le faire passer.

La jeune femme, sans ciller, venait d'évoquer un avortement. Marie-Andrée mit quelques secondes avant de comprendre le sous-entendu. Dans les médias, si certains considéraient cet expédient comme un moyen de contraception acceptable, d'autres le qualifiaient de meurtre pur et simple.

— Il ne s'agit sans doute pas de ça.

Le mot « ça », dans sa bouche, désignait toutes les réalités déplaisantes, ou carrément honteuses.

— Tu en seras certaine seulement après un examen.

— Alors, je consulterai mon médecin. Mais auparavant, j'aimerais en parler avec Clément.

Bien sûr, la première personne avec qui discuter du sujet était le père présumé. À propos du médecin, il lui faudrait d'abord en dénicher un.

— Un gars qui fréquente l'université, même pas assez éveillé pour enfiler une capote ! Que fera-t-il, selon toi ?

— Nous en utilisons.

— Alors, si tu t'inquiètes autant, c'est que l'un de vous deux s'amuse à les percer avec une aiguille !

Au moins, Nicole ne sous-entendait pas la présence d'un autre partenaire. De son côté, Marie-Andrée imagina une consultation discrète chez le docteur Marcoux… pour réaliser aussitôt que jamais elle n'oserait. De toute façon, elle devait se tromper, Clément et elle faisaient attention. Bien sûr, il y avait eu de petites imprudences au cours de leur fin de semaine à Québec, mais il s'était retiré à temps. Ce genre de retard arrivait à toutes les filles.

Elle esquissa le geste de se lever en disant :

— Maintenant, je vais préparer le repas.

— Auparavant, jure-moi de voir un docteur. Si ton inquiétude est fondée, je trouverai quelqu'un pour t'aider.

De nouveau, l'allusion à l'avortement ébranla la jeune fille. Heureusement, le bruit de la porte d'entrée lui permit de se sauver très vite en direction de la cuisine.

Justine avait annoncé la fin prochaine de Perpétue au milieu de la journée, aussi les Berger demeurèrent à l'Hôtel-Dieu de Saint-Hyacinthe tout l'après-midi. À la cafétéria, ils prirent un mauvais souper. Plus tard, dans la chambre, Maurice remarqua à l'intention de sa sœur :

— Ne devrait-on pas rentrer dormir, quitte à revenir demain matin ?

— Moi, en tout cas, j'peux pas rester toute la nuit icitte, pis demain faut que j'travaille, commenta Ernest.

La moribonde ne devait pas être prête à rejoindre tout de suite son Créateur, car elle ouvrit les yeux à demi.

— Maman ! s'écria Adrien en se levant de la chaise près du chevet. Maman, tu m'entends ?

Tout de même, le regard restait vitreux. La vieille femme ne parut pas reconnaître ses proches, pas même celui qui portait si élégamment l'habit ecclésiastique. Cependant, ce petit regain de vie les rassura. Une heure plus tard, son époux et ses enfants se sentirent autorisés à rentrer à la maison. La mort ne paraissait plus imminente.

En transports en commun, le trajet entre l'école normale Jacques-Cartier et l'Université de Montréal durait environ une heure. Un vendredi après-midi, Marie-Andrée l'avait parcouru tout de suite après la fin de son cours.

La jeune fille se sentait toujours vexée que Clément ne lui ait pas demandé de le rejoindre chez lui. Pour l'excuser, elle pouvait invoquer que pour lui, l'aller-retour à la maison serait une perte de temps : il était déjà sur le campus.

À son arrivée, des étudiants se réunissaient déjà au pied du grand escalier conduisant au pavillon principal. Clément se détacha d'un groupe de jeunes gens pour venir la rejoindre près de la rue. Il lui fit un baiser fougueux, comme s'il entendait se donner en spectacle devant les autres. Pour se montrer propriétaire d'elle, en quelque sorte.

— Tu arrives juste à temps. Comme tu le vois, nous serons des milliers.

Au moins plusieurs centaines, à en juger par ce rassemblement. Marie-Andrée constata de nouveau que le militantisme se conjuguait surtout au masculin : les manifestantes comptaient pour un cinquième, tout au plus un quart des personnes présentes. Dans la foule, plusieurs tenaient très haut leur pancarte. Les mots « FLN vaincra » dominaient.

— Trois étudiants sont en train de faire le tour des universités, ils sont des sympathisants du Viêt-Cong. À l'Université de Montréal, ça a failli tourner à la bataille. Les campus abritent toujours un lot de fascistes. Certains prennent ouvertement parti pour le gouvernement fantoche du Sud-Vietnam et les États-Unis, lui expliqua Clément.

Pour mériter d'être qualifié de fasciste, il suffisait de montrer juste un peu moins d'enthousiasme que certains pour la révolution prolétarienne, ou pour l'une ou l'autre des luttes nationales contre l'impérialisme américain faisant rage dans le monde. La photographie du corps du Che criblé de balles dans un village de Bolivie était reprise par tous les journaux étudiants du monde occidental.

— Le Vietnam aux Vietnamiens! lança une voix au milieu du groupe de manifestants.

— Le Vietnam aux Vietnamiens! hurlèrent en écho des centaines de gens.

Clément répétait toujours automatiquement les cris de ce genre. Il le fit une demi-douzaine de fois. Quand il se tut, la jeune fille le pria d'une voix hésitante:

— Clément, j'aimerais te parler.

— Le Vietnam aux Vietnamiens!

Les manifestants reprirent leur incantation encore trois fois. Quand un silence très approximatif revint, il se tourna vers elle pour demander:

— Tu m'as dit quelque chose?

— Oui. Nous devons nous parler sérieusement.

— FLN vaincra! scandèrent cent voix.

— … Si tu veux. Mais ce n'est ni le moment ni l'endroit.

La difficulté était justement d'identifier le bon moment et le bon endroit… La situation se montrait toujours inopportune. Quand tous deux se trouvaient seuls dans l'Austin, une seconde langue dans sa bouche l'empêchait de bien articuler. Dans toutes les autres circonstances, lui semblait-il, le garçon discourait sur la politique.

Un étudiant s'approcha d'eux. Marie-Andrée remarqua d'abord le nez un peu fort et le sourire engageant.

— Hé! Marcoux, tu vas venir à la réunion en fin de semaine?

— Je ne sais pas… Tu sais, moi et les projets de Lévesque...

Le visage exprimait son dédain.

Finalement, les prédictions de tous les journalistes politiques se réalisaient: le membre démissionnaire du Parti libéral fonderait un nouveau mouvement politique au cours du week-end.

— Quoi? T'es devenu un fédéraliste?

L'inconnu présentait un visage étonné, comme s'il croyait à moitié à sa propre boutade.

— Il y a déjà un parti indépendantiste au Québec.

— Deux. Tu oublies le Ralliement national de Gilles Grégoire, lança le nouveau venu en ricanant.

Ralliement, comme dans Ralliement créditiste. Ce petit parti occupait la droite de l'échiquier politique du séparatisme; le Rassemblement pour l'indépendance nationale, la gauche.

— Ne me parle pas de ce bouffon. Puis là, Lévesque va encore diviser le vote.

Comme son interlocuteur continuait de le fixer dans les yeux, l'étudiant en science politique donna son assentiment d'un signe de la tête. L'autre arbora un sourire de victoire, puis tourna les talons en criant:

— Le Québec aux Québécois!

Des centaines de personnes répétèrent ses mots à dix reprises. De l'Asie du Sud-Est, ces manifestants passaient à la Belle Province.

— Qui est-ce? s'informa Marie-Andrée.

— Jean Doré. Depuis son élection à la tête de l'Union générale des étudiants de l'Université, il se prend pour un grand chef et nous regarde comme ses Indiens.

Visiblement, constata la jeune fille, Clément souhaitait lui aussi jouer le rôle de chef. Il reprit :

— Tu viendras avec moi en fin de semaine ?

Comme elle haussait les sourcils sans comprendre, il précisa :

— À la fameuse réunion de René Lévesque. Ça se passera tout près d'ici, au couvent des dominicains dans la Côte-Sainte-Catherine.

Voilà une invitation qui manquait terriblement de romantisme, mais au moins, il serait avec elle. Ensuite, il l'entraînerait dans un café ou un restaurant avec ses amis habituels. La fin de semaine à Québec demeurait, et de loin, son meilleur moment passé avec lui.

Lentement, le contingent se mit en route vers l'avenue du Docteur-Penfield. Cette artère traversait les plus beaux quartiers de la ville. Déjà, dans des parages plus modestes, des politiciens se tenaient sur les trottoirs, des voitures précédaient les manifestants, tous phares allumés, et d'autres venaient derrière eux. La perspective de voir tous ces jeunes gens déranger la quiétude des bourgeois avait amené la police à doubler ses effectifs. Des agents venus de tous les postes de police de Montréal étaient rassemblés.

— Oui, je viendrai.

Clément Marcoux ne sembla d'abord pas se souvenir de l'avoir invitée, puis il acquiesça d'un hochement de la tête.

Chapitre 21

Le consulat des États-Unis à Montréal occupait une magnifique maison de pierre. Le toit de tôle possédait deux tourelles à l'avant. Des contingents d'étudiants étaient venus de divers points de la ville de Montréal, et d'autres arrivaient de l'Université Laval et de celle de Sherbrooke. L'affluence faisait croire à la présence de plus de mille manifestants. Le cri « Le Québec aux Québécois » ne cessait de retentir devant le 1558, avenue du Docteur-Penfield, près du chemin de la Côte-des-Neiges. Les forces policières se montraient de plus en plus nerveuses, s'attendant à ce que l'un de ces excités lance un caillou vers une fenêtre.

— S'ils n'arrêtent pas de s'approcher, ça va barder, prédit Pierre Brousseau.

L'étudiant au barreau craignait qu'en se tenant trop près des manifestants, les policiers à cheval provoquent une émeute. Les contestataires se souvinrent bientôt de l'endroit où ils étaient. Quelqu'un lança :

— Johnson, assassin !

Tout le monde reprit ces mots. Des jeunes gens agitaient leurs pancartes comme s'il s'agissait de gourdins.

— Johnson, napalm !

Après l'assassinat de John F. Kennedy en 1963, Lyndon B. Johnson était devenu président des États-Unis. L'année suivante, il amorçait un second mandat, cette fois après avoir été élu. Depuis, les manifestations pour les droits civiques des Noirs, et celles contre la guerre au Vietnam, prenaient une tournure de plus en plus brutale. En parallèle, dans le Sud-Est asiatique, des bombardements au napalm brûlaient les forêts, les plantations, les rizières jusqu'au sol, et des milliers de Vietnamiens.

— Johnson, assassin !

— Johnson, napalm !

Peut-être les policiers avaient-ils reçu l'ordre d'épargner aux oreilles des représentants des États-Unis à Montréal les mots désobligeants des étudiants. Ceux qui montaient de grands chevaux avancèrent dans l'avenue du Docteur-Penfield. Les animaux étaient imposants, les jeunes citadins n'en avaient jamais vu de si près. Aussi tentèrent-ils de s'éloigner, bousculant leurs camarades. Un premier garçon lança sa pancarte de toutes ses forces vers les agents et une monture se cabra, créant un véritable mouvement de panique.

— Reculez ! lança un sergent bedonnant dans un porte-voix. Dispersez-vous !

Le mouvement de foule s'accentua, augmentant l'affolement des jeunes gens les plus près des policiers à cheval. Quand la plupart des pancartes eurent volé dans les airs, le plus souvent pour atteindre d'autres étudiants, certains ramassèrent des pierres. Casqués, un bouclier devant eux, une longue matraque à la main, les policiers s'approchèrent afin de vider la chaussée. Dans la bousculade, Marie-Andrée fut projetée sur le sol. Malgré l'épaisseur du jeans qu'elle portait, son genou fut ensanglanté. Heureusement, elle avait pu amortir le choc avec ses avant-bras. Des mains glissèrent sous ses aisselles, la soulevèrent de terre.

— Viens, nous devons partir d'ici ! cria Clément tout près de son oreille.

L'adrénaline gommait la douleur de son genou écorché. Une fois debout, elle put apprécier la pagaille autour d'eux. Quelques étudiants tentaient de faire face à la police, pour récolter des coups de bâton. D'autres subissaient le même sort parce qu'ils ne couraient pas assez vite.

— Ne me touchez pas, je suis avocat! hurla une voix toute proche.

Pierre Brousseau s'adressait à un constable au bras déjà levé. En s'abaissant, il produisit un «ploc» sonore. Le jeune avocat porta ses deux mains à son crâne, se retrouva à genoux, puis se recroquevilla pour se protéger d'un nouvel impact.

— Cours, dépêche-toi!

Clément tirait sa compagne par la main, au risque de la faire tomber. Il souhaitait se diriger vers l'intersection du chemin de la Côte-des-Neiges, toute proche. Devant eux, des agents poussaient des manifestants dans un panier à salade.

— Pierre…

Le bruit de la matraque contre la tête de Brousseau avait donné un haut-le-cœur à Marie-Andrée. Elle réussit à ralentir son compagnon. Le futur avocat, gueulant des mots incompréhensibles, résistait de toutes ses forces aux policiers désireux de le faire entrer dans un fourgon. Sans doute cherchait-il à obtenir un meilleur traitement en soulignant son statut d'étudiant du barreau. L'argument ne paraissait pas attendrir les forces de l'ordre.

— Ils vont le relâcher dans quelques heures, promit Clément, au pire avec une accusation d'avoir résisté à son arrestation. Nous faire arrêter aussi ne l'aiderait en rien.

Pourtant, cette éventualité ne semblait pas troubler tant que ça le futur professeur de science politique. Sans doute envisageait-il ces événements comme un aspect normal de son apprentissage. Des travaux pratiques, en quelque sorte, du travail de terrain. Comme les policiers ne faisaient pas mine de poursuivre les fuyards, le couple se retourna après avoir parcouru une centaine de verges, afin de contempler la scène.

Les policiers s'essoufflaient vite, puis les paniers à salade disponibles ne pouvaient contenir plus de quelques dizaines de passagers. Par ailleurs, de nombreux étudiants rentreraient chez eux avec quelques bosses, et même des points de suture. Cela les inciterait peut-être à éviter de tels rassemblements à l'avenir.

Une scène en particulier attira l'attention de Marie-Andrée. À trois cents pieds, deux hommes entraînaient Louise Niquet vers une voiture banalisée. L'un portait l'uniforme de la police de Montréal, l'autre un complet mal coupé. La silhouette lui rappela tout de suite les membres de la Gendarmerie royale du Canada, la fameuse police montée qui avait encadré de loin les visiteurs les plus importants de Terre des Hommes l'été précédent.

Ils ne la frappaient pas, ne la bousculaient pas. Tout de même, la poigne sur chacun de ses bras ne permettait pas à l'étudiante de se rebiffer. Puis elle fut balancée sur la banquette arrière du véhicule. Au moment où Marie-Andrée s'apprêtait à signaler la situation à son compagnon, celui-ci lui enjoignit :

— Partons d'ici.

Clément tira encore sur sa main avec force, sans trop faire attention à son état. La douleur au genou de Marie-Andrée la détourna bientôt du sort de son amie.

Une fois dans le chemin de la Côte-des-Neiges, Clément Marcoux avait ralenti le pas. Jusque-là, la jeune fille avait suivi tant bien que mal, mais la douleur la faisait claudiquer, et un picotement sous les paupières annonçait des larmes prochaines.

— Arrête, je n'en peux plus.

Le garçon se tourna vers elle, aperçut le pantalon déchiré au genou, le sang sur le tissu.

— Tu es blessée !

Clément ne s'était pas vraiment rendu compte de la brutalité de sa chute. Dans la tension du moment, chacun pensait d'abord à sa propre sécurité.

— Les salauds, faire ça à une fille sans défense comme toi.

Pourtant, c'était un manifestant qui l'avait bousculée, aucun policier n'était responsable de sa blessure.

— Viens t'asseoir.

Un arrêt d'autobus semblait les attendre. Clément soutint son amie jusque-là, pria deux femmes de se serrer un peu sur le banc pour lui faire une place. Un genou sur le sol, il demanda :

— Peux-tu remonter la jambe de ton pantalon ?

Comme s'ils voulaient empêcher les filles de montrer leur joli galbe, les manufacturiers ménageaient le tissu. Jamais le bas de la jambe, trop serré, ne passerait le mollet. Elle fit signe que non.

— Au moins, tu n'as pas de mal à plier le genou.

Pour en faire la preuve, il prit sa cheville, allongea la jambe, la replia.

— Tout de même, fais attention, lui murmura-t-elle en agrippant sa main.

La douleur était très vive.

— Désolé. Il faudrait voir un médecin.

— Ce n'est pas nécessaire.

— Autant ne prendre aucun risque. Attends.

Clément se releva pour repérer un taxi. Il leva le bras à l'approche d'un premier, puis d'un second. Au troisième, il lança un « Hé ! » afin d'attirer l'attention du chauffeur.

Pendant ce temps, son amie profitait de sa position assise pour se reposer. Elle chercha à voir son genou par la déchirure dans la jambe du pantalon, sans beaucoup de succès. Un sifflet strident lui fit tourner la tête, à elle comme à une dizaine de personnes autour. Clément tenait deux doigts dans la bouche pour produire le bruit aigu.

La stratégie fonctionna enfin, le quatrième taxi à passer devant eux s'arrêta.

— Viens, l'invita-t-il en lui tendant la main pour l'aider à se relever.

Dans la voiture, il donna une adresse de la rue Bernard. Après quelques minutes, le couple descendit devant un immeuble plutôt moderne, une clinique médicale. Sur une affichette, elle lut « Dr Marcoux », et le nom d'autres professionnels. La pensée de rencontrer le père de son amant lui procura des sentiments mitigés. Du plaisir, bien sûr, mais aussi une certaine appréhension.

Clément se renseigna auprès de la réceptionniste de la clinique :

— Qui est ici, présentement, à part mon paternel ?

Le ton familier laissait deviner des visites fréquentes en ces lieux.

— Le docteur Giguère…

— OK. Il saura soigner son genou écorché.

À ses côtés, Marie-Andrée sentit le rouge lui monter aux joues. « À part mon paternel. » Délibérément, le garçon voulait empêcher leur rencontre. Elle refusa son aide pour se rendre jusqu'à la salle d'attente. Il lui fallut un moment avant de récupérer une contenance suffisante pour demander :

— Pourquoi tiens-tu à lui cacher mon existence ?

Comme il la regardait les sourcils levés, elle précisa :

— À ton père.

Clément laissa entendre un rire bref, comme si le sujet l'amusait, puis constata tout le sérieux sur son visage.

— Je ne veux pas qu'il se mêle de ma vie.

Devant ses yeux intrigués, il se justifia :

— Penses-tu qu'il approuve ce que je fais ? Je ne vois pas l'intérêt de subir de longs sermons sur la folie de toutes ces manifestations, et des reproches parce que j'y entraîne quelqu'un comme toi.

Que voulait-il dire ? Qu'elle était une jeune innocente, une jeune sotte ? Qu'un garçon de cet âge redoute autant l'opinion de son père la laissa perplexe. Puis elle réalisa qu'elle-même ne valait pas mieux. Jamais elle ne pourrait entretenir Maurice de sa grande angoisse au sujet de ses règles. Tous deux craignaient d'encourir une condamnation.

— Au moins, je saurais quel genre d'homme il est.

Juste à ce moment, un médecin sortit de son bureau pour appeler :

— Berger… Marie-Andrée Berger.

Clément quitta son siège et lui tendit la main pour l'aider à se lever. Devant le praticien, il annonça :

— Nous voilà.

— Franchement, Clément, cette jeune dame peut me voir seule.

Décidément, l'étudiant devait être un familier des lieux, pour être apostrophé ainsi par son prénom.

— Nous nous débrouillerons sans toi, continua le médecin.

En claudiquant, Marie-Andrée entra dans le cabinet.

— Tu vas devoir enlever ce pantalon, autrement je devrai le couper.

L'obligation de se dévêtir intimidait la jeune fille, et le tutoiement du médecin augmentait son malaise. Pourtant, impossible d'y échapper. Bientôt, vêtue de sa culotte, elle essaya de tirer sur le bas de son t-shirt pour la dissimuler, sans succès. Quand elle fut juchée sur le lit d'examen, le docteur Giguère se pencha sur son genou.

Marie-Andrée laissa échapper un petit gémissement lorsqu'il fit jouer l'articulation.

— Désolé, murmura le médecin.

Puis il enchaîna, un instant plus tard :

— Rien de grave, mais je conviens que c'est douloureux. J'ai un échantillon de pommade, je vais t'en mettre un peu, puis un pansement dessus. Le jour de tes noces, tu ne t'en souviendras plus.

La formulation lui tira un sourire. Quand il appliqua l'onguent, elle eut envie de lui avouer : «J'ai l'impression que mes règles retardent.» La pudeur l'arrêta. Cet homme connaissait Clément et le père de celui-ci. Cela ruinait l'anonymat nécessaire dans une telle consultation.

Alors qu'il plaçait un carré de gaze sur la blessure, elle esquissa une petite grimace. Puis ce fut le ruban adhésif.

— Tu peux te rhabiller, maintenant.

Discrètement, il se retourna, puis demanda, en lui faisant de nouveau face :

— Pour tes mains ?

— Un peu écorchées aussi, mais même les plus petites articulations fonctionnent bien.

La jeune fille le lui prouva en agitant tous ses doigts. Le docteur Giguère acquiesça d'un signe de la tête, puis déclara :

— Dorénavant, attention aux violentes chutes.

Il allait ouvrir la porte pour la faire sortir quand elle voulut savoir :

— Quels sont vos honoraires?

Mentalement, elle évaluait la somme glissée dans sa poche en partant à l'école ce matin-là, craignant que ce ne soit pas assez.

— Ça a pris tout au plus trois minutes.

Comme Marie-Andrée demeurait immobile devant lui, il ajouta:

— Considérez cela comme une contribution à la cause.

Cette fois, il posa le plat de sa main dans son dos pour la faire sortir. Le médecin éprouvait de la nostalgie pour ses années de jeunesse militante. Dans la salle d'attente, Clément se leva, le remercia puis prit son amie par le bras pour sortir.

— Voilà un traitement royal, remarqua Marie-Andrée en mettant le pied sur le trottoir. Je passe devant les autres et je ne paie pas un sou.

— Si mon père était mécanicien, les employés de son garage répareraient une crevaison à l'œil.

Sans doute disait-il vrai.

Marie-Andrée remarqua rapidement qu'il paraissait préoccupé.

— Nous allons récupérer ma voiture près de chez moi, puis je te reconduirai chez ta tante. Ensuite, je me mettrai à la recherche de Pierre et de Louise.

— Ils se sont fait arrêter.

— Pour Pierre, j'ai vu. Il a d'abord reçu un bon coup de matraque.

Sa propre blessure lui avait fait oublier le sort de ses amis. Maintenant, le souvenir du son du bâton sur le crâne du jeune avocat lui donna un petit frisson dans le dos.

— Pour Louise, rappela Marie-Andrée, personne ne l'a frappée, mais ils se sont mis à deux pour l'escorter vers une voiture. Un gars de la GRC, l'autre de la police de Montréal.

— Pour combattre les dangereux révolutionnaires, tous ces salauds forment une jolie équipe.

«Ces salauds» incluaient aussi Roméo Gladu, le fiancé de sa tante Mary. Une telle généralisation la mettait toujours mal à l'aise.

Comme l'effort de la marche lui tirait de petites grimaces, son compagnon ralentit le pas et lui permit de s'appuyer sur son bras.

— Préférerais-tu que l'on prenne un taxi?

— Tu habites tout près, non?

— À cinq minutes.

À leur rythme de tortue, il leur en fallut tout de même un peu plus de dix. L'Austin était garée près du domicile des Marcoux. Clément roulait en direction de la rue Saint-Hubert quand il questionna:

— Ce soir, penses-tu être en mesure de sortir avec nous?

— Si tu ne m'y entraînes pas à pied, sans doute. Mais si tu dois chercher les deux autres...

— Il n'y a pas tant de postes de police à Montréal, je finirai par les dénicher. Je te téléphonerai pour savoir comment tu vas et te mettre au courant de la situation. Si tout est rentré dans l'ordre, nous irons au Café Campus, comme prévu.

Un peu plus tard, Clément Marcoux s'arrêtait devant le triplex de Mary Tanguay. Le fait de prendre bientôt le nom de Gladu, en raison de son mariage prochain, mettait la marraine de très bonne humeur. Son accueil, se dit Marie-Andrée, ne serait pas trop sévère.

Pourtant, ce fut avec un visage horrifié que la ménagère lança en la voyant:

— C'est-tu Dieu possible ! Ce gars-là est un irresponsable pour t'entraîner à des places pareilles.

Tante Mary s'affairait dans sa cuisine afin de préparer le souper. Comme son amoureux devait venir la rejoindre, elle entendait faire bonne impression. Ses yeux ne cessaient de se porter sur le jeans déchiré et taché de sang.

— Ce n'est rien. Je suis tombée, tout simplement. J'ai déjà vu un docteur.

— Qu'est-ce qu'il pense, ton gars ? Tu n'es pas une révolutionnaire, mais une future maîtresse d'école.

— Depuis des mois, les Américains écrasent le Vietnam avec des explosifs et du napalm. Là-bas, les enfants meurent brûlés vifs dans leurs écoles. Je peux tout de même prendre la peine de dire que je ne suis pas d'accord.

Depuis quelques mois, les ménagères de la province avaient appris le mot « napalm », et elles en connaissaient l'effet pour l'avoir vu aux actualités télévisées. En couleur, cela devait être plus horrible encore. Aussi, sa marraine demeura interdite.

— Ce ne sont pas des raisons pour aller t'esquinter les jambes.

Maintenant, le ton ne contenait plus de colère, seulement de la sollicitude.

— Je vais aller étudier un peu.

Sa parente n'osait jamais contester ce motif quand la jeune fille souhaitait profiter d'un peu de solitude. Aussi, Marie-Andrée l'utilisait-elle sans vergogne. Sous les yeux de cette femme, elle se sentait transparente. À tout moment, elle s'attendait à entendre : « Pis, as-tu vu rouge, ce mois-citte ? »

Cette préoccupation l'empêcha de se concentrer sur ses ouvrages de pédagogie. Elle finit par s'étendre sur le dos, un bras replié devant son visage afin de cacher ses yeux. Vers six heures, le bruit dans le couloir lui apprit l'arrivée de Roméo Gladu. La plus élémentaire politesse voulait qu'elle aille aider à mettre la table, et même à préparer le repas. Mais ce serait pour une autre fois. La jeune fille ne se donna même pas la peine de sortir afin de saluer le visiteur.

Bientôt, quelques coups contre la porte la tirèrent de sa rêverie maussade.

— Veux-tu manger avec nous ? lui proposa Mary en passant la tête par l'embrasure de la porte.

Le ton trahissait une inquiétude inhabituelle, comme si elle craignait d'avoir été trop intrusive. Ce sentiment ne durerait pas.

— Oui, j'arrive.

Son « oui » manquait tout à fait de sincérité. Elle ne souhaitait voir personne.

Marie-Andrée enfila un pantalon noir et un col roulé de même couleur. Une claudication très légère témoignait de sa mésaventure. Quand elle entra dans la salle à manger, le policier remarqua :

— C'est pas grave, j'espère.

— … Non, une simple chute sur le pavé.

— Tant mieux. Et tes études ?

Le visiteur tentait de construire une relation cordiale avec la jeune fille. Après tout, il habiterait bientôt sous ce toit. Tous les jours, les membres de la maisonnée prendraient leurs repas à la même table. Pleine de bonne volonté, Marie-Andrée rendit compte de ses activités des derniers mois. Les cours ne présentaient pas de difficulté particulière, mais il lui tardait de s'en aller en stage, afin de voir enfin de vrais élèves.

Mary Tanguay devait avoir fait exprès de les laisser en tête-à-tête. Elle aussi se souciait de leur bonne entente. La perspective de vivre le début de son nouveau ménage devant témoin la préoccupait. Quand elle posa la soupière au milieu de la table, Marie-Andrée proposa :

— Ma tante, je vais m'occuper du service, pour la suite du repas.

— Tu n'y penses pas. Pas avec un genou en mauvais état.

— Voyons, ce n'est pas une fracture !

La précision ne servit à rien, l'hôtesse passa son temps à faire le trajet entre la cuisine et la salle à manger.

La conversation resta empruntée. Marie-Andrée craignait que sa marraine ne finisse par dire : « Tu sais ce qu'elle faisait cet après-midi ? Elle se bagarrait avec la police. » Ou une autre révélation du même genre. Pourtant, la ménagère réussit à se faire discrète.

Vers sept heures trente, le téléphone sonna dans la cuisine. La jeune fille s'excusa, puis alla répondre. La voix joyeuse de Clément la surprit.

— Je les ai trouvés tous les deux.

En réalité, Pierre Brousseau l'avait contacté dans les minutes suivant sa libération, et un peu plus tard, avec un nouvel appel téléphonique, il lui apprenait que Louise était rentrée chez elle.

— De ton côté, tu es toujours d'attaque pour venir avec moi ?

Le choix des termes donnait l'impression que le jeune homme entendait s'engager dans une nouvelle manifestation.

— Je me porte très bien.

Surtout, elle tenait à le voir.

— Alors, je passerai te prendre dans vingt minutes, tout au plus une demi-heure.

Après un « À tout de suite », Marie-Andrée raccrocha le combiné. Un instant plus tard, debout dans l'entrée de la salle à manger, elle annonçait :

— Clément vient me chercher.

— Si tu penses que c'est prudent dans ton état… commença la marraine.

— Je vais me préparer, l'interrompit la jeune fille. Je vous souhaite une bonne soirée.

Ces intrusions dans sa vie privée la rendaient de plus en plus impatiente. Cette réaction tenait surtout à son désir de préserver ses secrets.

— Fais attention à toi.

La préparation ne lui prit guère de temps. Son âge lui épargnait la nécessité de se maquiller. Un passage à la salle de bain, un coup de peigne dans les cheveux, un manteau assez chaud pour la protéger de la fraîcheur d'un soir de novembre, et elle était fin prête. Après un moment passé dans l'entrée, elle décida d'attendre sur la galerie.

Dès que la porte se fut refermée dans le dos de la jeune fille, Mary Tanguay commenta à mi-voix :

— Tu vois ce que je te disais. Elle l'attend dehors, pour qu'il n'entre pas dans la maison. As-tu déjà vu ça ?

— Comme j'ai jamais eu d'enfant, non.

— Bien, c'est pas normal, je te l'dis.

D'abord, la ménagère avait pensé que sa filleule avait honte de sa famille. Comme ce n'était pas une « faiseuse », bientôt sa perception avait changé.

— Elle veut pas qu'on le connaisse. Y fait partie du RIN pis y la traîne dans des manifs. C'est là qu'elle a pris son coup sur le genou, cet après-midi.

La femme n'avait pas besoin de se faire plus précise : le policier avait passé quelques heures ce jour-là sur l'avenue du Docteur-Penfield, avec des dizaines de collègues.

— Tu sais, les manifs, c'est rendu le sport favori des étudiants pendant l'été. L'hiver, y retournent au hockey. C't'après midi, la moitié d'entre eux étaient dans la rue. À moins dix, on les verra pus.

Qu'un policier prenne les choses tellement à la légère agaçait la ménagère, mais d'un autre côté, cela la rassurait.

— Bon, allons prendre le café dans le salon. À moins que tu ne souhaites quelque chose de plus fort.

— Un café, ce s'ra parfait.

Toujours soucieux de faire la meilleure impression, l'homme se donna la peine de l'aider à desservir. Tout de même, sa participation n'irait pas jusqu'à laver la vaisselle.

✳

Depuis le mois de février précédent, le Café Campus attirait la clientèle des étudiants de l'Université de Montréal. L'établissement était né en 1966 à l'occasion d'un boycott des services alimentaires de l'établissement d'enseignement. Maintenant, il s'agissait d'offrir un choix aux étudiants. Du petit déjeuner au souper, on y proposait des repas pas trop chers. En soirée, les spectacles permettaient de découvrir les chansonniers, les rockers et même les jazzmen de la ville. Une discothèque assurait aux plus actifs la possibilité de se dégourdir les jambes.

Ce soir-là, Marie-Andrée ne s'agiterait pas au son d'une musique tonitruante. Clément avait dû se stationner assez loin sur le chemin Queen-Mary. La marche lui avait laissé le genou douloureux. Toutefois, sa blessure ne lui valait aucune admiration. C'était Pierre Brousseau, le point de mire.

— Un gros beu, j'te dis. Il est venu avec sa matraque, et "bang"! Je ne pouvais rien faire contre un gars armé, casqué et vicieux.

Marie-Andrée réfréna son envie de lui rappeler son plaidoyer pusillanime. «Je suis un avocat, je suis un avocat!» Ces fils de bourgeois s'attendaient à un traitement de faveur même lors de manifestations politiques, en raison de leurs parents nantis. Bonne fille, elle demanda plutôt:

— Que s'est-il passé ensuite?

— Ils se sont mis à deux pour me jeter dans le panier à salade. Dans le mien, tout le monde était blessé.

— Aux nouvelles de six heures, le journaliste parlait de plus de quarante arrestations, et de trois ou quatre fois plus de blessés.

— En tout cas, on était nombreux au poste de police du quartier.

Le stagiaire en droit portait souvent la main au pansement lui entourant la tête. Volumineux, il rappelait un peu le turban de Michel le magicien, un personnage de *La Boîte à surprises*.

— Ce n'est pas trop grave, j'espère?

La sollicitude de la normalienne lui valut un sourire reconnaissant.

— Une coupure longue comme ça, affirma-t-il en montrant une largeur de trois bons pouces avec ses doigts. Le médecin m'a fait une douzaine de points de suture.

— Il est allé à la même clinique que toi, commenta Clément. C'est mon père qui l'a recousu.

La jeune fille divisa la longueur de la plaie par deux, de même que le nombre de points de suture. Cela donnait tout de même une blessure impressionnante. Elle nota surtout que les amis de son amant avaient accès au fameux docteur Marcoux... Elle demanda:

— Au poste, qu'est-ce qu'ils ont fait?

— Ils ont pris des photos, comme d'habitude. Ils en possèdent tout un album. Puis ils nous ont laissés partir après une promesse de comparaître.

Cela, Marie-Andrée le savait déjà, Clément le lui avait expliqué : les personnes arrêtées comparaîtraient devant un juge sous l'accusation d'avoir résisté à leur arrestation.

— Toi, Louise, ils t'ont fait la même chose ?

Marie-Andrée évoquait la prise de photos et l'accusation. L'étudiante de l'Université de Montréal lui parut s'émouvoir.

— Sur moi aussi, ils ont tout un album de photos… Mais ils n'ont pas porté d'accusation.

— Ils supposent que de faibles femmes ne peuvent offrir la moindre résistance.

Clément se faisait railleur.

— C'est quand même curieux que tu n'aies pas été amenée au même poste de police que moi.

Louise Niquet se troubla. Avec un meilleur éclairage, on aurait vu le rose sur ses joues.

— Je suppose qu'il n'y avait pas de place pour tout le monde.

Devant la question muette, elle continua :

— Ils m'ont amenée du côté de la gare Jean-Talon. Il y avait des policiers en civil.

— Il y a un poste de commandement de lutte contre le terrorisme dans ce coin-là, expliqua Pierre Brousseau, avec des chiens de la police municipale, de la police provinciale et même de la police montée.

— Les terroristes, ce sont eux, ragea Clément. Vous les avez vus charger avec leurs chevaux ?

Le Café Campus pouvait recevoir des centaines de personnes dans une grande salle qui ressemblait à une cafétéria institutionnelle. Le décor était peu convivial, mais aucun client ne se sentait dépaysé. Des applaudissements retentirent du côté des cuisines, ils se propagèrent rapidement dans la pièce.

— Voilà la vedette du jour, soupira Louise.

Marie-Andrée eut l'impression qu'elle était soulagée. Le chanteur originaire de Drummondville Georges-Henri Dore, que le public connaissait sous le nom de Georges Dor, monta sur la scène et commença son tour de chant avec son plus grand succès à ce jour :

Si tu savais comme on s'ennuie
À la Manic

Les affiches près de la porte avaient annoncé la prestation de cet homme aux talents multiples : chanteur, musicien, parolier et romancier. Après une trentaine de minutes, il se retira sous les applaudissements. Il reviendrait sur la scène avant la fermeture. L'étudiante en science politique vida le reste de son verre de vin d'un trait, puis commença :

— Pierre, nous devrions rentrer maintenant. Après une journée comme celle-là, ce serait plus prudent.

— Voyons, je ne suis pas fatigué.

— Un coup pareil, c'est une commotion cérébrale assurée.

Brousseau paraissait désireux de protester, mais Clément régla la question.

— Louise a raison, ça peut être dangereux. Tu dois aller te reposer. Je vais vous reconduire.

Son statut de fils de médecin lui donnait sans doute une aura de compétence, car son ami ne protesta plus.

Chapitre 22

Bientôt, le petit groupe marchait sur le trottoir. En se dirigeant vers l'Austin, Pierre Brousseau convint enfin de la précarité de sa condition. Clément rappela le programme :

— Alors, je reconduis d'abord les filles, puis je descendrai chez toi pour veiller sur ta santé.

Pierre ne protesta plus, car la sollicitude des autres commençait à l'inquiéter vraiment. En montant dans la petite voiture, il réclama le privilège de s'asseoir devant. Louise se glissa à l'arrière par la portière côté passager, et Marie-Andrée côté conducteur. Elle atterrit sur la banquette en esquissant une grimace.

— Cela te fait mal ? demanda sa voisine.

Ce soir, elle était la première à s'en soucier. Cette bienveillance toucha son amie.

— Un peu.

Sa mine préoccupée ne tenait pas vraiment à son genou écorché. Les événements se succédaient de façon à l'empêcher d'avoir une conversation en tête-à-tête avec son amant. En même temps, elle en était soulagée. Une certaine gêne l'empêchait de réclamer son attention. Après tout, les femmes enfantaient, il leur revenait de prendre des précautions. Si ses craintes se révélaient fondées, tout le monde la tiendrait pour la seule responsable de son état.

Pour chasser ces pensées de son esprit, elle demanda à Louise :

— Au poste de police, personne ne t'a… maltraitée ?

Si les hommes mis en état d'arrestation risquaient des interrogatoires musclés, les femmes s'exposaient-elles aussi à ce genre de sévices ?

— Non.

Elle marqua une pause, puis précisa :

— Bien sûr, cela n'avait rien de drôle, mais ils ont été corrects avec moi.

À cause de sa relation avec le conducteur, Marie-Andrée était souvent celle qu'il déposait la première chez elle, à moins qu'il ne veuille faire un arrêt dans un coin sombre. La jeune fille soupçonnait parfois que ce comportement tenait au fait que son cavalier et les autres souhaitaient discuter « entre eux ». Elle se sentait encore étrangère à ce groupe.

Clément descendit et replia son siège vers le volant. Marie-Andrée salua les autres passagers puis s'extirpa de sa place avec un peu de peine. Après un baiser, le jeune homme lui dit :

— Alors, c'est entendu, demain je passe te prendre en matinée, puis nous irons assister au rassemblement des amis de René Lévesque.

— Oui, mais à condition que nous soupions ensemble ensuite. Seule à seul.

S'il s'étonna de se voir imposer une condition, rien ne parut.

— Entendu. Je t'appelle demain.

Leur dernier baiser fut chaste, à cause des témoins. En se dirigeant vers la maison de sa tante, elle se dit qu'attendre vingt-quatre heures de plus ne changerait rien à son état.

Peut-être à cause des émotions violentes de la veille, Clément Marcoux ne se manifesta qu'en fin de matinée. Après tout, on ne fuyait pas devant des policiers à cheval tous les jours. Comme Roméo Gladu éparpillait les pages de *La Presse* dans le salon depuis le matin, Marie-Andrée se cloîtrait dans sa chambre sous prétexte d'étudier. Elle parcourait bien ses livres et les notes prises en classe. Toutefois, la concentration lui faisait défaut.

Vers onze heures, elle songea à aller à la Plaza Saint-Hubert pour visiter une librairie. Quand elle avait lu *L'adolescente veut savoir*, une section de l'ouvrage de Lionel Gendron l'avait interpellée : « Êtes-vous une fille-mère en puissance ? » Au printemps, elle aurait crié un « Non ! » tonitruant. Aujourd'hui, elle se montrerait infiniment moins certaine. Potasser le sujet à fond lui permettrait de se détendre – ou la rendrait folle d'angoisse…

Un coup de fil annula ce projet. Après avoir mangé un morceau, elle alla se planter sur la galerie afin d'attendre l'Austin. Clément remarqua, après lui avoir fait la bise :

— Tu boites encore un peu.

— Je ressens une petite douleur, sans plus.

Tout de même, le frottement du jeans sur sa blessure lui tirait parfois un froncement de sourcils.

Le trajet vers la Côte-Sainte-Catherine durait quelques minutes. Un stationnement leur permit de s'arrêter tout près du lieu de la réunion.

— Ils tiennent des rassemblements politiques dans les églises ? s'étonna-t-elle en mettant le pied sur le trottoir.

L'église des dominicains, une bâtisse magnifique, en brique avec de grandes fenêtres, se dressait là depuis les années 1950.

— René Lévesque est peut-être un bon chrétien, ironisa son compagnon. Ou le père supérieur rêve de voir le Québec se séparer du reste du Canada.

Plusieurs dizaines de personnes se tenaient dans le stationnement tout en longueur et sur les pelouses, par groupes de deux ou trois. Clément reprit, plus sérieux cette fois :

— Le loyer doit convenir à ces gens. Personne n'a beaucoup d'argent, parmi les séparatistes.

La plupart étaient des jeunes, en âge de fréquenter l'université ou même le collège.

— Je n'ai pas vu de publicité dans les journaux.

— Les gens viennent ici sur invitation. Certains sont membres de sociétés nationalistes comme la Société Saint-Jean-Baptiste. Puis tu vois aussi des militants du RIN et des ploucs du RN.

Pour les jeunes gens du RIN, les membres du Rassemblement national paraissaient être de vieux croulants penchant à droite. Pareil mépris ne laissait pas présager la jonction prochaine de toutes les forces indépendantistes.

— Ajoute les gars des associations étudiantes, et tu as tout l'effectif. Et voilà le plus enthousiaste d'entre eux. Regarde-le venir.

Jean Doré s'approchait avec son meilleur sourire, la main tendue.

— Content de te voir, Marcoux. Tu verras, nous allons écrire l'histoire, aujourd'hui. La souveraineté est inévitable maintenant.

Au lieu de s'engager sur ce sujet, Clément demanda :

— Tu te souviens de Marie-Andrée ?

— Évidemment.

Après un salut de la tête, le jeune homme reporta toute son attention sur l'étudiant en science politique.

— Tu as pu échapper à la police, hier ? s'enquit-il.

— Sans doute parce que les paniers à salade étaient déjà pleins.

Tous trois marchèrent ensemble vers l'entrée du couvent des dominicains. Le campus se composait de trois espaces : la chapelle, le noviciat et le cloître. Ils formaient un triangle autour d'une cour intérieure.

— Je vois que tu boites un peu, dit Doré à Marie-Andrée.

— Une mauvaise chute.

— Parce qu'un chien voulait nous matraquer, précisa Clément.

Le pauvre paraissait regretter de ne pas avoir vécu lui-même cette anecdote. Après tout, Pierre Brousseau affichait un gros pansement comme preuve de son attachement à la cause.

— Je n'ai pas vu Pierre Bourgault parmi les représentants du RIN, remarqua le président de l'association étudiante.

— Il se promène en France présentement.

— Comme ça, il va s'entêter à nous diviser…

Si le projet d'un pays indépendant séduisait plus d'un, chacun était animé d'un ensemble de convictions qui l'opposait aux autres.

— Il existe déjà un parti indépendantiste bien établi, le RIN. Lévesque y serait très bien accueilli.

Une fois dans la grande salle du noviciat, Doré s'avança vers l'estrade afin de rejoindre la garde rapprochée de l'ancien ministre libéral. Les deux autres cherchèrent des places. Une fois assise, Marie-Andrée commenta :

— Si les gens venus ici ont été invités, je ne devrais pas m'y trouver, et toi non plus.

— Cette fois encore, je devrai produire quelques paragraphes dans *Le Quartier latin*.

« Et moi, je suis là parce qu'il aime se montrer en ma compagnie », constata Marie-Andrée. Lentement, des notables occupèrent les chaises de l'estrade. Certains venaient des libéraux, d'autres de l'Union nationale, des gens déçus de la timidité des projets constitutionnels de ces partis. Un petit homme aux yeux tristes, vêtu d'un complet de mauvais goût, se tenait un peu à l'écart.

— Voilà Gilles Grégoire, le chef du Ralliement national, expliqua Clément. Un créditiste.

Le dernier mot ressemblait à une insulte.

Quand René Lévesque arriva enfin pour prendre le siège du centre, un tonnerre d'applaudissements l'accueillit. Comme d'habitude, son étrange mèche de cheveux dissimulait bien mal sa calvitie. La veste fripée, la cigarette pendue au bec lui donnaient un air brouillon. Pourtant, cela ne réduisait en rien son charisme.

Pour ramener le calme et attirer l'attention de l'assistance, il leva un bras. L'allocution présentée plus tôt devant l'Association libérale du comté de Laurier s'intitulait *Le pays qu'il faut faire*. Lévesque en reprit tout simplement le contenu. Il ne dissimula pas son recyclage d'un texte ancien en rappelant un épisode survenu alors :

— Bien sûr, nos adversaires vont de nouveau tenter de nous faire peur. Vous vous souvenez quand j'ai évoqué ces idées pour la première fois ? Les fédéralistes ont organisé une sortie des capitaux de la province, avec une procession de camions de la Brink's vers l'Ontario.

La discussion sur la capacité, ou l'incapacité, des Québécois à faire l'indépendance sans plonger la province dans la misère durerait encore une courte éternité.

Les questions de la salle succédèrent à l'allocution. Pendant de longues minutes, les problèmes économiques furent abordés. Manifestement, le politicien ne maîtrisait pas bien ce sujet. À la fin, Clément ne put se résoudre à garder le silence. Debout dans l'allée centrale pour parler au micro, il lança :

— Selon vous, dans le Québec souverain, continuerons-nous à vivre sous la domination des capitalistes américains ?

Tandis que les plus jeunes dans la salle applaudirent, les plus âgés ne dissimulaient pas leur irritation.

— Les Québécois sont en train de montrer ce qu'ils peuvent faire. Hydro-Québec est un formidable instrument entre nos mains, et nous le contrôlons entièrement. Ce sera pareil dans tous les domaines.

— Pour qu'un jour, des exploiteurs québécois remplacent les exploiteurs américains ? Cuba nous montre le chemin pour nous débarrasser de tous les capitalistes.

— Les Québécois n'ont pas les mêmes raisons que les Cubains pour se comporter en Cubains.

Un grand silence accueillit la boutade. Plusieurs, dans l'assistance, ne rêvaient sans doute pas de s'engager sur la voie du socialisme. Mais la réaction maussade des plus jeunes les incita au silence. Le politicien esquissa un sourire crispé, le signe d'un agacement certain.

En retournant à son siège, Clément grommela à l'intention de sa voisine :

— Tu vois ce que je disais ? Un vieux politicien qui rêve de créer un parti tout neuf pour nous servir la bonne vieille recette de Maurice Duplessis : un discours autonomiste, avec la main tendue vers de riches Américains.

Marie-Andrée ne voyait pas vraiment, mais le dire à haute voix lui aurait valu les remontrances de son amoureux. Il ne discutait pas, il n'enseignait même pas. Il dictait comment il fallait penser.

La réunion suivit son cours. Il devenait évident que Gilles Grégoire, dont le parti avait reçu trois pour cent des suffrages lors de la dernière élection, s'était négocié une place de choix dans la nouvelle organisation, le mouvement souveraineté-association, en échange de l'adhésion de tous ses partisans. Souveraineté-association. Les deux notions s'accolaient, soudées par un trait d'union. La création d'un nouveau parti viendrait bientôt, quand on aurait fait la promotion de ces idées. René Lévesque entamerait d'ailleurs une tournée des régions du Québec dès le surlendemain.

En quittant la salle, Clément Marcoux était de fort mauvaise humeur. Marie-Andrée, quant à elle, se préoccupait de son état d'esprit. La conversation à venir aurait mérité un accueil bienveillant.

Avec le temps, la normalienne en viendrait à connaître tous les endroits susceptibles de recevoir les jeunes de moins de vingt-cinq ans. Comme ils se ressemblaient tous, elle ne risquait pas d'être dépaysée. Le café Les trois castors était situé rue Sainte-Catherine, tout près de l'intersection avec Saint-Denis. Le décor se composait des habituelles petites tables branlantes aux nappes à carreaux, de chandelles fichées dans des bouteilles de vin un peu ventrues, d'affiches vieillottes. Une petite scène dans un coin permettrait à un artiste de démontrer ses talents un peu plus tard dans la soirée.

D'abord, Clément Marcoux lui avait expliqué, deux fois plutôt qu'une, pourquoi il ne fallait pas appuyer le Mouvement souveraineté-association de René Lévesque. Sa compagne comprenait surtout que la nouvelle entité, dirigée par un politicien populaire, risquait de vampiriser la clientèle du RIN. Ce dernier parti politique, avec ses manifestations souvent tumultueuses et son chef volontiers provocateur, ne ralliait qu'une frange militante recrutée surtout parmi les étudiants et les jeunes travailleurs. Le petit six pour cent des suffrages, lors de l'élection précédente, en témoignait.

— Tu comprends, il va diviser les votes. Ça ne servira que les intérêts des fédéralistes.

Elle hocha la tête. En mangeant lentement, elle s'évitait l'obligation de fournir des réponses détaillées. Les monosyllabes et les gestes d'appréciation suffisaient. Du coin de l'œil, elle observait la clientèle. Le collège Sainte-Marie, tout près, en formait une partie. Ses étudiants se distinguaient des autres par leurs cheveux relativement courts – les règlements de l'établissement ne permettaient pas à ceux qui le fréquentaient de suivre la dernière mode. Ils portaient un veston.

Les garçons vêtus d'un coupe-vent étaient sans doute des travailleurs. Ceux qui portaient des vêtements colorés et des cheveux aux épaules semblaient sortir tout droit de San Francisco. Elle se demandait bien quel employeur, ou quelle institution d'enseignement, accepterait de leur faire une place.

— Les filles ne sont pas bien nombreuses ici, remarqua-t-elle quand Clément s'interrompit un instant.

Il se troubla de cette invitation indirecte à revenir aux préoccupations des simples mortels.

— Il est très tôt. Je suppose qu'elles sont encore à se faire belles pour ce soir.

Comme les sujets politiques semblaient s'imposer à toutes les tables, sans doute ces demoiselles attendaient-elles l'heure où les messieurs auraient fini de refaire le monde. Clément eut tout de même le bon sens de ne pas reprendre tout de suite son interminable monologue nationaliste, pour lui accorder toute son attention.

— Je me demandais où tu te voyais dans cinq ans, dans dix ans puis dans vingt ans, confia Marie-Andrée.

Il accusa le coup, puis répondit après un moment de réflexion :

— Dans cinq ans, le Québec sera sûrement un pays indépendant. Les choses avancent tellement vite, depuis 1960.

Ce fut au tour de la jeune femme d'être déstabilisée. Quel que soit le sujet de discussion, il revenait irrémédiablement à son obsession.

— Je parlais de toi, pas de la province.

— … Évidemment, un jour, je voudrai me faire élire député. L'an dernier, c'était juste pour faire acte de présence, mais ce sera différent en 1970.

Comme s'il craignait de s'être montré un brin trop naïf, il ajouta :

— Bien sûr, je serai encore jeune, mais à un pays nouveau, il faudra des hommes nouveaux.

Marie-Andrée posa sa fourchette, une main semblait serrer son estomac. Elle ne pourrait sans doute plus rien avaler.

— Voilà des projets admirables.

Le garçon saisit bien l'ironie dans le ton, sans toutefois en comprendre l'origine.

— Mon père me dit souvent que je prends mes rêves pour la réalité. En tout cas, en 1972, j'en aurai fini du doctorat, et j'enseignerai à l'université.

Même en formulant un projet plus réaliste, il surévaluait sans doute ses chances. Pierre Brousseau s'amusait de son mémoire de maîtrise qui n'avançait pas. Sa thèse de doctorat menaçait de voir le jour la semaine des quatre jeudis.

— Comme c'est curieux. Tu sembles incapable de parler de ta vie privée.

Comme il ne prononçait pas un mot, elle se résolut à se faire très explicite :

— Le député nationaliste ou le professeur d'université aura-t-il une femme, des enfants ?

La question ne pouvait le surprendre. Depuis les curés jusqu'au docteur Lionel Gendron, dans les sermons, les livres, les journaux et les entrevues télévisées en passant par tous les courriéristes du cœur, personne n'en démordait : toute femme normale s'épanouissait dans les rôles d'épouse et de mère. Un rêve différent témoignait d'une véritable perversion. Même en cette année de l'amour, Marie-Andrée était justifiée de réfléchir à son avenir à l'intérieur de ces cadres.

— Je suppose que oui. En réalité, je n'y ai jamais vraiment pensé. Tu comprends, la cause prend tout mon temps.

Il aurait probablement parlé de la même façon d'un engagement religieux.

— Dans les circonstances, ce serait tout à fait injuste pour ma femme et mes enfants. Tu le vois bien, je passe plusieurs soirées en réunion, puis aujourd'hui s'ajoutait cette assemblée convoquée par Lévesque. Si j'avais une femme, elle voudrait me quitter.

Son amant rêvait de révolution, pas des couches et des pleurs de ses rejetons. Devait-elle lui confier son angoisse sur son état, se servir de sa grossesse pour le traîner devant l'autel ? Un picotement atteignit ses yeux. Non, elle ne se répandrait pas en pleurs. Son instinct lui disait que se marier « obligée » laissait présager une vie de malheur.

Sachant l'avoir déçue, pour la consoler ou bien pour éviter de la perdre tout de suite, il ajouta :

— De toute façon, rien ne presse. Mon père a attendu d'avoir fini sa médecine avant de se marier, et il s'est constitué une clientèle avant ma naissance. Les noces viendront en temps et lieu.

Le praticien aurait sans doute été heureux de voir son fils si résolu à suivre son exemple.

La timidité de Marie-Andrée était un curieux handicap. Pour éviter de perdre toute dignité en marchandant un mariage grâce à la perspective d'une grossesse, elle préféra se taire. Dans cette aventure, toute la responsabilité lui revenait : les filles devaient faire attention pour deux... ou en subir les conséquences.

« De toute façon, ce n'est certainement pas ça ! se dit-elle pour se rassurer. Nous faisons toujours attention. Je m'inquiète pour rien. » Il s'agissait de se tromper elle-même en niant les événements de Québec. Ainsi, elle s'accrochait à l'idée d'un retard de quelques jours. « Ce sont des choses qui arrivent. Je suis fatiguée, après l'été au St-Hubert et tous ces mois dans une nouvelle école », plaidait-elle encore. Ses plus récentes lectures mentionnaient des irrégularités de ce genre.

Toutefois, en comptant depuis ses dernières règles, il ne s'agissait plus de quelques jours de retard, mais de deux semaines.

— Excuse-moi, dit-elle en se levant soudainement, tout en portant la main à sa bouche.

Mieux informée, elle aurait additionné ces petits haut-le-cœur à la liste des indices. Mary Tanguay était la seule femme adulte dans son environnement immédiat, mais jamais elle n'aurait pu se confier à elle. L'aveu d'une si mauvaise action l'aurait couverte de honte. Surtout, sa parente aurait alerté son père dans les minutes suivantes. Les visites répétées de Roméo, les nuits passées dans la chambre conjugale avec lui ne la rendraient pas plus compréhensive.

Toutes les « grandes personnes » lui apparaissaient comme des juges sévères.

— Ça ne va pas ?

Sa compagne ne prit pas le temps de lui répondre. Clément la regarda se diriger vers les toilettes, toujours admiratif de sa jolie silhouette. « Une bien gentille fille, mais rien de la passionaria », songea-t-il. Bien sûr, les Rosa Luxembourg ne venaient pas de Saint-Hyacinthe.

Pendant un moment, Marie-Andrée demeura debout dans la cabine, combattant une envie de vomir. Après trois minutes, quelqu'un frappa contre la porte en rageant : « Lis-tu le journal, là-dedans ? » Quand elle sortit, l'impatiente lui jeta un regard mauvais. Peut-être qu'elle aussi était lasse d'écouter discourir de politique.

À la table, Clément la reçut en se levant à demi pour demander :

— Tu vas bien ?

— Juste un peu fatiguée, je suppose. Je compte aller au lit assez tôt ce soir.

Son compagnon comprit le sous-entendu. La rencontre ne se terminerait pas par un épisode scabreux dans un coin sombre. De toute façon, la voiture procurait un confort limité, il conviendrait bientôt de voir à de nouveaux arrangements. Des étudiants habitaient des appartements près de l'université, le plus souvent à plusieurs. Peut-être accepterait-on de lui en prêter un de temps en temps.

— Tout de même, tu voudras bien boire encore un verre de vin avec moi ?

— Un 7up, plutôt.

C'était courir le risque de se voir sermonnée pendant une heure au sujet du boycott de ce produit, mais lancer ce petit défi lui fit plaisir. À sa grande surprise, Clément leva la main pour appeler le serveur. Ensuite, il chercha pendant une heure des sujets de conversation susceptibles de ramener la bonne humeur de sa compagne. Lui aussi se retenait de faire une confidence : « Je ne peux pas m'engager avec toi, ce que je fais est beaucoup trop dangereux. » Mais cela, elle le savait déjà, à moins de s'imaginer que ses promenades du côté de Stukely-Sud à la nuit tombée témoignaient d'un amour démesuré de la nature.

Elle consulta sa montre deux fois ; elle ne tarderait pas à réclamer de rentrer chez elle. C'était oublier le désir des forces de l'ordre de faire sentir leur présence. Un détective en civil entra d'abord pour occuper une table près de l'entrée. Son complet et son imperméable clamaient son occupation aussi bien que l'habit rouge de la police montée. La présence du cheval n'aurait pas été plus éloquente.

— Tabarnak, ragea Clément, ils ne nous laisseront jamais tranquilles.

Le gros mot fit ciller Marie-Andrée. Elle suivit son regard pour reconnaître aussi l'importun. Des clients se découvraient une envie soudaine de se rendre aux toilettes pour sortir en douce de l'établissement.

— Ça ne leur servira à rien, des chiens se trouvent sans doute déjà en faction près des portes du fond.

— Mais pourquoi ?

— Un agent de la police de Montréal signifierait la recherche de mineurs dans la place, ou de vendeurs de mari. Celui-là veut certainement mettre un peu de pression sur les nationalistes.

— Je suppose que le fait d'avoir dix-huit ans ne suffira pas. Il m'en manque toujours trois pour le satisfaire.

Même chargé d'ironie, son sourire était le premier de la soirée. Bientôt, des agents de la police municipale envahirent la salle, demandant leurs papiers à tous les clients. Un officier mentionna la présence de vendeurs de cannabis, tous durent s'aligner contre un mur pour une fouille sommaire. Marie-Andrée estima que les mains du sergent chargé de découvrir la preuve d'activités illicites sur son corps étaient un peu trop curieuses, mais une protestation n'aurait servi à rien.

— Toé tu peux t'en aller, fit une voix près d'elle.

Un policier permettait à Clément Marcoux de quitter les lieux. Son amie se tourna vers lui en arguant :

— Je suis avec lui.

Des yeux, elle chercha ceux de son cavalier. Celui-ci articula quelques mots sans émettre un son. Elle crut lire «Brousseau» sur ses lèvres. Bien sûr, l'étudiant du barreau saurait quoi faire. Tout de suite, un policier le poussa dehors.

— Bin à partir d'asteure, t'es avec moé. T'es pas contente ?

Tout de suite, ce constable lui fit penser à Roméo Gladu : la cinquantaine aussi, un peu ventru, l'air débonnaire. Peut-être à tort, elle s'en réjouit. Ceux qui étaient plus jeunes de vingt ou trente ans lui semblaient un peu trop empressés auprès des autres filles présentes.

— Vous n'avez pas le droit de me retenir.

— Tu penses ? intervint le flic en civil. T'as passé un moment dans les toilettes, t'à l'heure. Assez pour vendre ou acheter quek' chose.

— Vous n'avez rien trouvé sur moi.

— Bin sûr, si tu l'as vendu. Dans le panier.

L'agent fédéral menait le jeu, les autres obéissaient. Quand le policier à ses côtés fit mine de la prendre par le bras, elle se dégagea vivement. Il n'insista pas.

Un fourgon était stationné juste en face du café. Des curieux s'arrêtaient sur le trottoir pour examiner la scène.

— Laissez-les tranquilles, christ de chiens ! cria quelqu'un.

Marie-Andrée crut reconnaître le ton de Clément. Les policiers cherchèrent le malappris des yeux. Des claquements de talons de l'autre côté de la rue indiquèrent que le coupable n'entendait pas être accusé d'entrave au travail des forces de l'ordre.

— Montez là-dedans, vous autres.

La jeune fille sentit une main dans son dos la pousser vers l'avant. Un garçon l'aida obligeamment à monter dans le panier à salade.

— Qu'est-ce qu'ils vont nous faire ? s'inquiéta-t-elle.

— Nous amener au poste, nous faire chier une heure ou deux, puis nous relâcher.

— Mais pourquoi ?

Elle le savait pourtant. Clément et Pierre Brousseau avaient parlé de cette pratique : parfaire leur album photo des militants nationalistes, et au passage, peut-être les effrayer suffisamment pour les convaincre de laisser tomber la cause.

— Pour nous écœurer. Ils n'ont pas le droit de ramasser des gens ainsi, en inventant une histoire de *dope*.

Ils étaient huit à s'entasser dans le véhicule, tous des jeunes hommes excepté Marie-Andrée. Il s'agissait d'étudiants, à en juger par leurs vêtements et leur façon de s'exprimer.

Chapitre 23

Le trajet vers le poste de police numéro 2, rue Frontenac, ne durait que cinq minutes. Ils descendirent dans la cour crasseuse d'un vieil édifice. Des policiers les poussèrent sans ménagement vers l'intérieur. Heureusement, ils ne placèrent pas la seule jeune fille du lot dans une cellule avec des femmes de mauvaise vie. On lui fit plutôt la faveur de l'amener la première dans une petite salle où trônait un énorme appareil photo, aux mains d'un tout petit homme.

La collection de portraits !

— Mettez-vous là en tenant ça devant vous, mademoiselle Berger.

Le policier en civil lui tendait une pièce de carton où l'on avait aligné des lettres blanches pour composer son nom. Il la connaissait déjà ! Une fiche la concernait donc. Pouvait-elle protester ? Dans le panier à salade, un étudiant lui avait dit que ces opérations étaient illégales. Faire une scène n'y changerait pas grand-chose, puis cette histoire de cannabis la terrorisait. Dans les films, on voyait des preuves glissées dans la poche de personnes innocentes pour les faire condamner à de longues peines. Aussi mieux valait obtempérer.

L'éclair du flash la surprit.

— J'en prends une autre, cette fois sans la grimace.

Marie-Andrée maîtrisa tout mouvement involontaire lors de la seconde tentative.

— Je veux téléphoner, dit-elle à l'agent en civil.

— Vous ne devriez pas vous tenir avec ces gens-là.

— Je suis parente d'un policier employé dans ce poste. Roméo Gladu.

Dans des circonstances de ce genre, disait-on, «connaître quelqu'un» pouvait aider. L'affirmation ne fit même pas ciller celui qui l'interrogeait. Le photographe lui fit signe de se tourner pour qu'il puisse la prendre de profil.

— Hier, vous étiez devant le consulat des États-Unis.

— … Comme des centaines d'étudiants.

— Dites-moi qui vous a entraînée là.

Cet inconnu connaissait son nom, il savait où elle était la veille, maintenant il l'interrogeait sur ses amis. Elle sentit son ventre se nouer.

— Personne ne m'a entraînée. Vous ne voyez pas la pluie de bombes incendiaires sur le Vietnam? Il suffit d'écouter les nouvelles.

Ses joues chauffaient, son anxiété risquait d'avoir le plus mauvais effet sur sa digestion. «Ne dis rien», s'encouragea-t-elle. Les histoires de brutalité policière se bousculaient dans son esprit. Elle en savait assez pour causer de graves ennuis à Clément et à Pierre Brousseau, mais la menace pesait aussi au-dessus de sa propre tête, le policier le savait bien.

— Mieux vaudrait répondre à mes questions. C'est la seule façon de ne pas partager leur sort.

— Vous n'avez pas le droit de me garder ici. Je veux parler au sergent Gladu.

Avec un peu de chance, Clément avait joint son ami avocat. Lui saurait comment la tirer de là.

— Vous allez vous asseoir à côté, pour réfléchir à tout ça.

De la tête, le policier fit signe au photographe de la faire sortir. Il souhaitait sans doute soumettre quelqu'un d'autre au même interrogatoire, avec quelques variantes seulement. Dans un couloir, des chaises étaient alignées contre le mur. Le petit homme lui en désigna une. Il s'éloigna, puis revint pour l'interroger :

— C'est vrai, tu connais Gladu ?

— … C'est mon parrain.

Dire « le *chum* de ma marraine » n'aurait pas eu le même effet. L'inconnu hocha la tête, puis s'éloigna cette fois sans se retourner.

Pendant une heure, Marie-Andrée demeura assise dans le couloir, tentée de prendre ses jambes à son cou et de fuir, mais paralysée à la pensée de tout ce que ces policiers pourraient lui faire en la rattrapant. Ils comptaient sur la peur pour la forcer à répondre à leurs questions.

Puis des voix lui parvinrent, étouffées par les murs épais. Au bout d'un moment, Roméo Gladu sortit de la pièce où on l'avait interrogée. Elle n'avait même pas remarqué la présence de deux portes. Cet aménagement devait permettre de mieux gérer les va-et-vient des prévenus.

— … Que faites-vous là ?

— Viens-t'en, la p'tite. On rentre à la maison.

À peine fut-elle levée qu'il prit son bras au-dessus du coude pour la pousser devant lui. Ils passèrent devant d'autres prévenus et des policiers occupés à mener des interrogatoires. Même en compagnie du sergent, les lieux la terrorisaient.

Une fois dehors, elle demanda :

— Comment avez-vous su que j'étais là ?

— Dubois… le gringalet qui prenait des photos. C'est une maudite chance qu'il ait pensé à téléphoner chez ta tante. Je lui ai demandé de prendre les photos du mariage, alors il a deviné où j'étais.

Gladu lui ouvrit la porte du côté passager. Le vieux véhicule sentait la fumée de cigarette et bien d'autres choses qu'elle préféra ne pas tenter d'identifier. Ainsi, les projets de sa parente prenaient une nouvelle tournure, les événements se précipitaient. Cela justifiait les gloussements de Mary. Avant Noël, elle abandonnerait le nom de son défunt mari pour prendre celui du nouveau.

— En passant, commenta son futur oncle en s'asseyant derrière le volant, heureux d'apprendre que tu me vois comme ton parrain. Par alliance, évidemment.

Son gros mensonge la gênait un peu maintenant. Comme Roméo paraissait prendre la chose en riant, elle expliqua :

— Je n'ai pas imaginé de meilleur moyen de vous présenter.

— Dans ce cas-là, j'vas te parler comme un parent le ferait. Laisse tomber c'gars-là avant qu'y te mette dans la marde.

L'envie lui vint de défendre Clément, puis elle se retint de justesse. Ce serait accentuer les soupçons pesant sur lui.

— Je ne vois pas ce que vous voulez dire.

— Là, j't'ai sortie du poste. Tu s'rais sortie pareil, mais le gars du fédéral t'aurait encore posé ses questions avec un air méchant. Et le jour où y vont avoir la plus petite preuve contre Marcoux et ses *chums*, y vont dev'nir comme des chiens qui s'battent pour un os. Attends pas d'en être rendue là pour faire le ménage dans ta vie.

Marie-Andrée se mordit la lèvre inférieure, passant en revue tous les arguments possibles pour le convaincre de l'innocence de Clément. Mais le policier n'aborda plus le sujet.

Ils arrivèrent bientôt devant la maison de Mary Tanguay. Gladu lui ouvrit la porte de la maison et il murmura encore :

— J'ai rien dit à ta tante, quand chus sorti tout à l'heure, et j'lui dirai rien. Autrement, à serait su' l'téléphone avec ton père dans la minute.

L'argument porta. Rien n'aurait fait plus mal à Marie-Andrée que de faire face à son père si elle avait éprouvé le moindre ennui avec la justice, ou avec la morale. Elle n'aurait pas supporté de lui faire honte.

— Mary, devine quelle belle fille j'ai trouvée sur le pas de ta porte ? lança-t-il en s'engageant dans le couloir traversant tout l'appartement.

La ménagère se planta dans l'entrée de la cuisine. Même un samedi soir, elle trouvait à s'y occuper.

— Tu rentres de bonne heure !

Cela ressemblait à un reproche. Ces deux-là avaient peut-être des projets pour le reste de la soirée.

— Je suis fatiguée, puis mon genou me fait un peu mal. Je vais aller me coucher tout de suite.

Ainsi, ils auraient le champ libre. Après un bref passage dans la salle de bain, elle vint leur souhaiter bonne nuit.

Six jours après la visite chez le notaire, Émile Trottier était passé à l'action. Depuis la sous-location de son appartement, ses meubles étaient entassés dans un entrepôt de Saint-Hyacinthe. Des déménageurs les avaient transportés dans le logement de la rue Saint-Laurent. Depuis deux nuits, il couchait même dans une chambre de son nouveau logis. Au dîner du dimanche 19 novembre, Justine s'inquiéta à haute voix de son sort :

— Comment peux-tu endurer l'odeur de peinture ? Tu vas te rendre malade.

— J'ouvre un peu les fenêtres. Puis de toute façon, j'ai terminé.

— Alors, ce sera la grippe.

— Je ne suis jamais malade. Puis, comme disait mon directeur d'il y a dix ans, l'air frais chasse l'air bête.

L'humour de collège fit naître un sourire sur les lèvres de Maurice. Depuis le vendredi précédent, son bureau se trouvait enfin débarrassé du lit pliant de son ami. Pendant trois mois, il avait dû l'enjamber afin de se rendre à sa table de travail, et quitter la pièce dès que ce dernier mentionnait l'envie de se coucher. Comme l'effet du Valium l'amenait à somnoler toute la journée, Maurice avait dû préparer ses cours le plus souvent dans le salon.

— Si les murs sont secs, nous pourrons te rejoindre ce soir, proposa Justine.

— Non. Pour des poumons de quelques semaines, ce serait malsain.

— Émile a raison, intervint Maurice, ce serait imprudent.

Manifestement, la présence d'un poupon et de sa sœur lui paraissait moins encombrante que celle d'un vieil ami mélancolique. Puis il changea totalement de sujet :

— Es-tu toujours d'accord pour faire une visite à Saint-Hyacinthe cet après-midi ? demanda-t-il à sa sœur.

— Si toi, tu as changé d'idée, je m'y rendrai seule. Émile veut bien laisser sa voiture à ma disposition en fin de semaine aussi.

Déjà, la Chevrolet lui permettait d'aller travailler. Cette générosité ne pesait pas trop à l'ancien religieux : il utilisait la Volkswagen en cas de besoin.

— Non, pas du tout. Je t'aiderai à faire la vaisselle tout à l'heure, puis nous partirons.

— Je m'occuperai de Jeanne pendant ce temps, précisa Émile. Nous irons faire une balade.

Les liens entre ces deux là se resserraient, lui aussi en viendrait à une relation fusionnelle avec son enfant. Il passait d'une Jeanne à l'autre. L'ancien religieux détourna l'attention de leurs projets en demandant :

— Comment va-t-elle ? Tout à l'heure je n'ai pu m'empêcher d'entendre. Il y a des progrès ?

Après avoir chanté la grand-messe, Adrien était allé directement à l'hôpital pour retrouver Perpétue. Peu après, il communiquait un bulletin de santé à son frère et à sa sœur. Ce fut cette dernière qui expliqua :

— Elle aurait repris connaissance ce matin.

Son scepticisme perçait dans sa voix. Quelques jours plus tôt, le sort de la malade lui semblait fixé. Qu'elle vive encore l'étonnait. Émile ne savait trop s'il devait exprimer son plaisir devant la bonne nouvelle, tellement les relations dans cette famille le laissaient perplexe.

Quelques minutes plus tard, quand Justine monta dans la Volkswagen, son frère remarqua :

— Elle gagne encore la partie ! Me voilà en route pour passer la plus grande partie de mon dimanche en compagnie de maman.

— Rien ne te force à y aller.

Sa sœur le regardait avec un sourire en coin et un brin d'agacement.

— Oh ! oui, j'y suis forcé.

Tout de même, en s'engageant dans la rue, Maurice poursuivit sur un ton contenant une certaine dose d'autodérision.

— Tu te rends compte combien je me sentirais coupable, si je demeurais à la maison au moment où sainte Perpétue livrera des paroles empreintes de sagesse ? ! Je suppose que dans le coma, elle a pu avoir une conversation avec son Créateur.

— Tu sais, ces histoires de personnes qui voient une lumière blanche, qui sont rejointes par leurs proches décédés, puis qui reviennent sur terre remplies de sagesse, c'est de la frime.

Aux discours des prêtres sur les fins dernières succédaient les affirmations de gourous en tout genre, soucieux de rassurer leurs semblables avec des histoires sur l'au-delà. Celle-là connaissait bien du succès.

— Tu veux vraiment me déprimer, aujourd'hui ! blagua Maurice. Moi qui me consolais de la mort de Dieu avec l'espoir d'une réincarnation…

Même les journaux à potins abordaient ces questions ; chacun composait sa religion sur mesure pour se rassurer sur les aléas de la vie et de la mort.

Le professeur de cégep chercha des sujets de conversation anodins, histoire de leur changer les idées. Mais dans le stationnement de l'Hôtel-Dieu, ses idées noires revinrent. Le visage morose, il pénétra dans l'établissement sur les talons de Justine. Celle-ci s'adressa brièvement à l'employée à la réception, puis monta dans l'ascenseur.

— Cela doit te faire tout drôle de revenir ici. Tout le monde connaît sœur Saint-Gérard, mais toi, tu demeures une inconnue.

— Au point que la gamine tout à l'heure ne m'a pas reconnue ! À sa décharge, nous ne nous sommes pas côtoyées longtemps.

Quand les portes de l'ascenseur s'ouvrirent, aucun des deux n'avait le cœur à bavarder. La chambre était tout près. Ils retrouvèrent la vieille femme dans le lit près de la fenêtre. Un petit tuyau de plastique lui passait sous le nez, afin de l'alimenter en oxygène. Et penché sur elle, ils virent l'inévitable ecclésiastique.

— Prie avec moi, maman. Je vous salue, Marie…

Les mots habituels conservaient leur effet lénifiant. La malade agita bientôt les lèvres, de façon inaudible, les paupières baissées. Puis un sixième sens lui fit sentir une présence. Ses yeux bleus fixèrent les nouveaux arrivants.

— Tu es venu.

Maurice chercha un peu d'ironie dans le ton, ou même un sentiment de victoire. Rien. Seulement la peur devant l'inéluctable. Aucune incantation ne la sauverait plus, maintenant. Tout au plus les prières la ramenaient à l'âge où sa foi était intacte. Seuls les jeunes enfants ou les mourants croyaient ainsi.

Justine le poussa un peu dans le dos.

— Avance.

Le professeur de cégep fit un pas, puis un autre. En se tournant, Adrien lui adressa un petit geste de reconnaissance.

— Bonjour, maman.

Que dire ensuite ? « J'espère que tu vas bien » ferait bien étrange. Le silence devint de plus en plus lourd, au point que le prêtre jugea utile d'intervenir :

— Marie-Andrée n'est pas venue avec vous ?

— … Non.

— Dommage.

Le mot contenait un reproche implicite. Son père voulut la défendre, parler de l'horaire chargé d'une jeune fille dans le vent. À la place, il se résolut à dire :

— Je suis heureux que tu ailles un peu mieux.

Il en venait lui aussi aux insignifiances, faute de mieux. Sa propre remarque faillit lui tirer un rire nerveux. Le visage de

Perpétue présentait une teinte cireuse, avec ses yeux cerclés d'ombre. La grabataire lui jeta un regard noir, comme s'il avait énoncé une sottise. Même en ce moment fatidique, il reconnaissait la mère sévère, jamais satisfaite de son enfant.

Déjà, sa proximité le mettait terriblement mal à l'aise. Quand elle leva sa main osseuse au-dessus du drap, les doigts ouverts comme des griffes, son embarras monta d'un cran. Elle souhaitait qu'il la prenne. Adrien quitta la chaise pour lui laisser la place. Lui refuser ce rapprochement serait trop cruel.

Hésitant, il s'approcha, prit la main dans la sienne. Le contact le révulsa. La texture de la peau, les petits os en dessous ne lui semblaient plus rien avoir d'humain. Une patte d'oiseau. Les vieilles lèvres bougèrent un peu, mais rien d'audible ne sortit. Maurice essaya de deviner, s'étonna de sa première hypothèse : « Je suis contente de te voir. »

Comment répondre ? Mieux valait se taire. En lui tenant la main ainsi, il se faisait l'impression de céder à des années et des années de manipulation. Comme elle le voulait, il se tenait là, à sa disposition. Oui, les yeux de Perpétue trahissaient une petite victoire. Pourtant, un sentiment de pitié l'empêcha de s'éloigner ou même de lui adresser la parole. Après tout, si son dernier effort de manipulation l'aidait devant la mort, autant la laisser faire.

Après quelques minutes, il murmura :

— Justine est avec moi. Tu veux lui parler ?

Le silence montra combien, pour Perpétue, ses fils comptaient plus que sa fille. Après un instant, Maurice se dégagea, quitta la chaise pour se placer derrière sa sœur.

— Vas-y. Moi, je pense avoir fait mon devoir d'aîné.

La cadette hocha la tête, remplaça son frère, se pencha sur sa mère pour lui parler à l'oreille. L'expérience de ce genre de situation lui permettait de trouver les mots justes, car le visage de la vieille devint soudainement beaucoup plus doux.

La veille, le frère et la sœur étaient revenus moroses de Saint-Hyacinthe. La petite heure passée à l'hôpital les forçait à revisiter toutes les années où ils avaient vécu sous le toit de Perpétue et Ernest Berger. Jamais on ne pensait ni ne disait le toit « d'Ernest et Perpétue ». Cette maison, indépendamment de qui en avait assumé le coût d'achat et d'entretien, avait été placée sous le règne exclusif de l'épouse. Au mieux, son mari ressemblait à un chambreur, toléré avec mauvaise humeur.

Un peu comme Maurice se montrait toujours parfaitement attentionné avec sa fille après une visite chez ses parents, Justine accabla la petite Jeanne de caresses et de mots doux. Tous deux s'inspiraient de la marâtre comme d'un contre-modèle, la personne dont il convenait de se distancer. Ils s'opposaient, plutôt que d'imiter le modèle des auteurs de leurs jours.

Tous les cours de Maurice se déroulaient en matinée. Comme il ne tenait pas à prolonger sa nuit de sommeil, cet horaire lui laissait ses après-midis et ses soirées non seulement pour préparer des leçons et faire des corrections, mais aussi pour effectuer les travaux pour les deux cours où il s'était inscrit à l'Université de Montréal.

Il entrait tout juste dans son logis un peu avant midi quand il entendit la sonnerie du téléphone.

— Je m'en occupe ! lança-t-il à l'intention de sa sœur, sans doute active dans la cuisine.

Très bientôt, l'ancienne sœur hospitalière déménagerait définitivement à l'étage pour partager le logis d'Émile, ancien frère de l'instruction chrétienne. Ce projet perturbait toujours Maurice, mais exprimer franchement son opinion sur le sujet aurait blessé les principaux intéressés. Dans cet arrangement, chacun acceptait un prix de consolation : deux laissés-pour-compte unissaient leur mélancolie faute de mieux à partager. Cela ne formait pas la base d'une union exaltante.

L'insistance de Justine à lui dire que tous deux ne formaient pas un couple le laissait sceptique. Le partage du même espace et des soins apportés avec ferveur au même enfant créait l'assise solide de cette relation. Mais qu'en était-il du désir, de l'amour ?

En prenant le combiné, Maurice sut clairement de qui il s'agissait. Aussi, son « j'écoute » trahit son hésitation.

— Elle est partie.

C'était Adrien.

— Quand ?

— Il y a une heure environ. L'hôpital m'a appelé, je suis venu tout de suite.

Il y eut un silence. Maurice aurait dû dire quelque chose, sa peine ou son indifférence. Cette histoire se terminait trop tôt pour que Perpétue et lui aient pu tirer au clair les éléments de leur relation malheureuse. Puis lui vint la certitude que plus rien ne restait à dire. Chacun était allé aussi loin que possible.

— Es-tu retourné au presbytère ?

— Non. Le directeur de l'hôpital a bien voulu me prêter son bureau pour me laisser téléphoner.

Ainsi, la soutane pesait encore assez au Québec pour lui permettre de profiter de ce genre de privilège.

— Papa est au courant ?

— Quand je l'ai laissé, il se tenait au pied du lit, à la contempler.

Que regardait-il ? Certainement pas une douce moitié, ni même une complice. Sa compagne de toute une vie devait lui laisser un goût amer.

— Je suppose qu'il saura prendre seul les décisions qui s'imposent pour les funérailles, dit Maurice.

— Je le soupçonne d'avoir rencontré le croque-mort dès l'entrée de maman à l'hôpital, la semaine dernière.

Cela se pouvait bien. Après tout, il devait avoir hâte de retrouver sa liberté. Sa vie affective était entre parenthèses depuis trop longtemps.

— Alors ?

— Comme toutes les femmes pieuses de Saint-Hyacinthe voudront défiler devant le cercueil et s'attarder au moins pour la durée d'un rosaire, il pense exposer son corps dès ce soir. Les funérailles auront lieu mercredi matin.

On était lundi, ce ne serait pas si long. Depuis un instant, Justine se tenait dans l'embrasure de la porte, la petite Jeanne dans les bras. Il posa sa paume gauche sur l'émetteur du combiné pour murmurer :

— Elle est morte. L'exposition commencera dès ce soir. Tu veux y aller ?

En même temps, à l'autre bout du fil Adrien demanda :

— Vous viendrez ?

Comme l'ancienne religieuse formulait un « demain » muet, Maurice répondit :

— Non, pas ce soir. Nous nous présenterons demain.

— Votre absence sera remarquée.

— La tienne ferait scandale, la mienne passera inaperçue.

Bien sûr, Maurice ne se sentait pas très enthousiaste à l'idée de passer des heures près d'un cadavre, à dire «merci» à de vieilles inconnues lui offrant leur sympathie, et à répondre à des commentaires du genre «Bin, à se ressemble pas tant que ça. C'est vrai qu'elle a été malade quek' semaines». On mourait rarement en bonne santé, de toute façon.

— Bon, dit le prêtre, si tu penses que c'est ce qui convient. Tu peux me passer Justine?

Quand il fit mine de lui tendre le combiné, elle secoua la tête de droite à gauche, de l'effarement dans les yeux. Sans doute craignait-elle de se laisser convaincre de se rendre à Saint-Hyacinthe sur-le-champ.

— Présentement, elle en a plein les mains. Tu sais qu'elle s'occupe d'un très jeune enfant.

— La fille de l'un de tes amis. Oui, je sais.

Le ton contenait un véritable reproche : prendre soin d'une inconnue et négliger son devoir auprès de l'auteure de ses jours était inacceptable aux yeux d'Adrien.

— Bon, alors nous vous prendrons quand vous arriverez.

L'au revoir fut un peu sec. Après avoir raccroché, Maurice ouvrit les bras à sa cadette. Elle accepta de venir s'y réfugier, toujours avec Jeanne blottie contre elle. Ses sanglots muets mirent des larmes dans les yeux de son frère.

— Je ne veux pas me faire demander pourquoi j'ai défroqué par toutes ces bonnes femmes. Maman a dû se vanter de la sainteté de ses enfants.

«Sauf de la mienne», songea le frère aîné. Sa sœur continua :

— Me voir redevenue pécheresse leur ferait trop plaisir. Demain, si tu es à côté de moi, ce sera moins dur.

«Mon air renfrogné chassera certainement les Dames de Sainte-Anne et les Filles d'Isabelle», admit-il. Sa main caressait le dos de sa cadette. Jamais il n'avait aussi bien assumé son rôle de grand frère.

— Je comprends très bien. Nous partirons après dîner, et nous reviendrons assez tôt.

Maurice marqua une pause avant d'ajouter :

— Aussitôt qu'Adrien nous permettra de le faire.

La petite Jeanne, sans doute influencée par la tension et par les pleurs de celle qu'Émile présentait toujours comme sa tante, laissa entendre un gémissement. La tante adoptive reprit tout de suite sa contenance :

— Je m'occupe de lui donner à boire et de la coucher, puis nous passerons à table.

Quand elle se fut détachée de lui, Maurice eut une pensée pour Émile. L'ancien religieux était parti dès le matin pour visiter deux cégeps de Montréal. Dans ses meilleurs jours, il exprimait le désir de reprendre le travail dès janvier. Mais septembre 1968 lui semblait une échéance plus plausible.

Chapitre 24

Depuis le matin, Marie-Andrée était préoccupée. Son anxiété ne faiblissait pas au sujet du retard de ses règles. Dix fois, elle avait eu envie de téléphoner à Clément pour lui dire sans préambule : « Je crois que je suis enceinte, tu dois m'accompagner chez le médecin afin d'en avoir le cœur net. »

Quelle serait sa réaction, dans ce cas ? Invoquer une manifestation contre l'impérialisme américain, ou alors une réunion des membres du RIN pour se dérober à son devoir ? Il fallait être deux pour déclencher une grossesse, pour faire face à la situation aussi. Pourtant, au bout du compte, elle seule subirait la honte, verrait sa vie bouleversée. La défense la plus odieuse, pour Clément, serait de prétendre que l'enfant n'était pas de lui. Bien sûr, le garçon avait vu le sang d'une vierge sur le drap l'été précédent, mais en cette année de l'amour, plusieurs alignaient quelques partenaires. Ce serait sa parole contre la sienne.

L'impossibilité de prouver la paternité mettait toutes les femmes dans la même situation délicate. Des pères refusaient d'assumer leurs responsabilités en soulevant un doute… À l'opposé, combien de mères laissaient un époux élever l'enfant d'un amant de passage ?

Dans les circonstances, la maladie de sa grand-mère devenait une petite diversion. Maurice la tenait au courant, tout en lui disant l'inutilité de sa présence à Saint-Hyacinthe.

Après le cours du matin, dispensé par un professeur endormant venu de la section masculine de l'école Jacques-Cartier, les filles rangeaient leurs cahiers, heureuses de recouvrer leur liberté. Dans le couloir, Caroline proposa à Marie-Andrée :

— Aujourd'hui, nous ne mettrons pas les pieds à la cafétéria. Je t'invite à luncher au restaurant.

— Mes moyens ne me permettent pas de me payer le restaurant.

— Je t'invite, j'ai dit. Ça veut dire que je paie pour nous deux.

Si dépendre de Clément dans toutes ses sorties la mettait mal à l'aise, au moins cela respectait les usages. Entre camarades de classe, c'était inédit. Caroline ajouta en voyant son malaise :

— En réalité, papa nous invite. Savoir qu'une amie me donnait un *lift* matin et soir le rassurait, c'est sa façon de te remercier.

— Dans ce cas, je veux bien. Mais je n'entends pas profiter de la situation. Un petit café des environs me conviendra très bien.

Les deux jeunes filles retrouvèrent l'air frais de novembre avec plaisir. Caroline se campa sur le trottoir afin d'évaluer les enseignes des commerces.

— Il y a la Hutte, là-bas. Qu'en dis-tu ?

Clément fréquentait cet endroit, de même que son ami Brousseau. Y croiser l'un ou l'autre ne lui disait rien. Devant son hésitation, son amie suggéra :

— Juste en face, c'est la Casa espagnole. Tu sais, dans ce coin de la ville, les restaurants dispendieux sont plus nombreux que les cafés d'étudiants.

— D'accord pour la Casa. Ce sera pour moi l'occasion de découvrir un nouvel endroit.

Tout le long du chemin, elles discutèrent des cours et de leur désir de partir en stage au plus vite afin de goûter la «vraie réalité» de l'enseignement. Toutes partageaient la même opinion : enseigner au primaire ne s'apprenait pas en écoutant de vieux messieurs ou de vieilles dames discourir sur des notions absconses, mais en présence des enfants.

Le petit établissement reprenait le décor habituel, à croire que tous les propriétaires suivaient les mêmes directives tatillonnes. Pendant qu'elles se rendaient à leur table, des jeunes hommes les suivirent des yeux. Une châtaine et une blonde, toutes les deux joliment découpées, cela valait bien le risque de passer pour indélicat.

— Ils vont se retrouver avec un torticolis, à se dévisser le cou pour nous surveiller, ricana Caroline.

Son ton indiquait que cette attention ne lui déplaisait pas. En tirant sa chaise, Marie-Andrée vit une revue dessus.

— Connais-tu ça, toi, *La Cognée* ?

— Faut le cacher ! s'exclama sa compagne en la lui prenant des mains.

Elle s'assit et la posa sur ses genoux. La précaution fit croire à Marie-Andrée qu'il s'agissait d'une publication scabreuse. Pourtant, les pages ronéotypées rappelaient plus une feuille publiée par une association étudiante qu'un magazine cochon.

— C'est le journal publié par le FLQ. Plein de jeunes nationalistes fréquentent cet endroit, l'un d'eux l'a oublié ici.

Comme le serveur s'approchait, toutes deux se plongèrent dans la lecture du menu.

— Ils font exprès de la laisser traîner, continua Caroline quand il se fut éloigné. D'autres clients lisent ça, puis ils veulent suivre le mouvement.

— Tu crois que recruter ainsi fonctionne? Moi, j'en doute.

— Ils ne peuvent pas mettre une annonce dans le journal, du genre: « Révolutionnaires recherchés. Vous pouvez poser votre candidature au numéro de téléphone suivant… »

Marie-Andrée voulait bien en convenir. Elle remarqua:

— Personne ne parle du FLQ à l'école normale.

— Nous sommes de bonnes filles désireuses de nous occuper des enfants, pas des poseuses de bombes.

Évidemment, toutes les candidates à l'enseignement auraient pu recevoir le bon Dieu sans confession. Marie-Andrée ne put s'empêcher de réagir à ce préjugé.

— Dans le lot, il doit bien y avoir quelques sympathisantes, tout de même. Ne serait-ce que les filles qui ont un *chum* à l'université.

— Comme toi, se moqua son interlocutrice.

Le temps que le serveur pose les assiettes sur la table, elles se turent. Marie-Andrée reconnut bientôt:

— Oui, comme moi.

En réalité, les engagements politiques l'indifféraient. Si Clément avait décidé de militer pour le Parti libéral, elle l'aurait sans doute accompagné dans toutes sortes d'activités.

— Quand même, certaines normaliennes se montrent très militantes. L'an dernier, l'une des enseignantes a été arrêtée, puis emprisonnée à cause de son engagement envers le FLQ, insista Caroline.

— …Qu'avait-elle fait?

— Je ne sais pas trop, je n'ai pas vraiment suivi le procès dans les journaux. Sans doute des tâches pour aider les gars: cacher ou transporter des armes ou des explosifs, trouver un logis pour des militants recherchés par la police.

« Ou faire une balade du côté de Stukely-Sud, réfléchit Marie-Andrée. On va en prison pour des actions de ce genre. » Cette peur s'ajoutait à toutes les autres pour lui gâcher la vie, depuis quelques semaines.

— Dommage, car d'après ce que j'ai entendu à son sujet, c'était la meilleure enseignante, toute jeune, amicale, dynamique. Tout le contraire des vieux fromages qui nous font la classe.

Marie-Andrée se demanda si son père, auprès des étudiants du collège Édouard-Montpetit, passait mieux la rampe que ceux-là.

— Ça signifie qu'elle a pu recruter des membres pendant son passage à l'école normale… renchérit-elle.

— Sans doute. Nous pourrions demander aux plus vieilles. En tout cas, depuis septembre, personne ne m'a demandé de dactylographier les articles de *La Cognée* ou de transporter de la dynamite. Même pas de faire du café à ces héros.

« Moi, non seulement on me l'a demandé, mais j'ai accepté », se dit Marie-Andrée. La liberté obtenue en quittant Saint-Hyacinthe ne lui avait servi, jusque-là, qu'à se mettre les pieds dans les plats.

— Tu me passes la revue ? demanda-t-elle. Je veux voir à quoi elle ressemble.

Caroline la prit sur ses genoux et la fit passer à sa camarade sous la table. Marie-Andrée la tint à l'abri des regards en parcourant le premier article.

— Tu me le lis ? la pria son amie. Moi aussi, je suis curieuse.

Après avoir regardé les clients du café pour s'assurer que personne ne l'épiait, Marie-Andrée s'exécuta et se mit à murmurer :

— "Prenons le temps nécessaire pour bien nous préparer. Et lorsque nous frapperons, les coups seront si puissants que l'ennemi ne s'en relèvera jamais. Le FLQ lance donc à tous les patriotes québécois le mot d'ordre suivant : préparons-nous, noyautons, organisons-nous, soyons prêts."

Caroline formula un «wow» muet. Puis elle commenta à haute voix :

— Ces militants paraissent préparer une révolution pour demain matin. Ils se prennent au sérieux.

«Très au sérieux», répéta en elle-même Marie-Andrée. Clément avait déjà évoqué la présence d'une revue clandestine qui servait à donner les mots d'ordre, afin que des cellules étanches puissent passer à l'action en poursuivant un but commun.

Une petite organisation de travail recélait un certain nombre de mystères. La vitesse de propagation d'une information à caractère privé en était un. En arrivant au cégep le mardi 21 novembre, le premier soin de Maurice avait été de se rendre au bureau du père Benoît, afin de l'avertir de son absence à son cours du lendemain. Sa secrétaire n'était pas encore arrivée, aussi la confidence s'adressait à une seule personne.

Le franciscain l'avait assuré de sa plus grande sympathie, allant même jusqu'à ouvrir la porte à l'annulation de tous ses cours du reste de la semaine. Le professeur déclina cette offre généreuse, expliquant que le meilleur moyen de surmonter sa douleur consistait à s'occuper. Aussi, les élèves des groupes des autres jours jalouseraient ceux du mercredi pour avoir bénéficié d'un congé.

À la fin de sa classe, à onze heures trente, Maurice découvrit Martine debout près de la porte, un air chagrin sur le visage.

— J'ai appris, pour ta mère, annonça la jeune femme. La formule est éculée, je le sais bien, mais je t'offre mes condoléances.

Le petit tremblement dans la voix donnait cependant aux mots un sens plus intime. Aussi, il murmura «merci» en fixant ses yeux sur les siens. L'effort de discrétion ne donna pas grand-chose, car son amie lui prit la main pour l'entraîner en direction des bureaux des professeurs, à l'étage. Au moins cent paires d'yeux les suivirent jusqu'à l'escalier, d'autres prirent le relais quand ils le montèrent. Tant pis pour leur désir à tous deux de garder secrète leur amitié particulière.

Personne n'occupait le bureau de la jeune femme. Sa collègue avait cours l'après-midi et elle ne s'enfermait pas très souvent seule dans cette pièce. La porte refermée, elle se pressa contre lui.

— Depuis tout à l'heure, je m'imagine perdre ma mère. J'ai beau être une adulte, je ne le supporterais pas.

L'homme serra ses bras sur son corps. Puisqu'elle n'était pas très grande, le sommet de sa tête blonde arrivait juste à la hauteur de ses lèvres. Cela valait une invitation de les poser dans ses cheveux.

— Dans ce cas, tu as eu de la chance de grandir près d'une personne aimante. De mon côté, nous sommes devenus très vite des étrangers l'un pour l'autre.

— Ça ne rend pas la situation plus facile.

Martine avait sans doute raison. Dans son cas, la peine concernerait la relation prenant fin abruptement. Pour lui, il s'agissait de regretter une relation n'ayant jamais eu lieu.

— Mais comment as-tu appris?

— … Dans le couloir, juste en finissant mon cours. Des étudiants en discutaient entre eux.

Plus précisément, l'un avait lancé à haute voix : « Marcil, maudit chanceux, t'auras pas le cours de Berger demain, sa mère est morte. » Le directeur avait dû informer les étudiants en allant dans les classes où ils travaillaient le matin. Ainsi, ils ne se déplaceraient pas pour rien mercredi.

Le jeu des mains de l'homme dans le dos de Martine dépassait la reconnaissance envers une collègue attentionnée. Elle devait bien sentir l'érection contre son ventre. L'absence de tout mouvement pour se dégager l'encouragea. Une telle réaction de la part d'un nouvel orphelin pourrait lui valoir un jugement sévère. Ce ne serait pas le cas cette fois. Et puis, son désir ne faisait pas de doute, elle s'en était rendu compte lors de leur visite à l'Expo, puis ensuite au cours de sorties tout de même plutôt chastes.

— … Veux-tu que je t'accompagne ?

L'offre avait été précédée d'une hésitation. Il ne s'agissait pas de tenir compagnie à un ami lors d'un mariage, sa présence témoignerait d'un engagement réel. Maurice entendit se faire bien comprendre.

— Tu sais, l'ambiance sera étrange, notre famille ne ressemblait pas à celle de *Papa a raison*.

Depuis la première hospitalisation de Perpétue, le sujet avait été abordé entre eux, il ne lui apprenait rien.

— Toutefois, si… si notre relation évolue en ce sens, je ferai en sorte que tu connaisses les personnes qui me sont chères.

La dissimulation de l'été précédent lui avait permis ses indélicatesses. C'était garder ouverts tous les possibles, au lieu de s'engager avec quelqu'un. Martine recula un peu pour lui adresser un regard ambigu. Le « si » donnait un caractère conditionnel à cette évolution. D'un autre côté, elle n'aurait pas mieux reçu une affirmation bien nette. Le « quand » lui aurait semblé trop engageant. La jeune femme préférait ne rien précipiter. Pour le moment, un ami dont le désir s'exprimait spontanément lui suffisait.

— Je suis là, si tu veux parler... ou alors demeurer silencieux en compagnie de quelqu'un.

Le baiser ressembla à ceux qu'ils avaient échangés au retour d'une sortie. En se redressant, Maurice lui dit :

— Maintenant je dois me mettre en route, ma passagère m'attend.

— Alors, sauve-toi.

Leurs lèvres se touchèrent légèrement, puis il se dépêcha de rentrer chez lui.

Si, la veille, Maurice s'était épargné l'obligation de se rendre au salon funéraire, il ne pouvait se dérober encore, à moins de vouloir rompre tous les liens avec les membres restants de sa famille. Tout de même, il se donna le temps de dîner. Sa sœur et lui s'apprêtaient à monter dans la Volkswagen quand Émile apparut, son bébé dans les bras.

— Je suis désolé de ne pas me joindre à vous, les assura-t-il, mais cette demoiselle ne resterait pas sage pendant si longtemps.

— Ma mère n'était rien pour toi, il est naturel que tu ne te déplaces pas.

Que son ami se pose la question l'intriguait plutôt. Puis il crut comprendre.

— Ce n'est pas comme dans le cas de Jeanne, je la connaissais et je l'estimais.

Bien sûr, entre amis on se rendait des politesses, dont l'échange de condoléances devant le cercueil d'un proche. Puis Maurice se rendit compte que l'ancien religieux posait les yeux sur Justine. En réalité, ses excuses s'adressaient à sa future colocataire.

Après un salut, le professeur de cégep s'installa au volant, laissant les deux autres échanger quelques mots. Quand sa sœur le rejoignit, il démarra. Le voyage se fit en silence pendant un long moment, puis Justine lui raconta :

— Je suis montée à l'appartement, ce matin. On distingue à peine l'odeur de peinture, maintenant.

— Tu voudras donc emménager un peu plus tôt que prévu.

— Ce sera très facile : tout ce que je possède entre dans une seule valise.

Et déjà, cela représentait deux ou trois fois le total de ses possessions d'août dernier. Il soupçonnait qu'Émile lui avait prêté de quoi se procurer des vêtements convenables, y compris la robe noire qu'elle portait en ce moment. Son salaire des quelques semaines dernières n'aurait pas suffi.

— Je me sens mal à l'aise de te laisser comme ça, car tu m'as laissé entendre que la pension que je te versais te remboursait celle de Marie-Andrée à Montréal.

— Je n'avais pas planifié depuis un an que tu quitterais la congrégation pour venir habiter avec moi. Alors, j'ai établi mon budget sans considérer cette variable.

L'ancienne religieuse laissa échapper un ricanement en comprenant, puis déclara :

— Tu as inventé cela pour me mettre à l'aise, pour que je ne cherche pas à me loger ailleurs au plus vite.

Sur ces mots, elle plaça sa main sur son avant-bras, exerçant une légère pression.

— Et aussi pour rassurer ma fille. Depuis que je suis à Longueuil, elle pourrait sans mal faire le trajet jusqu'à l'école normale le matin et revenir le soir.

— En conséquence, elle serait rentrée à la maison pour que tu fasses des économies.

— Tu la connais : soucieuse que sa présence se remarque à peine.

Justine se priva de dire qu'à ce sujet, la jeune fille progressait bien vite. Les petits tricots serrés et les jambes exposées cadraient mal avec le désir de se confondre avec le papier peint. Cela, les pères étaient sans doute les derniers à le constater.

— J'espère toutefois que ta décision de vivre à l'étage ne tient pas seulement à ton désir de ne pas me déranger. La timidité se pratique beaucoup, dans notre famille.

— Non, je t'assure. Une petite fille joue un rôle prépondérant dans ma décision.

C'était Jeanne, plus qu'Émile, qui l'entraînait dans l'aventure de la cohabitation. Elle continua :

— Et puis, je suis aussi heureuse de te rendre ta liberté.

— Voyons, tu ne me dérangeais pas du tout.

— Une timidité qui nous amène à mentir, parfois.

Maurice ne put se retenir d'éclater de rire avant de convenir :

— Ce n'est pas un mensonge. Plutôt une demi-vérité.

— Au cours des derniers mois, tu n'es à peu près jamais sorti, tu n'as invité personne.

Répondre « Toi non plus » aurait été tout à fait indélicat. Justine insista :

— Émile m'a parlé d'une de tes collègues, petite et blonde.

— Je ne sais pas encore si ma relation avec elle exigera de retrouver l'usage exclusif de mon appartement.

Déjà, ils approchaient de Saint-Hyacinthe. La perspective des heures à venir les rendit tout à fait maussades. « Je deviens beaucoup trop assidu à cet endroit », se dit Maurice en entrant dans le salon funéraire. Bien sûr, le souvenir de sa femme dans un cercueil posé sur des tréteaux juste en face de la porte demeurait le plus cuisant. Mais celui de Jeanne, bien plus récent, lui pesait aussi.

Nerveusement, Justine prit son bras gauche, juste au-dessus du coude, en arrivant dans la salle où le corps était exposé. Ernest se tenait assis près de la bière, perdu dans ses pensées, ou alors terriblement ennuyé de perdre ainsi sa journée. Adrien se tenait au milieu d'un petit groupe de paroissiennes caquetantes, comme un coq dans une basse-cour. De nouveau, il avait préféré le pantalon des *clergymen* protestants. Cela lui donnait une belle allure. Peut-être aspirait-il à une carrière de Don Juan des sacristies.

L'ecclésiastique les aperçut du coin de l'œil, il s'excusa auprès de ses admiratrices pour venir vers eux.

— Vous voilà enfin.

Malgré le ton abrasif, Adrien ne perdit pas son sourire en faisant la bise à sa sœur.

— Votre absence commençait à faire jaser.

Puis il tendit la main à Maurice. Ce dernier ricana :

— Je dois gagner ma vie, puis je ne peux pas dire que j'étais son fils favori.

Même près de la tombe, la jalousie continuait son œuvre. Justine prit une voix grinçante pour grommeler :

— Vous devenez ridicules.

Elle se détacha d'eux pour aller se planter juste devant le cercueil, les yeux fixés sur le cadavre. Mal à l'aise, Maurice vint se mettre à ses côtés.

— Je vais me tenir tranquille.

La promesse de l'enfant pris en défaut tira l'ombre d'un sourire à l'ancienne religieuse. Puis leur attention se porta sur la dépouille de Perpétue. Comme l'embaumeur lui avait bourré les joues avec de la ouate, que la maquilleuse n'avait lésiné ni sur le fond de teint ni sur le rouge, Maurice lui trouva presque un air pimpant, en tout cas meilleur que les dernières fois où il l'avait vue vivante. Devant Jeanne Poitras, il s'était fait la réflexion contraire.

— Que ressens-tu en ce moment? voulut-il savoir.

Comme sa sœur garda le silence, il précisa:

— Je crois qu'elle n'a jamais su qui j'étais... et que de toute façon cela lui était totalement indifférent.

— Pourtant, ce n'était pas un mystère: tu étais le garçon qui deviendrait prêtre, puis qui n'est pas devenu prêtre.

— Mais moi, là-dedans?

Justine lui jeta un regard en biais, tout en esquissant un demi-sourire.

— Si tu ne ressens pas l'envie de faire une prière, reste silencieux un instant.

«Sinon ça fera jaser», se dit-il. Non, aucune prière ne lui venait à l'esprit. Après un moment qu'il jugea raisonnable, il se dirigea vers une pièce au fond de l'établissement, où des sièges posés en désordre accueillaient les visiteurs lassés de la contemplation d'un corps sans vie. Une machine distributrice lui permit de se procurer une boisson froide.

— La p'tite est pas venue avec toé?

Ernest Berger savait formuler des évidences. Son fils se retourna pour le dévisager, il avait une cigarette au coin de la bouche.

— Aujourd'hui, elle a des cours.

L'absence au salon mortuaire pour un motif aussi futile lui parut tout de suite suspecte. Il ajouta pour lui rendre justice:

— Elle viendra demain matin.

— Tu veux t'asseoir par là?

Le vieil homme désignait deux chaises à l'écart. Surpris, Maurice le suivit, occupa un siège en face du sien.

— C't'une belle fille, ta Marie-Andrée.

Quelques semaines plus tôt, son père avait formulé un gentil compliment à l'égard d'Ann, puis maintenant au sujet de sa petite-fille. Une fois Perpétue réduite au silence, il reprenait la parole.

— Juste un peu pognée.

Cela, impossible de le nier. Maurice ne se souvenait pas d'avoir vu son père aussi détendu. Tellement qu'il osa demander :

— Maintenant, que vas-tu faire ?

Comme Ernest haussait les sourcils, il précisa :

— À propos de cette autre femme.

Le nouveau veuf réagit avec colère :

— Ciboire, est morte hier !

Voulait-il dire qu'il serait plus fidèle à la morte qu'à une épouse vivante ?

— Justement, maintenant ta situation est moins tordue.

Il fallut un moment avant que le vieil homme ne retrouve un visage plus amène.

— Ouais, t'as p't'être raison. Bin là, j'vas pouvoir sortir sans me cacher. Ça va m'faire du bien de rencontrer d'aut' monde. Là, j'pense qu'y faut y retourner.

Jamais ils n'avaient eu une conversation aussi longue au cours des vingt-cinq dernières années. Une vraie conversation, pas des échanges répétitifs sur les instruments aratoires les plus modernes.

Près du cercueil, ils demeurèrent debout afin de serrer la main à un escadron de membres des Cercles des Fermières de la région.

— Mon pauvre petit, comme elle va vous manquer, le plaignit une grosse dame en s'avançant tout près de Maurice.

— Comme nous tous, je tenterai de vivre sans elle.

L'inconnue acquiesça d'un hochement de la tête, puis porta une main gantée à sa bouche, comme pour étouffer un sanglot. Ensuite elle se planta devant Justine pour répéter le même scénario. Peu après, Adrien quitta un nouvel attroupement de bonnes chrétiennes pour annoncer :

— Madame Tétreault va dire un chapelet pour le repos de l'âme de notre bien chère sœur.

La dame de Sainte-Anne prit place sur un prie-Dieu et commença d'une voix traînante :

— Je vous salue, Marie, pleine de grâce…

Tout en alignant les mots de façon machinale, Maurice ressassait les paroles de son père. « Pouvoir sortir. » Avec sa maîtresse ? Cesser enfin de dissimuler une relation datant de plusieurs décennies ? Voilà qui ne cadrait pas avec « voir d'autre monde ». Le statut de veuf prospère transformait Ernest en un excellent parti. Pourquoi se limiter à cette vieille relation au moment où bien des femmes lui réserveraient le meilleur accueil ?

Tout le reste de l'après-midi, le professeur surveilla le vieil homme, reconnut le savant mélange d'une peine due à la perte de sa compagne de vie avec le sourire avenant du marchand de matériel agricole. Les plus accortes des visiteuses méritèrent de sa part une attention particulière.

Un bref instant, il se sentit de l'indulgence pour Perpétue.

En retournant vers Longueuil, Maurice continua sa longue introspection. Finalement, à en juger par son propre comportement lors de l'été passé, Ernest lui avait laissé une bonne part de son héritage génétique. Pendant quelques semaines, il avait trompé Diane Lespérance. Comment sa libido exacerbée s'accordait-elle avec la rigoureuse fidélité qu'il avait vouée à sa femme défunte pendant les quatre ans suivant les funérailles ? De ces deux personnages opposés, lequel était bien lui? L'homme scrupuleux ou celui mentant effrontément pour accumuler les parties de jambes en l'air?

— Tout à l'heure, je ne t'ai pas répondu.

La voix de Justine lui tira un petit sursaut. Il lui fallut un moment avant de se souvenir à quoi elle faisait allusion. Il s'était enquis de ses émotions devant la mort de Perpétue.

— Encore l'autre jour à l'hôpital, je me demandais comment lui plaire. Je souhaitais qu'elle remarque enfin ma présence.

En pleine obscurité, sur l'autoroute transcanadienne, enfermée dans la coque de métal d'une voiture, Justine pouvait plus facilement se livrer à des confidences. Devant le silence de Maurice, elle se mit à raconter:

— Elle projetait un avenir pour ses fils… En tout cas, au moins pour son aîné. Le futur prêtre a reçu toute son attention, puis ensuite ce fut le jeune homme résistant à sa volonté. Tu as occupé toute la place: d'abord elle t'a présenté comme un modèle à suivre, ensuite comme le modèle à ne pas suivre. Toutes ses phrases à l'intention d'Adrien commençaient par ton prénom.

Elle marqua une pause, puis poursuivit d'une voix brisée:

— Comme dans: «Adrien, fais comme Maurice, étudie bien tes déclinaisons latines, c'est important pour un curé.» Après, cela ressemblait à: «Contrairement à Maurice, toi au moins, tu ne me décevras pas.»

— Elle avait raison, il ne l'a pas déçue.

— Comme elle t'en voulait pour lui avoir résisté, lui s'est soumis pour être aimé.

— … Ce fut son choix.

Malgré la fine trace de rancœur, Maurice savait bien que ce n'était pas tout à fait vrai. Perpétue monnayait son amour, elle ne le donnait pas. Comment un enfant choisissait-il dans ces circonstances? Justine lui répondit indirectement.

— Sa fille la laissait sans doute indifférente. À part l'injonction d'éviter les hommes, rien. Comme je ne pouvais pas devenir prêtre, il me restait la vocation religieuse. Mais même avec mon habit, je demeurais en deçà de ses attentes.

Chaque enfant avait repris à son compte le même travail de séduction et souffert de la compétition avec les autres dans sa quête d'affection.

— À l'aune des affirmations du docteur Benjamin Spock, notre mère s'est montrée bien inadéquate, concéda-t-elle. Pourtant, je suppose qu'elle faisait exactement ce qu'on lui avait enseigné.

L'ancienne sœur savait se montrer indulgente, malgré la souffrance transpirant de ses mots. La finale prit Maurice totalement au dépourvu :

— Alors, quand Adrien et moi entendons tes récriminations au sujet de notre mère, nous avons envie de te crier de te taire. Après tout, de nous trois, tu es le seul à avoir vraiment choisi ton existence.

Parce qu'il avait résisté à la volonté de sa mère, enduré ses reproches et s'était éloigné d'elle au cours des dernières semaines, sa sœur le considérait comme un être libre. Maurice chercha sa main dans l'obscurité pour la tenir un long moment.

— Entendu, je tenterai de mettre fin à mes jérémiades.

L'engagement lui valut une pression sur les doigts et un murmure moqueur :

— Nous verrons combien de temps ça durera.

Chapitre 25

Même les étudiantes les plus sérieuses manquaient parfois l'école. Très tôt le mercredi matin, Marie-Andrée se mêlait à la foule des usagers du métro afin de se rendre jusqu'à la station de Longueuil. La Volkswagen était bien stationnée en double file dans la petite rue à l'est de l'édifice de béton. En ouvrant la portière, elle demanda :

— Ma tante, ne préféreriez-vous pas vous asseoir devant ?

La petite voiture allemande ne se distinguait certes pas par le confort de sa banquette arrière. Justine répondit :

— Comme tu es plus grande que moi, cela te revient de droit.

La jeune fille n'osa pas objecter : « Mais je suis plus souple. » Le temps de lui faire une bise sur la joue et Maurice démarrait. Quelques minutes plus tard, il roulait sur l'autoroute 20. Alors seulement, Marie-Andrée demanda :

— Grand-maman est finalement décédée de son problème au cœur… Sa maladie ne paraissait pas les dernières fois que je l'ai vue.

Maurice lui avait transmis un bulletin de santé très sommaire au cours des dernières semaines. Depuis la banquette arrière, l'ancienne religieuse hospitalière expliqua :

— Une conséquence de sa tension artérielle trop haute. On appelle cette condition « le tueur silencieux ».

— Elle paraissait très forte.

— Voilà le sens du mot "silencieux", on ne voit rien venir.

Le sujet ne permettait pas une longue conversation et tout le monde se sentait sombre. Aussi demeurèrent-ils muets jusqu'à l'arrivée devant le salon funéraire.

— Tu sais, tu n'as pas à assister à cela. Tu pourrais nous attendre dans la voiture ou alors marcher jusqu'à l'église.

Le père s'adressait à sa fille. Elle faisait une charmante endeuillée dans une petite jupe noire plutôt courte, un chemisier et un collant gris, avec une veste assortie.

— Je peux faire face.

Le ton contenait une part de défi. Il hocha la tête. Quand tous trois furent descendus, Maurice les précéda dans l'immeuble. À neuf heures trente, presque personne ne visitait les salons funéraires. Dans la pièce où reposait le corps de Perpétue Berger, ils retrouvèrent Ernest et Adrien.

— Ah! Voilà longtemps que je t'ai vue, s'exclama ce dernier. Viens m'embrasser.

Marie-Andrée s'exécuta de bonne grâce, malgré le malaise dû à la soutane. Impossible de porter un pantalon pour une cérémonie officielle. Embrasser son grand-père la troubla encore plus.

— Je sympathise avec vous, murmura-t-elle.

— Merci, t'es une bonne fille.

Les mots s'accompagnèrent de petites tapes sur l'épaule. Puis la jeune fille se planta devant le cercueil, essaya de réciter tout un *Je vous salue Marie* en pensée. Elle détaillait le cadavre de Perpétue. Les os de son visage se dessinaient sous la peau flétrie, le maquillage lui parut forcé. De son vivant, jamais cette femme n'en avait porté autant!

— Bon, nous devons procéder, intervint Adrien, car une fois à l'église, je devrai encore m'habiller.

Des employés du salon funéraire s'approchèrent quand le prêtre commença un *Notre Père*. Les mots familiers avaient un effet apaisant. Tout de suite après le «amen», un homme referma la partie supérieure du couvercle, un autre le vissa solidement. Deux autres personnages à la mine patibulaire – pour ressembler à des endeuillés, sans doute – apparurent. À quatre, porter la bière jusqu'au corbillard ne posa aucune difficulté.

— Faut-il absolument embarquer là-dedans? demanda Ernest Berger. La mienne est aussi belle.

Le vieil homme se tenait près d'une Cadillac noire. La réponse vint du prêtre:

— Selon les usages, on se fait conduire, un jour comme aujourd'hui. Tu retrouveras ton véhicule dans deux heures.

Tout en maugréant, le veuf monta à l'avant, puis l'ecclésiastique s'assit près de lui. La grande voiture permettait de partager une banquette à trois. Les autres montèrent à l'arrière, avec Marie-Andrée au milieu. Le trajet vers l'église ne dura qu'un instant. Toutefois, il fallut attendre que les croque-morts posent le cercueil sur la herse pour marcher derrière lui. Pour une sainte femme, Perpétue comptait une petite famille et bien peu d'amis intimes. Cela donnait un très modeste cortège.

Justine occupa le premier banc avec son père; Maurice et sa fille, le deuxième. La cérémonie commença avec plus de cinq minutes de retard. Les trois douzaines de membres d'associations pieuses eurent un pincement de jalousie en constatant que leur compagne profitait d'un privilège incomparable: son fils dirait la messe et prononcerait l'éloge funèbre.

En entendant Adrien aligner ses bons souvenirs de la défunte, le professeur se pencha vers l'avant afin de glisser à l'oreille de sa sœur:

— La femme dont il parle, je ne l'ai jamais rencontrée.

Tout de suite, il se reprocha son attitude. La veille, il avait pourtant résolu de mettre fin à ses récriminations.

À la fin de la cérémonie, quatre croque-morts vinrent chercher le cercueil pour le remettre dans le corbillard. De nouveau, le cortège anémique se forma à sa suite, enrichi des quelques membres des Filles d'Isabelle, des Dames de Sainte-Anne et du Cercle des Fermières de Saint-Hyacinthe. Certaines avaient convaincu leur époux de les accompagner. À compter d'un certain âge, les funérailles devenaient un divertissement… avant de devenir un rendez-vous obligé.

Même si le cimetière était situé derrière l'église, ce fut dans le corbillard que la bière parcourut les deux cents dernières verges, tous les fidèles marchant à sa suite. Dans son surplis de dentelle, Adrien avait fière allure. Il déclama les dernières prières, prononça un ultime éloge, lança l'eau bénite à grands coups de goupillon. Peut-être un peu trop vite parce qu'il désirait écourter sa matinée de travail, l'employé des pompes funèbres déclencha le mécanisme pour descendre la bière dans la fosse.

Après cela, les Berger n'avaient plus qu'à quitter les lieux. En revenant devant l'église, le prêtre proposa :

— Venez à la maison. J'ai demandé à la ménagère de nous préparer à dîner.

Maurice consulta sa sœur et sa fille du regard, puis donna son assentiment.

— Je récupère mon char, pis je vous rejoins, assura Ernest.

Celui-là semblait redouter de s'éloigner de sa voiture, comme si la perdre de vue constituait un deuxième veuvage.

— Nous reprendrons tous nos véhicules, dit Adrien. Dans mon cas, ce sera après m'être changé.

Si le curé de la paroisse de Perpétue avait accepté de voir ce collègue diriger les funérailles à sa place, sa générosité n'allait pas jusqu'à lui prêter ses vêtements. Adrien entra dans la sacristie, alors que le reste de sa famille reprenait le chemin du salon funéraire. Repartir dans la voiture de l'embaumeur pour accomplir ce trajet ne les tentait pas. De toute façon, novembre se révélait plaisamment frais.

La ménagère du curé les reçut avec l'expression de sa sympathie la plus sincère. Tout de même, Maurice la soupçonnait de ressentir un certain soulagement : pour la première fois, elle recevrait les Berger sans que personne ne cherche à lui expliquer comment faire son travail.

— Dites-le-moi si je peux aider, proposa Justine sans insister davantage.

Tous se réunirent au salon dans l'attente du maître des lieux. L'ancienne religieuse s'installa sur le canapé près de sa nièce.

— Cet événement te ramène quatre ans en arrière, je suppose.

Marie-Andrée sortit de sa rêverie morose, mit un moment avant de comprendre le sous-entendu. Justine évoquait les funérailles d'Ann.

— Oui, c'est ça.

Mieux valait attribuer l'inquiétude sur son visage à une cause licite, au lieu de la lier au retard de ses règles… Non, pas au retard de ses règles. À sa grossesse. Il ne servait plus à rien de se dissimuler la vérité.

— J'aimerais ressentir la même tristesse que toi. Ta mère t'a laissé plein de beaux souvenirs, même si tu as été avec elle seulement une douzaine d'années. Moi, je les cherche depuis trois jours, ces souvenirs, sans en trouver beaucoup.

La jeune fille eut envie de protester, mais la tristesse de sa tante l'en empêcha. De l'autre côté de la pièce, son père et son grand-père discutaient de presse à foin. Malgré le retour à une thématique ancienne, le ton indiquait une certaine sérénité. L'atmosphère paraissait presque détendue.

Au gré des minutes écoulées, Marie-Andrée fut tentée d'attirer sa tante vers une autre pièce afin de partager ses inquiétudes avec elle. Encore en s'éveillant ce matin-là, elle avait cherché au fond de sa culotte la tache salvatrice. Une infirmière saurait quoi faire.

Un bruit dans l'entrée l'arrêta. Adrien vint les rejoindre sans afficher son air bonhomme habituel, celui d'un Don Camillo version québécoise. Après tout, la grande inquisitrice ne se trouvait plus là, inutile de donner le change.

— Passons à table tout de suite. D'ailleurs, il est midi.

Dans la salle à manger, l'ambiance rappelait les dîners des dimanches d'antan. Chacun posait les yeux sur la chaise habituellement occupée par Perpétue. Après la cérémonie du matin, personne ne savait comment relancer la conversation. Ce fut Adrien qui rompit le silence.

— Maurice, tu ne me demandes pas si j'ai encore la vocation ?

— Je pensais que tu n'aimais pas aborder la question.

Surtout, en l'absence de la mère, vouloir dénigrer le cadet ne servait plus à rien. Ernest ne perdait rien de la conversation. Son intervention prit les autres par surprise :

— Tu penses quitter ta job ? Tu vas avoir de la misère à trouver mieux.

Le professeur de cégep apprécia le brin de sagesse.

— Je me dis la même chose, confia Adrien. D'un autre côté, il manque quelque chose.

— Tu veux dire… "ça" ? Tu en trouveras partout, si tu en veux, avec une robe ou pas.

Après toute une vie de silence, les commentaires soudains d'Ernest créaient une certaine commotion. Maurice se sentit étrangement proche de lui. Au fond, cette découverte, il l'avait faite l'été précédent. L'un des deux ménages de l'auteur de ses jours s'était dissous avec la fin d'un battement cardiaque. Pour le second, il entrevoyait sans doute une rupture plus classique. Pourquoi se priver du magnifique terrain de jeu s'offrant à lui ?

— Tout de même, il n'y a pas que ça dans la vie, contesta Adrien.

— Bin, si ça tu l'as pas, y reste pas grand-chose d'autre.

Même le vieil Ernest se révélait terriblement dans le vent, ce jour-là, en présentant son credo en faveur de la jouissance. Un peu plus et Marie-Andrée aurait trouvé ces grandes personnes totalement immorales. Cela ne l'aidait guère en regard de son propre problème.

Maurice ne quittait pas son frère cadet des yeux. L'entrée en matière du prêtre laissait présager une confidence imminente.

— Alors, que feras-tu ?

— Je réfléchirai encore un peu.

Ainsi, il ne voulait livrer que son indécision. Toutefois, l'ecclésiastique continua :

— Je regarde quelles perspectives d'emploi s'offrent à un curé.

Il conservait la même attitude que l'été précédent : « Si je trouve mieux, je défroquerai. » Cependant, quelque chose avait changé. Maintenant, la crainte de « faire mourir sa mère » ne le retenait plus.

En remontant dans la Volkswagen, Marie-Andrée était toujours aussi empêtrée dans son angoisse. Un élan lui faisait désirer s'épancher auprès de son père, mais la honte l'en empêchait. Comme si demeurer une jeune fille sage était essentiel pour continuer de profiter de son estime.

De toute façon, son père et sa tante avaient l'esprit ailleurs.

— Que penses-tu de la déclaration d'Adrien ? s'enquit Maurice.

— Crois-tu que ce fut facile pour moi ? Que j'ai décidé comme ça ?

Justine fit claquer ses doigts. En quittant Saint-Hyacinthe, Marie-Andrée avait devancé l'infirmière pour occuper la banquette arrière. Cela permettait au frère et à la sœur d'échanger des commentaires entre eux. Tous les deux en étaient encore aux mises au point.

— Fais comme si je n'avais rien dit.

— Toi, à l'idée de refaire ta vie, tu agirais sur un coup de tête ? Tu épouserais la première venue ?

— Pour reprendre ton expression, j'ai agi sur un coup de tête l'été dernier, et cela s'est soldé par un beau gâchis. Là, j'essaie de réfléchir afin d'éviter une prochaine sottise.

Une pause dans la conversation incita Marie-Andrée à s'avancer vers eux pour demander :

— Ma tante, as-tu emménagé à l'étage ?

— Presque. J'y coucherai pour la première fois ce soir. Émile s'y est déjà installé.

— Alors, je vous souhaite bonne chance à tous deux… plutôt à tous trois.

— Dans une semaine ou deux, nous vous inviterons à la pendaison de crémaillère.

« Comme un couple qui s'installe », pensa Maurice. Sa propension à se préoccuper des affaires des autres, tout en gérant les siennes de manière plutôt erratique, ne faiblissait pas.

Toute la nuit, Marie-Andrée rêva à sa grand-mère. Des rêves éveillés, pour la plupart. La silhouette sépulcrale de Perpétue se dressait au pied de son lit, l'index pointé sur elle, et elle disait :

— Putain. Tu vas avoir un bâtard.

Ses pleurs devinrent de véritables sanglots silencieux. Pendant les derniers jours, tous ses efforts tendaient à maintenir l'illusion de règles tardives. Le miracle ne se produirait pas. Vers quatre heures, elle entendit le bruit de la porte d'entrée, ouverte et refermée, puis celui de la chasse d'eau dans la salle de bain. Bientôt, elle se leva pour marcher vers la chambre à l'avant de l'appartement. Ses coups furent si légers qu'aucune réponse ne lui parvint. Bien plus, le rai de lumière sous la porte s'éteignit.

Il lui restait à ouvrir, au risque de se faire rabrouer.

— Nicole, murmura-t-elle, je peux te parler ?

— Marie-Andrée ?

— Oui, c'est moi.

La *bunny* tendit la main pour rallumer la lampe posée sur le chevet, aveuglant sa cousine pendant quelques secondes. Puis elle contempla les traits défaits.

— C'est pas revenu ? demanda-t-elle.

Tout de suite, elle devinait la raison de cette anxiété visible. Marie-Andrée confirma de la tête, puis gémit :

— Qu'est-ce que je vais faire ?

— La même chose que toutes les autres. T'en fais pas, juste à Montréal, vous serez peut-être dix dans la même condition à aller voir un médecin demain.

Nicole souleva les couvertures d'un côté du lit, sa cousine s'empressa d'accepter l'invitation muette. Un instant plus tard, elle retrouvait la chaleur d'un corps près du sien.

— Ton étudiant, quel est son rôle dans cette histoire ?

— … Il ne veut rien savoir.

Elle mentait. La honte, la peur des conséquences de ses actions la condamnaient au silence. Clément ne saurait pas, parce qu'elle n'oserait pas le lui dire.

— Voilà un beau salaud. J'aimerais ça l'avoir devant moi pour une petite conversation privée.

La *bunny* s'interrompit, puis continua, une fois sa colère maîtrisée :

— Alors, on fera sans ce trou-du-cul. Je t'accompagnerai chez un médecin que je connais. Tu peux quand même pas gâcher toute ta vie pour une… erreur.

Après cela, Nicole se tourna vers le mur afin de dormir. Sa cousine se lova dans son dos, espérant trouver le sommeil.

Au moment de son réveil vers sept heures du matin, Marie-Andrée fut surprise de se trouver dans le lit de sa cousine. Un moment, elle crut avoir remonté le temps, pour revivre les mois d'août et de septembre. L'idée de se reprendre, d'éviter de répéter les mêmes erreurs, la fit se sentir légère.

Puis elle se souvint. Nicole ronflait doucement, pré-servée de toutes les angoisses. La normalienne la regarda pendant dix bonnes minutes, puis se résolut à poser la main sur son épaule.

— Nicole… Réveille-toi.

Le grognement, en guise de réponse, l'incita à la secouer plus fort. La dormeuse ouvrit un œil, puis le second. Son visage exprima d'abord la colère de se faire réveiller ainsi, puis elle se montra plus aimable.

— Tu m'as parlé de voir un médecin.

— Ouais… Je n'avais pas compris que ce serait au milieu de ma nuit de sommeil. J'espère que maman ne traîne pas déjà dans la cuisine, sinon il me faudra aller téléphoner ailleurs.

Elle émit un petit juron en se levant, prit la peine de décrocher son peignoir et de l'enfiler avant de quitter la chambre. Roméo couchait trop souvent à la maison pour qu'elle risque de se promener vêtue d'une nuisette.

Marie-Andrée se recroquevilla sur elle-même en attendant. La suite des choses la terrorisait. Après quelques minutes, la brune revint, la mine soucieuse.

— Elle était bien dans la cuisine, alors j'ai fait semblant de prendre un rendez-vous pour moi, pour une « affaire de femme ». Là, maman soupçonne certainement que je suis enceinte.

— Alors que c'est le cas de la filleule trop sotte.

L'autodérision marquait son ton. Maintenant, elle le savait pour l'avoir appris à la dure : pour la qualifier, cet adjectif convenait parfaitement.

— Malheureusement, je n'ai pas pu le convaincre de te faire une place ce matin.

Marie-Andrée sentit une main écraser son cœur.

— Tout de même, après beaucoup d'insistance, il a accepté de se priver de son dîner au restaurant pour te recevoir à midi pile. Je te prendrai à l'école vers onze heures trente. Ça ira ?

La jeune fille donna son assentiment d'un signe de la tête. Nicole reprit sa place dans le lit tout en disant :

— Maintenant, désolée de te chasser, mais il me manque quelques heures de sommeil pour ressembler à une lapine sur le *party*.

Marie-Andrée quitta la couche en murmurant un « merci », puis alla se préparer pour sa journée d'école. Le cœur n'y était pas vraiment, mais les cours lui changeraient peut-être les idées.

Depuis la scène du mardi précédent, les étudiants regardaient Maurice avec des yeux nouveaux. Le professeur à l'air sévère et la jeune recrue s'entendaient visiblement très bien. Tous leurs collègues devaient aussi commenter la situation. Alors, quand Martine vint l'attendre à la sortie de son cours, le vendredi, il ne tenta pas de feindre l'indifférence. Toutefois, le petit baiser sur la joue pouvait témoigner simplement d'une belle amitié.

— Comment vas-tu ?

La veille, il était parti en vitesse, sans la croiser. Une certaine inquiétude se lisait donc dans les yeux de la jeune femme.

— Je ne dirai pas "bien", ce serait déplacé dans les circonstances.

Son sourire un peu triste la rassura tout à fait.

— Là, je dois me rendre chez le directeur, mais que dirais-tu de me retrouver en après-midi ? proposa Martine. Nous pourrions parler.

— Je vais rentrer manger chez moi. Pourrais-tu m'y rejoindre ? Nous verrons alors ce qui nous tente comme activité.

Deux jours plus tôt, il enterrait sa mère, et le soir même sa sœur montait ses quelques possessions à l'étage. Comme il mettait peu de temps à profiter de sa nouvelle liberté !

— D'accord. Pas avant deux heures, toutefois.

— Que veut le patron ?

— Lui, je ne sais pas, mais moi je veux lui dire qu'aucune raison ne justifie que je gagne moins que mes collègues masculins avec le même diplôme.

L'idée de l'égalité salariale progressait rapidement. Elle figurait en bonne place dans les revendications des syndicats d'enseignants.

— Alors, bonne chance.

Ils se quittèrent sur un sourire chargé de connivence.

Après la fin du cours du matin, Marie-Andrée s'excusa auprès de ses amies de ne pas les suivre à la cafétéria en prétextant : «Je dois accompagner ma cousine chez le médecin.» Si certaines doutèrent de l'explication, aucune ne la contesta.

Debout devant les grandes portes en façade, elle attendit de voir le petit bolide. Bientôt, une Mustang d'un beau rouge vif se rangea près du trottoir. Nicole était vraiment dans le vent, avec des robes toujours trop courtes, des pulls serrés et ce véhicule luxueux.

En s'asseyant sur la banquette de matière plastique, Marie-Andrée lui confia :

— Je suis absolument terrorisée.

— Il s'agit d'un médecin comme les autres, tu sais, sauf qu'il parle anglais.

Sa terreur ne tenait pas à l'identité du praticien, mais à l'intervention probable qui résulterait de la consultation. Même si on discutait d'une loi destinée à rendre le recours à l'avortement plus facile, ce serait dans un contexte bien particulier. Dans des situations comme la sienne, la plupart des commentateurs parlaient d'assassinat.

— Son bureau se trouve vers l'est, rue Sherbrooke. Je le connais parce qu'il vient parfois au club Playboy… Puis il a rendu service à des collègues.

Marie-Andrée se demanda si sa parente ne se livrait pas à un petit mensonge pieux. Elle-même pouvait bien s'être retrouvée dans une situation délicate. Personne ne considérait les *bunnies* comme des personnes prudes et ascétiques.

Nicole stationna son auto devant un bel immeuble de pierre vieillot. Beaucoup de jeunes gens marchaient sur les trottoirs, sans doute à cause de la proximité de l'Université McGill. Dans une suite de pièces du second étage, une réceptionniste accorte les accueillit.

— Je lui annonce que vous êtes arrivées. Je vous attendais afin de pouvoir aller dîner.

Ainsi, cette histoire de repas sacrifié s'avérait plausible. Peu après, un homme d'une quarantaine d'années vint les chercher pour les faire entrer dans son cabinet.

— Il s'agit de la personne… en difficulté ? demanda-t-il en anglais, en désignant la plus jeune des yeux.

— Vous pouvez vous adresser directement à elle. Son anglais est meilleur que le mien.

Le médecin hocha la tête, puis dit, en dévisageant Marie-Andrée :

— Que se passe-t-il, mademoiselle ?

— Mes règles… Je suis en retard.

— De combien de temps ?

— … Deux semaines, je pense.

Il hocha la tête, comme s'il s'était attendu à cette réponse.

— Allez vous dévêtir de l'autre côté. Vous connaissez certainement la procédure. Je vous rejoins dans une minute.

Non, elle ne connaissait pas ce genre d'examen, et encore moins la curieuse civière munie d'étriers, mais son utilisation était facile à deviner. Tout en enlevant son pantalon et sa culotte, elle écouta la conversation derrière le paravent.

— Voilà un moment que je ne vous ai pas vue, Nicole.

— Pourtant je suis tous les soirs au même endroit. Madame Goldstein ne vous laisse plus sortir ?

Le ton moqueur laissait deviner que ces deux-là se connaissaient plutôt bien.

— Madame se montre parfois possessive.

— A-t-elle tort de vouloir protéger son bien ?

Formulée très bas, la répartie resta inaudible derrière le grand paravent. Le docteur vint rapidement rejoindre sa patiente. Le temps de fixer sur sa tête un curieux bandeau métallique muni d'une lampe, il se plaça entre les jambes de la jeune fille. Les mains gantées de latex s'avéraient bien désagréables sur les muqueuses. Surtout, les deux doigts enfoncés dans le vagin, puis le contact froid du spéculum tirèrent un gémissement à Marie-Andrée.

— Avez-vous une quelconque maladie ? Dormez-vous bien ?

— Je crois être en bonne santé. Quant au sommeil, au cours des dernières semaines…

— Je comprends. La situation vous rendait anxieuse.

Au moins, le praticien eut la délicatesse de faire vite. Quand il se releva, il annonça :

— Vous êtes enceinte de quelques semaines. Vous pouvez vous rhabiller.

Le diagnostic ne la surprenait guère, mais il eut tout de même l'effet d'un coup de poing. À compter de maintenant, impossible de se mentir à elle-même.

Quelques minutes plus tard, elle vint occuper la seconde chaise devant le bureau du médecin.

— Je peux opérer dimanche. Cela vous convient ?

Acquiescer à un avortement à haute voix lui était impossible, aussi elle agita la tête de haut en bas.

— Votre cousine sera en mesure de vous accompagner ?

Nicole préféra répondre elle-même.

— Oui, je serai là. Maintenant, Marie-Andrée, va m'attendre dans la pièce à côté. Je souhaite régler de petites choses avec monsieur.

Dont le prix des honoraires, certainement. Pour la première fois, la jeune fille prit conscience que jamais elle ne serait capable de faire face à la dépense. En quittant le cabinet, elle se sentait plus honteuse que jamais.

Chapitre 26

Un peu après deux heures, de petits coups furent frappés contre la porte. Maurice se tenait dans le salon, un livre dans les mains, mais incapable d'en déchiffrer une ligne. En allant ouvrir, il se demanda si Émile avait vu la visiteuse, puis il se trouva ridicule.

— Alors, demanda-t-il d'entrée de jeu, notre franciscain sans soutane s'est-il laissé attendrir?

— Il va y penser.

Martine et lui échangèrent un baiser rapide, puis il la conduisit au salon en demandant:

— Veux-tu quelque chose à boire?

— Si tu as de la bière, je serais preneuse. Je me suis contentée de 7up au dîner afin de faire bonne impression sur le patron.

— Une 50, ça te va? Installe-toi en m'attendant.

Il alla dans la cuisine, puis il la retrouva assise dans son fauteuil favori. Pas d'enlacement coupable à prévoir pour l'instant. Une fois assis sur le canapé, il s'intéressa:

— Un "Je vais y penser" qui ressemblait à "Je n'ose pas te dire non en face"?

— Plutôt du genre: "Tu me fais suer, mais avec les rumeurs de création d'un syndicat, je n'aurai pas le choix."

Dans tous les services publics, les négociations de conventions collectives battaient leur plein. Deux ans plus tôt, Jean Lesage avait répondu « La reine ne négocie pas avec ses sujets », mais depuis, lui comme son successeur Daniel Johnson apprenaient qu'il leur manquait toujours une couronne.

— Tu sais que je te jalouse un peu.

Comme elle posait sur lui un regard intrigué, il continua :

— Pour avoir le même diplôme que toi, je devrai travailler comme un fou toutes les fins de semaine et quelques soirs supplémentaires pendant les cinq prochaines années.

À l'université, on n'exigerait sans doute pas qu'il effectue tout un premier cycle avant de s'engager dans le second, mais tout de même, le chemin serait long et ardu.

— Peut-être la convention collective à venir comprendra-t-elle des clauses concernant des congés de recyclage.

— Dans ce cas, je serai éternellement reconnaissant à notre président !

Cela se pouvait bien. Avec toutes les déclarations publiques sur les insuffisances du système scolaire, dont la compétence du personnel, il faudrait bien mettre en place des mesures pour l'améliorer. Bientôt, une association en bonne et due forme entamerait des négociations.

Le sujet les retint encore quelques minutes, puis la conversation languit. Après un moment, la jeune femme risqua, intimidée :

— Tu as été très patient, au cours des deux dernières semaines.

Elle avait accepté de luncher avec lui trois fois, et de l'accompagner au cinéma deux fois. Après les échanges plutôt intimes au retour de Terre des Hommes, elle avait préféré rejouer le début de leur relation, pour se donner le temps de réfléchir.

— Je ne pense pas que tu serais ici avec moi si je m'étais comporté autrement.

Martine acquiesça d'un hochement de la tête. Elle pouvait très bien interpréter la jeune fille prude. Toutefois, ce temps s'achevait.

— Je me suis assise ici, et maintenant je me sens un peu seule.

— Alors, viens me rejoindre.

Elle prit place sur le canapé, allongea les jambes et laissa porter son poids sur lui. Le temps des baisers goulus, des mains un peu baladeuses, avec un «Bonne nuit – ou bon après-midi, selon l'heure –, je dois rentrer» en guise de conclusion arrivait à son terme.

Tout le reste de l'après-midi, une fois de retour rue Saint-Hubert, Marie-Andrée demeura sombre, au point où sa tante Mary finit par demander :

— Est-ce que tu couves quelque chose ?

— Je ne pense pas. C'est juste la période du mois, je suppose.

Si sa marraine avait été vraiment attentive, elle aurait deviné que c'était impossible. Toutefois, sa propre histoire d'amour l'empêchait de compter les jours.

La jeune fille n'arrivait pas à se décider. Même avec un amoureux prêt à l'épouser, avoir un enfant à dix-huit ans ferait voler en éclats ses projets professionnels. Les études à plein temps étaient incompatibles avec les soins à prodiguer à un bébé. Elle s'enfermerait donc dans un domicile nécessairement exigu, puisque son compagnon ne serait certes pas capable de la loger autrement, et se retrouverait condamnée à laisser s'écouler toutes ses années de jeunesse.

Un moment, elle s'imagina se confiant à son père. Il serait certainement déçu que sa fille se soit « cassé la cuisse », comme on disait autrefois d'une fille-mère. Son état jetterait l'opprobre sur la famille. La surveillance serait moins étroite qu'à Saint-Hyacinthe, puisqu'on ne le connaissait pas à Longueuil. Tout de même, bien vite tous ses collègues, tous ses voisins sauraient.

Au moins, elle en avait la certitude, jamais Maurice ne la rejetterait. Il la soutiendrait de son mieux pour lui permettre de réaliser ses projets. Sa réflexion l'amena même à imaginer tante Justine affairée à prendre soin de deux bébés… Ces pensées tenaient du fantasme. L'ancienne religieuse entendait continuer à travailler, la gestion de son horaire s'avérait déjà difficile avec un seul enfant.

Quant à son père, cela reviendrait à ruiner toutes ses attentes pour l'avenir. Maintenant seul dans son appartement, il voulait certainement reprendre le cours de sa vie, trouver une nouvelle Diane Lespérance à fréquenter, cette fois avec la résolution de faire mieux.

Quelle que soit sa façon de regarder la situation, cette naissance ruinerait les projets de plus d'une personne. La sienne, bien sûr, celle de Clément si celui-ci assumait « ses responsabilités », ou celle de son père dans le cas contraire. La contraception orale, la fameuse pilule, permettait aux femmes d'enfanter au moment le plus opportun de leur vie. Pour Marie-Andrée, ce ne serait pas avant cinq ans, plus probablement sept ou huit.

Pour les sottes qui s'étaient abandonnées à un garçon promettant de « se retirer à temps », que restait-il ? Ou elles acceptaient les conséquences de leur imprudence, ou elles se faisaient avorter clandestinement.

Dans cet état d'esprit, Marie-Andrée préféra s'enfermer dans sa chambre sous prétexte d'étudier. Un peu avant cinq heures, de petits coups furent frappés à la porte.

— Oui, qu'y a-t-il ? demanda-t-elle en se redressant sur le lit.

Mary Tanguay ouvrit la porte à demi, passa la tête dans l'embrasure pour dire :

— Ton gars est au téléphone, celui qui rêve de révolution. Je lui dis que tu files pas ?

La perspective de parler à Clément la rebutait. Un moment, elle eut envie de se dérober, puis elle se leva en poussant un grand soupir.

— Non, je vais le lui dire moi-même.

— Tu ferais mieux de rester avec nous, ce soir.

La jeune fille partageait tout à fait l'opinion de sa marraine. Dans la cuisine, elle prit une chaise pour la déposer juste sous l'appareil de téléphone accroché au mur, puis elle s'empara du combiné.

— Allô, Clément ?

— Oui, c'est moi. Comment vas-tu ?

— Pas très fort.

Il y eut un silence à l'autre bout du fil. Marie-Andrée rompait avec les usages, les convenances exigeaient que l'on réponde : « Très bien, et toi ? »

— Qu'est-ce qui se passe ?

— Des problèmes de fille.

Elle ne pouvait dire plus vrai, mais son interlocuteur ne devinerait certainement pas de quels problèmes réels il s'agissait. Un bref instant, elle fut tentée d'ajouter : « Je vais accoucher de ton enfant dans six ou sept mois. »

— Donc, ce soir nous en serons quittes pour une petite soirée tranquille. Dis-moi ce que tu préfères.

— Rester à la maison.

— Voyons, tu peux quand même souper avec moi dans un restaurant!

Son insistance lui fit plaisir. Il tenait à elle. La tentation de se confier lui revint. Mary fit un peu de bruit en sortant un chaudron de l'armoire, cela suffit à la ramener à sa première résolution.

— Je t'assure, je serais une compagnie exécrable, ce soir. J'irai au lit très tôt.

— Alors, demain?

— Ces malaises durent plus de vingt-quatre heures, d'habitude. Profite de ta fin de semaine.

Elle faillit préciser: «... pour faire avancer la rédaction de ton mémoire de maîtrise.» Bonne fille, elle opta pour:

— Cela te permettra de voir tes amis et de parler politique tout ton saoul. Téléphone-moi au début de la semaine prochaine.

Marie-Andrée se doutait bien que dimanche, elle voudrait pleurer toutes les larmes de son corps, et surtout pas entendre parler de l'indépendance du Québec et de l'urgence d'une révolution prolétarienne.

— Bon, si tu crois que c'est mieux ainsi, je n'insiste pas.

Ils échangèrent ensuite quelques phrases, puis se souhaitèrent mutuellement une bonne fin de semaine. Quand elle raccrocha, tante Mary commenta:

— Tu as bien fait. Des fois, c'est bon de faire patienter un peu les gars, sinon ils ambitionnent.

Pourtant, elle-même se montrait très attentive au bonheur de son Roméo. Comme bien des personnes, elle recommandait aux autres un comportement différent du sien.

— Vous avez peut-être raison.

Un instant, la châtaine songea s'enfermer de nouveau dans sa chambre, puis elle décida de s'affairer.

— Dites-moi ce que je peux faire pour aider à la préparation du repas.

— … Eh bin, si tu files pas !

— Même si je ne me porte pas assez bien pour sortir en ville, cela ne veut pas dire que je suis devenue incapable de préparer des pommes de terre.

Sans prononcer un mot, la ménagère lui remit son chaudron dans les mains.

Le sergent Gladu regardait l'heure à son poignet toutes les quinze minutes depuis son retour du lunch. L'idée de convoler en justes noces dans moins d'un mois le distrayait de ses tâches habituelles. À trois reprises, Mary et lui avaient rapproché la date de la cérémonie tellement ils étaient pressés de passer devant l'autel. Ce serait leur cadeau de Noël.

Combien de vols de banque seraient commis à cause de son inattention ? Aucun, sans doute. Passé cinq heures, il se mit à ranger des papiers dans son bureau. Les agents ne bénéficiaient pas d'une pièce fermée, alors il entendait les autres commenter leurs projets du week-end.

— Pis toé, Gladu, cria un collègue depuis l'autre bout de la pièce, tu te prépares à coiffer la Sainte-Catherine, sans doute !

— Ce sont les vieilles filles qui font ça le 25 novembre.

— Chus certain qu'y feront une exception pour les vieux garçons de ton âge. T'as bin cinquante ans !

L'homme secoua la tête de droite à gauche, un peu las de toutes les taquineries que ses collègues lui faisaient endurer. Dans quelques semaines, on l'étriverait sur sa nuit de noces. Rien pour justifier une demande de mutation dans un autre poste, mais les blagues les meilleures demeuraient les plus courtes.

Gladu se dirigeait vers la sortie du poste quand il croisa son supérieur. Celui-ci s'approcha pour interroger à mi-voix:

— J'peux-tu compter sur ton silence?

— … Oui, comme un curé dans son confessionnal.

Le chef lui adressa un sourire narquois avant de reprendre:

— T'inquiète pas, je ne te confierai pas mes fautes, y en a trop. L'autre jour, t'es venu cueillir la filleule de ta blonde, alors que le gars de la GRC entendait lui tirer les vers du nez. Ça n'a pas mis la police montée de bonne humeur.

— Pas très très légal, ramasser une gamine sous un faux prétexte pour l'interroger. Si l'bœuf est pas content, qu'y prenne son joual pis qu'y retourne à Ottawa.

Ces gendarmes devenaient en effet bien envahissants. Son supérieur ne se formalisa pas de l'indélicatesse.

— Le gars avec qui a sort s'ra arrêté bientôt. Alors, si jamais il s'envole avant, on saura d'où ça vient. Aider des criminels à échapper à la justice, c'est grave.

Gladu resta silencieux un moment, puis glissa, peu affable:

— Alors, pourquoi tu me l'dis?

— Parce que tu me l'as demandé, l'autre jour. Le gars est soupçonné de poser des bombes.

Là-dessus, le chef tourna les talons pour retourner à son bureau, à l'étage.

Maurice était rendu à un âge où parfois, la nuit, il devait se rendre à la salle de bain. Cette fois, il s'exécuta sans faire le moindre bruit. Quand il revint dans la chambre, un rai de lumière dû à l'éclairage de la rue le charma. Il révélait les fesses de Martine. Un peu plus tôt, il l'avait laissée à moitié découverte.

Le bout d'après-midi passé lovés l'un contre l'autre sur le canapé les avait conduits dans cette pièce. Les cheveux blonds très courts, les yeux bleus, le regard amusé, la poitrine menue et les fesses en comparaison plutôt charnues le comblaient d'aise. Leur amitié prenait une tournure délicieuse. Ou alors il s'agissait de plus que d'amitié. L'avenir le leur dirait.

Il se recoucha avec précaution pour ne pas l'éveiller, se plaça contre son dos, ses cuisses, comme les deux cuillères les mieux assorties d'un tiroir. Quand son bras passa autour de son corps pour rendre le contact plus intime, Martine laissa échapper une petite plainte, elle rejeta la tête en arrière, assez pour lui permettre de l'embrasser juste derrière l'oreille.

Décidément, la vie se montrait bonne.

Le samedi matin, Marie-Andrée se leva complètement épuisée. Le sommeil la fuyait, elle avait passé la nuit à ressasser des scénarios. Le plus raisonnable, le seul supportable en fait, demeurait l'avortement, même si le sentiment de culpabilité l'écrasait.

À l'heure du dîner, Nicole vint rejoindre les deux autres femmes de la maison à la petite table dressée dans la cuisine. Entre elles, inutile d'utiliser la salle à manger. Sa mère l'accueillit de façon abrupte :

— On ne te voit pas souvent deboutte à c't'heure-citte.

— Comment se fait-il que les gens ne comprennent pas que je travaille jusqu'à trois heures du matin ? Là, je devrais manger des toasts et boire du café, puisqu'il s'agit de mon premier repas de la journée.

— Tu parles d'une job, finir au milieu de la nuit.

De façon systématique, Mary Tanguay réussissait à dénigrer l'emploi de sa fille. Nicole montra un visage excédé à sa cousine. La conversation ne reprit que progressivement. En quittant la table, elle demanda :

— Alors, Marie-Andrée, toujours d'accord pour sortir avec moi demain après-midi ?

— … Oui, bien sûr.

Plus observatrice, sa marraine aurait remarqué l'hésitation de sa filleule.

— Nous partirons vers onze heures.

— Où allez-vous ? demanda la maîtresse de maison.

Nicole ne perdit pas sa contenance, déjà elle avait pensé à toutes les réponses.

— Faire un tour entre filles dans les Laurentides.

— … La petite file pas.

— Tout le monde se porte assez bien pour faire un tour à la campagne dans une belle voiture rouge. Puis prendre l'air lui fera du bien.

Un instant, Marie-Andrée craignit que sa marraine ne s'invite à la balade « entre filles ». Cependant, l'obligation de tenir compagnie à son Roméo l'empêcha de s'imposer.

L'après-midi se termina de la même façon que la veille : Marie-Andrée enferma sa tristesse dans sa chambre, inquiète de l'intervention à venir, écrasée par son sentiment de culpabilité.

Vers quatre heures, Mary Tanguay parut de nouveau dans l'embrasure de la porte pour demander :

— Ce soir, vas-tu manger avec nous?

— Je ne pense pas que ça passera, puis ma face de carême vous gâcherait l'appétit. Je préfère prendre un petit quelque chose et me dénicher un bon livre pour la soirée.

— Tu m'inquiètes, là. Es-tu sûre de ne pas avoir besoin d'un docteur?

«Oui, mais pas pour ce à quoi vous pensez», songea la jeune fille. À haute voix, elle dit:

— Un samedi soir, il faudrait passer des heures à l'urgence, assise sur une petite chaise droite. Ce serait aggraver ma condition. J'irai lundi si je ne me sens pas mieux.

— Bon, si tu préfères. Je vais au Perrette, je reviens dans cinq minutes. S'il arrive, t'iras lui ouvrir.

Inutile de préciser de qui elle parlait. La marraine laissa la porte de la chambre ouverte pour que Marie-Andrée entende les coups contre l'huis. L'attente fut de très courte durée, les fiancés devaient s'être croisés sur le trottoir. La jeune fille essaya d'accrocher un sourire sur son visage pour l'accueillir.

— Bonjour, monsieur Gladu, commença-t-elle. Entrez et donnez-moi votre manteau.

Le sergent s'exécuta. En lui remettant le vêtement, il dit:

— Ta tante m'a dit qu't'étais pas bin. Rien de grave, j'espère.

Impossible de lui en vouloir de sa sollicitude, surtout pas après son intervention au poste de police. Il reçut la même réponse que les autres: une affaire de femme. Quand elle eut accroché le manteau, elle lui dit:

— Passez au salon en attendant ma tante. Désirez-vous que je vous apporte une bière?

— Pourquoi pas. Tu vas m'accompagner?

— Honnêtement, je ne suis pas certaine que ça passerait. Je reviens.

Gladu la regarda marcher vers la cuisine, une jeune fille un peu frêle. Maintenant, il était fâché contre son supérieur. Celui-là lui en avait trop dit, ou pas assez. La ramasserait-on aussi pendant la semaine ?

D'habitude, quand quelqu'un affirmait «Je n'ai pas dormi de la nuit», il s'agissait d'une exagération. L'affirmation «Entre des périodes de sommeil, je suis resté longtemps les yeux ouverts» aurait été plus exacte. Dans le cas de Marie-Andrée, il fallait prendre ces mots au pied de la lettre. Pendant chacune des minutes des douze dernières heures, elle avait pesé les possibilités offertes. L'une la torturait, l'autre était encore pire.

Comme tante Mary était allée à la basse messe, elle se retrouva face à elle en entrant dans la cuisine.

— Tu vas pas mieux, on dirait. Tu devrais rester icitte, aujourd'hui.

— Ça ira, ne vous en faites pas pour moi.

Une voix vint du couloir, plutôt enjouée :

— Le meilleur remède, ce sera l'air frais des Laurentides.

Au moins, la jeune fille n'aurait pas à réveiller Nicole. Cette dernière continua en les rejoignant :

— Tu vas voir, une marche dans un sentier de Saint-Sauveur te fera du bien. Mangeons un peu avant de partir.

La jeune femme collait à son mensonge. Elle invita sa cousine à s'asseoir, puis prépara des rôties. Avec un peu de confiture, ce serait leur repas.

À onze heures pile, elles montaient dans la Mustang.

— Je suis morte de peur, avoua Marie-Andrée.

En vérité, elle aurait dû dire «morte de honte».

— C'est une opération sans risque.

— ... Dans les journaux, on parle de femmes mortes au bout de leur sang ou bien d'une infection.

— Si tu allais voir une bonne femme dans sa cuisine, et qu'elle te triturait le ventre avec des aiguilles à tricoter, tu aurais raison d'être effrayée. Ce docteur sait très bien ce qu'il fait.

Cela la rassura à moitié.

Le trajet jusque dans l'ouest de la ville se montra terriblement court. Elles montèrent au second étage du bel édifice de pierre largement avant midi. La porte du bureau était ouverte. Dans la salle d'attente, un homme se tortillait sur une chaise. Sa présence ajouta au malaise de Marie-Andrée. Sa cousine lui murmura en français :

— Au moins, ce gars est venu avec sa blonde. La plupart s'enfuient à l'autre bout du monde, dans une situation semblable.

Qu'aurait fait Clément ? La question l'occupa suffisamment longtemps pour que la patiente précédente apparaisse devant eux. Une petite blonde bien vêtue. Elle reniflait tout son saoul, alors que le praticien lui répétait :

— Ne vous inquiétez pas, tout va bien aller.

Le jeune homme alla rejoindre la femme, passa un bras autour de ses épaules, plein de sollicitude. Le médecin dit ensuite :

— Mademoiselle, si vous voulez bien venir ?

Marie-Andrée tremblait de peur en quittant son siège. Heureusement, Nicole prit son bras pour l'aider. Dans le cabinet, elle vit une infirmière à l'air revêche.

— Si vous voulez bien passer de l'autre côté, garde Jones va vous aider à vous préparer.

Son aide se limita lui adresser un demi-sourire. Une fois nue depuis la taille, elle s'allongea sur le dos, passa les pieds dans les étriers.

— Nous sommes prêtes, docteur, annonça l'employée.

Le médecin prit position entre ses jambes, chercha des instruments sur un plateau métallique. Marie-Andrée ferma les yeux, tenta de s'imaginer ailleurs, dans un endroit paisible. Sans succès. Elle sentait des larmes à la commissure de ses yeux. Dans sa position, elles glissèrent sur ses tempes, se perdirent dans ses cheveux.

Une vingtaine de minutes plus tard, l'infirmière épongeait le sang dans son entrejambe, puis l'aidait à se relever. La jeune fille se sentit très gênée de ne pas pouvoir enfiler seule sa culotte et son collant. Une serviette hygiénique réduirait les risques de gâchis. Quand elle revint de l'autre côté du cabinet, elle découvrit Nicole et le médecin engagés dans une conversation.

— Je disais à votre cousine que tout s'est très bien déroulé. Tout de même, je lui ai remis des antibiotiques. Autant les prendre à titre préventif. Si jamais il y a des pertes de sang significatives, présentez-vous dans un hôpital, mais il y a bien peu de risques que ce soit nécessaire.

L'instant d'après, le médecin escortait les deux jeunes femmes jusqu'à la sortie, puis faisait entrer une autre patiente dans son cabinet. Cette pratique devait lui fournir un très confortable revenu.

— Jamais je ne pourrai te rembourser cette opération, avoua Marie-Andrée une fois assise sur la banquette avant de la Mustang. Enfin, pas avant d'avoir un emploi, dans quatre ans.

— Alors, nous verrons bien de quel service j'aurai besoin à ce moment-là. Tiens, tu deviendras peut-être ma gardienne d'enfant attitrée.

Dans le présent contexte, la proposition tira une grimace dégoûtée à la jeune fille. Elle venait d'effacer son premier bébé. Toute la société renforccrait son sentiment de culpabilité au cours des années à venir.

Enfin, elle réussit à se soucier du côté pratique de la situation.

— Je ne me sens pas la force d'aller marcher à Saint-Sauveur, mais si nous retournons chez toi, ma marraine me tordra un bras pour connaître toute la vérité…

— Voilà bien pourquoi nous ne ferons ni l'un ni l'autre. Je t'emmène chez moi. Nous y serons dans un instant.

Marie-Andrée allait exprimer sa surprise quand Nicole s'engagea dans la rue assez brutalement. Cela suffit à lui provoquer une douleur irradiant dans son ventre. Bientôt, la *bunny* tourna dans une petite rue allant vers le nord. Parmi une majorité de demeures datant du siècle précédent, on voyait de nouvelles constructions de brique offrant une douzaine d'appartements à louer. La jeune femme s'arrêta devant l'un d'eux.

Quand Marie-Andrée accepta son aide pour descendre de voiture, elle se renseigna :

— Où sommes-nous ? Tout à l'heure, tu disais qu'on allait chez toi.

— C'est exactement cela. Viens.

Le décor de l'entrée était à la fois moderne et du plus mauvais goût, avec des dorures, des miroirs, un lustre alourdi de pendeloques de plastique. Un petit ascenseur leur permit d'atteindre le troisième étage. La posture debout valait une douleur intense à la jeune opérée, sa cousine devait la soutenir. En ouvrant une porte donnant sur un couloir éclairé par des appliques au mur, elle expliqua :

— Je suppose que Gladu est une excellente personne, qu'il fournira un parfait époux à ma mère, mais moi j'ai passé l'âge d'avoir un beau-père. J'ai loué ici il y a deux semaines, maintenant j'attends de trouver le courage d'annoncer la nouvelle à maman.

Il s'agissait d'un petit appartement d'une seule chambre à coucher, avec une pièce rectangulaire faisant office de cuisine, de salle à dîner et de salon tout à la fois. Les meubles, d'allure moderne, s'avéraient bien peu élégants. Au point où Nicole crut nécessaire de se justifier :

— J'ai loué meublé.

— Tu as raison, ta mère n'aimera pas.

— Il y a un an, elle me considérait comme son bâton de vieillesse. Son fiancé saura bien jouer ce rôle. En réalité, après quelques cris, elle sera très heureuse de sa situation de jeune mariée dans un grand appartement.

Même si la jeune femme disait vrai, l'orage n'en serait pas moins turbulent.

Après avoir suspendu son manteau dans la penderie, elle conduisit son invitée jusqu'à un fauteuil recouvert d'un tissu synthétique. Marie-Andrée porta ses deux mains sur son bas-ventre en s'asseyant.

— Il aurait dû te donner aussi un antidouleur, mais il n'y a pas pensé, et moi non plus. Je t'apporte deux comprimés et un peu d'eau.

La sollicitude de sa cousine touchait la jeune fille. Elle avala le médicament, échangea quelques banalités, puis déclara :

— Je pense que je serais mieux allongée. Peut-être même que je pourrais dormir.

— Bien sûr. Viens avec moi.

Le sommeil fit office d'antidouleur. Après trois heures, Marie-Andrée sortit de sa torpeur. Dans la pièce voisine, elle entendait un téléviseur jouer en sourdine. Quand elle revint dans le salon, Nicole lui apprit :

— Je suis restée sur la chaise près du lit pendant un moment. Puis comme tu paraissais bien te reposer, je suis revenue ici.

— Tu as bien fait. À quelle heure puis-je rentrer chez ma tante sans éveiller les soupçons ?

— Pas avant six heures. Alors, nous mangerons avant d'y aller.

Juste penser à la nourriture causa une petite nausée à Marie-Andrée. Pourtant elle fit honneur au sandwich au jambon. Son hôtesse ne pouvait lui offrir mieux, son frigidaire était vide. Comme la *bunny* ne travaillait pas le dimanche, toutes deux prirent leur temps.

À sept heures, elles rentrèrent au triplex de la rue Saint-Hubert. En les voyant, Mary Tanguay affirma :

— Ma petite, tu sembles encore plus fatiguée que ce matin.

— C'est pour ça que nous nous sommes arrêtées au petit hôpital de Sainte-Agathe, intervint Nicole. Elle souffre d'une infection à la vessie. Les règles difficiles, c'était juste la cerise sur le sundae.

La *bunny* marqua une pause, puis ajouta :

— D'ailleurs, je dois te remettre tes antibiotiques, avant d'oublier. Prends congé de l'école demain, ce sera plus prudent.

À ce moment précis, la normalienne ne pouvait même pas s'imaginer assise sur une chaise droite pendant des heures. Elle était reconnaissante que sa cousine ait déjà construit toute l'histoire.

— Cette infection, c'est-tu grave ?

— Le genre qui se traite avec des pilules pendant une semaine.

Mary Tanguay demeura un moment silencieuse, les sourcils froncés, puis, avec un sourire, elle y alla de son conseil maternel.

— Tu dois avoir attrapé ça sur le siège des toilettes publiques. Je vous le dis, les filles, évitez de poser vos fesses là-dessus, mettez du papier.

Chacune promit de demeurer prudente à l'avenir. À huit heures, après avoir pris une autre dose d'antibiotique, Marie-Andrée alla se coucher.

Chapitre 27

Même avec la meilleure volonté du monde, le lendemain, la normalienne n'aurait pu assister à ses cours. La douleur au bas-ventre continuait de la tarauder, mais heureusement, la perte de sang demeurait assez faible pour la rassurer.

— C'est-tu Dieu possible de tomber malade comme ça à cause d'une cochonnerie attrapée sur la toilette!

Tante Mary ne démordait pas de son explication. Marie-Andrée en venait à se demander si sa parente n'avait pas deviné la vérité, au moins en partie. Dans ce cas, réaffirmer sans cesse la malpropreté des lieux d'aisance ne servait qu'à détourner son attention d'une interprétation plus plausible. Non pas que la grossesse lui soit venue à l'esprit, ni un avortement subséquent, mais l'année de l'amour amenait avec elle l'explosion des diagnostics de maladies vénériennes.

Sa marraine se faisait un devoir d'apporter les repas de la malade dans sa chambre, une bonne action toujours accompagnée des mots:

— Ça va un peu mieux?

La réponse était toujours la même:

— Je serai sur pied demain, c'est certain. Du moment où je me repose, tout rentrera dans l'ordre.

Physiquement, ce serait sans doute vrai. La cause de son malaise actuel tenait plus à une profonde déprime qu'à l'intervention proprement dite. Le sentiment de culpabilité ne la lâchait pas. Pour une fille certaine d'aimer les enfants, désireuse de gagner sa vie en s'occupant d'eux, se débarrasser de son premier rejeton de cette manière menait à une grande remise en cause.

L'image de Diane Lespérance lui revenait souvent. Non seulement celle-là n'avait pas eu recours à l'avortement, mais elle n'avait pas abandonné son bébé à un service d'adoption ou à un orphelinat. Sa vie tout entière tournait autour d'Antoine, son fils trisomique. Dans l'échelle du courage et de la moralité, la serveuse de café se trouvait bien des échelons au-dessus de la normalienne.

En même temps, Marie-Andrée se sentait tellement soulagée. Le poids sur sa poitrine, si pénible à supporter au cours des deux ou trois dernières semaines, avait disparu. Une fois son malaise passé, sa vie reprendrait son cours normal. Échaudée une fois, jamais elle n'oublierait de prendre la pilule chaque jour. Cette aventure l'avait transformée en une jeune femme très prudente.

Au poste de police de la rue Frontenac, Roméo Gladu commença par chercher son ordre de mission pour la journée. Cependant, quand il monta dans une voiture aux couleurs de la Ville, il laissa échapper un juron, puis retourna dans l'édifice.

Son chef se trouvait dans son bureau. Après un coup contre le cadre de la porte, Gladu annonça :

— J'veux te parler.

Sans attendre de réponse, il entra, ferma derrière lui et s'assit sur une chaise devant la table de travail de son supérieur.

— En voilà, des manières !

— Vendredi dernier, tu m'en as trop dit, ou pas assez. Pourquoi Marcoux se f'rait ramasser ?

Le chef esquissa une petite grimace. Sa demi-confidence l'avait hanté toute la fin de semaine. Si le suspect disparaissait dans la nature, lui-même ne s'en tirerait pas impunément.

— J't'en ai déjà trop dit.

— Bon, dans ce cas, je peux toujours aller faire un tour du côté de la gare Jean-Talon. C'est là qu'la brigade anti-terroriste a ses quartiers, non ? J'leur demand'rai de compléter ton histoire.

La menace implicite porta. Le chef de police commença :

— Si j'te parle, pas un mot ne doit sortir d'ici.

— J'pense pas m'être fait une réputation de bavasseux.

Le chef hocha la tête, puis commença :

— La gendarmerie a recruté des informateurs proches des milieux nationalistes. Des étudiants, la plupart du temps. Je suppose que pour eux, ça vaut mieux qu'une job de fin de semaine dans un grand magasin.

Voilà qui n'étonnait pas Gladu. Ces jeunes révolutionnaires étaient très bavards, le plus simple était d'embaucher des oreilles pour les entendre.

— Il y a une fille dans les parages de Marcoux. Elle donne des informations aux enquêteurs.

— Une fille ?

— Oui. Si c'est la filleule de ta promise, la police ne lui fera pas d'ennuis. Dans le cas contraire, faudra que tu attendes pour le savoir.

Le directeur savait bien qu'il ne pouvait pas s'agir de Marie-Andrée. Sinon, la GRC n'aurait pas tenté de lui tirer les vers du nez après la descente au café Les trois castors.

— Tu connais pas son nom ?

Présenté en preuve, le témoignage d'une taupe pouvait se révéler dévastateur. Si Marie-Andrée était mêlée à un mauvais coup, la justice suivrait son cours.

— Je pense que seul son agent de liaison et les grands boss le connaissent. Pour tous les autres, c'est Cocotte.

— Cocotte?

— Les grands espions canadiens ont sans doute des animaux de compagnie… Je suppose qu'une chienne porte le même nom dans un bungalow d'Ottawa.

Il pouvait tout aussi bien y avoir des policiers qui informaient les nationalistes des enquêtes en cours. Dans cette éventualité, l'usage d'un pseudonyme s'imposait. Le rêve d'indépendance n'était pas toujours incompatible avec le port de l'uniforme. Quelques anciens militaires avaient déjà été condamnés pour des activités terroristes.

— Pis, Marcoux, y a fait quoi?

— Tu te souviens de la bombe à Rosemère?

Gladu acquiesça de la tête. Le sujet avait même fait l'objet d'une conversation à la table de Mary Tanguay.

— Bon, bin j'te laisse là-dessus, boss.

— Attends une minute. Comme le sujet a l'air de te passionner, tu feras partie de l'équipe qui va s'occuper d'eux autres. Mercredi matin, tu te présenteras au bureau de la brigade antiterroriste.

Le sergent s'imagina procéder lui-même à l'arrestation de Marie-Andrée. Voilà qui mettrait à mal sa relation avec Mary Tanguay! Son supérieur cherchait sans doute à le punir de sa curiosité, en lui donnant cette affectation.

Afin de pouvoir l'entendre et intervenir rapidement en cas de besoin, Mary Tanguay laissait la porte de la chambre de sa filleule ouverte en permanence. Cela ne dérangeait en rien la jeune fille : la journée s'était écoulée dans la plus complète inactivité.

Quand la sonnerie du téléphone retentit dans la cuisine, juste un peu avant le souper, Marie-Andrée songea tout de suite à Clément. Elle ne ressentait aucun désir de lui parler. Auparavant, elle entendait avoir retrouvé tous ses moyens.

Le «allô» de la marraine fut suivi d'un silence, puis elle dit :

— Marie-Andrée est malade. Elle ne peut pas se lever pour venir dans la cuisine.

Le ton de la ménagère était terriblement abrasif. La jeune fille soupçonna que sa parente faisait un lien entre le garçon et sa mystérieuse infection. Évidemment, elle pouvait marcher jusqu'au téléphone, mais au lieu de se lever, elle remonta les couvertures sous son nez, résolue à ajourner cette nouvelle prise de contact.

— Je ne sais pas si ça sera mieux demain. Je l'espère.

Après un nouveau silence, Mary termina avec : « C'est ça, bonsoir. » L'instant d'après, debout sur le seuil de la porte de la chambre, elle dit à sa filleule :

— Ton cavalier te fait dire de te remettre vite. Je pense qu'il voulait t'inviter à sortir ce soir. Il va rappeler demain, c'est sûr.

— Je lui parlerai si je me sens mieux.

La tante demeura un moment immobile, puis elle refoula la question qui lui brûlait la langue. Elle comprenait.

Pour la malade, le mardi se déroula exactement comme la journée précédente. Elle s'enferma dans sa chambre toute la journée. À l'heure du souper, elle se joignit toutefois à sa marraine et à son promis dans la salle à manger.

— Chus heureux de te voir sur pied, l'accueillit le sergent.

Son regard était suffisamment scrutateur pour mettre la jeune fille mal à l'aise. Pourtant, jusque-là, jamais elle n'avait perçu la moindre indélicatesse chez le policier.

— Je n'irai certainement pas danser ce soir, mais demain je retournerai à l'école.

— Tu sembles pas bin forte encore, commenta Mary.

— À la fin, traîner dans ma chambre deux jours de suite est peut-être pire pour ma santé que d'aller assister à mes cours. Puis il reste un mois avant la fin de la session, je ne voudrais pas rater mes examens.

Gladu lui trouvait le teint pâle, mais son état lui permettait certainement de reprendre le fil de ses activités.

Ce soir-là, le téléphone demeura muet. Clément Marcoux craignait peut-être de tomber sur le même accueil glacial que la veille. La jeune fille en fut soulagée. Elle doutait de pouvoir conserver sa contenance, même lors d'une conversation où chacun serait à un bout du fil.

Au moment de se coucher, il parut évident que Roméo n'avait guère envie de regagner son domicile. Elle songea au petit appartement de Nicole. Si son beau-père faisait mine de s'incruster avant la cérémonie de mariage, sa cousine déménagerait ses pénates très bientôt.

Le lendemain matin, Marie-Andrée constata avec plaisir que la douleur au bas-ventre s'était dissipée. Revêtir ses vêtements lui fit plaisir. Devant le miroir de la salle de bain, à part les yeux cernés, elle se trouva bonne mine.

Sans surprise, elle trouva Roméo Gladu attablé dans la cuisine. De nouveau, son regard exprimait quelque chose d'étrange. Près de la cuisinière électrique, tante Mary dit avec entrain :

Eh bien là, je te reconnais. Assieds-toi. Tu vas voir, avec des œufs et du bacon, tu seras remise sur pied.

Cette femme qui avait perdu son premier mari à la suite d'une crise cardiaque gardait des habitudes alimentaires susceptibles de devenir funestes pour le second.

— T'sais, intervint le policier, tu d'vrais pas abuser de tes forces. Tes cours se terminent à quelle heure, le mercredi ?

Son regard insistant tenait donc à sa bienveillance. Marie-Andrée répondit en lui adressant un sourire :

— À trois heures. Mais si jamais je me sens trop fatiguée, je rentrerai plus tôt.

Ensuite, la conversation porta sur des sujets anodins. La châtaine se leva de table la première en disant :

— Je dois partir tout de suite. Bonne journée à vous deux.

Tout en lui souhaitant la même chose, l'homme la regarda marcher vers la porte. Il espérait que la journée se termine sans autre catastrophe pour cette gamine.

Le sergent Gladu se dirigea tout de suite vers Outremont dans une voiture banalisée, sans passer par le poste de police. En s'arrêtant devant la demeure des Marcoux, il laissa échapper un petit sifflement.

— Bin j'me d'mande si y voudra partager sa grosse cabane avec moé, quand y aura réussi sa révolution communisse.

Un peu plus bas dans la rue, il vit une auto-patrouille et une grosse berline, une autre voiture banalisée. Il descendit pour marcher dans cette direction. Quand il arriva à la hauteur du véhicule, la vitre côté passager se baissa à demi.

— Embarque, fit une voix.

Un instant plus tard, il partageait la banquette avec un gendarme vêtu en civil, celui qu'il avait croisé en allant récupérer Marie-Andrée au poste de police numéro 2, dix jours plus tôt.

— T'as bien fait de laisser ton uniforme à la maison. Déjà, si le gars est observateur, il s'est envolé par la porte de derrière. Dans un quartier comme celui-ci, on ne passe pas inaperçus.

— Mon chef m'a expliqué ça. Qui habite là?

Roméo préférait jouer les innocents, mais le sourire en coin de son interlocuteur lui indiqua qu'il n'était pas dupe.

— Le fameux docteur Marcoux. Des collègues attendent déjà devant une autre grosse maison, dans Notre-Dame-de-Grâce, celle de maître Brousseau. On se tient parmi le beau monde, aujourd'hui.

— … Personne d'autre?

Le policier craignait un peu la réponse.

— Ah! Tu penses à ta protégée.

Le gendarme se tourna afin de parler à la personne assise derrière.

— Cocotte, penses-tu qu'il faut arrêter la fille?

Gladu ne se rendit compte qu'à ce moment de la présence d'une jeune femme dans la voiture. Celle-ci paraissait hésitante. Finalement, elle dit:

— Marie-Andrée? C'est une jolie petite idiote. Elle suit Clément partout comme un petit chien, sans rien comprendre à ce qui se passe.

Le commentaire s'avérait franchement méprisant. Tout de même, Roméo eut envie de lui embrasser les deux joues. Elle venait d'innocenter la filleule de Mary.

— Alors, on ne perdra pas notre temps avec elle, on a d'autres moineaux à tirer du nid après nos deux bourgeois. Suis-moi.

L'injonction était destinée au membre de la police municipale. Deux autres, en uniforme ceux-là, quittèrent leur voiture en même temps. Au lieu de se diriger vers l'entrée principale, ils s'engagèrent dans l'allée à gauche de la grande demeure. Si quelqu'un tentait de s'esquiver, ils pourraient le cueillir.

Le gendarme posa le doigt sur le bouton de la sonnette, le laissa dessus jusqu'à ce qu'un homme en colère vienne ouvrir :

— Vous voulez quoi, à cette heure ?

— Docteur Marcoux, nous avons un mandat d'arrêt contre votre fils, Clément.

Monsieur Marcoux jura entre ses dents, hésita sur l'attitude à adopter. Finalement, le bon sens l'emporta. Résister à la police ne donnerait rien d'autre qu'une arrestation supplémentaire. Il s'écarta pour les laisser entrer. Roméo apprécia les fauteuils recouverts de soie du salon, puis le mobilier de style de la salle à manger.

Dans cette pièce, une femme, une jeune fille et un jeune homme étaient à table.

— Clément, c'est pour toi, annonça le médecin.

Le jeune homme se leva si vivement qu'il renversa sa chaise derrière lui. À la colère dans ses yeux succéda bien vite la peur. La tentation de fuir ne dura qu'un instant. L'agent de la GRC le prit aux épaules pour le tourner face contre le mur, tout en ramenant l'un de ses bras dans le dos. Gladu connaissait la routine. Il commença par passer les menottes à ce poignet, puis à l'autre.

À ce moment, la mère laissa échapper un « Non, ne faites pas ça ! », puis elle se répandit en larmes, tout de suite imitée par la sœur cadette. Le père, quant à lui, s'inquiétait déjà des conséquences durables de cette arrestation dans la vie de son fils, et dans la sienne.

— Je veux voir un avocat, clama Clément.

— Quel heureux hasard, se moqua le gendarme. Dans moins d'une heure, tu partageras la cellule de Brousseau.

Puis, à l'intention des parents éplorés, il expliqua :

— Afin de vous enlever toute envie de faire disparaître des preuves, j'ai aussi un mandat de perquisition dans ma poche. Madame, si vous voulez ouvrir la porte de côté aux deux officiers qui m'accompagnent, ce serait gentil.

Gladu apprécia l'humour grinçant de son collègue. Sans doute prenait-il plaisir à voir la déconfiture de ces bourgeois canadiens-français. Puis le gendarme ajouta à son intention :

— Je ne pense pas que notre révolutionnaire soit bien dangereux, aussi tu peux l'emmener seul à ta voiture.

Ce gringalet risquait peu d'avoir le dessus sur un policier bien plus lourd que lui, surtout avec les poignets attachés dans le dos. Il le poussa vers la porte.

— Ne dis rien ! lui cria le père. Je contacte tout de suite le meilleur criminaliste de la ville.

Évidemment, le médecin ne lésinerait pas sur les moyens pour défendre son fils. Sa peine serait sans doute trois fois moins lourde que pour un garçon désargenté faisant face aux mêmes accusations.

Une fois sur le trottoir, Roméo Gladu porta son regard en direction de la voiture de l'officier de la GRC. En les voyant, Cocotte se coucha sur la banquette, afin de ne pas être repérée. Rendu à son véhicule, le sergent ouvrit à l'arrière, puis enleva le bracelet d'acier du poignet gauche pour l'attacher à la poignée de la portière.

— Donne-toé pas la peine d'essayer, tu pourras pas la casser. Les vitres non plus. Là, j'vas aider à virer la maison de papa à l'envers, pis je te reconduis au poste.

Un instant, il voulut l'interroger sur le degré d'implication de Marie-Andrée, puis s'en abstint.

— Sois sage!

Il claqua la portière brutalement. Un épais grillage d'acier séparait la banquette arrière de celle de l'avant, les portières ne s'ouvraient que de l'extérieur. Le suspect en aurait pour longtemps à poireauter dans le véhicule. Assez pour que tous les voisins passant sur le trottoir constatent que le fils Marcoux avait été arrêté.

La chambre de Marcoux ne contenait aucune arme, aucun explosif, mais assez de littérature subversive pour occuper tout un rayon de la bibliothèque de la Ville de Montréal. Dans les autres pièces, ils ne dénichèrent absolument rien de suspect. Pendant tout le temps de la fouille, le médecin resta cloîtré dans son bureau, le combiné du téléphone soudé à l'oreille. Roméo Gladu comprit grâce à des bribes de ses conversations non seulement qu'il offrait la défense de son fils à des avocats prestigieux, mais aussi qu'il appelait le député provincial et le député fédéral d'Outremont, et même un juge habitant dans ces parages.

En quittant les lieux, il remarqua à l'intention de son collègue:

— Y va y avoir une file de témoins pour dire comment ce p'tit gars est un exemple de vertu.

— Gladu, parle pas comme un communiste.

La réplique s'accompagnait d'une grimace. Le gendarme partageait son dépit. Tant pis pour l'égalité devant la loi.

— Cocotte, c'est qui, exactement? voulut-il encore savoir.

— On ne prononce pas les noms, jamais.

— Bin dis pas le nom. Ça t'empêche pas de dire c'est qui.

— … La blonde du gars de Notre-Dame-de-Grâce.

Ainsi, Louise Niquet avait enfin pu abandonner son emploi de vendeuse dans une boutique de vêtements pour femmes.

Finalement, retrouver sa routine habituelle avait fait le plus grand bien à Marie-Andrée. La douleur la tenaillait bien encore, mais l'intérêt qu'elle portait à ses cours l'empêchait de ressasser sans cesse des idées noires. À trois heures, elle salua Caroline et Gisèle, puis descendit l'escalier majestueux de l'entrée principale. Rendue à la dernière marche, elle reconnut une silhouette familière appuyée contre une voiture. Roméo Gladu.

Tout de suite, elle ralentit le pas, caressant l'idée de retourner dans l'édifice, ou alors de partir en courant pour l'éviter. Ce serait peine perdue. Tôt ou tard, elle devrait écouter ce qu'il voulait lui dire. À pas lents, elle marcha dans sa direction.

— Monsieur Gladu, que faites-vous ici ? s'enquit-elle bientôt.

— Monte.

Gentiment, il lui ouvrit la portière du côté passager, à l'avant. Elle remarqua tout de suite le grillage empêchant les suspects de s'en prendre aux policiers. Il n'existait pas de bonne façon d'annoncer une mauvaise nouvelle, mais au moins on pouvait réduire l'attente au minimum.

— À matin, la police a arrêté Clément Marcoux, lui annonça le sergent en prenant place derrière le volant.

Marie-Andrée demeura longuement interdite, la bouche entrouverte. Des larmes perlèrent au coin de ses yeux.

— Mais pourquoi ?

— Ça, tu le sais aussi bin que moi.

La balade à Stukely-Sud lui revenait souvent en mémoire, comme la bombe à Rosemère. Le sergent démarra, puis s'engagea dans la rue Sherbrooke.

— Y avait un bon ami, un avocat, hein ?

— Oui, Pi...

Elle s'arrêta, soucieuse de n'incriminer personne.

— C'est sa blonde qui les a dénoncés. La GRC a des informateurs un peu partout.

Louise Niquet ! Elle ne douta pas un instant de la véracité de l'information. Pourtant, l'étudiante paraissait très liée à Brousseau. Marie-Andrée allait demander comment quelqu'un pouvait en venir à trahir ses amis, mais le policier la prit de vitesse :

— D'après elle, t'es trop niaiseuse pour être au courant des affaires de ces gars-là. Alors, tu vas jouer la niaiseuse jusqu'au boutte. Comme ça, tu pourras t'en sortir.

Si Gladu n'en était pas absolument sûr, il n'allait pas l'inquiéter encore plus en disant la vérité. Marie-Andrée assimilait lentement les informations. Elle savait depuis la descente au café Les trois castors que son nom était connu, ses activités aussi. Le policier se montra insistant :

— Parce qu'y vont t'interroger, crains pas. Tu sais rien, t'as entendu parler de rien. T'es une future maîtresse d'école, la politique, tu connais pas ça, ça t'intéresse pas. Pis si y disent le contraire, tu t'en tiens à ton histoire.

— Je serai arrêtée aussi ?

— J'pense pas, sauf pour t'interroger. T'as rien fait de mal, hein ?

La normalienne faillit avouer « Je les ai aidés », puis elle se reprit :

— Non, bien sûr que non. Je ne connais rien à la politique.

Le sergent se tourna vers elle pour lui confirmer, avec un sourire entendu :

— C'est exactement ça. T'apprends vite, toé.

— Pourquoi vous me dites tout ça ?

— Tu voué, j'peux pas croire que t'as voulu faire du mal à quequ'un. Ce gars t'a entraînée su' la mauvaise pente. T'amener devant un tribunal servirait à rien.

Sa réputation de bonne fille la favorisait. Pourtant, trois jours plus tôt, elle se faisait avorter. Maintenant, les larmes coulaient sur ses joues. Roméo avait roulé un peu vers l'ouest, pour ensuite décrire un carré et reprendre la rue Sherbrooke dans l'autre sens. Il la conduisait chez Mary Tanguay.

— Laissez-moi descendre à une station de métro. Je préfère rentrer chez papa.

Tout à coup, elle souhaitait redevenir une petite fille. Le monde des grands se révélait trop dur pour elle.

— Dans ce cas-là, j'te r'conduis chez vous. Tu m'diras où.

En croisant Papineau, il s'engagea vers le sud, afin de prendre le pont Jacques-Cartier. Marie-Andrée murmura un « merci » reconnaissant.

Quand la voiture banalisée s'arrêta devant le duplex rue Saint-Laurent, la jeune fille s'étira pour embrasser la joue du policier, répéta son « merci », puis descendit. Avec son sac d'école à la main, elle se faisait l'impression d'être une gamine revenant du couvent Sainte-Madeleine. Un instant, elle eut peur de se heurter à une porte verrouillée.

Heureusement, la poignée tourna. Depuis l'entrée, elle cria :

— Papa, papa !

L'homme apparut à l'autre bout du couloir, inquiet.

— Marie-Andrée ? Que fais-tu là ?

Sans répondre, elle laissa tomber son sac pour courir vers lui et s'écraser contre sa poitrine. Ses pleurs discrets des minutes précédentes devinrent des sanglots. Il caressa son dos avec ses paumes, eut l'impression de la retrouver toute petite, comme au moment du décès de sa femme. Doucement, il tourna sur lui-même en poursuivant sa caresse, comme pour danser.

— Ça va aller, ça va aller, murmura-t-il dans ses cheveux.

Au-dessus de la tête de sa fille, il vit Martine, debout dans l'entrée de la cuisine, en train de gesticuler pour lui dire quelque chose. Ses gestes semblaient signifier : « Je me sauve par derrière pour te laisser seul avec elle. » De la main, il lui fit signe de ne pas bouger.

— Tu auras tellement honte de moi, quand tu sauras.

— Jamais. Au fond de toi, tu le sais bien, n'est-ce pas ?

La jeune fille réussit à se serrer plus fort encore contre lui. Quand elle put reprendre son souffle, elle recula juste assez pour lui montrer son visage ravagé. Elle était toujours dos à la cuisine.

— Me permets-tu de revenir à la maison ?

— J'aurai toujours une place pour toi.

Elle posa de nouveau son visage contre sa poitrine. Depuis de longues semaines, jamais elle ne s'était sentie aussi bien, malgré tous les orages à venir.

— Puis tu repartiras quand tu seras prête.

— Repartir ?

La jeune femme accusa le coup.

— Quand tu te sentiras mieux, tu reprendras le cours de ta vie. Tu ne te vois certainement pas en train de t'occuper de ton vieux père dans trente ou quarante ans !

Oui, l'orage se calmerait sans doute. Après tout, sa vie avait repris son cours à la suite du décès de sa mère. Retourner chez sa tante la ferait rougir de honte, car Roméo Gladu informerait certainement sa marraine des derniers événements. Ou peut-être pas. Toutefois, elle ne pouvait douter de la bienveillance ni de l'un, ni de l'autre.

— Après le congé des fêtes, peut-être, consentit-elle.

— Ou plus tard, si tu préfères. Quand le temps sera venu.

Dans la pièce au bout du couloir, Martine constatait qu'elle ne serait jamais la première femme dans la vie de Maurice. Cette pensée provoqua en elle un petit deuil. Elle entendit:

— Je vais te présenter une amie.

Très vite, elle recula vers le comptoir, comme pour continuer la préparation du repas. Dans le couloir, Marie-Andrée se raidit un peu.

— Je dérange?

Avant qu'elle n'aille plus loin, son père lui posa un doigt sur les lèvres.

— Jamais tu ne me dérangeras. Je veux que tu rencontres Martine. Elle est devenue très importante pour moi.

La petite femme blonde laissa échapper un long soupir, afficha son meilleur sourire et se retourna pour faire face à la nouvelle venue, et contempler son visage désemparé.

— Marie-Andrée, c'est ça? dit-elle. Réalises-tu tout le bien que Maurice peut dire de toi?

Entre elles, l'apprivoisement viendrait tout naturellement.

Encore un mot

Si vous désirez garder le contact entre deux romans, vous pouvez le faire sur Facebook à l'adresse suivante :

Jean-Pierre Charland auteur

Au plaisir de vous y voir.

Jean-Pierre Charland